红色文化研究（第2辑）

阎浩岗　李继凯　主编

河北大学出版社
·保定·

红色文化研究（第 2 辑）
HONGSE WENHUA YANJIU
DI-ER JI

出 版 人：朱文富
选题策划：杨显硕
刊名题签：李继凯
责任编辑：郝　健
装帧设计：张彦琪
责任校对：王亚薇
责任印制：常　凯

图书在版编目（CIP）数据

红色文化研究．第 2 辑 / 阎浩岗，李继凯主编．--
保定：河北大学出版社，2023.12
ISBN 978-7-5666-2306-5

Ⅰ．①红…　Ⅱ．①阎…　②李…　Ⅲ．①中国文学－现代文学－革命文学－文学研究　Ⅳ．①I206.6

中国国家版本馆 CIP 数据核字 (2023) 第 230814 号

出版发行：河北大学出版社
地址：河北省保定市七一东路 2666 号　邮编：071000
电话：0312-5073033　0312-5073029
邮箱：hbdxcbs818@163.com　网址：www.hbdxcbs.com
经　　销：全国新华书店
印　　刷：涿州市般润文化传播有限公司
幅面尺寸：185 mm × 260 mm
印　　张：15.75
字　　数：360 千字
版　　次：2023 年 12 月第 1 版
印　　次：2023 年 12 月第 1 次印刷
书　　号：ISBN 978-7-5666-2306-5
定　　价：72.00 元

目　　录

马克思主义文艺理论研究

红色新闻传播研究

左翼文艺研究

解放区文艺研究

新中国红色文艺研究

红色文化传承与教育研究

书评

·马克思主义文艺理论研究·

试论20世纪俄苏无产阶级文学运动的中国反响*

李逸津①

摘　要： 20世纪20—30年代的俄苏无产阶级文学运动，曾给予中国文学以巨大影响。其中如“无产阶级文化派”、20年代文艺政策论争、“拉普”文艺政策、“辩证唯物论创作方法”等，都在中国引起过理论呼应与实践效法，其余波甚至绵延到20世纪70年代。回顾俄苏无产阶级文学运动在中国文坛的反响，有助于更清晰地梳理20世纪中国文学种种思潮、理论、方针、政策的渊源流变，更清醒地总结历史经验，促进新时代中国文学的健康发展。

关键词： 俄苏；无产阶级文学；中国；反响

毛泽东当年有一句名言：“十月革命一声炮响，给我们送来了马克思列宁主义。……走俄国人的路，这就是结论。”② 在20世纪中国历史上，俄罗斯-苏联的影响可谓既重大又深远。无论政治、经济、文化，“苏联经验”都曾经既是师法的榜样，又是借鉴的对象。直至今日，研究中国社会20世纪以来出现的种种问题，追根溯源，都不能不联系到“俄罗斯—苏联”这个挥之不去的魅影。总结20世纪中国文学的发展历程与历史经验，也同样是这样。这里，就简要回顾一下20世纪20—30年代俄苏无产阶级文学运动在中国文坛的反响，以期更清晰地梳理20世纪中国文学种种思潮、理论、方针、政策的渊源流变，更清醒地总结历史经验，更准确地把握问题症结，促进新时代中国文学继续在世界各民族文学交流互动的正确道路上健康发展。

---

* 项目基金：国家社会科学基金重大项目“20世纪中外文学学术交流”（批准号：09AZD52）。

① 作者简介：李逸津（1948—　），男，天津市人，天津师范大学文学院教授。曾任天津师范大学文学院文艺理论教研室主任。主要研究方向为中国古代文论、中俄文学关系。

② 毛泽东：《论人民民主专政》，《毛泽东选集》第4卷，人民出版社1967年版，第1408页。

一、“无产阶级文化派”的中国呼应

“无产阶级文化派”是十月革命后俄国无产阶级文化协会中以波格丹诺夫为首的一些领导人形成的思想派别。俄国无产阶级文化协会成立于1917年9月，本来是进行文学、戏剧、音乐、美术等活动的群众性团体。1918年春，波格丹诺夫等人控制了协会领导机构和刊物，宣扬反马克思主义的文化观点，要求文化自治，拒绝苏维埃政府的领导；鼓吹摒弃文化遗产，主张在“实验室”条件下建立所谓“纯粹的”无产阶级文化等。

“无产阶级文化派”当时在俄国曾受到列宁的批评。列宁在1920年10月2日发表的演说《青年团的任务》和1920年10月8日他为无产阶级文化协会代表大会起草的“决议草案”《论无产阶级文化》中批判了这种极左的小资产阶级错误观点，指出“无产阶级文化派”的主张在理论上是错误的，在实践中是有害的。列宁说：“马克思主义这一革命无产阶级的思想体系赢得了世界历史性的意义，是因为它并没有抛弃资产阶级时代最宝贵的成就，相反地却吸收和改造了两千多年来人类思想和文化发展中一切有价值的东西。只有在这个基础上，按照这个方向，在无产阶级专政……的实际经验的鼓舞下继续进行工作，才能认为是发展真正无产阶级的文化。”①

正因为有列宁的及时纠正，“无产阶级文化派”拒绝文化遗产的错误在当时的中国没有造成太大的影响，相反，一些左翼作家还对“无产阶级文化派”的这一错误有所批判。如蒋光慈在他1927年写的《十月革命与俄罗斯文学》中写道：“革命后的俄国，无产阶级负有创造新文化的使命，因之所谓无产阶级诗人，我们就极力提出口号：从别的观念学中将无产阶级的诗解放出来；建设无产阶级之独立的文化……这是当然的，而且是必要的，不过有一些无产阶级诗人太过于夸张这个口号了。他们想将一切旧的文化，不问好歹地，一起都摔却，反对一切与过去时代的诗人和文学家之任何调和。他们不了解无产阶级虽然负着创造新文化的任务，但是这种新文化并不是从空中就可以创造好的。”②这明显是接受了列宁的思想。

但在20年代末我国“革命文学”论争中，对“五四”文学传统的否定，对鲁迅、冰心、郁达夫、叶圣陶等进步作家的攻击，显然还是承袭了“无产阶级文化派”及“拉普”蔑视文学传统和排斥“同路人”作家的错误。如李初梨在《怎样地建设革命文学》（1928年1月17日）一文中说：“中国十年前的文化运动，实为当时资本与封建之争，反映于

① ［苏］列宁：《论无产阶级文化》，中共中央马克思、恩格斯、列宁、斯大林著作编译局编《列宁选集》第4卷，人民出版社1972年版，第362页。

② 蒋光赤：《十月革命与俄罗斯文学》，贾植芳、陈思和主编《中外文学关系史资料汇编》下册，广西师范大学出版社2004年版，第856—857页。

社会意识者。”“五四”运动的口号“德先生”和“赛先生”，不过“是资本主义意识的代表”。而作为当时“革命势力”的“创造社”，“他们当时文学上的标语，是‘内心的要求’，‘自我的表现’，这的确是小布尔乔亚意识的结晶”。他说，当“‘创造社’把它最后的三个诗人——穆木天，王独清，冯乃超，送出社会来以后，已完全失了它革命的意义”。据此，作者得出自己的结论：“中国的文学革命，经了有产者与小有产者的两个时期，而且因为失去了他们的社会根据，已经没落下去了。”①

蒋光慈在1925年1月1日发表于上海《民国日报》副刊《觉悟》上的《现代中国社会与革命文学》中说：“叶绍钧可以说是市侩派的小说家之代表”，“作者本身是市侩”；“冰心女士真是个小姐的代表”，“若说冰心女士是女性的代表，则所代表的只是市侩式的女性，只是贵族式的女性”②。冯乃超在《艺术与社会生活》（1927年12月18日）一文中，除了赞扬郭沫若是“一个实有反抗精神的作家”之外，对叶圣陶、鲁迅、郁达夫、张资平都做了尖锐的挖苦和批判，如称叶圣陶是“最典型的厌世家”，说鲁迅“常从幽暗的酒家的楼头，醉眼陶然地眺望窗外的人生”，而郁达夫“对于社会的态度与上述二人没有差别”，至于张资平更是“在革命期中的中国社会当然会没落到反动的阵营里去”③。钱杏邨在1928年5月写的《死去了的阿Q时代》中则公然宣称：“阿Q时代固然死亡了，其实，就是鲁迅他自己也已走到了尽头，再不彻底觉悟去找一条生路，也是无可救济了。”④

然而耐人寻味的是，苏联“无产阶级文化派”当年拒绝文化遗产的虚无主义主张，在同时代的中国左翼文学运动中虽然得到抵制，但在时隔40多年后的中国“文化大革命”时期却死灰复燃，得到还魂和再度兴风作浪。1966年11月28日，时任中央文化革命小组副组长的江青在首都文艺界大会上发表讲话，耸人听闻地指责当时“整个文艺界，大谈大演‘名’‘洋’‘古’，充满了厚古薄今，崇洋非中，厚死薄生的一片恶浊的空气”。提出：“内容有许多是很难推陈出新的。”⑤ 1970年4月，“四人帮”以“上海革命大批判写作小组”的名义，发表《鼓吹资产阶级文艺就是复辟资本主义——驳周扬吹捧资产阶级“文艺复兴”“启蒙运动”“批判现实主义”的反动理论》一文，公然宣称：“古的和洋的艺术，就其思想内容来说，是古代和外国的剥削阶级的政治愿望和思想感情的表现，

---

① 李初梨：《怎样地建设革命文学》，北京大学等主编《文学运动史料选》第2册，上海教育出版社1979年版，第36、37、38、39页。

② 蒋光慈：《蒋光慈文集》第4卷，上海文艺出版社1988年版，第151、152页。

③ 冯乃超：《艺术与社会生活》，北京大学等主编《文学运动史料选》第2册，上海教育出版社1979年版，第8—9页。

④ 钱杏邨：《死去了的阿Q时代》，北京大学等主编《文学运动史料选》第2册，上海教育出版社1979年版，第57页。

⑤ 《江青同志讲话选编》，人民出版社1968年版，第18、19页。

是必须彻底批判和与之彻底决裂的东西。”① 此后，这种全面否定人类优秀文化遗产的极左观点，在中国兴妖作怪十多年。直至 1977 年《人民文学》第 11 期发表被称为“伤痕文学”发轫作的刘心武短篇小说《班主任》，控诉了“四人帮”制造文化空白、毒害青年的罪恶；1978 年 5 月，人民文学出版社和上海译文出版社在全国十三个省市的大力协助下，重印了 16 种外国古典文学作品；1978 年第 10 期《出版工作》杂志发表程代熙的文章《为什么要出版外国古典文学——从列宁与无产阶级文化派的斗争谈起》，这股由“四人帮”掀起的否定文化遗产的妖风，才算最终得到清算和完结。

二、20 世纪 20 年代苏联文艺政策论争的中国解读

1923 年到 1924 年间，苏联文艺界曾就文艺政策等问题展开辩论，参加论争的有以《列夫②》《在岗位上》和《红色处女地》等杂志为代表的文学团体。1925 年 6 月 18 日，俄共（布）中央为此作了《关于在文艺领域内党的政策》（1951 年 1 月 28 日《人民日报》发表曹葆华译文，题为《关于党在文学方面的政策》）的决议，算是为这场论争做了总结。

当时中国的翻译家和文学家及时关注和介绍了苏联文艺界的这场论争。1925 年 8 月由青年翻译家任国桢（1898—1931）编译，后由北京北新书局作为《未名丛刊》之一于 1927 年出版了《苏俄的文艺论战》。内收“列夫派”褚沙克的《文学与艺术》、“岗位派”阿卫巴赫等的《文学与艺术》，这两篇文章的副标题都是“讨论在文艺范围内苏俄左党的政略”，还有时任“同路人”杂志《红色处女地》主编的瓦浪司基（又译沃隆斯基，1884—1943）的《认识生活的艺术与今代》，并附录了瓦勒夫松的《蒲力汗诺夫与艺术问题》一文。鲁迅为这本书写了前言《〈苏俄的文艺论战〉前记》。文中重点介绍了左翼未来派“列夫”的主张，指出：“那主张的要旨，在推倒旧来的传统，毁弃那欺骗国民的耽美派和古典派的已死的资产阶级艺术，而建设起现今的新的活艺术来。所以他们自称为艺术即生活的创造者，诞生日就是十月，在这日宣言自由的艺术；名之曰无产阶级的革命艺术。”鲁迅还写道：“中国至今于苏俄的新文化都不了然……任国桢君独能就俄国的杂志中选译文论三篇，使我们借此稍稍知道他们文坛上论辩的大概，实在是最为有益的事，——至少是对于留心世界文艺的人们。”③ 可见鲁迅对这场论争的态度是比较冷静

---

① 《鼓吹资产阶级文艺就是复辟资本主义——驳周扬吹捧资产阶级“文艺复兴”“启蒙运动”“批判现实主义”的反动理论》，《文汇报》1970 年 4 月 3 日第 2 版。

② 列夫：俄文 Левый фронт искусств 即“左派艺术阵线”的缩写。

③ 鲁迅：《〈苏俄的文艺论战〉前记》，《鲁迅文集》第 18 卷（集外集拾遗），吉林文史出版社 2006 年版，第 137—138 页。

的，他只是客观地介绍，供“留心世界文艺的人们”参考。

记录苏联文艺界这场论争的文献，当时还有日本藏原惟人和外村史郎辑译的《俄国K.P.（共产党——笔者注）的文艺政策》一书，由冯雪峰（笔名画室）译成中文，于1928年5月由上海光华书局以《新俄的文艺政策》书名出版。该书收有1924年5月9日俄共（布）中央召开的文艺政策讨论会速记《关于在文艺上的党的政策》、1925年1月“岗位派”（“拉普”前身）通过的“第一届全联邦无产阶级作家大会”决议《意识形态战线与文学》（当时译名为《ideology战线与文学》——笔者注）和1925年6月18日俄共（布）中央通过的决议《关于在文艺领域内党的政策》。冯雪峰在译者序言中客观介绍了托洛茨基（当时译作特罗次基）、沃隆斯基（当时译作伏浪司基）、布哈林、卢纳察尔斯基（当时译作路那却尔司基）关于党的文化方针政策的争论，最后发表自己的看法说：“我以为，倘是站在无产阶级文学的主张者的一面的，则这文学的理论的探求，是他们走得前面些了。”①

冯雪峰翻译的这本书，鲁迅在不知情的情况下同时也做了翻译。鲁迅的译本从1928年6月起于《奔流》第一卷陆续发表，1929年全部译成，1930年6月由上海水沫书店作为鲁迅、冯雪峰共同主编的《科学的艺术论丛书》之一、以《文艺政策》的书名出版。鲁迅在该书后记中说：“俄国的关于文艺的争执，曾有《苏俄的文艺论战》介绍过，这里的《苏俄的文艺政策》，实在可以看作那一部书的续编。如果看过前一书，则看起这篇来便更为明了。序文上虽说立场有三派的不同，然而约减起来，也不过两派。即对于阶级文艺，一派偏重文艺，如瓦浪斯基等，一派偏重阶级，是《那巴斯图》（俄语为На посту，即“在岗位上”——笔者注）的人们，布哈林们自然也主张支持无产阶级作家的，但又以为最要紧的是要有创作。”②

苏联20年代初关于文艺政策的这场论争，对于中国最重大的影响就是直接激起了中国关于无产阶级革命文学的论争。从当时参加论争的冯乃超、成仿吾、蒋光慈、李初梨、钱杏邨、彭康、鲁迅、郭沫若、茅盾等人的言论看，属于“创造社”的郭沫若、冯乃超、成仿吾、李初梨、彭康和“太阳社”的蒋光慈、钱杏邨等人较多吸收了“岗位派”“列夫派”的左倾思想。如郭沫若一改其前期热烈的个性解放倾向，提出“当留声机器”说，并指责当时作家们“小资产阶级的根性太浓重了，所以一般的文学家大多数是反革命派”③。冯乃超则断言：“中国的艺术家多出自小资产阶级的层中，……在此社会层中不

---

① 冯雪峰：《〈新俄的文艺政策〉序言》，《鲁迅研究动态》1987年第11期，第34页。

② 鲁迅：《〈文艺政策〉后记》，《鲁迅序跋集》上卷，山东画报出版社2004年版，第258页。

③ 麦克昂（郭沫若）：《桌子的跳舞》，北京大学等主编《文学运动史料选》第2册，上海教育出版社1979年版，第103页。

会诞生伟大的艺术家。"[①] 蒋光慈在《关于革命文学》一文中说："一个作家一定脱离不了社会的关系，在这一种社会的关系之中，他一定有他的经济的，阶级的，政治的地位——在无形之中，他受这一种地位的关系之支配，而养成了一种阶级的心理"，"革命文学应当是反个人主义的文学，它的主人翁应当是群众，而不是个人；它的倾向应当是集体主义，而不是个人主义"[②]。李初梨在《怎样地建设革命文学》中斥责"文学是自我的表现"和"文学的任务在描写社会生活"这两种文学观："一个是观念论的幽灵，个人主义者的呓语；一个是小有产者的把戏，机会主义者的念佛。"并提出："一切的文学，都是宣传。"他还直接攻击鲁迅："对于布鲁乔亚汜是一个最良的代言人，对于普罗列塔利亚是一个最恶的煽动家!"[③] 从中都可以看出苏联"无产阶级文化派""拉普派"隔断文学传统、机械看待作家的阶级性、排斥"同路人"作家等极左倾向的影响。

而当时鲁迅和茅盾对无产阶级文学的看法，则比较接近重视文艺自身特性、重视吸纳"同路人"作家的沃隆斯基、托洛茨基、布哈林等人的观点。如鲁迅在《文艺与革命》一文中肯定了"一切文艺是宣传"的提法，但随即指出："但我以为当先求内容的充实和技巧的上达，不必忙于挂招牌。……革命之所以于口号，标语，布告，电报，教科书……之外，要用文艺者，就因为它是文艺。"[④] 茅盾 1928 年在东京写的《从牯岭到东京》一文的第七节专门发表了对国内文坛"革命文艺"运动的意见，他批评当时所谓"革命文艺"的"新作品""终于自己暴露了不能摆脱'标语口号文学'的拘囿"。他指出："一九一八年至二二年顷，俄国的未来派制造了大批的'标语口号文学'，然而无产阶级不领这个情，农民是更不客气的不睬他们……不但苏俄的群众，莫斯科的领袖们如布哈林，卢那却夫斯基，特洛斯基，也觉得'标语口号文学'已经使人讨厌到不能忍耐了。"他说，"标语口号文学"虽然不缺少"革命的热情"，但"人家来看文学的时候所希望的，并非仅仅是'革命情绪'"。对于当时的"革命文艺"鼓吹者排斥小资产阶级的极左倾向，茅盾指出："中国革命是否竟可抛开小资产阶级，也还是一个费人研究的问题。我就觉得中国革命的前途还不能全然抛开小资产阶级。"[⑤]

---

① 冯乃超：《艺术与社会生活》，北京大学等主编《文学运动史料选》第 2 册，上海教育出版社 1979 年版，第 9 页。

② 蒋光慈：《关于革命文学》，北京大学等主编《文学运动史料选》第 2 册，上海教育出版社 1979 年版，第 26、28 页。

③ 李初梨：《怎样地建设革命文学》，北京大学等主编《文学运动史料选》第 2 册，上海教育出版社 1979 年版，第 31、32、89 页。

④ 鲁迅：《文艺与革命》，北京大学等主编《文学运动史料选》第 2 册，上海教育出版社 1979 年版，第 96 页。

⑤ 茅盾：《从牯岭到东京》，北京大学等主编《文学运动史料选》第 2 册，上海教育出版社 1979 年版，第 145—146、147 页。

苏联当年文艺政策论争中的几派观点，由于有 1925 年 6 月 18 日俄共（布）中央决议做总结，所以它们对中国文坛的影响都还是有限的、得到及时纠正的。而实际上对中国文学事业发生了最长期、最深远影响的，还是俄共（布）的那个决议《关于党在文学方面的政策》。1944 年，延安解放社出版了由周扬编辑的《马克思主义与文艺》一书，该书以“意识形态的文艺”“文艺的特质”“文艺与阶级”“无产阶级文艺”及“作家、批评家”五大部分，辑录了马克思、恩格斯、普列汉诺夫、列宁、斯大林、毛泽东等人有关文学艺术的文章片断和相关言论，书末的“附录”还收录了俄共（布）中央 1925 年的决议《关于党在文学方面的政策》以及 1934 年的《苏联作家协会章程》。该书在 1946 年又出了第二版，在附录中增加了《鲁迅对于左翼作家联盟的意见》。编者周扬在第二版序言中写道：“毛泽东同志的《在延安文艺座谈会上的讲话》给革命文艺指示了新方向。……本书就是企图根据这个讲话的精神来编纂的。……从本书中，我们可以看到毛泽东同志的这个讲话一方面很好地说明了马克思、恩格斯、列宁等人的文艺思想，另一方面，他们的文艺思想又恰好证实了毛泽东同志文艺理论的正确。”① 从中可见，周扬编选这部马克思主义文艺论文集的目的就是与毛泽东文艺思想互为印证，一方面证明毛泽东文艺思想是符合马列主义的，另一方面也把书中辑录的文艺论著和文件列为规范中国文艺事业的指导性文献。这样，俄共（布）1925 年《关于党在文学方面的政策》的决议，就被放到了指导中国共产党文艺事业的纲领性文件的地位。

新中国成立后，《人民日报》于 1951 年 1 月 28 日发表了曹葆华译的俄共（布）中央 1925 年决议，并附加了“编者按语”说：“一九二五年六月苏俄共产党（布）中央关于党在文学方面的政策的决议，在苏联文学发展历史上起了极巨大的指导作用。这个决议发表于苏联新经济政策时期，当时的历史条件、阶级关系与无产阶级文学的发展情况和今天中国当然有很多的差别。但这个决议中所提出的关于党领导文学活动的基本原则在今天仍有现实的教育意义。决议指出：党应当周到地和细心地对待中间作家，使他们尽可能迅速地转到共产主义思想方面来；党对待无产阶级作家，一方面以一切方法帮助他们成长，另一方面以一切手段防止他们骄傲、摆共产党员的架子；对于轻视旧文化遗产、轻视文学专门家的错误态度必须进行坚决斗争；关于无产阶级文学的内容，决议指出：无产阶级文学应‘广泛把握极其复杂的现象，不关闭在一个工厂范围内，不要成为车间的文学，而要成为领导千百万农民前进的伟大的战斗阶级的文学’；在文学形式方面，党不特别支持某一文学派别，而主张文学领域中各种集团和派别的‘自由竞赛’；党积极地指导文学批评和创作的活动，而避免在文学事业上采取行政命令的办法。这个决议是值得我们很好地重新加以研究的。”②

---

① 周扬编：《马克思主义与文艺》，大众书店 1946 年版，第 1 页。

② 曹葆华等译《苏联文学艺术问题》，人民出版社 1953 年版，第 3 页注 1。

对照俄共（布）1925 年决议可以看出，1951 年《人民日报》“编者按语”概括俄共（布）决议的六个要点，其中第一点“对待中间作家”，来自原决议的第十条；第二点“对待无产阶级作家”、第三点“反对轻视旧文化遗产和文学专门家”、第四点“把握复杂现象”“领导农民前进”，均来自原决议的第十一条；第五点“党不特别支持某一文学派别”和“各文学集团、派别自由竞赛”来自原决议的第十三、十四条；第六点“避免文学事业上的行政命令”来自原决议的第十二条。而在原决议中占据几乎一半篇幅着重阐述的诸如“无产阶级文学的性质”“无产阶级作家队伍的建设”“文学战线上的阶级斗争”“辩证唯物论占领文学阵地”等重大问题，这里被大大地简化或淡化了，甚至把如何对待无产阶级作家的问题，放到了“对待中间作家”之后，变成了第二点。而如何“周到地和细心地对待中间作家”，却被提到第一位，并且在谈到同“轻视旧文化遗产、轻视文学专门家的错误态度”做斗争时，还特别加上原文所没有的“坚决”二字予以强调。这不能不说是面对中国几千年农业社会、无产阶级和无产阶级文学队伍尚不壮大、农民和小资产阶级是社会结构和文化事业主体等实际国情，同时借鉴了当年苏联文化政策中“左”的错误教训，而对俄共（布）决议做出的“中国式”解读。这六条原则，实际上成为新中国成立后相当长一段时期内文化政策的基本方针。

三、“拉普”文艺政策的中国延续

“拉普”（РАПП）是 20 世纪 20—30 年代初苏联最大的文学团体——俄罗斯无产阶级作家联合会（Российская ассоциация пролетарных писателей）俄文缩写的音译。“拉普”的活动可以分为前后两个阶段：前一阶段从 1923 年到 1925 年，以《在岗位上》杂志为主要阵地，反对托洛茨基及各种非无产阶级倾向的文学主张，捍卫无产阶级文学原则，但排斥不同观点作家，甚至把高尔基和马雅可夫斯基也列为“同路人”加以攻击；后一阶段从 1926 年到 1932 年，自俄共（布）中央作出《关于党在文学方面的政策》的决议之后，“拉普”领导中的一些极端成员被撤销职务，新领导对斯大林的文艺政策采取亦步亦趋的迎合态度，但仍没放弃自己在文学事业中拥有绝对领导权的霸气。

“拉普”对在政治上持异端态度的“同路人”作家采取残酷围剿和打压的办法。比如对曾公开表示“我不是共产党人，我不认为我必须是一个共产党人，必须按共产党人的方式来写作”① 的小说家皮里尼亚克（Борис Андреевич Пильняк，1894—1938，一说 1941），以及对创作了反乌托邦讽刺小说《地槽》（Котлован）的普拉东诺夫（Андрей Платонович Платонов，1899—1951），“拉普”都曾在报刊上组织过大规模的批判，并禁

① 《关于俄共（布）的文艺政策问题——专题讨论会速记稿（1924 年 5 月 9 日）》，张秋华、彭克巽、雷光编选《“拉普”资料汇编》（上），中国社会科学出版社 1981 年版，第 134 页。

止他们著作的出版。甚至一些曾经追随过皮里尼亚克的青年作家，也被扣上“皮里尼亚克分子”的帽子加以株连和迫害。

1930年4月14日，一直被“拉普”列为“同路人”的俄罗斯杰出诗人B. B. 马雅可夫斯基（1893—1930）在莫斯科饮弹自杀。马雅可夫斯基自杀事件，实际上意味着俄苏文学精英队伍的崩溃。连代表俄共文艺领导意志的《文学报》在时隔8年之后的一篇编辑部文章中也不得不承认：“在弗拉基米尔·马雅可夫斯基去世之后已经过了将近8年了，在这段时间里，我们的诗歌还没有出现一部就思想政治意义和艺术技巧而言，接近马雅可夫斯基水平的作品。”①

然而，“拉普”派文艺领导人并没有从马雅可夫斯基自杀这桩文坛悲剧中吸取教训，反而继续推行其违反艺术规律的极左政策。他们“公开号召工人突击队员加入文学。过了3个月，莫斯科无产阶级作家协会的执行书记就自豪地宣称：到目前为止，莫斯科组织已经招来了200位作家，他们中间有35%是工人；以后又招来了2000名作家，他们中90%是工人突击队员”。“拉普”领导人要求“作家要掌握技术，因为没有这个就不能反映社会主义工业化。作家被编成生产队派往工地”。“拉普”还规定每一个作家都要“尽快着手艺术地展现五年计划的英雄”。“拉普”强迫作家参加各种文学“生产会议”，如“诗歌问题”生产会议、戏剧生产会议、特写作家生产会议等。而红军指挥官们则要求：“作家同志们，推动人民准备应征！”②

让工农大众直接掌握文学艺术的话语权，可以说是国际无产阶级文学运动普遍的最高理想。这在中国20世纪30年代“文艺大众化”的争论中已有一定的理论响应③，在中国共产党领导的“苏区”和抗战时期的延安革命根据地也有具体实施④。在毛泽东发表《在延安文艺座谈会上的讲话》之后不到5个月，1942年10月4日，时任中共中央总学习委员会副主任的康生在延安《解放日报》上撰文《提倡工农写文章》，提出“应积极组织工农分子写文章”，“提高工农干部写文章的热情和信心，打破只有知识分子才能写文章的错误心理”⑤。1943年12月26日，《解放日报》发表周扬的文章《一位不识字的劳动诗人——孙万福》，标志着从理论上肯定了“工农兵文学创作”的诞生。

不过，直到20世纪50年代中期，“工农兵创作”的主张还基本上是服从于承认艺术规律的创作正规化要求的。1950年10月1日，文协（作协前身）主席茅盾在《人民日报》上发表文章《争取发展到更高的阶段》，一方面肯定新中国成立一周年来“工人作家

---

① Баевский В. С.: *История Русской литературы* ⅩⅩ *века*, изд. Языки русской культуры 1999, с. 165.

② Баевский В. С.: *История Русской литературы* ⅩⅩ *века*, изд. Языки русской культуры 1999, с. 162.

③ 如在1932年左联《北斗》杂志社组织的“创作不振之原因及出路”征文中，就有姚蓬子说：“我们必须从大众中间，尤其是劳动者中间，培养工农出身的新作家。”见《北斗》第2卷第1期，第166页。

④ 参见赵卫东《延安文学体制的生成与确立》，《世界文学评论》2008年第2期，第288—289页。

⑤ 康生：《提倡工农同志写文章》，延安《解放日报》1942年10月4日第1版。

也产生了，他们的作品在内容和形式方面都达到了相当高的水平”，但同时又指出“需要有大批的职业作家。在文艺圈子里，要有重视职业作家的风气”。他说：“对于‘职业作家’，社会上或多或少存在着不正确的看法。然而事实上近代文学史上的大作家十之八九是职业作家——即以写作为唯一的职业。在社会主义的苏联，最大多数的作家就是职业作家。”他提出：“尽可能使作家（或自愿以写作为职业的作家）不干行政工作，不打杂。”① 50 年代初成立的中央文学研究所（后改称“中国作协文学讲习所”），其学员许多是来自革命老区、在当时文坛上崭露头角的工农兵青年作者，如马烽、西戎、李若冰（沙驼铃）、雷加、张学新、杨润身等。研究所要求学员“经两年学习研究，能提高一定的政治及业务水平，掌握毛泽东文艺方向进行创作”②。而到了 50 年代中期，这种通过专业作家的指导，培养和提高工农兵作者文化和艺术水平的方针，却被说成是“看不起工农”、引导工农作者走“成名成家”道路、压制工农群众创作热情的政治立场和文艺路线问题。特别是“反右倾”斗争以后，有感于“资产阶级知识分子”的不可靠，“建立工人阶级作家队伍”③ 的任务被提到日程上来。

1958 年 3 月，在中共中央政治局扩大会议（成都会议）上，毛泽东提出要搜集民歌。在同年 4 月召开的中共中央汉口工作会议上，他“号召各省搞民歌，……大、中、小学生，发动他们写，军队也要写”④。善于揣摩毛泽东心意的时任上海市委书记的柯庆施在同年 5 月召开的中共八大二次会议上，作了一个关于文化“大跃进”的发言。该发言后来以《劳动人民一定要做文化的主人》为题，发表在 1958 年 6 月 1 日出版的《红旗》杂志创刊号上。文中讲到 15 年后中国的文艺时说：“到那时，新的文化艺术生活，将成为工人、农民生活中的家常便饭，不但有了更好地为工农兵服务的文学艺术，而且工人农民士兵自己也能更普遍、更高明地动手创造文化艺术。每个厂矿、每个合作社都有图书馆、文化馆、歌咏队、演剧队，都有自己的屈原、鲁迅和聂耳。”⑤

据“大跃进”期间各地的报道，在村村“都有自己的李白、鲁迅和聂耳，自己的梅兰芳和郭兰英”“每县都要出一个郭沫若”的口号号召下，工农兵文艺创作变成了一场轰轰烈烈的运动群众的闹剧。如中共山西阳城县委在 1958 年 11 月 14 日作出决定：“全党动员，全民执笔，苦战一个月，立说四十万，精选一万篇，著书一百册。”“河北束鹿县县委书记亲自挂帅，审问稿件、领导创作，全县成立了五千多个创作组，百分之七十的人口参加了创作活动。沈阳市铁西区党委在其治下的九十五个工厂里，建立起三百三十

---

① 茅盾：《争取发展到更高的阶段》，《人民日报》1950 年 10 月 1 日第 13 版。

② 转引自李洁非《工农兵创作与文学乌托邦》，《上海文化》2010 年第 3 期，第 23 页。

③ 《文汇报》社论：《建立工人阶级作家队伍的道路》，《文汇报》1957 年 12 月 30 日。

④ 吴继金：《1958 年，全民写诗忙》，《文史博览》2010 年第 2 期，第 28 页。

⑤ 柯庆施：《劳动人民一定要做文化的主人》，《红旗》1958 年第 1 期，第 29 页。

二个业余文艺创作小组，有创作员两千六百多人，差不多所有车间都建立了创作小组，带动每个工人搞创作。”上海工人一年创作的“文学作品”在200万篇以上，而天津“以工人业余作者为骨干的群众创作活动”，共创作各种“文艺作品”370余万件。①

有感于当时大规模群众创作的浮夸和浮躁，时任天津《新港》文学月刊副主编的作家王昌定以“吴雁”的笔名，在1959年《新港》第8期上发表了一篇杂文《创作，需要才能》。没想到一下子引火烧身，成了“反右倾”运动中文艺界批判的典型，并为此遭受不公正待遇几近20年之久。

对照苏联20世纪20—30年代“拉普”派导演的文坛闹剧，虽然不能说中国1958年文化“大跃进”是直接效法苏联“拉普”文艺政策的产物，但可以说，否认艺术规律、否认艺术天赋和素养、混淆体力劳动与脑力劳动的差别、无视社会分工的必要、让工农大众直接参与艺术创作的乌托邦理想，是国际共产主义运动中文化“左派幼稚病”的共同表现。而且中国方面的这种狂热，直到距离苏联“拉普”半个世纪之后的“文化大革命”时期又一次发作，并在理论和实践的荒谬程度上达到新的“极致”。如果说，苏联“拉普”、中国“大跃进”时期的工农创作，还有杰米扬·别德内依、潘菲洛夫、法捷耶夫、肖洛霍夫或是郭沫若、茅盾、周扬这样的专业作家做指导者或评判者的话，那么“文革”则是把专业作家和文艺知识分子统统打翻在地，而把工农兵直接捧上了“文艺创作主力军”的地位。1972年4月10日《人民日报》载文《县委要抓好文艺创作》，介绍广东梅县地委建设文学创作队伍的基本思路，其首要观点就是认为“工农兵是文艺创作的主力军”②。1974年，“四人帮”发动“批林批孔批周公”运动期间，江青窜到天津市宝坻县小靳庄，插手农民诗歌创作活动，又一次煽起工农群众标语口号式“文学创作”的狂潮。一时间，“工农兵文学创作”满天飞，“《北京文艺》杂志发表的作品中，工农兵业余作者的作品占了百分之九十。北京人民出版社最近四年出版的业余作者的文学作品，也远远超过了‘文化大革命’前十几年出版的群众文学作品的总和”③。直到1976年“四人帮”倒台，这样的文坛闹剧才算最终消歇。

四、“辩证唯物论创作方法”的中国接受

“辩证唯物论创作方法”是“拉普”领导人迎合俄共（布）中央1925年决议中发出的“辩证唯物论……在文学领域中夺取阵地，也同样地早晚应当成为事实”的号召，在1928年提出来的。1928年5月召开的全苏第一次无产阶级作家代表大会在其决议《文化

① 参见李洁非《工农兵创作与文学乌托邦》，《上海文化》2010年第3期，第31页。

② 中共广东梅县地区委员会写作小组：《县委要抓好文艺创作》，《人民日报》1972年4月10日。

③ 转引自李洁非《工农兵创作与文学乌托邦》，《上海文化》2010年第3期，第37页。

革命和当代文学问题》中宣称："只有受辩证唯物主义方法指导的无产阶级作家能够创造一个具有特殊风格的无产阶级文学流派。"①

本来，"方法"一词是一个哲学术语，西文"方法"（英文 method，俄文 метод）来自希腊文 mefhodos，它的两个词根"meta"意为"经过"，"hodos"意为道路。所以就其本义来讲，它是完成一定任务、达到预定目标的途径。最先把这个术语用于文学的是法国自然主义小说家左拉，他在《实验小说论》中提出"应用于小说和戏剧的实验方法"②。这里的"方法"，指的是客观认识自然和人类社会的原则态度，实质上是把自然科学方法用于文学。直到苏联"拉普"派文论家提出"辩证唯物论创作方法"口号，"方法"仍意味着对现实进行哲学理解的原则。这样，在世界艺术中，就如同哲学上唯物主义与唯心主义两大阵营的分野一样，只能存在着两种直接相反、互相敌对的方法——即"现实主义的方法和浪漫主义的方法"③。

"拉普"派理论家的"创作方法"论，从理论上讲有两点错误：一，把人类对现实的艺术掌握简单等同于人的一般认识活动，在文艺领域照搬一般认识活动中的方法论原则，从而抹杀了人对现实的艺术认识的特点（因为把现实概括成抽象的理论形式，也可以是符合唯物辩证法的）。二，把属于认识论范畴的方法与具体的艺术表现方法混为一谈，并进而推出一些具体作品作为体现唯物辩证法方法的样板，如当时提出"杰米扬④化"的口号，这就把文学创作引向某种单一的模式。

不管杰米扬·别德内依在创作上的成就究竟如何，他的作品在当时如何适应社会需要，如何获得读者大众的喜爱，把一个作家奉为楷模，要求所有作家去效法和模仿，搞什么"化"，这总是违反艺术规律的。所以苏联当年的一位"同路人"作家伊利亚·谢里温斯基（Илья Сельвинский，1899—1968）就写过这样一段题词来讽刺"杰米扬化"，他说："文学不是阅兵/用整齐一致要求它/我很喜欢杰米扬化/但又恶心它的贫乏。"⑤

苏联"拉普"提出"辩证唯物论创作方法"，其本意是摈弃从观念出发的"浪漫主

① "Культурная революция и вопросы современной литературы"，*На посту* №13/14，с. 9.

② 伍蠡甫、胡经之主编：《西方文艺理论名著选编》，北京大学出版社1986年版，第226页。

③ А. А. Фадеев：*За тридцать лет*，М. 1957，с. 67.

④ 杰米扬·别德内依（Демьян Бедный，真名 Ефим Алексеевич Придворов，1883—1945）是一位积极追随布尔什维克革命的共产党员作家，早年以讽刺寓言和诗歌成名。他积极配合苏联社会主义革命和建设，写了许多热情洋溢的革命抒情诗和辛辣幽默的讽刺寓言。其语言通俗平易，风格朴实诙谐，是苏维埃大众诗歌的创始人，也是文学家中荣获苏联"红旗勋章"的第一人。但后来因讽刺小品文《从热炕上爬下来吧》（*Слезай с печки*）和《不讲情面》（*Без пощады*）等，受到斯大林的严厉批判，认为他在文中对俄罗斯民族特点的批评是"对我国人民的诽谤，是对苏联的侮辱，对苏联无产阶级的侮辱，对俄罗斯无产阶级的侮辱"，这就使他在苏联政治生活和文坛上的地位一落千丈，直至1938年被开除出党。

⑤ Баевский В. С.：*История Русской литературы ХХ века*，изд. Языки русской культуры 1999，с. 109.

义”和恪守现实的“粗朴的写实主义”。但这个口号传入中国后，一个有意思的情况是，对其反响最强烈、执行最积极的却不是现实主义派作家，而恰恰是在“五四”文学革命中积极主张浪漫主义的太阳社和创造社成员。这恐怕只能由太阳社、创造社这些激进的青年作家在20世纪20年代后期纷纷投入“革命文学”大潮，对自己当年的“革命浪漫蒂克”深恶痛绝、毅然决裂来解释了。

然而，比起当年“概念的故事体讲解”和“革命加恋爱”的“革命浪漫蒂克”，“辩证唯物论创作方法”在中国左翼文坛上则覆盖面更广，影响也更为深远，几乎当时所有左翼作家都接受了这一口号。

成仿吾在1923年撰写、1928年2月发表的《从文学革命到革命文学》中，曾提出“努力获得辩证法的唯物论，努力把握唯物的辩证法的方法”，但那还只是哲学意义上的世界观和方法论。作为指导文学创作与评论的艺术方法，最早见诸文字要属当时担任中共领导人的瞿秋白在1930年为阳翰笙（笔名华汉）创作的三部曲《地泉》（通称“华汉三部曲”①）写的序言《革命的浪漫谛克——〈地泉〉序》。在这篇序言中，瞿秋白批评阳翰笙的小说是典型的带有“革命浪漫谛克”倾向的“普罗文学”作品。他指出：“我们应当走上唯物辩证法的现实主义的路线，应当深刻的认识客观的现实，应当抛弃一切自欺欺人的浪漫谛克。”② 而阳翰笙本人后来则接受了这一批评，承认自己的创作是走了“浪漫谛克的路线，而不在创作方法上去走唯物辩证法的现实主义的路线”③。

1932年，瞿秋白在茅盾发表了小说《三人行》之后，还用“辩证唯物论创作方法”理论写了评论文章《谈谈〈三人行〉》。文中写道：“《三人行》的创作方法是违反第亚力克谛——辩证法的，单就三种人物的生长和转变来看，都是没有切合现实生活的发展过程的。”他又说：“如果《三人行》的作者从此能用极大的努力，去取得普洛的唯物辩证法的宇宙观和创作法，那么，《三人行》将要是他的很有益处的失败，并且，这是对于一般革命的作家的教训。”④

1932年1月，左联机关刊物《北斗》杂志第二卷第一期组织了一次题为“创作不振之原因及其出路”的征文活动。参加讨论的左翼作家中有许多人使用了“辩证唯物论创作方法”这一时髦术语。如左翼诗人穆木天（1900—1971）在文中写道：“我们用什么样

---

① 该书包括三部中篇：《深入》（原名《暗夜》），1928年8月写成，同年12月由创造社出版部初版；《转换》（原名《寒梅》），1929年7月写成，同年12月由上海平凡书局初版；《复兴》，1930年7月写成，同年10月与前两篇合成三部曲，取名《地泉》，由上海平凡书局初版。

② 易嘉（瞿秋白）：《革命的浪漫谛克——〈地泉〉序》，《阳翰笙选集》第4卷，四川人民出版社1989年版，第81页。

③ 易嘉（瞿秋白）：《革命的浪漫谛克——〈地泉〉序》，《阳翰笙选集》第4卷，四川人民出版社1989年版，第73—74页。

④ 瞿秋白：《谈谈〈三人行〉》，《瞿秋白论文学》，人民文学出版社1959年版，第92、93页。

的手法去写实呢？当然我们要以科学的——当然是唯物的辩证法的——方法，作我们的认识我们现在社会的武器啦。”他说：“我们要辩证法地去把握一切的社会过程，而辩证法地去把他再现在作品里边。”他甚至接过苏联“拉普”把文学创作当作工人“生产”的观点，提出“我们要如汽车工人制造汽车似地制造我们的作品。无论是诗歌，小说，剧曲，电影剧，我们对它都要有汽车制造工人制造汽车时所持的态度”①。郑伯奇在文中说：“把握唯物的辩证法是克服这些错误倾向的唯一方法。把握唯物辩证法去观察社会认识社会，自然不会得到观念论的；把握着唯物的辩证法去处理题材表现题材，作品自然不会堕入观念论的陷阱，更不会跑到唯美的非大众化的歧途。”②

在这场讨论中，只有鲁迅以他特有的幽默和冷峻，委婉地表达了自己对以某种公式或主义指导创作的不屑。他在后来题为《答北斗杂志社问》的文章中写道：“来信的问题，是要请美国作家和中国上海教授们做的，他们满肚子是‘小说法程’和‘小说作法’。我虽然做过二十来篇短篇小说，但一向没有‘宿见’，正如我虽然会说中国话，却不会写‘中国语法入门’一样。”③ 他告诉给人们的八条创作经验④，突出了对生活的观察、材料的积累以及对前人优秀作品的揣摩学习，确实是文学创作的经验之谈，实际上也抵制了苏联的“辩证唯物论创作方法”。

就在这一期的《北斗》杂志上，还刊有冯雪峰（署名何丹仁）评论丁玲小说《水》的文章《关于新的小说的诞生——评丁玲的〈水〉》。《水》是丁玲写的一篇反映农村水灾中农民疾苦和阶级矛盾的中篇小说，连载于 1931 年 9 月、10 月的《北斗》月刊创刊号和第二期上。冯雪峰在评论中认为，丁玲的《水》有三方面优点，其一，“作者取用了重大的巨大的现时的题材”；其二，“显示作者对于阶级斗争的正确的坚决的理解”；其三，“作者有了新的描写方法，在《水》里面，不是一个或二个的主人公，而是一大群的大众，不是个人的心理的分析，而且是集体的行动的开展。”据此，冯雪峰得出自己的结论：“在现在，新的小说家，是一个能够正确地理解阶级斗争，站在工农大众利益上，特别看到工农劳苦大众的力量及其出路，具有唯物辩证法的作家！这样的作家所写的小说，

---

① 穆木天：《创作不振之原因及其出路》，《北斗》1932 年第 2 卷第 1 期，第 150 页。

② 郑伯奇：《创作不振之原因及其出路》，《北斗》1932 年第 2 卷第 1 期，第 161 页。

③ 鲁迅：《答北斗杂志社问》，《北斗》1932 年第 2 卷第 1 期，第 153 页。

④ 八条创作经验：一，留心各样的事情，多看看，不看到一点就写。二，写不出的时候不硬写。三，模特儿不用一个一定的人，看得多了，凑合起来的。四，写完后至少看两遍，竭力将可有可无的字、句、段删去，毫不可惜。宁可将可作小说的材料缩成 Sketch，决不将 Sketch 材料拉成小说。五，看外国的短篇小说，几乎全是东欧及北欧作品，也看日本作品。六，不生造除自己之外，谁也不懂的形容词之类。七，不相信“小说作法”之类的话。八，不相信中国的所谓“批评家”之类的话，而看看可靠的外国批评家的评论。

才算是新的小说。"① 这样，冯雪峰就把丁玲的这篇小说确定为体现"辩证唯物论创作方法"的初步成果。

曾经多年恪守现实主义创作原则的茅盾也积极参加了这场鼓吹"辩证唯物论创作方法"的理论大合唱，在他1932年发表的《〈地泉〉读后感》中评论阳翰笙的《地泉》说："我的中心论点是：一个作家应该怎样地根据了他所获得的对于现社会的认识，而用艺术的手腕表现出来。说得明白些，就是一个作家不但对于社会科学应有全部的透澈的知识，并且真能够懂得，并且运用那社会科学的生命素——唯物辩证法；并且以这辩证法为工具，去从繁复的社会现象中分析出它的动律和动向；并且最后，要用形象的言语艺术的手腕来表现社会现象的各方面，从这些现象中指示出未来的途径。"②

事实上，1932年在苏联"辩证唯物论创作方法"已经受到批判和清算，但由于信息传递的延迟，这一理论在中国却还被积极接受和宣传。不过也正是由于苏联自己已经抛弃了这一理论，所以这一提法很快就在中国左翼文学界悄然淡出了。到1942年延安整风期间，毛泽东在《在延安文艺座谈会上的讲话》中说"马克思主义只能包括而不能代替文艺创作中的现实主义"，标志着"辩证唯物论创作方法"口号在中国被彻底否定。

但是，理论上的否定不等于实际影响的终结，这种打着马克思主义标签、具有哲理化色彩的创作主张，遇到适宜的时机还会卷土重来。"文化大革命"期间，在"要搞马克思主义，不要搞修正主义"、批判"修正主义文艺黑线"、"文艺为无产阶级政治服务"等革命口号的包裹下，苏联当年"辩证唯物论创作方法"的精神内涵又一次改头换面得到复活。比如"文革"期间，1973年东北地区八院校合作编写的高校文艺理论教材《马克思主义文艺理论基本问题》，在"文艺高于实际生活"一节中就写道："革命的文艺家根据辩证唯物主义和历史唯物主义的观点去认识生活，反映生活。因此，他总是从无产阶级的革命理想出发去评价生活，描写生活，塑造形象，正确地揭示生活的本质和规律……"③ 在"艺术典型是高度概括的艺术形象"一节里说："列宁和毛主席关于共性与个性统一的辩证法，对理解、塑造和评价艺术典型提供了方法论的基础。"④ 并大段引用了列宁《谈谈辩证法问题》和毛泽东《矛盾论》中关于个别与一般、矛盾的普遍性与特殊性的语录。这就把从生活出发的现实主义创作观，变成了从理念出发的唯心主义创作观；把写出活生生"这一个"的马克思主义的"典型"观，变成了哲学意义上的"共性与个性统一"的"类型"观。该教材还要求文艺工作者"通过去粗取精、去伪存真、由此及

---

① 冯雪峰（署名何丹仁）：《关于新的小说的诞生——评丁玲的〈水〉》，《北斗》1932年第2卷第1期，第285、286页。

② 茅盾：《〈地泉〉读后感》，《阳翰笙选集》第4卷，四川人民出版社1989年版，第84页。

③ 东北地区八院校：《马克思主义文艺理论基本问题》（内部教材），1973年版，第103页。

④ 东北地区八院校：《马克思主义文艺理论基本问题》（内部教材），1973年版，第132页。

彼、由表及里的改造制作过程，使作者的认识由感性阶段发展到理性阶段，达到由个别到整体，由现象到本质，由特殊到一般的飞跃”。并强调指出：“只有取得这个认识，才能分清路线是非，才能认清事物的本质和主流，才能掌握生活的本质和规律。”① 这一切都不是要求文艺工作者从活生生的、审美的、个性化的艺术感知出发去塑造鲜活生动的艺术形象，而是抛弃个性，舍弃表象，直接从个别上升到一般，达到对“事物本质规律”的宏观把握。这恰恰是与真正的现实主义艺术创作道路背道而驰的。实际上分明是“在文学艺术作品中写哲学讲义”（毛泽东语），从而重蹈了苏联“拉普”“辩证唯物论创作方法”的覆辙。

回顾20世纪俄苏无产阶级文学运动在中国文坛的反响，可以看出，虽然总的来说俄苏无产阶级文学运动对中国现代文学的影响主流是积极的，但它本身所存在的谬误、偏激或不成熟，也给20世纪中国文学带来过消极的影响。过去我们“以俄为师”，从俄罗斯无产阶级文学中汲取过不少有益的养料；但同时我们还要“以俄为镜”，通过分析批判俄苏方面的失误，来纠正我们自己文学发展中的偏差。当然，从异民族文学交流的相互性和文学接受的交互主体性角度来看，每一民族在接受外来文学思潮的时候，总有自己的选择，总要受自身接受条件的制约。因此，对于中国文学在吸纳俄苏文学经验中出现的某些偏差和失误，似乎也不应全怪对方，其中也有我们自己的责任，有我们自己所处的社会历史条件、现实政治环境等客观因素和思想认识水平、民族心理、文化视界等主观因素的共同作用，需要我们认真地总结和反思。正如中国社会科学院文学研究所研究员钱中文教授所指出的：“半个世纪以来，苏联的文学观念对我国的文学理论影响很大。特别是20世纪50年代，它在我国传播了一些马克思主义文艺知识，另一方面它本身教条化、简单化的东西不少，影响着我国文学界与学校的教学工作。但是作为最基本的文学观念都是我们自己的，在简单化、庸俗化方面，大大超过了苏联文学理论，而且自成体系。”② 正视历史，才能更好地前进；总结教训，是为了创造新的繁荣。本文所做的上述回顾，其意义正在于此。

---

① 东北地区八院校：《马克思主义文艺理论基本问题》（内部教材），1973年版，第143—144页。

② 钱中文：《文学原理——发展论》，社会科学文献出版社2007年第2版，第69页。

作为共识的延安文艺思想及其当下意义*

王　奎①

摘　要：延安文艺思想是延安时期文艺界各类文艺思想磨合之后达成的共识。强调延安文艺思想的共识性质，具有多重意义：第一，梳理这一共识达成的时代背景以回归历史现场，能够弥补以往史著中对当时中国文艺界谋求团结统一诉求的忽视；第二，梳理这一共识达成的始末，有利于凸显延安文艺思想发展中由认同到共识的发展脉络，探明延安文艺思想的源流；第三，延安文艺思想共识的达成促成了此后中国文艺界的共同行动，这一历史经验对当下主流文艺思想凝聚共识、和而不同的追求有着重要启示意义。

关键词：延安文艺座谈会；和而不同；共识；社会主义核心价值观

社会认同和思想共识的达成是顺利推进公共事业发展的重要前提，尤其在人们思想活动的独立性、选择性、多变性、差异性愈显增强的当下，凝聚共识以促动共同行动成为人们普遍关注的话题。在人类行为研究中，共同行动的发生机制一般可以分为三种，即认同、共识、默契②，但在现实实践中，共同行动的最终达成往往有着非常复杂的过程。总结历史经验，梳理延安时期文艺活动的共同行动，能够较为清晰地呈现出延安时期文艺思想从认同走向共识的进程，这对当下文艺思想凝聚共识提供了重要参照。

延安时期文艺思想作为共和国文艺思想的雏形和直接来源，对其史脉的历史化梳理能够为共和国文艺思想的不断发展创化提供丰富的历史经验。中华人民共和国的成立实现了人们对国家民族统一的共同愿望，“统一”的政治环境为思想的认同与共识达成奠定了基础，文艺思想流派的合流也因此拥有了强有力的现实依托。但在叙述中国现当代文艺思想发展史时，由“现代”向“当代”过渡的阶段中，文艺思想的统一往往会被解释

＊　项目基金：国家社会科学基金重大项目“陕甘宁文艺文献的整理与研究（1934—1949）”（批准号：16ZDA187）、国家社会科学基金青年项目“陕甘宁文艺运动研究（1936—1950）”（批准号：20CZW041）。

①　作者简介：王奎（1992—　），男，文学博士，西藏民族大学文学院讲师。

②　参见张康之、张乾友《论共同行动中的共识与默契》，《天津社会科学》2011年第5期，第58页。

为新的国家政权自上而下对文艺界的“规训”与“改造”，凸显出的是文艺发展的被动性和附属性，却忽略了这一历程中文艺界所达成的认同与共识，遮盖了文艺工作者们参与其间的自觉意识。因此，在梳理延安时期文艺思想发展脉络时，有必要对这一时期文艺界形成认同与共识的历史事实做出强调。

一、危机情境下中国文艺界“认同”的形成

在人类行为研究中，意向一致往往被视为共同行动的主观机制，而认同和共识则被视为意向一致的两种主要形式，因此共同行动也常被分为基于认同的共同行动和基于共识的共同行动。相较而言，基于共识的共同行动是在经过人们相互承认彼此意向的基础上反复沟通与理性取舍后形成的，其形成过程更为复杂曲折；而基于认同的共同行动则大多是在危机情境下的应激反应。① 因此在抗日战争全面爆发初期，中国文艺界在突发的民族危机下出现的一系列应激活动大多可以归为基于认同的共同行动。

全面抗战初期，战争是中国文艺发展最核心的时代背景，中国各地的文艺活动因遭遇相同的民族危机而自觉地发生着转变，文艺界在这一外在力量的干预下逐步搁置争议，在很多层面形成了认同。因战争局势和政治环境的不同，很多史著在叙写这一历史时期文艺活动时往往将之分为解放区、国统区、沦陷区进行三区分述，这一叙述方式凸显出三区之间的差异性，但容易遮蔽三区的共性因素。在统一战线和国共合作的政治环境下，以延安为中心的中国共产党领导的各根据地、边区的文艺活动是整个中国抗战文艺中的重要组成部分，认知延安时期文艺活动不仅仅需要强调其特殊性，同时也需要将之放置于彼时全中国的文艺界来关注它与其他区域文艺活动的共性与内在联系。相较于20世纪30年代，40年代中国文艺界的论争发生频次和激烈程度明显降低了，在“救亡”的大旗下，文艺界探讨的问题得到了聚焦。虽然40年代文艺界论及的问题大多在30年代时已经提及，但在谋求团结统一的诉求下，很多问题在具体分析过程中得到了进一步的深化，从中能够看出人们在文艺观念上逐渐获得认同。具体而言，40年代中国文艺界的焦点主要集中在“民族性”“大众化”“暴露与讽刺”等问题的讨论中。已有研究往往将这几个话题放置于“解放区”文艺的发展脉络中去叙述，事实上，这几个问题并不仅仅是“解放区”文艺活动中的焦点，它们同样是整个中国文艺界的热点话题，而且对这类问题的讨论也并非由“解放区”文艺界发起。

“民族性”是40年代战争影响下文学界热议的一个关键词。在30年代初，国民党曾

---

① 参见张康之、张乾友《论共同行动的基础》，《南京农业大学学报（社会科学版）》2011年第2期，第84页。

发起过“民族主义文艺运动”①，但从具体论争来看，其中更多凸显出的是国民党文艺与左翼文艺之间的冲突与分歧。对比30年代初的“民族主义文艺运动”，40年代民族主义文艺的讨论环境在抗日民族统一战线的基础上由曾经的宗派斗争转向民族独立斗争，文艺界相关议题更为直接地涉及文艺内部的具体问题。抗日战争的全面爆发使中国社会的民族意识空前高涨，民族独立的争取带动了整个社会方方面面的民族性追求。在文艺方面，民族性追求主要表现在对“五四”以来建立的中国现代文艺形式欧化倾向的反思，在“去欧化”的追求下进行了文艺民族化探索。

文艺界对文艺民族化的探索主要集中在形式和内容层面上。在文艺形式上，民族形式的讨论和实践均取得了显著成效。就小说而言，小说在“用语、对白、结构、布局、叙说、描写等等方面看来，都和外国作品相差得很远了，变成一种混合种的中国产品了”②。小说民族形式的探索主要是对“旧形式”的开发与利用和对“新形式”的探索与创造。人们对传统的章回体小说有了进一步的认识，通过“旧瓶装新酒”的理论设想与实践促成了“旧形式”的现代化发展。从延安时期的新英雄传奇小说到张恨水、张爱玲等人的小说中，可以较为鲜明地看出“旧形式”的现代化发展中所呈现出的活力。随着人们对小说认识的进一步深入，对此前20多年现代小说实践中所建构的现代小说范式弊病的不满，成为小说家们对小说“新形式”探索的重要推动力。尤其是全面抗战的爆发所引发的报告文学创作热潮，促使了小说的散文化，或小说的报告文学化；出于民族战争宣传的需要，在“大众化”的实践中，民间形式的开掘促成了“故事体”“平话体”等类小说形式的深入探索，以赵树理为代表的新的小说范式的出现和以徐讦为代表的“现代罗曼司”的风行体现了小说在这方面的努力。在文艺内容上，对“与抗战无关”的声讨促使文艺界将目光集中于战争环境下的现实社会，展现民族精神，宣扬中国作风与中国气派。在民族性追求的整体趋向下，不同的创作个体和文艺流派在不同地域的战争环境中进行了不同方向的探索。战争题材文艺作品的大量涌现无疑是这一时期文艺界最为鲜明的特征。文艺工作者的“入伍”与部队文艺的发展，使文艺界产生了一大批具有纪实性和新闻性的战争题材文艺作品。

“大众化”是40年代战时中国文艺界的另一个关键词。40年代文艺界对“大众化”的讨论是对30年代左翼文艺“大众化”讨论的进一步延伸。不同的是，在民族独立战争的背景下，“大众化”有了更为集中更为具体的目的。在战争环境中，文艺活动的一个明确目标是鼓动民众抗战，宣传政治意识形态，对此，文艺界对“大众化”的讨论主要是站在对“五四”以来所建构的现代文学范式的反思上展开的。1942年10月，时为沦陷区

---

① 参见《民族主义文艺运动宣言》，《前锋月刊》1930年第1期，第266—277页。

② 欧阳山：《我写大众小说的经过》，《抗战文艺》1941年第1期，第80页。

的北平文艺界[①]曾做过一个“小说的内容形式问题”的征答，编辑者抛出有关小说的七个话题，而应答者却集中地谈到了小说“大众化”的问题。首先，在应答者的论述中，都有着一个潜在的前提：小说是写给大众的。“文艺小说”是否得到大众的普遍接受是评判其成功与否的一个标准。其次，他们对“五四”以来的“文艺小说”整体上持否定意见。“五四时代的领导者，是新兴的资产阶级，买办，高等华人的乌合之众，所以一开始就脱离了民众”[②]，“通俗大众，向未经心”[③]。再次，应答者对于作为小说读者的“大众”接受能力整体上比较悲观。大众接受能力有限，多数人甚至并不具备阅读能力，“先让一般民众能够读书，然后才谈得到读什么的问题”[④]。可见在北平沦陷区进行的这次讨论的焦点与延安文艺座谈会上的文艺为什么人服务、如何服务等问题有很大契合。

40年代文艺界所值得关注的问题除了“民族性”和“大众化”之外，还有“暴露与讽刺”的问题。例如，张天翼《华威先生》引发的论争；文学语言的问题，如文学作品中方言的运用和欧化语言的批判；“主义”的问题，如对自然主义的放逐及对“新现实主义”“新浪漫主义”的建构与阐发等；马克思主义文学观的问题，如典型化手法的讨论、阶级论批评观念的实践等；文艺形式跨文体尝试的问题，如小说、散文、报告文学、民间故事等各类文体的互相渗透等。整体而言，这些问题在当时的中国文艺界并不是新问题了，但由于现实环境的变化，这类问题的讨论并没有像此前的讨论那样有争论而无结论，有观点而无认同。

在40年代中国文艺界全局视野下反观中共领导的各根据地、边区的文艺论争，更能凸显出文艺家们在这类问题的讨论中，对团结、统一、认同的追求。很多文艺界的问题在各根据地、边区讨论时，大多会产生一定的结论，什么是“正确”的，什么是“错误”的，什么是应该提倡的，什么是应该批判的，这些结论其实就是人们力图在分歧中谋求认同。在文艺界问题的聚焦和深入讨论中，认同与共识的形成为文艺工作者们的共同行动奠定了基础。战时中国文学生态促成了战时中国文学生产机制的形成，各根据地、边区在共产党的领导之下，在文艺活动方面打造了具有更强组织性、更明确目的性、更高效行动力的文艺生产机制，它让文学更为有效地服务于战争，服务于政治，客观上辅助了中国的民族独立与中国共产党在第三次国内革命战争中政权的获取。

---

① 当时北平在国民伪政府统治之下创办了许多文艺刊物，以《国民杂志》为代表的刊物刊发了一些具有鲜明政治色彩与日伪立场的文章，往往被认为是“汉奸文学”的一个阵地，但其中也有如关永吉、袁犀等作家在殖民文化统治的言论管控下“戴着镣铐跳舞”，使民族文学文化在华北沦陷区的殖民语境中得以留存。

② 上官筝：《答国民杂志社问》，《国民杂志》1942年第10期，第36页。

③ 新钞：《答》，《国民杂志》1942年第10期，第40页。

④ 楚天阔：《过去，现在，未来》，《国民杂志》1942年第10期，第45页。

二、延安文艺思想“共识”的达成

在共同行动理论中，行动意向一般可以分为“是否共同行动的意向”和“如何共同行动的意向”，只有同时具备这两个行动意向才能催发共同行动的生成。延安时期各根据地、边区的文艺工作者们大多拥有“左翼”身份标签，共同奔赴延安或各根据地、边区，互称“同志”、参与实际斗争等，这些实际行动其实已经属于一种共同行动了。从这些共同行动中便能够看出延安时期的文艺工作者们在“是否共同行动的意向”和“如何共同行动的意向”的行动意向上达成了认同。但认同不等于共识，一般而言，共识的达成需要经过相互承认、反复沟通与理性取舍三个环节，从这一视角看，延安文艺座谈会之前延安及各根据地、边区的文艺活动和文艺论争中文艺工作者们所展开的共同行动，更多地属于基于认同的共同行动，还不能真正地被视为基于共识的共同行动。相较而言，《在延安文艺座谈会上的讲话》（以下简称“延安《讲话》”）的形成真正完成了共识的三个环节，属于延安时期党的文艺思想上的一次共识。

强调延安《讲话》的共识性有多个层面的意义。首先，它有利于凸显延安时期前期文艺界思想的分歧处，从而便于有针对性地制定文艺政策。延安时期文艺活动中，前期文艺形态的多样化反映出的是其文学创作主体构成的复杂性。各根据地、边区本土的民间文艺，紧密依附中国共产党和中国工农红军而活动的苏区文艺，从亭子间走出来的左翼文艺，是延安时期文学初期的三股主要力量。随着全面抗战的爆发，大量的左翼文艺家和曾参与过左翼文艺活动的文艺青年、流亡学生涌入了根据地或边区，改变了各地最初的创作主体构成。这些涌入根据地或边区的左翼作家虽然在政治理念和意识形态方面整体上趋于一致，但是由于创作个体在文化背景、知识结构、思想倾向、创作水平、文学理念等方面的差异，形成了延安时期前期文艺形态的多样化。这种多样化文艺形态与1942年之后所呈现出的整一化倾向似乎存在着较大的差异。若从共同行动的视角来看，虽然彼时的文艺工作者在“是否共同行动的意向”和“如何共同行动的意向”上形成了一定的认同，但这种认同或有“同而不和”的趋向，表现在创作上就是“立场是对的，心是好的，意思是懂得的，只是表现不好，结果反倒起了坏作用”①。由此可见，在文艺界的普遍认同之中依旧存在着分歧，主要分歧则在于“如何共同行动的意向”上。而延安《讲话》所提出的为什么人服务和怎么服务等问题正是针对这一问题而形成的共识。

其次，强调延安《讲话》的共识意义，主要在于延安时期文艺思想的发展一定程度上是一个由认同趋向共识的过程，延安《讲话》共识的形成过程代表了延安时期党的文艺思想共识的达成。因而在梳理延安《讲话》共识的形成过程中，延安《讲话》的文艺

---

① 刘白羽：《心灵的历程》，《刘白羽文集》第9册，华艺出版社1995年版，第365页。

思想与此前的苏区文艺思想、左翼文艺思想，与红军、八路军、新四军等部队文艺实践，与各根据地、各边区的地方文艺实践，与国统区、沦陷区的文艺实践等之间的脉络关系，得以更清晰地呈现。延安《讲话》中明确指出："八路军新四军的抗日民主根据地，在这些根据地里面大批文艺工作者和八路军新四军以及工人农民的结合；根据地的文艺工作者和国民党统治区的文艺工作者的环境和任务的区别；目前在延安和各抗日根据地的文艺工作中已经发生的争论问题。——这些就是实际存在的不可否认的事实，我们就要在这些事实的基础上考虑我们的问题。"① 延安《讲话》的"结论"便是在与当时各类文艺思想、文艺活动的互动与比对中生成的。从中能够证实，延安《讲话》的重要价值不仅体现在其文艺思想的创新性和核心内容的巨大阐释空间，而且就其形成过程而言，其意义则在于对促成共识中的相互承认、反复沟通与理性取舍精神的彰显。因此，延安《讲话》不仅是毛泽东文艺思想的重要收获，它与毛泽东此前的《在中国文艺协会成立大会上的讲话》《新民主主义论》《改造我们的学习》《整顿党的作风》《反对党八股》等系列论著的核心思想一脉相承；同时，延安《讲话》也是党的文艺思想和中国共产党人集体智慧的结晶，它是对此前的苏区文艺、左翼文艺、延安前期文艺实践活动的总结；此外，延安《讲话》还是中国现代文艺思想中的重要成果，它是在 20 世纪 40 年代整个中国文艺现实基础上立论的，是对当时中国文艺界所面临问题的有效回应。

再次，强调延安《讲话》共识意义还在于对"1942 年"这一历史关节点的认知由"分水岭"向"断裂处"偏向的校准。"1942 年是一个重要的年份，它在中国现代文学和文化史上的地位仅次于 1917 年。"② 研究者们普遍认为，1942 年是延安时期文艺的分水岭，并以此为界将延安时期文艺划分为前后两个阶段。"分水岭"的表述是符合历史实际的，延安时期文艺在 1942 年前后的风貌固然有着较为鲜明的差异性，但更值得我们注重的是前后两个时期所呈现出的同质性和承启意义。因此，从延安《讲话》文艺思想的共识意义角度看，在文艺界对文艺"形式"的探索中，说"《讲话》发表以后延安文学的面貌才焕然一新，这并不确切"，"试图创造新形式的冲动却早在《讲话》前便形成了"③。在后来的许多研究中，在论述延安《讲话》立竿见影的效果时，强调了前期延安文艺界显在的论争与分歧，却忽视了潜在的认同与共识，从而无意中将 1942 年变成了"延安文艺"的断裂处而非转折处，以致学界对"延安文艺"前期文艺活动及其复杂性的历史化关注不够充分，与此同时，延安《讲话》文艺思想的历史脉络也在这个"断裂处"被割断。

此外，在党的文艺思想发展史中，延安《讲话》文艺思想作为延安时期文艺界的一

① 毛泽东：《毛泽东选集》第 3 卷，人民出版社 1991 年版，第 853 页。

② 李书磊：《1942：走向民间》，山东教育出版社 1998 年版，第 1 页。

③ 李洁非、杨劼：《解读延安——文学、知识分子和文化》，当代中国出版社 2010 年版，第 175 页。

个共识，它在相互承认、反复沟通与理性取舍三个环节中所做的努力是空前的。在延安文艺座谈会召开前，毛泽东就认真搜集和听取各种意见，“为了筹备文艺工作座谈会，中央领导同志通过各种方式交换意见，甚至还在 1942 年 5 月 21 日的中央政治局会议上专门提前讨论了这次文艺座谈会闭幕时要作‘结论’的要点”①。毛泽东在发表讲话前，“事前备有一份提纲。提纲是他本人在同中央其他负责人和身边工作人员商量后亲自拟定的”②。在发表“结论”之前，毛泽东“曾找过当时在中央机关工作的有些同志商量过”，“毛主席准备了一下，写了一个提纲，又找他们来，对他们讲了一遍。大家都说好。然后毛泽东才用这个提纲在大会上讲”③。就座谈会的召开形式而言，“座谈会采取‘邀请’而非‘通知’、三次座谈而非单一报告、有批评而非惩戒等方式进行”④，可见这一文本的形成是建立在广泛认同基础上的。在延安《讲话》的文本中，“引言”开篇便指出这次座谈会的目的之一是“要和大家交换意见”⑤，在“结论”中也指出座谈会上“进行了热烈的争论”⑥。在后来许多当事人的回忆录中可知，座谈会上的发言者各抒己见，多有分歧，甚至有较为激烈的论争，这种语言交往本身便是一种沟通行为，为毛泽东《讲话》“结论”的生成提供了直接的信息。在座谈会之后，延安《讲话》文稿反复修改打磨，最终在座谈会结束近一年半之后才在《解放日报》上公开发表。

由此可见，延安《讲话》文本及其文艺思想的生成并非凭空而来、一蹴而就，它是在广泛征求意见、谋求各方认同的基础上进行理性论证而生成的。因而，延安《讲话》的出现使延安时期的文艺界真正实现了由过去的感性认同到座谈会后的理性共识。延安《讲话》文艺思想共识的形成为之后延安及各根据地、边区的文艺活动明确了方向，各地文艺工作者在对延安《讲话》精神的学习和落实中所取得的创作实绩，能够有力地证实这一共识的有效性；从之后延安时期文艺工作者们留下来的大量回忆录和感言对《讲话》精神的拥护中，能够看出这一共识的权威性；从座谈会之后一直至今人们对其意义进行不断阐释中，能够看出这一共识的持续性。

---

① 李继凯：《在文化磨合与创化中开拓革命文论新境界——重识〈在延安文艺座谈会上的讲话〉》，《中国高校社会科学》2022 年第 3 期，第 84 页。

② 胡乔木：《胡乔木回忆毛泽东》，人民出版社 2014 年版，第 259 页。

③ 柳栩：《文贵在新》，《边疆文学》1978 年第 8 期，第 76—77 页。

④ 李继凯：《在文化磨合与创化中开拓革命文论新境界——重识〈在延安文艺座谈会上的讲话〉》，《中国高校社会科学》2022 年第 3 期，第 85 页。

⑤ 毛泽东：《毛泽东选集》第 3 卷，人民出版社 1991 年版，第 847 页。

⑥ 毛泽东：《毛泽东选集》第 3 卷，人民出版社 1991 年版，第 853 页。

三、延安文艺思想与当代中国文艺政策

在延安文艺座谈会之后到第一次文代会召开之前，以延安《讲话》为核心的延安文艺思想促成了延安及各根据地、边区文艺活动的共同行动。但是延安文艺思想并没有因“当代”文学序幕的开启而走入历史，相反到共和国初期，延安文艺思想得到了进一步推广和落实，它的基本原则甚至被作为重要的理论依据贯穿于当代不同历史时期的文艺政策。因此，从当代文艺政策和文艺思想的不断调整与发展中可以看出，“整个当代中国文艺政策的发展，可以看作是毛泽东《在延安文艺座谈会上的讲话》所提出的美学原则在中国社会主义建设历史阶段不断变化和逻辑发展中调整的过程”①。

1949年7月2日至19日，中华全国文学艺术工作者代表大会在北平召开，这次大会是“从老解放区来的与新解放区来的两部分文艺军队的会师，也是新文艺部队的代表与赞成改造的旧文艺的代表的会师，又是在农村中的、在城市中的、在部队中的这三部分文艺军队的会师”②。在会上，周扬对“毛主席一九四二年在延安文艺座谈会讲话以来，最近七八年间解放区文艺的全部发展过程及其在各方面的成就和经验”做了梳理，将解放区“真正新的人民的文艺”视作一个“伟大的开始”，并指出：“毛主席的《在延安文艺座谈会上的讲话》规定了新中国的文艺的方向，解放区文艺工作者自觉地坚决地实践了这个方向，并以自己的全部经验证明了这个方向的完全正确，深信除此之外再没有第二个方向了，如果有，那就是错误的方向。”③ 周扬在大会的报告中对“解放区”文艺的梳理和介绍有着一定推广意义，暗示着未来中国文艺的发展方向，意味着曾经在“解放区”党领导的“党的文艺”开始向“国家文艺”转变。

但是随着时代的发展变化，延安时期形成的文艺思想共识并没有在共和国前30年内很好地与时俱进。尤其到“文革”时期，形成共识所需的相互承认、反复沟通与理性取舍的现实条件逐渐瓦解，彼时的文艺思想逐步由共和国初期的共识降格为一种被动的认同。

“文革”结束后不久，在“解放思想”的倡导下，人们对共和国前30年的文艺活动进行了总结，在对“文革”时期文艺政策的反思中，肯定了延安《讲话》文艺思想和

---

① 王杰：《中国当代文艺政策的美学基础》，《思想战线》2018年第2期，第121页。

② 周恩来：《在中华全国文学艺术工作者代表大会上的政治报告》，中华全国文学艺术工作者代表大会宣传处编辑《中华全国文学艺术工作者代表大会纪念文集》，新华书店1950年版，第33页。

③ 周扬：《新的人民的文艺——在中华全国文学艺术工作者代表大会上关于解放区文艺运动的报告》，中华全国文学艺术工作者代表大会宣传处编《中华全国文学艺术工作者代表大会纪念文集》，新华书店1950年版，第70页。

50—60 年代中“百花齐放”的文艺观念[①]，并在一些问题上做出新的发展。在文艺与政治关系中强调：“不应该把文艺和政治的关系狭隘地理解为仅仅是要求文艺作品配合当时当地的某项具体政策和某项具体政治任务。政治不能代替艺术。政治不等于艺术。政策图解式的、说教式的、公式化概念化的、标语口号式的作品，由于缺乏生活的真实和艺术的力量，是不为人们所欢迎的，也不能很好地发挥文艺的政治作用。”[②] 邓小平也指出：“党对文艺工作的领导，不是发号施令，不是要求文学艺术从属于临时的、具体的、直接的政治任务，而是根据文学艺术的特征和发展规律，帮助文艺工作者获得条件来不断繁荣文学艺术事业，提高文学艺术水平，创作出无愧于我国伟大人民、伟大时代的优秀文学艺术作品和表演艺术。”[③] 文艺政策的转变直接促成了中国文艺进入“中国特色社会主义文艺新时期”，中国文艺界在改革开放的时代背景下再一次出现百花齐放的局面。

但是随着社会环境的变化，人们的生活方式和价值观念的歧异及分化使人们在很多问题上很难达成认同或共识。尤其到了中国改革开放的深入发展时期，以职业分工为主要依据的现代社会分层结构的形成使不同社会群体间的群体壁垒不断固化，与此同时，全球化、信息化、网络化的迅速发展极大地改变了人们的交往形态，造成同代人之间的文化断裂和隔代人之间的文化代沟。此外，随着消费文化弊端不断显露，它对文艺的负面影响愈加凸显出来，“内容空心化、情趣低俗化、过度娱乐化，价值立场失守、社会责任担当弱化、道德教化功能萎缩、审美涵养稀释，都与消费主义思潮有一定关联”[④]。与之相伴的是，在西方后现代文化影响之下，整个社会的信仰危机、伦理危机、认同危机等悄然出现。这些“危机”的显现，召唤出当代文艺界形成认同与共识的诉求，文艺政策在这样的情境之下做出新的调整。在新时代中国特色社会主义文艺思想的建构过程中，文艺与人民、文艺与社会政治变革、文艺与社会生活、文艺与中华优秀传统文化、文艺与马克思主义等之间的问题得到了新的讨论，在这些问题的讨论中，延安文艺思想的美学原则再次得到人们的关注。

---

① 参见邓小平《邓小平同志代表中共中央和国务院在中国文学艺术工作者第四次代表大会上的祝词》，中国文学艺术界联合会编《中国文学艺术工作者第四次代表大会文集》，四川人民出版社 1980 年版，第 4 页。邓小平在第四次文代会致辞中指出：“我们要继续坚持毛泽东同志提出的文艺为最广大的人民群众、首先是为工农兵服务的方向，坚持百花齐放、推陈出新、洋为中用、古为今用的方针，在艺术创作上提倡不同形式和风格的自由发展，在艺术理论上提倡不同观点和学派的自由讨论。”从中可以看出，“新时期”的文艺政策是在承续毛泽东《在延安文艺座谈会上的讲话》的文艺观，肯定“十七年”时期的“百花齐放”的文艺政策。

② 周扬：《继往开来，繁荣社会主义新时期的文艺——在中国文学艺术工作者第四次代表大会上的报告》，中国文学艺术界联合会编《中国文学艺术工作者第四次代表大会文集》，四川人民出版社 1980 年版，第 37 页。

③ 邓小平：《邓小平同志代表中共中央和国务院在中国文学艺术工作者第四次代表大会上的祝词》，中国文学艺术界联合会编《中国文学艺术工作者第四次代表大会文集》，四川人民出版社 1980 年版，第 4 页。

④ 党圣元：《消费主义思潮对文艺创作的冲击及其应对》，《求是》2014 年第 18 期，第 53 页。

新时代中国特色社会主义文艺思想对以延安《讲话》为核心的延安时期文艺思想的进一步发展，不仅体现在其内在精神上，同时也体现在对文艺思想谋求认同与共识上。在习近平关于文艺工作系列讲话对社会主义核心价值观的反复强调中便能够看出认同与共识的重要意义。“核心价值观是一个民族赖以维系的精神纽带，是一个国家共同的思想道德基础。如果没有共同的核心价值观，一个民族、一个国家就会魂无定所、行无依归。”① 社会主义核心价值观是中国精神的集中体现和时代表达，它是提升民族和人民精神境界的精神支柱和行动向导，“我们要在全社会大力弘扬和践行社会主义核心价值观，使之像空气一样无处不在、无时不有，成为全体人民的共同价值追求”②。社会主义核心价值观的践行路径是多样的，文艺在培育和弘扬社会主义核心价值观中发挥着独特的作用，因此新时代中国特色社会主义文艺理应在创作实践中对社会主义核心价值观进行全方位贯穿和深层次融入，使之成为文艺创作中的核心内容，“使核心价值观生动活泼、活灵活现地体现在文艺作品中，潜移默化、滋养人心，让人们在文化熏陶中感悟认同社会主流价值”③。新时代文艺创作对社会主义核心价值观的弘扬能够有效应对当下的文化认同危机，促进人们核心价值观的统一，从而为新时代人们思想观念中认同的形成和共识的达成提供有利条件。

新时代中国特色社会主义文艺思想建设中对认同与共识的注重还体现在对中华优秀传统文化的大力提倡上。习近平在《在文艺工作座谈会上的讲话》中指出：“中华文化既坚守本根又不断与时俱进，使中华民族保持了坚定的民族自信和强大的修复能力，培育了共同的情感和价值、共同的理想和精神。”④ 这里将中华文化与中华民族共同的情感和价值、理想和精神相关联，体现出的是中华文化对增强民族凝聚与推进民族文化认同方面的重要作用。中华文化是中华民族共同的精神财富，它能够历经几千年的历史一脉相承主要在于它以强大的包容性和开放性，在传承中不断融入外来优秀文化资源和与时俱进的时代精神，并将之内化为其固有文化传统的新的构成部分，这种强大的包容性与开放性显现出其自身高度的文化自信。新时代的文艺工作者是中华优秀传统文化的传承者，也是中华文化开拓创新的建设者，文艺工作者肩负起中华文化继往开来的任务，是中华文化繁荣兴盛的必然要求，也是实现中华民族伟大复兴的必然要求，这一工作任务的明确有利于文艺工作者在行动意向上的统一，也有利于在文化认同的基础上进一步达成新的共识。

“传统社会中一般都存在着某种共识，这种共识是一种全面的，不仅包括行为规范，

---

① 习近平：《在文艺工作座谈会上的讲话》，《人民日报》2015年10月15日第2版。

② 习近平：《在文艺工作座谈会上的讲话》，《人民日报》2015年10月15日第2版。

③ 《中共中央关于繁荣发展社会主义文艺的意见》，《人民日报》2015年10月20日第2版。

④ 习近平：《在文艺工作座谈会上的讲话》，《人民日报》2015年10月15日第2版。

也包括价值与信仰体系，两者并且相当有机地结合为一体的共识。”① 但在近现代以来，这种“共识”在后现代主义思潮中被解构，这一思潮或许有助于人们认识多元的事实，但也同时使人们陷入相对主义乃至虚无主义。对此，我们有必要在这样新的现实面前重新探寻共识，“不管这些共识的范围是多么狭小，也不管其内容多么浅显有如常识，没有一些我们每个人都应尊重和履行的东西，我们就无法生活在同一个世界上”②。在社会主义核心价值观的倡导中，“共同的思想道德基础”的强调和“共同价值追求”在某种意义上就是对失落共识的一次“回归”。这种共识不是独尊一说、排除异己，而是在尊重差异的基础上谋求和而不同，从而实现凝聚共识，广聚英才，寻求最大公约数、画出最大同心圆，汇聚起实现民族复兴的磅礴力量。

---

① 何怀宏：《寻求共识——从〈正义论〉到〈政治自由主义〉》，《读书》1996年第6期，第26页。

② 何怀宏：《寻求共识——从〈正义论〉到〈政治自由主义〉》，《读书》1996年第6期，第28页。

·红色新闻传播研究·

明朗的天：延安木刻宣传画的政治图景传播机制阐释*

许加彪　付可欣①

摘　要：承载政治图景的木刻宣传画采取走向街头、创造文化“空间”和作为书册“伴随”的传播网络，依照被动接受、利益吸引和认同驱动的传播机制。在此基础上，利用树立榜样人物、描绘对比形象和“我们”的生活景观的手段，描绘解放区人民美好生活的木刻宣传画具备了发挥作用、成为“物质性力量”的条件。这种历史智慧可为网络生态的社会治理现代化提供借鉴。

关键词：延安木刻宣传画；政治传播；解放区

一个观念的传播，或者说，一个观念从思想层面落实到实践层面，并非简单的逻辑推演，而是经由特殊的机制作用，始能成效。媒介学方法，是在某一人群的符号活动、组织形式与记忆的输入、归档和流通模式之间建立相应的关系。② 以延安为中心的陕甘宁边区作为模范的抗日根据地，迥异于国统区的社会政治生活，“解放区的天是明朗的天”不仅仅是自然景观的表达，更是一种政治叙事和革命象征，展现了解放区高昂的革命理想和鲜活的生命力。就传递机制而言，“解放区的天是明朗的天”作为一种政治图景，如何通过延安木刻宣传画这一中介而成为社会运动的物质性力量，获得人民思想和行动上的认同与支持？这种思考既可以为阐释历史发展的机制提供丰富的启发，还可以

---

* 项目基金：国家社科基金重大项目“延安时期中国共产党宣传工作史研究与资料库建设”（批准号：23&ZD023）。

① 作者简介：许加彪（1974—　），教授，博士生导师，陕西师范大学新闻与传播学院院长，主要研究方向为传播社会学、新闻传播法制与伦理、影像传播理论。付可欣（1998—　），陕西师范大学新闻与传播学院硕士研究生，主要研究方向为新闻传播史论。

② 参见［法］雷吉斯·德布雷著，黄春柳译《媒介学宣言》，南京大学出版社 2016 年版，第 11—12 页。

为今天网络时代下的社会动员提供历史的借鉴。

一、从观念到具象：政治图景传播的联结介质

延安木刻宣传画作为一种传播介质，承载政治图景的叙事内容，沿着街头、文化“空间”、书册等线路到达群众面前，深入生活场域，获得一种实践性的力量。

（一）走向街头，走进生活

“明朗的天”的政治图景勾勒出一幅美好生活的画面，在木刻宣传画的加持下，走向街头、走进生活是贴近群众的天然选择，也是最有效的传播方式。街头是人民生活的公共空间，亦是人民进行社会交往的重要场所。窑洞、城门口、大街……木刻宣传画随处可见，以通俗的内容和简洁有力的线条画面令民众驻足浏览，“这种带画的‘海报’一贴出去，马上就吸引了观众”①。木刻工作者焦心河在谈到工作重点时，认为以墙报的方式让木刻走进街道、城墙，才能使木刻最终走进人民心中，“每到什么纪念日，我们就印很多木刻，下边写着街头诗，贴在延安的周围”②。

木刻宣传画除了“亮相”街头，广袤的乡间亦有其身影。当时的木刻工作者常下乡体验人民生活，以此汲取创作主题与内容灵感，焕发木刻宣传画的民族性与大众性。如古元曾住在念庄农民家中十余月，一起劳动、生活，学习农民生活的作风和经验。在乡间创作的木刻宣传画能够得到人民的建议反馈，古元常常将作品“展出”于农民炕头，在乡间办起小型“展览”。“画的都是咱们受苦人翻身的事，咱们看得懂，有意思”③，走进乡间的木刻宣传画能够与人民直接沟通，最真挚地传递出作品内在的人民对幸福生活的期盼。《结婚登记》《哥哥的假期》等正是反映人民生活积极变化，又经过修改而得到人民认可的作品。

走向街头、走入乡间，木刻宣传画还更进一步，以民间传统的年画和窗花形式走进人民家中，“新生事物是由于并且在旧事物身上产生效果的”④。1938 年初，江丰和沃渣最早进行木刻新年画的尝试，创作出两幅年画《五谷丰登》和《保卫家乡》，将其套印后发给农家使用。年画形式的木刻吸收了传统年画民族性强、画面明朗欢快的优点，又反映现实生活，情调上充满热爱，较易为群众接受，“在短短的四个钟点中，就销售了六十

---

① 孙新元、尚德周编：《延安岁月——延安时期革命美术活动回忆录》，陕西人民美术出版社 1985 年版，第 386 页。

② 焦心河：《鲁艺两年来的木刻》，《新华日报》1940 年 4 月 26 日第 4 版。

③ 古元：《到“大鲁艺”去学习》，《美术》1962 年第 3 期，第 10 页。

④ ［法］雷吉斯·德布雷著，刘文玲译：《媒介学引论》，中国传媒大学出版社 2013 年版，第 96 页。

五张，这些年画都是老百姓买去的"①。木刻工作者还专门成立"年画研究组"，就年画的内容、手法、纸张颜料、印刷等具体问题进行讨论，并注重搜集群众对年画的意见，及时调整。木刻新年画成为政治图景传播网络中的重要节点，以备产、备荒、丰衣足食、保卫边区为中心内容，通过直接分发、奖励、货郎担、摆摊等方式，达到"家家有新内容的年画"②。

窗花与年画类似，木刻工作者采用陕北民间剪纸的作风，选择新的现实内容进行再创作。罗工柳、古元、夏风等都曾制作出有代表性的窗花作品，如《开荒》《收获》《植树》《识字》等。走进人民家中的木刻宣传画以年画、窗花的形式展示美好向上的生活，激起人民对现实与未来的向往，"农民们也很喜欢《五谷丰登》，上面的事情很使他们羡慕"③。

（二）流动布展，创造文化"空间"

区别于融入街头、乡间，甚至人民家中，木刻宣传画的另一传播渠道力图打造木刻的专属阵地，创造一个个文化"空间"。这里的空间既是地理性的，又是媒介性的，美术团体与工场、木刻展览、木刻刊物等传播渠道都可以被理解为木刻宣传画的文化"空间"。

抗日战争与解放战争期间，解放区时常出现木刻工作团和美术工场的身影，他们根据形势需要前往各地进行宣传工作。木刻工作团和美术工场是"两块招牌一套人马"④，在工作内容上有所区别，工作团偏向创造性，美术工场则强调复制性，批量产制木刻宣传画。作为流动的文化"空间"，工作团和工场将优秀的木刻宣传画从延安带往晋东南、晋察冀等地，既与当地木刻工作者交流学习，又带动新的爱好者加入，活跃了"空间"内的创作氛围。此外，文化"空间"的移动将新型木刻的民族性、大众性特点一同带给各地木刻工作者，呈现"明朗的天"政治图景的木刻宣传画亦随同前去，在广袤园地中生气蓬勃地发挥作用。

木刻展览是大规模、集中性发挥宣传作用的有效方式。从鲁迅引入西方木刻、创办"木刻讲习会"伊始，木刻展览就在传播网络中留下脚印。全面抗战爆发后，边区美协、鲁艺木刻工作团多次在抗日根据地举办流动展览，将木刻宣传画蕴含的思想和精神传至四处。展览结束后，木刻工作者常会总结经验、讨论不足，以期提高作品质量、获得群

---

① 张良：《书报下乡》，《解放日报》1943年3月31日第4版。

② 《延安大学开学 毛泽东同志指示：延大应为抗战及边区政治经济文化建设服务》，《解放日报》1944年5月31日第1版。

③ 《读者往来 关于年画》，《解放日报》1945年5月18日第4版。

④ 孙新元、尚德周编：《延安岁月——延安时期革命美术活动回忆录》，陕西人民美术出版社1985年版，第63页。

众满意，“我认为艺术家不只要能够体验生活，而且最好是生活在民间”①。木刻展览为人民工作、劳动之余提供了欣赏艺术、放松休闲的文化空间，强调光明与普及的木刻宣传画更得到了良好的反映。“老百姓来看的就占着相当的数目字”②，木刻展览作为传播渠道的作用可见一斑。

木刻工作团、美术工场和木刻展览存在于地理坐标上，是物质性的空间。木刻刊物则存在于流传的书册上，作为媒介性的空间。生活、图景、行动、精神在刊物开辟的“空间”内碰撞交流，并随其传播而为更多人认同与接纳。木刻刊物的出现，对应着人民当时的文化水平和需求，“为要适合一般工农群众的兴趣，与一般比较落后的女工童工苦力工人农民的文化水平，党必须注意编印发行画报画册及通俗小册子的工作”③。由此诞生了《抗敌画报》《漫画与木刻》《战场画报》《敌后方木刻》《王家庄》《太行山下》《“土改”木刻集》《中外木刻集》《解放区木刻选集》等刊物、小册子与选集，以图画的形式，或是呼吁坚持抗战，或是表达对美好生活的向往，成为木刻宣传画的重要传播渠道。

（三）“伴随”文字，降低门槛

“在木刻插图方面，由于解放区的通俗书报的印行而特别发展”④，胡蛮讨论了插图木刻和独幅木刻的异同及各自代表，将插图视为木刻宣传画的重要渠道之一。作为插图的木刻常伴随于秧歌剧本、报刊、诗歌、小说、教材等发行，如《货郎担》《瞎子算命》原是秧歌剧本配图，这一形式便利了演戏需要，还能在看图画的同时普及识字教育。⑤

报刊是当时最主要的出版物，木刻宣传画以配图形式出现于报刊，既能够解释文字，也能够丰富文字，从图画出发向读者传递思想与情感，《新中华报》《解放日报》《新华日报》《晋察冀日报》等报刊上就刊载了不少经典作品。如《介绍候选人》（图 1）载于《解放日报》1944 年 9 月 15 日第 2 版，为文章《定边回民乡选举》的配图，刻画了自治乡乡选的一幕，画中一人背着身影于黑板上记录信息，一人站起身面向围坐的群众介绍自己，发表竞选讲演。形象的木刻宣传画与生动的文字相结合，展现了民主政策推行后人民积极参与、发挥权利的崭新面貌，更传达出其中蕴含的美好生活之意。《晋察冀日报》1941 年 1 月 5 日头版社论题为《更加发展边区的建设》，报眼位置安排木刻《到生产战线上去》（图 2），画面中人民肩扛或手握农具，目视前方、大步前进，激昂奋进的气势从整齐划一的动作中尽数显现。《到生产战线上去》响应了社论“这就需要我们在各方面更加振

---

① 胡蛮：《目前美术上的创作问题》，《解放日报》1941 年 8 月 29 日第 2 版。

② 力群：《从展览会看美术工作》，《解放日报》1945 年 1 月 18 日第 4 版。

③ 中共中央宣传部办公厅、中央档案馆编研部编：《中国共产党宣传工作文献选编（1915—1937）》，学习出版社 1996 年版，第 891 页。

④ 胡蛮：《解放区的木刻》，《解放日报》1946 年 1 月 24 日第 4 版。

⑤ 参见《读者往来》，《解放日报》1945 年 3 月 11 日第 4 版。

奋，更加努力”“其在经济建设，自亦需要更加发展”的呼吁，号召人民在这个“抗战困难更加增多”的一年，与共产党和政府一起为边区经济建设贡献力量。

解放区曾轰轰烈烈地开展过扫除文盲运动。为配合文化教育工作，编写各类教材、扩充群众知识面成为必要的基础。普通教育的内容、学习形式等应依据群众生活实际，将如何取得最必要的文化知识列为首要教育目的，“家庭生活和农村生活中所实际需要的知识，就应该成为教育的主要内容或全部内容”①。侧重战争与生产相关知识和技能的教科书数量随之增多。

要帮助群众掌握“最必要”知识，仅依赖文字内容的教科书无形中抬高了学习门槛。因此文艺工作者在编排时常添加插图以做阐释，其中不少都源于木刻宣传画。“‘日用杂字’的插图都很好，为群众所欢迎”，“其中毛主席木刻像上的阴影是不适于‘艺术水准低’的群众的”②，在群众反馈中，木刻宣传画不断修改调整，更加贴合教科书要求。二者相互促进、相互提升，一方面，插图形式的木刻宣传画降低了教科书学习难度；另一方面，教科书亦成为木刻宣传画广泛的传播渠道，通过教育的潜移默化形式扩大影响力。

图 1 《介绍候选人》③

图 2 《到生产战线上去》④

二、演进：政治图景传播的内在逻辑

“明朗的天”的政治图景是共产党和政府力图在解放区群众心中建构起对现实和未来的一套完整规划，对规划的接受认可赢得行动上的支持，从而反哺党的政治目标之实现。

① 《根据地普通教育的改革问题》，《解放日报》1944 年 4 月 7 日第 1 版。

② 《读者往来》，《解放日报》1945 年 6 月 2 日第 4 版。

③ 《介绍候选人》，《解放日报》1944 年 9 月 15 日第 2 版。

④ 《到生产战线上去》，《晋察冀日报》1941 年 1 月 5 日第 1 版。

然而规划框架的搭建离不开内含的规范与准则，一种潜隐的导向与呼吁，一定程度上规范与准则的内化程度决定了人民的认可与支持程度。因此当政治图景呈现于木刻宣传画并由此传播时，规范与准则的内化程度转化为党和木刻工作者针对不同的内化等级所采取的不同侧重，亦即传播“深入民心”的轻重层级。参考张孝芳对服从程度的划分①，政治图景传播的内在层次将从被动接受、利益吸引及认同驱动三方面展开论述。

（一）遵从：被动接受的指引

被动接受，即在木刻宣传画中直接告知接受者具体的规范准则是什么、政策要求其采取哪些行动，接受者“仿佛为了执行命令，把命令的内容变为他的举止的准则”②。被动接受的“告知”包含多方面，如民主活动中，呼唤群众主动参与选举、投票，对党和政府提出实际建议；生产运动中，号召不同年龄、不同性别的群众加紧生产，投身于农业、手工业、工业的生产热潮；扫除文盲运动中，直接要求群众识字进学，组织起来接受教育。

图3 《中国人民要民主自由！》③

虽在主题内容上有所区别，但被动接受层次的传播存在许多共同点。一是常在图画内或周围搭配显而易见的文字口号，由祈使句及感叹号组成；二是往往放弃内在的故事性，偏好相关元素的表达，如《中国人民要民主自由！》（图3）表达了废除一党专政的决心，画面上一名男性正打破写着“一党专政”的箱子；三是集中出现于抗战早期，被动接受自延安文艺座谈会明确文艺工作的创作对象、方向等后频率减少，木刻宣传画逐渐强调民族性、大众性，创作者追求深入生活与实际，且能够与人民情感共鸣的作品。被动接受停留在传播的浅层次，强化“传”而一定程度上忽略了接受者的情感表达、问题诉求，在认同方面亦程度较轻。也正是如此，利益吸引与认同驱动层次的作品在木刻宣传画后期更加得到青睐。

（二）满足：利益吸引的互惠

“任何一种真正的统治关系都包含着一种特定的最低限度的服从愿望，即从服从中获

---

① 参见张孝芳《革命与动员：建构“共意”的视角》，社会科学文献出版社 2011 年版，第 204 页。

② ［德］马克思·韦伯著，林荣远译：《经济与社会》（上），商务印书馆 1997 年版，第 240 页。

③ 《中国人民要民主自由》，《晋察冀日报》1941 年 2 月 8 日第 1 版。

取（外在的和内在的）利益。”① 利益吸引，顾名思义是在木刻宣传画中以利益诱导的方式吸引民众遵守规范、参与行动，这种利益不仅限于物质上的获得，也包括思想的充实、自我的实现等。换言之，木刻宣传画的政治图景传播在这一层次注意植入相应的利益或资源，选择民众所关切的内容，表达满足其期望的决心。通过提供民众所需的利益，民众以党所期望的方向给予行动的支持。一定程度上，这是一种建立在交换原则上互惠互利的行为驱动。

“明朗的天”的政治图景以人民的生活与工作为核心，在利益吸引层次进行解读则注重体现与人民关系最紧密的生存问题。归根结底，参与民主选举、文化识字等对于民众而言始终排列在谋生问题之后。“一切群众的实际生产问题，都是我们应当注意的问题”②，在木刻宣传画中突出对实际问题的解决和对相关现实的许诺，才是“看得见、摸得着”的具有前景性的好处和利益。

在开展生产运动过程中，首先将此前取得的生产成果展现出来，“今年所获得生产运动的伟大成绩”“用实物、模型、图表、文字、相片、木刻及其他各种展览办法，简明朴素的反映其具体内容”③。硕果累累的生产运动昭示了积极参与生产将使人民生活从“食不果腹”到“丰衣足食”，靠双手努力就能改善生活的无数案例独具诱惑。如《收获》（图4）刻画了秋收时节人民在田地里割麦丰收的场景，高高摞起的麦草向观众直接传达出收获的主题，体现了生活水平的好转。其次，不少木刻宣传画以干部和军人帮助民众进行生产劳动为题，通过与民众建立起稳定联系，使得仍在犹豫或不愿参与生产的部分民众能够看到来自政府和军队的实际援助。这同样属于利益吸引，且是对利益吸引的强有力支持。力群《帮助群众修理纺车》（图5）描绘了战士为群众修理纺车的一幕，体现出军队一心向民，人民得到“看得见”的帮助。

当生存问题得到解决后，木刻宣传画在政治图景传播时转向精神满足、自我实现方面的利益吸引。具体而言，关注民众的文化与精神生活，向其展现文化娱乐和识字上学给予的精神世界的充实。如牛文《乡村文化活动》（图6）描绘的乡村文艺活动面貌，传递出美好的生活娱乐图景。

---

① ［德］马克思·韦伯著，林荣远译：《经济与社会》（上），商务印书馆1997年版，第238页。

② 中共中央文献研究室、中国人民解放军军事科学院编：《毛泽东军事文集》第1卷，军事科学出版社、中央文献出版社1993年版，第346页。

③ 《边区农工业展览会在筹备中》，《解放日报》1943年9月5日第1版。

图 4 《收获》①

图 5 《帮助群众修理纺车》②

图 6 《乡村文化活动》③

（三）信仰：认同驱动的共识

以“认同”为动力，较之利益吸引更进一步，强调通过实践行为搭配木刻宣传画的政治图景传播，以求民众对共产党的合法性予以肯定和拥护，从而自愿、自觉遵循规范准则，并在认同的基础上主动且持久地参与行动。在利益吸引层次唤起的人民行动存在随利益摇摆的可能，特别是在抗日战争与解放战争局势动荡的环境下，“结合的持久性比较起来不稳定”④。然而中国共产党要达到史无前例的目标，“归根结底，这取决于它是否能使中国人民产生共同的信仰”⑤。因此，深入认同驱动层次，以真心换真心、以行动换行动，力图使民众将共产党的事业和利益与个人的生活和利益视为一体，建立起对共产党合法性的信仰及对其所描绘的政治图景之信心。

图 7 《修建清漳大渠》⑥

图 8 《人民的刘志丹》⑦

---

① 刘铁华：《中外木刻集》，东方书社 1944 年版，第 32 页。

② 力群：《力群版画选集》，山西人民出版社 1985 年版，第 20 页。

③ 王大斌：《血与火的洗礼——抗日根据地木刻集》，山西人民出版社 2005 年版，第 239 页。

④ ［德］马克思·韦伯著，林荣远译：《经济与社会》（上），商务印书馆 1997 年版，第 238 页。

⑤ ［美］杰克·贝尔登著，邱应觉等译：《中国震撼世界》，北京出版社 1980 年版，第 603 页。

⑥ 王大斌：《血与火的洗礼——抗日根据地木刻集》，山西人民出版社 2005 年版，第 295 页。

⑦ 古元：《人民的刘志丹》，《新星》1946 年第 4 期，第 14 页。

木刻宣传画的政治图景传播达到认同驱动层次，既需要真实体现共产党为实现“明朗的天”所付出的心血和努力、采取了哪些实际行动，又需要将已获得的民众认同以图画形式再次展现。前者侧重打动人民感情、建立共识，实现初步“认同”；后者重视将这一“认同”重复为深层印记，将政治图景与民众间的强有力联系作为“大脑”中的参照框架，以此巩固认同，使得被动而易受影响的参与转化为积极而持久的支持。艾炎《修建清漳大渠》（图7）刻画了河北地区旱灾接连发生后，晋冀鲁豫边区政府耗费大量冀钞和人力修建大型水利工程的一幕。《修建清漳大渠》记录了党和政府为改善人民生活做出的努力，一定程度上触动了民众感情。至于重复“认同”的木刻宣传画，如古元《人民的刘志丹》（图8）描绘了刘志丹在新解放的村庄中被人民热情拥围的场景。刘志丹位于画面中央，男女老少从画面左右向中间聚拢，身体前倾，浓厚的感激之情从动作设计和面部表情中生动而出。《人民的刘志丹》传递出的是民众的信仰和赞许，是对党和政府及其现行制度的维护。经过木刻宣传画的记录与刻写，这一拥护之情深入观众心中，得到再次巩固。

三、刻写：政治图景传播的核心手段

对于政治图景传播而言，在利益吸引与认同驱动层次着墨更能获得民众的行动支持，特别是后者经过认同的内化，将这一支持进一步深化。传播的核心手段也据此围绕利益和认同展开，或以榜样人物激励，或展现对比形象带来的警惕，并最终塑造共产党与人民相结合的“我们”共同体一起建构“明朗的天”的美好生活图景。

（一）模仿典型：榜样人物的树立

解放区的榜样人物形象一般分为战争榜样和生产榜样。生产榜样从人民大众中诞生，是具有工农身份的、与人民生活关系最密切的榜样，因此在木刻宣传画的政治图景传播中频频出现，又尤以聚焦生产的大生产运动时期最密集。大生产运动开始时，边区面临食不果腹、内忧外困的环境，合法性受到波及。“通过谋求‘散布性支持’，即通过意识形态的宣传和教育，在民众中培养对现存政治秩序的广泛好感”①，一定程度上将平息危机，争取认同。这个过程中，榜样人物担任着“典型身份”，是意志的承载者与号召的实践者，配合宣传能够达到“一呼百应”的效果。

《晋绥日报》（《抗战日报》）曾于1945年初刊登过《群英题名录》系列（图9），将生产英雄细分为工农业英雄、女性英雄等，代表其从各行各业的“平凡者”中脱颖而出成为榜样。名录四周附有英雄人物的木刻宣传画，黑白线条栩栩如生地勾勒出不同英雄的面部特征。《群英题名录》是对榜样人物予以列表式的“展览”，至于榜样人物的具体

---

① 周海燕：《记忆的政治》，中国发展出版社2013年版，第82页。

贡献，则有古元《打盐英雄李文焕》（图 10）将榜样人物融合于打盐的生产场景。画面近处赤脚站着肩扛盐耙子的李文焕，他脚下是隆起的盐堆，远处还有数位仍在工作的盐工。动静结合的画面将辛勤劳作的一幕记录下来，更丰富了李文焕的榜样形象。

木刻宣传画对榜样人物的“造势”过程，除了形象展览、劳作场景的刻画外，还注重描绘榜样人物在群众中受到的热情欢迎。如夏风《劳动英雄归来》（图 11）展现出受到嘉奖的劳动英雄回乡一幕，头戴帽巾、身配胸花的英雄位于画面中央，前来迎接的村民四周围绕，面带笑容地抚摸英雄，鼓乐齐奏。从身份宣示、场景呼应再到影响揭示，传播闭环中人物的榜样身份得到确定，逐渐发挥典型的“扩散作用”。

图 9　《群英题名录》（部分）①

图 10　《打盐英雄李文焕》②

图 11　《劳动英雄归来》③

当然，在木刻宣传画的政治图景传播中强调榜样人物，其目的并不仅限于塑造榜样的典型身份。伴随人物形成于画面的过程，还存在着更深的用意和思路。具体而言，在创作榜样形象时，与西方传统的庄严肃穆且保持距离感的形象不同，解放区的榜样人物

① 《群英题名录》，《晋绥日报》1945 年 1 月 10 日第 2 版。

② 古元：《打盐英雄李文焕》，《解放日报》1943 年 6 月 15 日第 4 版。

③ 夏风：《夏风画集》，河南美术出版社 1986 年版，第 1 页。

注重日常感与平凡感。如传统的苏联大胡须农民典型①，在木刻宣传画中被转化为“平易近人”、带有中国特色的农民形象。让英雄走下“神坛”，是为了最大程度贴近人民，从而使嘉奖、提名、接见等成为榜样人物的“流程”在民众心中不再遥不可及，《打盐英雄李文焕》《老工友许万明》等木刻宣传画都是基于此思路创作。

平日普普通通的村民、工友有朝一日“转身一变”被赋予另一层身份，充分激起民众的好胜心理与效仿心理。“竞争意识是将解释竞争行为产生的线索与持续竞争决策联系起来的‘中途站’”②，竞争意识从来就是积极行动的重要引擎，通过努力即可成为榜样这样近在咫尺的目标不断刺激观众付诸实践，从而纵身投入生产运动。

值得注意的是，当更多木刻工作者将百姓英雄列为创作对象，产制榜样人物的宣传画，加之报刊提名、举办仪式等程序的频繁出现，一心生产的“先进者”在集中塑造下仿佛成为人群中的多数。无法跟上集体节奏的“落后者”受从众心理影响感到巨大压力，因不愿处于弱势地位、与群体格格不入，不得不加快步伐，“人人都生产”。

“群众围观”的画面结构同样是塑造榜样人物时隐藏的巧思，如《劳动英雄归来》中刻画的劳动英雄受到群众欢迎和围观的场景结构，还出现在刘志忠《劳动英雄得奖归来》、苏坚《英雄戴了花》等作品当中。画面展示的围观场景，首先代表画内民众对榜样人物的热情支持，是对榜样人物背后的意识形态与生产号召的认同。画内民众和英雄扮演的“围观”与“被围观”角色共同构成了“明朗的天”下人民有所信仰、有所依托，积极参与行动，与共产党一同打造美好生活的图景。其次，画外观众亦成为围观者，在木刻宣传画走向街头、深入生活，家中“墙上贴着新年画和鲁艺的木刻”③ 的传播网络覆盖下，接受着画面传递的认同观念之“洗礼”，加速对共产党和政治图景的肯定与支持。由此，画面内外的“双重围观”结构在塑造榜样人物之外更培养民众的好感，谋求了“散布性支持”。

归根结底，榜样人物的树立符合利益吸引到认同驱动层次的深化过程，一方面通过激励手段唤起民众的好胜心与效仿心，另一方面又伴随宣传的重复与加深而逐渐将认同感内化于民心。“一个‘观点’有效不是因为它是真实的，而是它被看作是真实的。”④“明朗的天”下因辛勤劳动而被树立为榜样的人物，驱动人们自愿、自觉且积极持久地相信图景将会实现，付出情感并支持，实现“一呼百应”的效果。

（二）靶向集中：对比形象的描绘

“任何一种人类社会的复杂形态都面临一个合法性的问题，即该秩序是否和为什么应

① 参见张仃《画家下乡》，《解放日报》1943 年 3 月 23 日第 4 版。

② Weick KE，Sutcliffe KM，Obstfeld D：*Organizing and the Process of Sensemaking* ，*Organization Science* 2005（4），p. 409.

③ 张潮：《元宵夜景“踩九曲”》，《解放日报》1946 年 2 月 18 日第 2 版。

④ Debray（R.）：*Critique de la Raison Politique*，Gallimard 1981，p. 169.

该获得其成员的忠诚的问题”①，讨论什么样的秩序具备合法性资格，在强调己方正当性的同时往往会指出对方存在非常严重的问题。在此逻辑下，伴随黑暗与光明的交替，国统区和解放区、落后思想和先进思想的人物等复杂的对比频繁出现于文艺作品：“想到在外面整天愁吃愁穿，在延安不管你工作或休息，总会有饭吃。”② 木刻宣传画亦包括在内，在传播政治图景的过程中时常采用对比策略反衬出解放区人民生活的美好与进步。这一对比策略是“两重性的”，既横向显示国统区、沦陷区和解放区人民生活的差距，又纵向关注解放区从“黑暗”到“光明”的翻身。

图 12 《在沦陷区的同胞》③

图 13 《边区人民幸福的堡垒》④

图 14 《敌占区的同胞在饥饿着》⑤

横向对比的如《在沦陷区的同胞》（图 12）刻画了爱国志士被绑上刑场，宣布死刑的“地狱情形”，浓重的黑色线条遮盖住人物面部表情与地面血泊，为画面渲染上肃穆而悲怆的氛围，同时侧面反映了沦陷区生活的“暗无天日”。《边区人民幸福的堡垒》（图 13）《敌占区的同胞在饥饿着》（图 14）两幅木刻分别刊载于 1942 年 1 月 15 日和同年 2 月 8 日的《晋察冀日报》，较为相近的日期和截然相反的内容将两地人民的境遇更为割裂地进行对比，一方在边区政府的“堡垒”下衣食无忧，另一方却过着饥寒交迫的生活。

纵向反映解放区积极进步的如《改善了生活的边区农民》（图 15），头戴草帽揭示出画中人物的农民身份，其面色喜悦、手握拳状向前挥舞，身旁是一袋袋丰收的果实。这一木刻宣传画配合社论，将三年来边区人民生活的改善成果总结为“减租减息的普遍实

---

① ［英］米勒、波格丹诺主编，邓正来译：《布莱克维尔政治学百科全书》，中国政法大学出版社 2002 年修正版，第 440 页。

② 奈尔：《“吃”在延安》，《解放日报》1942 年 3 月 1 日第 4 版。

③ 项飞：《在沦陷区的同胞》，《伤兵之友》1939 年第 38 期，第 4 页。

④ 《边区人民幸福的堡垒》，《晋察冀日报》1942 年 1 月 15 日第 1 版。

⑤ 《敌占区的同胞在饥饿着》，《晋察冀日报》1942 年 2 月 8 日第 1 版。

行，工人工资和待遇得到实际改善，并且胜利克服了严重的灾荒，开展了广大的生产运动”①。解放区生活的进步离不开生活其中的人民面貌转变，王式廓《改造二流子》（图16）刻画出“好吃懒做，游手好闲，啥事不做”的二流子经受政府和人民“改造”一幕。② 画面构造颇为巧妙，带有戏剧舞台意味。破败屋子中央低头坐着“二流子”，四周是伸手说服教育的村民，两旁还有一些围观者。选择情感说服而非强制手段教化二流子的方式，在王式廓刻刀下栩栩如生地体现出来。

图 15 《改善了生活的边区农民》③

图 16 《改造二流子》④

木刻宣传画选用对比形象，一定程度上源于利益吸引和认同驱动层次上的考量。在面向解放区人民的木刻宣传画或报纸等搭载木刻的媒介上，刻画国统区、沦陷区等“明朗的天”照耀之外人民生活悲惨与黑暗的场景，其目的不仅限于唤起同情与恻隐之心，更在于发出鲜活“响亮”的醒世警言。《敌占区的同胞在饥饿着》告诫民众要坚持抗战，给予共产党充分信任和对合法性的信仰，并通过大量如《边区人民幸福的堡垒》般描绘人民幸福美好生活的作品以作对比，激励其为可见的明朗的生活而努力奋斗。

如果说横向对比是为了触动民众心中的“警戒线”，要求人民为维护自身利益而“战”，纵向对比则更深一步，寻求认同驱动层次的反馈。从生活困苦到努力实现“丰衣足食”，一幅幅展现人民丰收喜悦与美好生活的木刻宣传画，包裹其内的核心情感是“党的恩情比海深”，是从黑暗到光明的转变带来的感恩情怀。这一情怀的生成与表达帮助民众明晰了“我是谁、我在哪”的问题，随之建立其对解放区和塑造解放区的“人”的认同心理。

对于思想较为落后，尚未紧跟集体步伐的群体，在木刻宣传画上强调对比形象亦能

---

① 《论边区人民生活的改善》，《晋察冀日报》1940 年 8 月 23 日第 1 版。

② 参见王幸之《志安两县春耕运动调查记》，《解放日报》1942 年 4 月 24 日第 3 版。

③ 《改善了生活的边区农民》，《晋察冀日报》1940 年 8 月 23 日第 1 版。

④ 王式廓：《王式廓画集》，人民美术出版社 1982 年版，第 15 页。

够帮助其进行反思性理解，“如果来自他人的反馈和一个人的自我认同不一致的话，就会产生精神上的压力和痛苦”①。在积极生产的浪潮中，《改造二流子》等相关木刻生动刻画出“以情动人”的说服教育和接受改造的二流子之蜕变，向画面外作为观看者的二流子走上“改悔之路”提供助推力，使其逐渐认识到思想上的差距和行为上的不足。二流子自我反思的同时，认同心理在心中扎根，甚至其中不少成为劳动模范，如曾经不受欢迎的二流子刘生海。②

（三）共声共振：“我们”叙事的建构

传播政治图景的木刻宣传画除了刻画榜样人物、对比形象外，尤其侧重对政治图景的“终点”，即人人安居乐业、生活与工作平稳幸福的社会之描绘。耶尔恩·吕森曾指出：“认同是某人自己的自我所具有的不同的与变化着的各种维度之间的一种确定关系。”③ 地方环境、信念、希望、心愿等维度同样包括在内。解放区生动而深刻的生活图景形塑于木刻宣传画的一次次生产和被围观过程，给予民众确定自我与各维度关系的机会，以此培植其心中对共产党和“明朗的天”的认同感。

生活图景以具体的人为基础，描绘人与人之间紧密感情的木刻宣传画不在少数。《请抗属吃年酒》《延安县民众慰劳金盆湾驻军》从双方角色出发展现了军队与人民间的“鱼水情深”。《我们永远在一起》（图 17）等更以“我们”为题强调军民为美好现实而协同“作战”的深深感情，画面中一位村民与士兵相对而立，互相搀扶的手臂传递出不舍的依恋。军民关系仅占解放区人民交往的一部分，《老百姓帮我们排戏》（图 18）、《农村小组会》（图 19）、《男耕女织》（图 20）等分别展现了文艺工作者和人民、村民和村民、家庭内部等人际关系的建立和完善。

这些木刻宣传画以恰到好处的人物站位和表情动作揭示了解放区简单、朴实的人民交往样态。在民众的交往沟通中，在劳动生产热火朝天地进行下，伴随着琅琅读书声和载歌载舞声，木刻宣传画筑起“明朗的天”之景况，吴耘《解放区的天是明朗的天》（图 21）即是这一景况最生动的“注解”。《解放区的天是明朗的天》用套色方式赋予画面色彩，高悬挂起的红太阳照亮天空与大地，人们在阳光下打起鼓点扭着舞步为此刻的美好而欢欣雀跃。长期以来人民所期盼想象的生活在木刻宣传画中得到集中展示，明亮的画面和人物欢快的动作表情彰显了这一生活图景对民众而言的吸引力和诱惑力：这是“我们”的生活，是人人参与即可触及的生活。

在描绘现实生活的木刻宣传画中存在大量故事性画面，以极具张力的人物构造和表现为静态图画赋予动态活力。意识形态为了保持支配关系“合法”，通常是以叙事的方式

① 周晓虹：《认同理论：社会学与心理学的分析路径》，《社会科学》2008 年第 4 期，第 48 页。

② 参见《边区政府一年工作总结》，《解放日报》1944 年 2 月 8 日第 1 版。

③ 陈新编：《当代西方历史哲学读本 1967—2002》，复旦大学出版社 2004 年版，第 297 页。

进行的。[①]《老百姓帮我们排戏》《农村小组会》《解放区的天是明朗的天》等作品对“我们”的生活图景给予了富有创造性的表达和具有故事性的阐释，使其以浸入的方式推动民众认同感的获得。

当然，这种“我们”的叙事要在维护合法性、赢得民众支持等方面起效并非一蹴而就，还需经由集体框架的建构，并最终将“共同体”的意识植入民众思想深处。集体框架“一定有其基本的或大致相似的叙事基调”[②]，一幅幅展现人民互动、交往、共同生活的木刻宣传画与能够引发民众共鸣的现实生活问题息息相关，自然地拥有“我们感”，让其“感觉自己在故事的尾声时或展会的出口处不会再是故事开端时或展会入口处的同一个人”[③]，由此成为人民集体框架建构的“命运性锚点”之一，为其日常劳动和生活寻找到继续努力奋斗的价值和归依。伴随集体框架的形成和作用的发挥，“我们”即“共同体”的意识日益清晰。共同体，是“人类共同生活的持久和真实的形式”[④]，解放区人民成为思想与现实上的共同体，才能够真正抛下怀疑和偏见扎入集体行动，齐心协力将“明朗的天”的图景扩大化。

图17 《我们永远在一起》[⑤]

图18 《老百姓帮我们排戏》[⑥]

---

① 参见［美］丹尼斯·K. 姆贝著，陈德民、陶庆、薛梅译《组织中的传播和权力：话语、意识形态和统治》，中国社会科学出版社2000年版，第114页。

② 周晓虹：《集体记忆命运共同体与个人叙事的社会建构》，《学术月刊》2022年第3期，第157页。

③ ［法］雷吉斯·德布雷著，陈卫星译：《普通媒介学教程》，清华大学出版社2014年版，第153页。

④ Feidinand Tonnies：*Community and Society*，Transaction Books 1988，pp. 33-34.

⑤ 芦芒：《芦芒画集》，人民美术出版社1984年版，第21页。

⑥ 王巨才编：《延安文艺档案》第53册，太白文艺出版社2015年版，第508页。

图 19 《农村小组会》①

图 20 《男耕女织》②

图 21 《解放区的天是明朗的天》③

① 高原书店：《北方木刻》，高原书店 1947 年版，第 21 页。

② 苏光：《苏光画集》，北岳文艺出版社 1992 年版，第 23 页。

③ 李小山、邹跃进主编：《明朗的天——1937—1949 解放区木刻版画集》，湖南美术出版社 1998 年版，第 217 页。

《晋察冀画报》封面图像叙事特色探究

田建平　刘宇惠[①]

摘　要：纪实摄影并非是对生活、战争景象的复制，其拥有较强的表征意图，对传播和发展红色思想发挥了重要作用。作为中共抗日根据地报道最全面、规模最大、创办最早的摄影画报，《晋察冀画报》在传播层面的新探索具有重要价值。因此，本文从图像叙事的理论视角出发，以《晋察冀画报》全 13 期的 21 张封面、封底图像为研究对象，分析其叙事主题及叙事特色，从摄影视觉美、视觉符号运用、用图像来进行对话、高品质印刷出版四个方面归纳其形成的视觉模式。

关键词：晋察冀画报；封面；图像叙事；宣传

一、《晋察冀画报》的诞生

抗日战争全面爆发后，上海、广州、香港等地的画报接连被迫停刊，在这样艰苦的时期，《晋察冀画报》创刊出版。《晋察冀画报》是中国共产党创办的第一份大型摄影画报，于 1942 年 7 月 7 日在河北省石家庄市平山县碾盘沟村创刊，于 1947 年 12 月终刊，主办方为晋察冀军区政治部，由沙飞担任画报社主任（社长）、罗光达为副主任（副社长）、赵烈为指导员。《晋察冀画报》在创刊之初就具有国际视野，创刊号内容采用中英文进行创作、宣传。六年内，《晋察冀画报》一共发行了 13 期，于抗日战争期间出版发行了第 1 至 10 期，于解放战争期间出版发行了第 11 至 13 期。这份在艰苦环境下创办的

---

① 作者简介：田建平（1963—　），男，内蒙古包头人，河北大学新闻传播学院教授，博士生导师，主要研究方向为中国新闻出版史、文化传播和宋史。刘宇惠（1999—　），女，山西太原人，河北大学新闻传播学院硕士研究生，主要研究方向为中国新闻出版史。

精美画报，被一致认为是“奇迹的诞生”①，其封面形象塑造及图像叙事独具特色，是一次精彩的视觉传播实践。

《晋察冀画报》以图片为主、文字为辅，采用受众喜闻乐见的方式来进行宣传。在抗战时期，我国的文盲人口所占比例较大，直至1949年新中国成立后，全国的文盲人数依然占绝大多数。新中国成立初期，全国总人口数约为5.5亿，其中文盲比例在八成以上，而农村地区的文盲比例更是占惊人的95%以上。② 视觉信息是最为清晰直观、易于接受的信息，人的大脑在接受声音和文字时需要耗费一定的时长，而接受视觉信息的速度却要更快。相较于报纸而言，画报的受众群体更为广泛，观者可以根据清晰直观的图片来理解传播者所要传递的信息。③

此外，图像的作用并不仅仅在于成为文字文献的“辅助”，也并不被限制在用作介绍历史的配图，自然更不限定于成为艺术史的课题，而是包含着某种有意识的裁剪、选择及构思，融入价值、历史及观点。④ 而画报封面鲜明地诉诸直观的视觉形象，可以被纳入“视觉传播”这一范畴中来加以研究。《晋察冀画报》作为一本政治宣传刊物，在抗战时期发行，其封面是“战争”的产物，“说服”是画报封面鲜明的传播意图，可以说，封面是一个高度严密的“视觉—说服”统一体。⑤ 画报封面如何通过“视觉策略”和“说服策略”来达到说服目的，这种“说服”传播如何实现效果，成为本文的研究目的。

二、《晋察冀画报》封面图像的叙事主题

解读《晋察冀画报》的创刊历程及宣传理念需要结合当时的历史语境，思考图片的作用，思考观看的社会实践及产生的效果，方能明白传播者的意图所在与伟大之处。⑥ 1937年是我国近代史上极其黑暗的一页，日本军国主义发动了全面侵华战争。这一年，沙飞发表文章《摄影与救亡》，他在文中明确指出，“唤醒民众”是当前抗日救亡运动的

① 田涌、田武：《晋察冀画报：一个奇迹的诞生——中国红色战地摄影纪实》，金城出版社2012年版，第261页。

② 参见［日］浅井加叶子著，王国勋、刘岳斌译《当代中国扫盲考察》，当代中国出版社1999年版，第1页。

③ 参见曹培鑫、赵鹏《走向群众：〈晋察冀画报〉研究》，《现代传播（中国传媒大学学报）》2017年第5期，第53页。

④ 参见蒋齐生《沙飞和〈晋察冀画报〉》，《中国记者》1992年第4期，第50页。

⑤ 参见赵伟《摄影画报中的抗战宣传——以〈晋察冀画报〉〈大战画集〉为窗口》，《抗战文化研究》2020年第13辑，第153页。

⑥ 参见［英］吉莉恩·罗斯著，肖伟胜译《观看的方法：如何解读视觉材料》，重庆大学出版社2017年版，第21—22页。

首要之事。但根据当前的情况而言，文盲仍然占全国人口总数的八成以上，只用文字去宣传国难不易得到良好的效果。但是摄影具备诸多优良特质，是如今宣传国难的一种最为有力的武器。① 在抗战爆发的第一时间，沙飞主动抛弃了风花雪月式的拍摄理念，转而将摄影视为抵御外敌的武器，以相机来投入战斗，用摄影来唤醒民众，《晋察冀画报》便是承载沙飞理念的重要平台。

正值抗日战争全面爆发进入第五年之时，《晋察冀画报》终于诞生，晋察冀军区司令员聂荣臻为画报题词："五年的抗战，晋察冀的人们究竟做了些什么？一切活生生的事实都显露在这小小画刊里。它告诉了全国同胞，他们在敌后是如何的坚决英勇保卫着自己的祖国；同时也告诉全世界的正义人士，他们在东方如何的艰难困苦中抵抗着日本强盗。"②《晋察冀画报》用图片和文字生动地记录了晋察冀根据地五年的战斗、生活岁月，聂荣臻的题词便是对画报创办主旨以及摄影思想的高度概括。

封面、封底作为画报的门面，是观者第一眼看到的内容，不仅要吸引观者的注意力，更要传递刊物的核心思想，对于画报而言意义重大。《晋察冀画报》封面、封底图片共有 21 张，其中诞生于解放战争时期的《晋察冀画报》后 3 期，在编辑体例上已经跟之前的 10 期有了非常大的不同，画报中的英文封底没有了，说明其编辑方针发生了改变，不再重视国际宣传作用。（详见表 1）《晋察冀画报》封面、封底呈现的摄影场景丰富，摄影主体多元，生动展现了晋察冀抗日根据地的真实图景。

表 1 《晋察冀画报》1—13 期封面、封底基本信息

历史阶段	期号	出版日期	类型	作品名称	摄影场景	主体
抗日战争	1	1942.7	封面	塞上风云	抗日斗争	军人
			封底	沙原铁骑	抗日斗争	军人
	2	1943.1	封面	宋主任委员代表边区行政委员会向全体参议员报告政府工作	共产党政权建设	领袖
			封底	冀中平原上的爆炸战	抗日斗争	军人
	3	1943.5	封面	滦河晓渡	抗日斗争	军人
			封底	农家之夜（纺纱图）	军民生活	群众
	4	1943.9	封面	红军帮助人民收割	军民生活	军人和群众
			封底	八路军帮助人民收割	军民生活	军人和群众

① 参见沙飞《摄影与救亡》，《广西日报》1937 年 8 月 15 日第 5 版。

② 聂荣臻：《题词》，《晋察冀画报》1942 年 7 月 7 日第 7 页。

续表

历史阶段	期号	出版日期	类型	作品名称	摄影场景	主体
抗日战争	5	1944.3	封面	邓世军、李勇、戎冠秀合影	宣传动员	军人和群众
			封底	夺堡（冀中平原战斗写真）	抗日斗争	军人
	6	1944.8	封面	克复后城	抗日斗争	军人
			封底	压水	军民生活	军人和群众
	7	1944.11	封面	战后游陵（平北景陵战斗写真之一）	抗日斗争	军人
			封底	破浪前进（白洋淀水上游击队战斗写真之一）	抗日斗争	军人
	8	1945.4	封面	向渤海进军	抗日斗争	军人
			封底	向渤海进军	抗日斗争	军人
	9、10	1945.12	封面	解放山海关	抗日斗争	军人
			封底	涞源县人民欢庆解放	民众生活	群众
解放战争	11	1947.10	封面	娘子关前	解放斗争	军人
	12	1947.12	封面	“一二·一”二周年纪念	民主运动	群众
	13	1947.12	封面	晋察冀反攻大军空前大捷	解放斗争	军人

（一）集体与个人：《晋察冀画报》封面的国际意识

通过图像内容的选择可以发现，《晋察冀画报》始终肩负着海外宣传的任务。《晋察冀画报》在创刊之初便具有国际视野，以中英双语来进行传播，力求让传播遍及世界，争取海外侨胞以及反法西斯同盟的支持。在封面图片的选用上，同样体现出创办者的“国际意识”。中西方文化存在诸多差异，例如在价值观方面，中国讲究群体和谐，而西方则注重个性自由。① 在拍摄和报道时，西方注重从个体视角切入，以个体命运折射时代变迁。因此在国际传播的过程中，不仅要从集体视角加以报道，更要展现个人的发展历程。由于边区条件艰苦、物质条件匮乏，沙飞及其摄影团队不能放开手去抓拍，只能利用有限的资源来记录下重要的画面。②

在记录敌后抗日根据地军队活动、民主政权建设、边区民众日常生活的过程中，《晋察冀画报》不仅用镜头记录了集体战斗生活的场景，如《塞上风云》（图 1）及《沙原铁骑》《红军帮助人民收割》等，同时也将镜头对准了个体，内容遍及边区生活的各个角

---

① 参见何玉婷《集体与个人——浅谈中西文化中的群己观》，《海外英语》2013 年第 23 期，第 216 页。

② 参见马娇娇《图像的政治——以〈晋察冀画报〉为中心》，《汉语言文学研究》2018 年第 1 期，第 82 页。

落，内容更加丰富细腻，如《农家之夜（纺纱图）》《邓世军、李勇、戎冠秀合影》。《晋察冀画报》封面题材的选择不仅具有广度，同时也具有深度，会采取以点带面、微观与宏观相结合的十分专业的专题摄影拍摄方式，为中国乃至世界人民从多个角度展现了战争和根据地建设的场景，在当时起到了良好的宣传鼓动作用。①

图 1　《晋察冀画报》创刊号封面，封面图为沙飞拍摄的《塞上风云》

（二）生活与战斗：《晋察冀画报》封面的摄影场景

抗日战争的枪声打响后，中国共产党与日军展开了激烈的斗争，党领导的人民军队在全国各地设立了多个抗日根据地，成为牵制、消灭日军的重要力量。在中共中央的指导下，聂荣臻和吕正操率领的八路军进入与日军短兵相接的华北地区，建立了晋察冀军区与冀中军区。晋察冀抗日根据地的成立，对进军东北乃至全国战略反攻起到了“前进阵地”的效果，对进行全国持久抗战和华北敌后抗战发挥了“坚强堡垒”的作用，还是联系华北、华中、东北根据地的枢纽。② 晋察冀根据地军民在抗日斗争及根据地的各项建设中，积累了最为宝贵和丰富的经验。因此在拍摄内容的选择上，《晋察冀画报》将根据地的生活场景和战斗场景作为主要宣传内容，军民生活与抗日斗争是画报封面中出现频次最多的摄影场景。

《晋察冀画报》第 3 期封面内容为八路军乘船进军，作品名称为《滦河晓渡》（图 2），

① 参见杨健《政治、宣传与摄影》，复旦大学 2014 年博士论文，第 98 页。

② 参见谢忠厚、肖银成主编《晋察冀抗日根据地史》，改革出版社 1992 年版，第 1 页。

记录了八路军转战冀东抗日前线和滦河两岸，力求破除日军“集家并村”制造“人圈”的残酷手段，以及人民群众拥军支前的场景。第 3 期封底《农家之夜（纺纱图）》，镜头将年轻女子在夜晚低头纺纱的瞬间姿态定格，画面充满了诗意，寓意根据地人民自己动手创造美好幸福的生活。在一期内容中，同时选用了战斗场景和生活场景作为封面和封底，将后方劳动者与前线战士之间建立联系，让更多人了解根据地的真实生活，增加了画报内容的说服力，极大地鼓舞和振奋了中国军民的抗战信心。

图 2　《晋察冀画报》第 3 期封面，封面图为雷烨拍摄的《滦河晓渡》

（三）群众与军人：《晋察冀画报》封面的拍摄主体

《晋察冀画报》创刊于抗日战争时期，揭露日军的残暴罪行、展示敌后抗日根据地军民的英勇无畏、煽动复仇情绪是画报的主要宣传内容。[①] 沙飞及其摄影团队以生命和鲜血为代价，以摄影为武器投身战斗，不仅用相机记录下战斗与生活的真实场景，更实现了主观内容的深层次表达。[②]《晋察冀画报》的摄影场景包括抗日斗争、民主政治、军民生活、民众生活以及解放斗争这五个维度，而摄影主体分为军人、领袖、群众、军人和群众四种类型，团结和睦、其乐融融的军民关系使根据地的形象更加丰富立体，有利于实现边区积极形象的视觉塑造。

---

① 参见吴果中、刘晗《文化情感动员：〈晋察冀画报〉的图像实践和视觉说服》，《湖南大学学报（社会科学版）》2020 年第 6 期，第 156 页。

② 参见赵鹏《突破“雅俗之争”：“武器论”与中国摄影观念的范式转移》，《新闻界》2021 年第 7 期，第 89 页。

图 3 《晋察冀画报》第 5 期封面，封面图为叶曼之拍摄的《邓世军、李勇、戎冠秀合影》

《晋察冀画报》第 5 期的封面《邓世军、李勇、戎冠秀合影》（图 3），记录了在反“扫荡”斗争中涌现出的英雄，不仅有军人，还有普通群众。其中，邓世军是四川省苍溪县人，时任八路军晋察冀边区部队第 5 团第 1 连连长，他在甘石沟反“扫荡”斗争中，率全连同日军 1500 人激战，毙敌 30 余人，荣获“晋察冀边区子弟兵战斗英雄”的光荣称号。李勇出生于河北省阜平县五丈湾村的一个贫苦农民家庭，他在反“扫荡”斗争中炸毁敌军汽车 5 辆，毙伤敌伪 364 人，荣获晋察冀边区“爆炸英雄”的光荣称号。戎冠秀是河北省平山县下盘松村一名普通的农村妇女共产党员，她在残酷的反“扫荡”斗争中与日军斗智斗勇，于炮火之中救回了数十名八路军伤员，晋察冀军区为她授予了“子弟兵的母亲”这一光荣称号。第 4 期的封面《红军帮助人民收割》以及封底《八路军帮助人民收割》，记录了在秋收时期，八路军主动帮助群众收割小麦，深受群众欢迎。民心所向，胜之所往，《晋察冀画报》不仅用镜头记录了八路军的英勇无畏、视死如归，更呈现出军民齐心协力抗战的团结场景，生动体现出八路军与群众的“军民鱼水情”。

三、《晋察冀画报》封面图像的叙事艺术

图像叙事指以图像的形式进行叙事表达，是一种意义传播方式。图像传播的符号编码系统由视觉传播系统中的形式、观念、修辞、审美等建构，这些系列图像符号作为视觉文化叙述的载体，将图像生产者的意志、内心感受与受众心理需求在传播过程中体现

出来。图像生产者构建“物”的“故事空间”，成为受众体验各种角色的舞台。①

《晋察冀画报》作为大众媒介，最主要的任务便是传播信息，使晋察冀边区在敌后做出的贡献得以被看见。视觉作为一种最为有效且可以和绝大多数人交流的工具，相较于文字而言，其受众更为广泛，在晋察冀根据地和民众之间架起了沟通的桥梁。《晋察冀画报》封面图像在传播信息的过程中充分体现出传播者明确的传播意图，其运用视觉修辞的手段传递出更深层次的寓意，实现与受众之间的交流。

（一）摄影视觉美的追求

视觉信息较文字信息而言，它的外部特征是两者之间最为明显的区别。像颜色、图形、排列等外部的形态，它们既可以是传递信息的手段，也可以给受众的视觉带来美的感受，而这种美的感受对视觉信息的传播起到了积极作用，能够带领观者进一步理解图片所要传递的信息，使观者产生深刻的感受。② 因此，对于视觉传播者而言，在传递信息时，要利用好视觉信息外部的形态，通过传递美的感受来实现传播效果的增强。

图 4 《晋察冀画报》第 8 期封面，封面图为石少华拍摄的《向渤海进军》

在视觉传播过程中，美的感受是可以传播的，而且需要通过一定的规律加以把握。《晋察冀画报》在选择摄影作品以及相机使用培训时，不仅将信息传递作为主要考核标准，而且追求图像内容和形式的完美统一，通过平衡美、简洁美、色彩美、形式美等多种方式带给观者美的体验。此外，中国传统美学思想早已扎根于每一个中国人的骨血之

---

① 参见狄野《视觉叙事中的图像建构与传播》，《装饰》2015 年第 2 期，第 131 页。

② 参见任悦《视觉传播概论》，中国人民大学出版社 2008 年版，第 131 页。

中，《晋察冀画报》的许多摄影作品带有浓厚民族文化底蕴的艺术理念①，在一定程度上延续了中国本土出现的写意摄影理念和画意摄影实践②。

创刊号封底照片《沙原铁骑》拍摄于 1937 年 10 月，此时，八路军 115 师正以五台山为中心创建晋察冀边区抗日根据地，镜头展现了八路军 115 师骑兵营向冀西进军的宏大场面，表现出军队的气势和必胜的决心。沙飞选用引导线构图的方式将这一画面记录了下来。引导线构图属于倾斜的构图方式，可以带给观者一种视觉的动感和冲击力，让观者感受到战争的紧张以及八路军的英勇无畏。第 8 期封面《向渤海进军》（图 4），画面中晋察冀军区部队对敌展开攻势，直逼天津，战斗的画面被石少华以引导线构图的方式记录了下来，其中天空部分的留白则渲染了紧张的战斗气氛。

（二）视觉符号的使用

视觉修辞不是对视觉元素静止、单一的运用，实际上是一种积极的视觉传播活动，通过视觉元素的选择来传递自身的观点和态度。此外，视觉修辞带有较强的目的性，强调传播效果的达成情况，传播者期待视觉元素能够实现传播效果，达到信息的有效传播。③ 值得注意的是，在传播过程中，当视觉元素具有指代意义，能够引发观者的联想，这样才达到了视觉修辞的目的。

图 5 《晋察冀画报》9、10 期合刊封面，封面图为张进学拍摄的《解放山海关》

① 参见司苏实《红色影像对中国摄影的深远影响》，《艺术评论》2011 年第 7 期，第 30 页。

② 参见潘万里《早期中国本土摄影理论中的画意模仿论》，《中国文艺评论》2019 年第 11 期，第 53—56 页。

③ 参见任悦《视觉传播概论》，中国人民大学出版社 2008 年版，第 119 页。

在战争时期，一些特殊的象征符号具有重要意义，能够快速引发观者共鸣。《晋察冀画报》在摄影工作者培训以及照片选用等过程中注重象征符号的使用，通过匾牌、旗帜、剪影等视觉符号来传递语义信息。① 沙飞所拍摄的照片并非是单纯的新闻图片，而是带有强烈情感、思想成分的艺术创作。他拍摄了一系列以长城为背景的摄影作品，以画报第 1 期封面《塞上风云》为例，沙飞拍摄了向长城内外进军的杨成武支队，军队和长城的符号元素同时出现在画面中，长城作为视觉符号具有强烈的象征意义，可以使观者很快联想到中国，而战士在长城上准备战斗，则传递出保卫中国的象征意义。又如第 9、10 期合刊封面《解放山海关》（图 5）。1942 年 7 月，晋察冀军区派部队支援冀热辽解放区，沙飞派张进学随队前往，并且叮嘱他说，一定要“把部队开进天下第一关山海关时的雄伟场面拍摄下来”②。大反攻开始后，张进学拍摄了八路军冀热辽部队解放山海关时的画面，军队和“天下第一关”的城楼同时出现在画面中，意味着中国共产党进军东北、解放东北拉开了序幕。

（三）与受众进行对话

受众是主动而积极的个体，“意义”是在受众与“文本”之间的对话、协商中产生的，因此，图像的传播过程不仅仅是信息的传达，更重要的是与受众之间进行交流。而影响传播者与受众沟通的因素有许多，如图像中人物的视线方向、画面的景别变化、图像中视点的变化等，这些因素往往交织在一起产生作用，传播者会针对不同类型的受众采取不同的交流方式。③

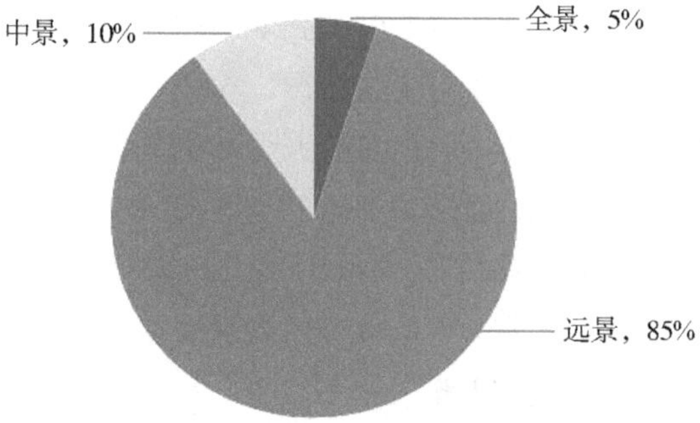

图 6 《晋察冀画报》封面图片的景别比例

① 参见何国梅、陶喜红《战时中国共产党形象塑造的视觉话语分析——以〈晋察冀画报〉为中心》，《出版科学》2022 年第 6 期，第 122 页。

② 顾棣：《中国红色摄影史录》（上），山西人民出版社 2009 年版，第 279 页。

③ 参见任悦《视觉传播概论》，中国人民大学出版社 2008 年版，第 205—213 页。

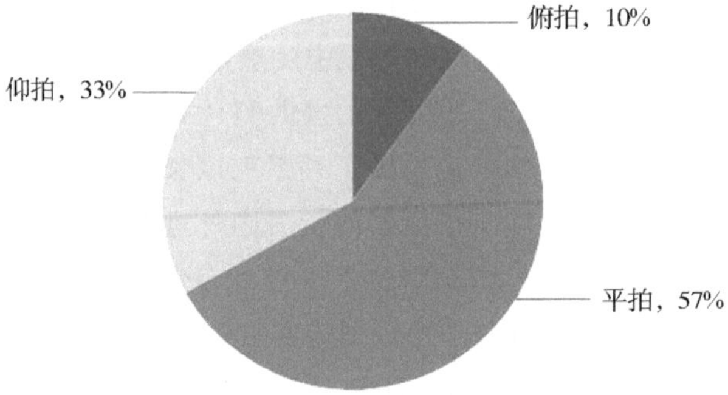

图7 《晋察冀画报》封面图片的拍摄角度比例

“公式”是图像叙事的一种手段，每个图像叙事者在利用图像叙事时都会有自己的习惯，而《晋察冀画报》的摄影工作者作为一支训练有素的摄影队伍，同样在拍摄时也会有自己的一套摄影“公式”。①《晋察冀画报》的摄影工作者重视与受众之间的交流，不仅在题材上选择受众喜闻乐见的内容，而且还会通过多种拍摄手段来与受众进行有效沟通。

四纵队摄影股股长高粮总结了他在基层连队举办照片展览时战士们的反馈。他从照片的大小、光线、影调、主题、拍摄角度和景别等六个方面归纳了战士们和知识分子（画报采编人员）的影像审美差异。他在《战士爱看什么样的照片?》一文中写道：“战士们对照片的喜爱和知识分子不一样，他们是有就好，在篇幅上要求大、能看清楚。在光线上，要求正面，不喜欢阴影，更不喜欢背光的，在色彩上，除了清楚以外，他们要淡一些，这样我们说表现没力量，但他们认为精神、年轻、漂亮（特别是人像）。正面拍的他们更爱看，比较大的场面更爱看，如很多的大炮和机关枪。”② 在21张封面、封底照片中，画报的摄影工作者更加偏爱用远景和中景的取景方式（图6），以平拍和仰拍的视角（图7），尽可能将根据地战争、生活、民主政治建设的场面呈现在观者眼前。这样的构图方式和拍摄手法是一种宏大的叙事视角，可以最大限度地与受众进行沟通。

（四）高品质、高标准的印刷出版

《晋察冀画报》诞生于敌人“扫荡”异常频繁的敌后抗日根据地，物质条件与技术人员严重匮乏，画报印制的难度远高于报纸，其需要的设备以及化学制剂在大城市都是紧缺物资，更不要说是在条件艰苦的晋察冀根据地，沙飞创办画报的想法无异于是一种奢望。但幸运的是，这个想法得到了晋察冀军区领导，尤其是聂荣臻司令员的大力支持，

① 参见张孜文《图像历史与战争动员：抗日战争时期〈晋察冀画报〉研究》，安徽大学2016年硕士论文，第29页。

② 高粮：《战士爱看什么样的照片?》，《摄影网通讯》1947年8月1日。

边区为画报社购置物资、招募人才。历经3年的准备，晋察冀画报社正式成立，《晋察冀画报》创刊号出版后传到各根据地和敌占区，给人们带来了极大的希望和鼓舞。①

《晋察冀画报》的印刷出版过程并不是一帆风顺的，而是困难重重。在第2期画报于曹家庄出版后，铜版发生危机。画报社派人到北平采购器材，刚运到丰台就被敌人没收，如不赶快解决，第3期画报就有停刊危险。为解决燃眉之急，1943年3月底4月初，在沙飞倡议下，画报社成立了自然科学研究会，沙飞任理事长，成员有罗光达、何重生、刘博芳等。大家集思广益，自力更生研究出了用铅皮代替铜版的平版印刷法。从此，画报改用铅皮制版印刷，克服了制版工艺上的一大难题。②

《晋察冀画报》封面在印刷、内容选择、拍摄等多个方面有较为严格的标准。在一次又一次的出版中，印刷水平有了大幅提升，制作精良的画报让读者爱不释手，成为解放区新闻摄影和画报事业方面的“排头兵”。③ 当时各个根据地将“陕甘宁的广播，晋察冀的铜版”看作是共产党在宣传工作上的两大法宝与两大创造。如今再看，《晋察冀画报》印刷出版的一些照片依然清晰可辨。《晋察冀画报》真实记录了抗日根据地恢宏壮阔的抗战与热火朝天的建设，为后人留下了珍贵的图像资料，其价值超越了时间的限制，成为开启战地摄影新时代的重要标志！

---

① 参见夏羿、刘洋《〈晋察冀画报〉与中国共产党的视觉外宣》，《出版发行研究》2020年第1期，第105页。

② 参见顾棣《中国红色摄影史录》(上)，山西人民出版社2009年版，第42页。

③ 参见顾棣《中国红色摄影史录》(上)，山西人民出版社2009年版，第30页。

晋察冀边区乡村戏剧的媒介域考察*

韩春秒①

摘　要：晋察冀边区乡村戏剧运动被称为“戏剧史上的奇观”。本文拟引入媒介学理论，试图从媒介域视角出发，对晋察冀边区乡村戏剧这一媒介手段进行深入考察，揭示晋察冀边区媒介域成功转换的主要经验：从媒介域的互动原则看，乡村戏剧媒介域的形成是中共中央与边区政府、文艺组织、村剧团、边区媒介等多方面共同助力的结果；从媒介域的种群原则看，乡村戏剧媒介域的形成主要是通过村剧团的组团效应和结群机制，构建起民族国家命运共同体；从媒介域的“一个种类、一个小生境”原则看，乡村戏剧是广受农民欢迎的、革新的新媒介，实现了对农民群体政治思想的通俗化传播与社会化动员。

关键词：晋察冀边区乡村戏剧；媒介域；互动原则；种群原则；“一个种类、一个小生境”原则

前　言

晋察冀边区②位于华北腹地，环绕北京、天津等大城市，涵盖了以山西、察哈尔、河北三省交界地带为基本区的广大地域。北与绥远省东部、察哈尔省北部、热河省北部

---

* 项目基金：2023 年度河北省社会科学发展研究课题“短视频赋能中国式现代化建设乡村篇章的逻辑进路”（课题编号：202307047）。

① 作者简介：韩春秒（1980—　），女，河北衡水人，副研究员，河北省社会科学院新闻与传播学研究所副所长，主要研究方向为文化传播、自媒体治理与乡村传播。

② 1937 年 11 月 7 日，晋察冀军区在山西省五台县宣告成立，晋察冀抗日根据地初步形成。1938 年 1 月 15 日，晋察冀边区临时行政委员会（简称“边委会”，习惯称“边区政府”）成立，中国共产党领导的第一个敌后抗日根据地正式形成，该根据地被中共中央和毛泽东誉为“敌后模范的抗日根据地及统一战线的模范区”。1948 年 9 月 26 日，晋察冀边区政府和晋冀鲁豫边区政府合并成立华北人民政府，晋察冀边区撤销。

和辽宁省西部相接，东、西、南三面分别以津浦、同蒲、正太、石德铁路线为界，毗连山东、晋绥、晋冀鲁豫抗日根据地。从地理上而言，晋察冀边区西部为太行山山岳地带，北部有燕山山脉，东部为冀东、冀中平原，边区生产粮食、棉花、盐、煤、铁等物资，人口密集，是一块具有重要战略意义的地区。①

晋察冀边区不仅是政治、军事斗争的中心，也是经济建设和文化建设的中心。抗战初期，广泛动员人民群众组成抗日民族统一战线，开展抗日宣传运动成为当时最迫切的任务。由于晋察冀边区几乎都处在华北地区最偏僻落后的农村地区，开展乡村文化运动是群众动员的重要方面，而乡村文化运动中的戏剧运动成为边区文化建设最重要的内容之一。② 在晋察冀边区军队剧社和其他专业文化团体的帮助下，在农村广泛组织的群众性的业余文艺运动，其突出特点就是乡村业余剧团的建立和因地制宜地开展各种戏剧活动。当时村剧团的数目，就 1942 年统计，仅北岳区和冀中区即有 3200 多个。而各剧社创作演出之活跃，涌现剧目之多，更是令人惊叹。当时边区剧协曾为此设立鲁迅文艺奖进行奖励。这种情况被戏剧史家称之为“戏剧史上的奇观”③。

那么，晋察冀边区的乡村戏剧是如何成为“一支最尖锐最有力的宣传武器”④ 的？

长期以来，学界对晋察冀边区乡村戏剧的研究主要集中在党史、文艺史等学科。具体到新闻传播史领域，主要集中在党报党刊的相关报道、理论文章、文艺评论等，因而对乡村戏剧的研究整体上是不足的。对于晋察冀边区乡村戏剧与农民动员之间的互动关系研究虽有涉及，但尚不全面，乡村戏剧仅作为舆论动员的一个方面，而非从一种媒介的角度展开系统的研究。本文拟引入媒介学理论，试图从媒介域视角出发，研究晋察冀边区的乡村戏剧是如何转化为抗战动员的物质力量的，即对晋察冀边区乡村戏剧这一媒介手段进行深入考察，揭示晋察冀边区媒介域成功转换的主要经验，以期从一个方面对晋察冀新闻传播史研究工作进行丰富。

一、媒介学的旨趣及媒介域概念的指向

媒介学感兴趣的不是意识形态本身，而是让这些意识形态成为可能的东西，即如何从新的工具种类的使用和实践中诞生新的社会机构，而又从这些机构当中涌现出活跃分

① 参见张志永、张勇《晋察冀边区文化史稿》，解放军出版社 2005 年版，第 1 页。

② 参见张志永、张勇《晋察冀边区文化史稿》，解放军出版社 2005 年版，第 38 页。

③ 蔡子谔：《晋察冀戏剧剧目提要》，中国文史出版社 2001 年版，第 3 页。

④ 河北省文化厅文化志编辑办公室编：《晋察冀、晋冀鲁豫乡村文艺运动史料》，河北新闻出版局 1991 年版，第 8 页。

子，成为社会运动和社会思潮的推动力量。① 媒介学自认为是媒介化的学问，通过这些媒介化，一个观念成为物质力量。②

“媒介域”是德布雷媒介学的核心概念，它指的是一个信息和人的传递及运输环境，包括与其相对应的知识加工方法和扩散方法。媒介域就是以信息传播的媒介化配置（包括技术平台、时空组合、游戏规则等）所形成的包含社会制度和政治权力的一个文明史分期。德布雷认为，每一个媒介域中都具有一个“组织核心”，即在一定历史时期和社会环境中占统治地位的痕迹保存系统（输入、存储和流通）。基于“组织核心”的不同，德布雷将人类历史依次划分为三个“媒介域”，即文字（逻各斯域）、印刷（书写域）和视听（图像域）。同时，每一个媒介域都不是纯粹的，而是不同媒介技术相互嵌入的网络。

德布雷的文明史分期（媒介域）观念具有时空上的宏观性，以此类推，似乎可以得出如下推论：具体到一个时期、一个地域，媒介域则呈现出短期的、多样的微观切片化特征。

德布雷指出媒介域存在转换时刻，即媒介与社会产生紧张关系或复杂关系的时刻。既然媒介载体与社会环境可能产生冲突，如何适应，如何反应？他总结了三个实用原则，即互动原则、种群原则和“一个种类、一个小生境”原则。这三个原则恰恰对帮助我们揭示晋察冀边区媒介域成功转换即构建乡村戏剧媒介域的主要经验提供了参考与借鉴。

二、晋察冀边区媒介域转换的互动原则

媒介学“不是把观念当作事物看待，而是当作生物机体，也就是说，首先当作关系而不是实体来看待。没有任何生物可以独自存在，它总是同一个环境、一个种群生境相连，这个环境改变它，它也改变这个环境”。德布雷进一步指出：“就像生态学研究生物与无生命环境之间的依赖和互动关系一样，媒介学想要研究象征现象与物质技术环境之间的互动关系。”③ 那么，晋察冀边区的媒介域转换是如何体现互动原则的？

中共与乡村、国家与基层的互动通过乡村戏剧这一媒介手段成功实现，政策、专业培训、模范村剧团创建活动、新闻舆论等外力介入乡村文化圈，是意识形态对乡村社会生活的渗透，是政治与乡村文化的结合，这有赖于政策与实践的相辅相成，是中共中央与边区政府、文艺组织及边区媒介等多方面共同助力、有机互动的结果。

---

① 参见陈卫星《传播与媒介域：另一种历史阐释——〈普通媒介学教程〉导读》，[法] 雷吉斯·德布雷著，陈卫星、王杨译《普通媒介学教程》，清华大学出版社2014年版，第21页。

② 参见 [法] 雷吉斯·德布雷著，陈卫星、王杨译《普通媒介学教程》，清华大学出版社2014年版，第3页。

③ [法] 雷吉斯·德布雷著，陈卫星、王杨译：《普通媒介学教程》，清华大学出版社2014年版，第267页。

（一）政策的引导与推动提供了有力的政治环境

抗日战争时期，中共进一步明确了文艺应服从服务于政治的思想，明确了文艺工作是党的工作的一部分，文艺要为战争和革命服务，要“很好地成为整个革命机器的一个组成部分，作为团结人民、教育人民、打击敌人、消灭敌人的有力武器，帮助人民同心同德地和敌人作斗争”①。中共还进一步明确了文艺的大众化思想，指出文艺要为大众服务，要面向工农兵，文艺工作者要深入群众体验生活，文艺作品要反映群众现实生活和斗争。中共对文艺的认识和定位，指明了文艺工作的政治方向，对晋察冀边区文艺产生了深远影响。② 晋察冀边区创建之初，边区政府便将文化建设看作团结人民、打击敌人与发展巩固抗日根据地的一项重要内容。1940 年 3 月 1 日《抗敌报》发布了《晋察冀边区剧协号召广泛建立群众剧团》的公告，1942 年晋察冀边区剧协分会发出“创造模范村剧团”③ 的倡议，1944 年中共中央晋察冀分局颁布《关于阜平高街村剧团创作的〈穷人乐〉的决定》④，1945 年晋察冀党委宣传部“利用冬季乡艺活跃季节广泛发动群众进行创作编写及乡艺运动”，1948 年冀东区党委宣传部《关于开展春节文娱活动的通知》等一系列官方倡议及文件、通知，对边区乡村戏剧运动的开展与繁荣起到了至关重要的作用。

（二）组织化管理、专业培训与业务交流厚植了现实土壤

1938 年 1 月，晋察冀边区文化工作者救亡工作协会成立，简称“文协”。同年 3 月，冀中区也成立了文化界抗日救亡组织，即冀中文化界抗敌建国联合会，简称“文建”。文协与文建成立后，初步建立了边区文化界统一的领导机构，开始有组织、有计划地领导边区各项文化建设。⑤ 1939 年 7 月，中华全国戏剧界抗敌协会晋察冀边区分会成立，简称“剧协”。⑥ 此后，边区戏剧团体及戏剧工作者几乎无一例外地参加了剧协，增强了边区戏剧运动的统一性和组织性。⑦ 在晋察冀边区文化组织机构的领导下，乡村戏剧运动有序开展。比如，1939 年，太行区党委明确了太行山剧团的任务是“开展农村戏剧运动，使农民自己来演自己的戏，服务于革命战争”⑧。晋察冀边区剧协定期组织会员、干

---

① 毛泽东：《在延安文艺座谈会上的讲话》，《毛泽东选集》第 3 卷，人民出版社 1991 年版，第 84 页。

② 参见郑立柱《晋察冀边区党的文艺政策与实践研究》，人民出版社 2019 年版，第 15 页。

③ 河北省文化厅文化志编辑办公室编：《晋察冀、晋冀鲁豫乡村文艺运动史料》，河北新闻出版局 1991 年版，第 11 页。

④ 参见河北省文化厅文化志编辑办公室编《晋察冀、晋冀鲁豫乡村文艺运动史料》，河北新闻出版局 1991 年版，第 4 页。

⑤ 参见张志永、张勇《晋察冀边区文化史稿》，解放军出版社 2005 年版，第 37 页。

⑥ 参见张学新《晋察冀革命戏剧运动史料》，河北省新闻出版局 1991 年版，第 28 页。

⑦ 参见张志永、张勇《晋察冀边区文化史稿》，解放军出版社 2005 年版，第 98 页。

⑧ 沙可夫：《华北农村戏剧运动和民间艺术改造工作——在第一次全国文代会上的发言》，河北省文化厅文化志编辑办公室编《晋察冀、晋冀鲁豫乡村文艺运动史料》，河北新闻出版局 1991 年版，第 95 页。

部和专门机构开会讨论布置检查工作，随时解决村剧团里发生的问题；民主政府对村剧团的经费等也有规定，农民的戏剧演出活动被认为正式工作。剧协还经常组织专业剧团在各地轮流办“乡艺训练班”，自上而下发“演员”“导演”“识谱”等小册子，村剧团大多有了一定的水平，有干部和一定的工作学习制度。① 此间，《抗敌报》副刊《文化界》、《冀中导报》副刊及《晋察冀日报》纷纷刊载有关乡村文艺的评论、杂文及业务文章等，对乡村戏剧的实践进行了指导。

三、晋察冀边区媒介域转换的种群原则

媒介学认为，信息的传播难以回避固有的竞争，而形成竞争状态的标志是信息本身的集群现象，因此“不要研究成分、个体，它们总是抽象的，因为没有任何观念可以独立繁殖、成长、成功。观念都是成群而来的，一个孤立的观念是一个僵化的观念，活跃的观念会组团，而这些观念的持有者会结群”②。德布雷指出，在媒介域转换时要研究种群，研究同一种类的个体的集合，这样才能将它们重新置于一个生态系统中，即建立在交流和互动之上的平衡。那么，晋察冀边区的媒介域转换是如何体现种群原则的?

在战争与革命的大背景下，中共面临的首要任务是动员民众，凝聚和利用一切力量，以求得生存与发展。毛泽东指出，“抗日战争，实质上就是农民战争”③，“农民——这是现阶段中国文化运动的主要对象”④。晋察冀边区媒介域的成功转换正是因为深入团结了农民群体，通过激发乡村内生文化的觉醒与回应，包含广大农民群体的民族国家命运共同体得以形成。

（一）依托乡村戏剧打造组团效应

中共、军队、边区政府及专业组织等共同推动了晋察冀乡村戏剧的发展，农民由接受主体逐渐转变为主动参与的编创主体与演员主体，成为乡村戏剧运动的内生力量。在《穷人乐》方向指引下⑤，晋察冀边区的乡艺运动迎来高潮：各个村参加剧团的人数越来越多，1946年春节，“建屏东黄泥的秧歌队都在200人以上，平定仙人村的秧歌队竟达400人之多”；参加村剧团的人员成分丰富，工农群众成为乡艺运动的主体，“定北大流村剧团的15（名）团员中有富农3人，贫农8人，中农4人”，“望都一区26个村剧团

---

① 参见康濯《冀西农民运动史话》，河北省文化厅文化志编辑办公室编《晋察冀、晋冀鲁豫乡村文艺运动史料》，河北新闻出版局1991年版，第79页。

② ［法］雷吉斯·德布雷著，陈卫星、王杨译：《普通媒介学教程》，清华大学出版社2014年版，第268页。

③ 郑立柱：《晋察冀边区党的文艺政策与实践研究》，人民出版社2019年版，第32页。

④ 毛泽东：《毛泽东选集》第3卷，人民出版社1991年版，第1078页。

⑤ 参见《沿着〈穷人乐〉的方向发展群众文艺运动》，《晋察冀日报》社论，1945年2月25日第1版。

581个团员中，中农共278个，贫农271个，富农7个，唐县三区389个团员中，工人26个、贫农208个、中农共28个、富农27个，工农占三分之二”；村剧团演出的观众也是空前众多，1946年“曲阳下河庙会上联合演出中，几天就有六万多观众看他们的戏”，春节文艺活动尤其盛况空前，“许多妇女儿童都穿上新衣，洗的干干净净的在参加大会或去看戏，在平原有许多套了大车去看戏的”①。

（二）围绕乡村戏剧形成结群机制

乡村戏剧的内生主体经历了从最初的旧式艺人、乡村教师到普通农民的主体扩散，乡村文化的内生机制在这一变迁过程中逐渐形成，群众的活跃表现在村剧团“不只是个人技术的表演，不只是舞台上几个人的演唱；而是集体演奏、歌舞的场景，和街头演出的场景”②。其中，乡村教师与旧艺人发挥着重要作用，甚至根据地乡村的一切文化艺术活动大都是靠了教师与旧艺人们的支持，才能顺利坚持下来。比如平山柴庄村剧团、东岗南村剧团都离不开本村小学教员杨润身和曹茎的贡献，唐县杨家庵村红火的大秧歌队与本村旧艺人赵玉山的带头作用息息相关。在这些乡村文艺带头人的带动下，越来越多的农民为讴歌自己的时代而充分发挥着创作天才。比如，临城西岭闹“大玩意”，全村无论男女老幼，无人不参加进来，每人都自己选择适合自己的场面，如减租、生产、打蝗、救灾等，来扮演自己所擅长的角色；武乡广寒互助组在担煤时大家商量要闹“红火”，村民一拍即合；平东测鱼村儿童们悄悄在一个破房子里自编自演，以铜盆木板代乐器，排练戏剧。③ 可见，在边区，“农村剧团是一个群众性的组织，是全村的人都可以参加的公共娱乐机关”④，是“全村农民从苦难斗争中建设起来的宝贵的新文艺队部”⑤。

四、晋察冀边区媒介域转换的“一个种类、一个小生境”原则

陈卫星在对德布雷“媒介域”概念的“一个种类、一个小生境”原则进行阐释时指出：“一是新信息的接入会首先利用新的媒体技术……一是已有观念作为活体的竞争力，

---

① 曼晴：《冀晋区一年来的乡艺运动》，河北省文化厅文化志编辑办公室编《晋察冀、晋冀鲁豫乡村文艺运动史料》，河北新闻出版局1991年版，第60页。

② 康濯：《空前辉耀的乡村文艺》，《晋察冀日报》1943年5月4日第4版。

③ 参见河北省文化厅文化志编辑办公室编《晋察冀、晋冀鲁豫乡村文艺运动史料》，河北新闻出版局1991年版，第119页。

④ 朱穆之：《“群众翻身，自唱自乐”——在晋冀鲁豫边区文化工作者座谈会上关于农村剧团的发言》，河北省文化厅文化志编辑办公室编《晋察冀、晋冀鲁豫乡村文艺运动史料》，河北新闻出版局1991年版，第172页。

⑤ 康濯：《柴庄村剧团》，河北省文化厅文化志编辑办公室编《晋察冀、晋冀鲁豫乡村文艺运动史料》，河北新闻出版局1991年版，第279页。

取决于如何改变自己以适应新的环境，有没有在新技术的基础上形成新的观念结构的能力。”① 那么，晋察冀边区的媒介域转换是如何体现这一原则的？

在近代中国乡村社会，“真正对乡下人的世界观起架构作用的应该是乡间戏曲和故事、传说，包括各种舞台戏、地摊戏、说唱艺术及民歌（谣）、俚曲、故事、传说、童谣、民谚、民间宗教的各色宝卷（已化为说唱艺术的一部分）等”②。在文盲、半文盲占农村人口绝大多数的晋察冀边区，民众识字率非常低，文件、书报、传单等以文字为新媒介的传播动员方式显然是事倍功半的。当报刊遇到识字率低的晋察冀边区群众，这就需要寻找或打造适应晋察冀边区群众文化消费习惯的贴地媒介，以实现对政治思想的通俗化传播与社会化动员。

（一）对传统戏剧进行改革，成功打造新媒介

乡村戏剧原是承载封建文化的传统剧目，所演内容往往不合时宜，且剧种较少，这使其动员民众的作用得不到充分发挥。为了适应民族战争和民主改革的大环境，满足晋察冀边区农民的精神文化需求，充分发挥戏剧在民众动员与团结中的作用，晋察冀边区的戏剧从内容到形式都发生了积极的变化，传统戏剧逐步为革命戏剧所代替，戏剧形式不断丰富，创演模式得到极大创新。从戏剧内容上看，它是多面的，主要围绕各个时期的中心工作，同时也是边区群众在各个时期最迫切需要解决的翻身问题，“有对敌斗争、政治攻势、减租减息、清算复仇、大生产、歌颂英雄模范、拥军拥抗、民主生活、文化生活，应有尽有”③，这样题材的乡村戏剧自然能得到农民群众的欢迎；从戏剧形式上看，“虽然大都以民间旧形式为基础，但都有或多或少地经过了改造，成为多样的群众文艺的新形式。这是真正农民自己创造的戏剧，他们所生产的节目是数以千百计的”④，“唱的去掉或换成了救亡歌曲，或旧调由农民自己填了新词，对话、顺口溜以至故事，也都是新内容的了”⑤。并且，晋察冀边区乡村戏剧有灵活的演出形式，主要为田庄剧、街头剧和集市庙会宣传等。

（二）创新编创演模式，实现对农民的有效动员

从 20 世纪 30 年代抗战爆发后的抗战演剧队，到根据地时期的话剧文艺工作者，都

---

① 陈卫星：《传播与媒介域：另一种历史阐释——〈普通媒介学教程〉导读》，[法] 雷吉斯·德布雷著，陈卫星、王杨译《普通媒介学教程》，清华大学出版社 2014 年版，第 20 页。

② 张鸣：《乡土心路八十年——中国近代化过程中农民意识的变迁》，陕西人民出版社 2008 年版，第 12 页。

③ 曼晴：《冀晋区一年来的乡艺运动》，河北省文化厅文化志编辑办公室编《晋察冀、晋冀鲁豫乡村文艺运动史料》，河北新闻出版局 1991 年版，第 63 页。

④ 周扬：《新的人民文艺——在全国文学艺术工作者第一届代表会关于解放区文艺运动报告》，河北省文化厅文化志编辑办公室编《晋察冀、晋冀鲁豫乡村文艺运动史料》，河北新闻出版局 1991 年版，第 104 页。

⑤ 康濯：《冀西农民运动史话》，河北省文化厅文化志编辑办公室编《晋察冀、晋冀鲁豫乡村文艺运动史料》，河北新闻出版局 1991 年版，第 76 页。

用流动和巡回演出的方式，宣传抗日、征兵、土改等活动。如“活报剧”这种跨媒介试验，用戏剧来演“活”报纸，把抽象的新闻变成没有阅读能力的老百姓也能看懂的戏剧。尤其在积极组建村剧团后，1944 年晋察冀边区阜平县高街村剧团自编自演《穷人乐》的出现，使边区乡村文艺运动再掀新高潮。当时，在中共晋察冀中央局的指引下，各地村剧团都把《穷人乐》视作群众戏剧运动的方向，普遍注意将真人真事搬上舞台，实行自编自演，自娱自救。在晋冀鲁豫边区晋城打出了“群众翻身，自唱自乐”的旗帜，还有些农村剧团提出了“自己的事，自己来演”的口号。[①] 以东杨庄村剧团为例，它根据当时的形势任务自编自演，“由于全村群众都对剧团甚感兴趣，所以便可以在村民中任挑演员”，有些节目编演的是本村某人的真人真事时，即请本人上台演出。从 1943 年下半年到 1947 年初，东杨庄村剧团编演过 120 多个节目，整个村子“丰富的生活与斗争内容都包括在这些剧作里面”[②]，戏剧活动成为整个村子生活内容的一部分。晋察冀边区村剧团在“穷人乐”方向指引下，“集团创作，走群众路线，创作过程与演出过程的结合，大家编大家演，听取群众反映，接受群众批评，真正的反映群众的斗争生活”[③]，以文艺的武器推动我们的战争、生产和各项工作[④]。

结　语

乡村戏剧在晋察冀边区发挥了充分的效能。“凭借着这一支有力的宣传武器，教育了晋察冀一千二百万民众，提高了民众的文化政治水平，发扬了民族精神，揭破了敌伪阴谋。在每一项工作上，戏剧不仅起了宣传作用，而且起了启蒙作用。在一切工作的困难面前，戏剧发挥了解释、说服和鼓动的力量。多少壮丁，由于看了一出戏，而自觉的，坚决的参加了抗日部队。不少顽固的分子受到戏剧的感动而悔过自新。边区的戏剧不仅起了伟大的政治作用，在它自身亦可逐渐凝结为民族戏剧的雏形。”[⑤] 抗战进入相持阶段后，边区逐渐巩固和发展，农民们就以历史上从来没有的兴奋，起来歌颂战斗与新生，他们搬出了庙社里的锣鼓家火，翻出了红裤绿袄，闹秧歌、高跷、地平跷、小车会、旱

---

① 参见河北省文化厅文化志编辑办公室编《晋察冀、晋冀鲁豫乡村文艺运动史料》，河北新闻出版局 1991 年版，第 2 页。

② 孙瑛：《春雨过后百花开——介绍东杨庄村剧团》，河北省文化厅文化志编辑办公室编《晋察冀、晋冀鲁豫乡村文艺运动史料》，河北新闻出版局 1991 年版，第 289 页。

③ 曼晴：《冀晋区一年来的乡艺运动》，河北省文化厅文化志编辑办公室编《晋察冀、晋冀鲁豫乡村文艺运动史料》，河北新闻出版局 1991 年版，第 67 页。

④ 参见《沿着〈穷人乐〉的方向发展群众文艺运动》，《晋察冀日报》社论，1945 年 2 月 25 日第 1 版。

⑤ 李公朴：《华北敌后——晋察冀》，生活·读书·新知三联书店 1979 年版，第 151 页。

船、社火、旧戏……好像过去“太平年景”①。

在晋察冀边区，乡村戏剧是外来文化与乡村文化的有机中介，不仅是中共动员基层群众的“一支最尖锐最有力的宣传武器”，更是一个值得重点深入剖析的媒介域。一个媒介域既是一个包含信息技术、受众形态和扩散方式的“容器”，也是一个“酵母”。② 媒介域的形成得益于新媒介的环境支撑、结群效应和生境打造，这也正是德布雷媒介域概念给出的三个实用原则。

从媒介域的互动原则来看，乡村戏剧媒介域的形成是中共中央与边区政府、文艺组织、村剧团、边区媒介等多方面共同助力的结果，以文艺政策为指引，以组织化管理与培训为保障，实现了乡村戏剧与晋察冀边区环境的有机互动；从媒介域的种群原则来看，乡村戏剧媒介域的形成是依托村剧团形成组团效应、构建结群机制的过程，通过激发乡村内生文化的觉醒与回应，构建起民族国家命运共同体；从媒介域的“一个种类、一个小生境”原则来看，乡村戏剧是广受农民欢迎的、革新了的新媒介，通过“群众翻身，自唱自乐”“自己的事，自己来演”等，实现对农民群体政治思想的通俗化传播与社会化动员。

晋察冀边区乡村戏剧运动，使现实政治与乡村文化良好互动、相向而行、紧密结合，成就了共产党在特殊时期对基层群众的深入动员和广泛团结。对晋察冀乡村戏剧的媒介域关照，有助于对中共基层动员的宝贵经验展开深度回望与系统化研究。

---

① 康濯：《冀西农民运动史话》，河北省文化厅文化志编辑办公室编《晋察冀、晋冀鲁豫乡村文艺运动史料》，河北新闻出版局1991年版，第76页。

② 参见陈卫星《媒介域的方法论意义》，《国际新闻界》2018年第2期，第10页。

“新”女性与“她”力量：抗战时期《晋察冀日报》妇女媒介形象阐释*

杨一帆　田建平①

摘　要： 抗战时期，《晋察冀日报》作为第一份敌后抗日根据地的机关报，响应中央号召，着力建构符合战时意识形态的妇女形象。该报将民族主义与妇女主义结合，将妇女置于战争背景中，发表动员妇女参与生产、参政议政等通讯，建构了一批踏实肯干、积极建言的独立女性形象。在识字班、自卫队等组织的影响下，边区妇女模范戎冠秀、任霄、韩凤龄等脱颖而出。她们带动边区妇女解放思想、寻求进步，日益摆脱封建束缚，呈现了聪明好学、积极进取的“新”女性形象。在模仿带动作用下，边区妇女转变思想，争相投身革命，加入战争，为抗战胜利贡献了彪炳史册的“她”力量。

关键词：《晋察冀日报》；妇女形象；“新”女性；“她”力量

全面抗战开始后，中共高度重视抗日民主统一战线政策的制定和实施。1937 年 8 月，洛川会议要求“动员一切力量争取抗战胜利”，并制定《中国共产党抗日救国十大纲领》，要求“全国人民动员起来，武装起来，参加抗战”。② 中共重视妇女工作融入革命运动，妇女报道如雨后春笋，妇女抗日团体活跃在边区阵地。毛泽东重视妇女动员，认为“妇女在抗战中有非常重大的作用”“全国妇女起来之日，就是中国革命胜利之时”③。抗日战争时期，《晋察冀日报》共发表妇女通讯 461 篇，涉及支援抗战、婚姻法、慰劳战士、

---

* 项目基金：国家社会科学基金项目“晋察冀边区中国共产党媒体的社会动员研究”（批准号：22BXW013）；河北省研究生创新能力培养资助项目“抗战时期晋察冀边区共产党媒体女性形象建构与动员研究”（批准号：CXZZBS2024026）。

① 作者简介：杨一帆（1997—　），女，河北石家庄人，河北大学新闻传播学院博士研究生，主要研究方向为中国共产党新闻史、新闻实务。田建平（1963—　），男，内蒙古包头人，河北大学新闻传播学院教授，博士生导师，主要研究方向为中国新闻出版史、文化传播和宋史。

② 参见毛泽东《毛泽东选集》第 2 卷，人民出版社 2007 年第 2 版，第 352—358 页。

③ 毛泽东：《毛泽东在中国女子大学开学典礼上的讲话》，《新中华报》1939 年 7 月 25 日第 4 版。

发展生产等多个领域，涵盖母亲、妻子、女儿等角色，包括女兵、女医务工作者、女教师等多种职业定位，形塑了子弟兵的母亲戎冠秀、新型妇女韩凤龄等勤劳朴实、艰苦奋斗的女性形象，带动群众开展学习运动，形成统一战线。随着妇女地位的崛起及妇女组织的壮大，全国广泛掀起对妇女问题的关注。如中共创办的《中国妇女》《现代妇女》杂志，是面向全国动员妇女的优秀刊物代表。中共中央及妇联还关注妇女节日、组织妇女读书读报、发展妇女运动、出版妇女读物、成立女子大学等，做好妇女宣传工作。

《晋察冀日报》妇女形象建构大多是通过通讯体裁呈现的。通讯被称为“报纸的明珠”，《解放日报》社论指出：“报纸的生命主要寄托在大大小小的新闻和通讯上面。”[①] 通讯体裁有贴近性、通俗性、人情味等其他体裁所不具备的优势，在战时宣传中发挥了重要作用。以往的研究多关注妇女自卫队、妇女报道、“三八”妇女节报道等，而较少从形象建构的角度进行分析。[②] 本文聚焦作为抗战第一份革命根据地机关报的《晋察冀日报》，通过研究其妇女通讯，分析该报是如何通过“她”力量、“软”宣传，去塑造抗战时期“新”女性形象，进而适应抗战与发展的需要；讨论抗战与性别、战争与认同、思想与行动等问题，希冀完善对边区妇女运动、生存环境、文化观念等方面的认知与了解，总结战时中共妇女作为“她”力量参与革命运动、进行“软”宣传的历程与经验。

一、战时背景下设置妇女议题

抗战时期，晋察冀边区妇女做出了重要贡献。中共妇女工作领导人之一康克清1940年7月总结《三年来的华北妇女运动》：“晋察冀边区妇救总会，现在有会员10万余人”，“慰劳工作是妇女工作最显著的一面，晋察冀边区妇女在反围攻之前，曾经募集了军衣10万套，鞋子6万多双”，“在妇女的优抗工作方面，仍然以晋察冀做得最好”[③]。那么，为什么晋察冀边区妇女抗日热情高涨？为何《晋察冀日报》的妇女通讯能成为设置议程、引导女性崛起的重要公域？又是在怎样的历史语境下，晋察冀边区的妇女运动能成为全国妇女工作的典范？事实证明，思想溯源需置身其境，探寻社会各个子系统的勾连。

（一）政治愿景的反映

“七七”事变后，国共两党形成抗日民族统一战线。抗日战争中，妇女不仅与男性一样面临亡国灭种之灾，还饱受蹂躏与折磨。日寇的野蛮与残暴，激怒了各个阶层与阶级

---

① 胡乔木：《把我们的报纸办得更好些》，《解放日报》社论，1942年7月18日第1版。

② 在中国知网以“晋察冀日报”“妇女形象”为关键词进行检索，仅有一篇对《晋察冀日报》妇女形象进行过讨论研究，参见石翊人、肖艺阳《抗战时期妇女媒介形象重塑及其社会动员价值——以〈晋察冀日报〉为例》，《党史博采》2022年第11期，第52—55页。

③ 康克清：《三年来的华北妇女运动》，《中国妇女》1940年8月10日第2卷第3期。

的妇女，她们联合抗日，组建妇救团体，开展妇女运动，等等。战时背景下，随着社会条件和生产关系等改变，性别不平等成为落后、不必要的制度与观念。中共对妇女问题、统一战线十分关注，1937 年 9 月中共中央组织部颁发《中国妇女大纲》，提出："以统一路线的策略去发动与组织各阶层的妇女。" 1939 年 3 月，中共中央妇委在《关于目前妇女运动的方针和任务指示信》中指出："妇女运动的基本任务是动员与组织更广大的妇女参加抗战建国各方面的工作，以便坚持抗战到底与争取最后的胜利。"① 认为妇女动员是抗日战争取得胜利的重要力量，从思想观念上要"坚决消灭党的一切组织与党员中对于妇女及妇女运动中所存在的陈旧的、庸俗的及中世纪的态度的各种残余，纠正一切对于妇女工作的轻视、忽视与消极的态度"②。

中共对妇女问题给予高度关注，提倡男女平等。妇女解放是中共抗战的重要内容和手段，故中共从法律层面保障妇女权益，制定纲领条例。《晋察冀日报》1939 年 3 月 11 日发表特讯《边区妇女宪政促进会召开》，提出"要明文保护女性权利"，并报道了边区妇救会 24 万会员积极参与的盛况。1940 年 8 月，晋察冀边区《施政纲领》公布，其第 14 条规定"保障妇女在社会上、政治上、经济上及家庭地位之平等，妇女依法有财产继承权；男女婚姻自主，反对买卖婚姻等恶习；严防沦陷区敌伪淫乱恶风侵入边区"；第 16 条强调"认真优待抗属，抚恤抗日烈士遗族"③，在复杂的战斗环境中，给予在大后方遥望战场的妇女一定慰藉，也缓解了前线士兵奋勇杀敌的"后顾之忧"，从而推进政治、生产、文化教育、军事、社会动员等工作。

除了制定方针政策引导妇女加入革命、颁布纲领保障妇女权益，中共还关照与厘清两性间的关系，避免性别纷争，突破性别视野。中共妇女工作领导人之一邓颖超指出："妇运是整个运动中的一部分，而不是两性间的斗争，不应该掀起两性间的仇恨与倾轧。"④ 也就是说，该时期妇女主义弱化了以往西方女性主义对男女权利争夺的讨论，而是把视线聚焦于具有中国战时特色的民族主义与妇女的融合共生中来。边区妇救会等组织在共产党的领导下不断发展，1939 年晋察冀边区妇救会第三次代表大会记录："全边区有妇救会 16784 个，区妇救会 145 个，县妇救会 30 个，会员 170292 名。"⑤

---

① 晋察冀边区北岳区妇女抗日斗争史料编辑组编：《晋察冀边区妇女抗日斗争史料》，中国妇女出版社 1989 年版，第 11 页。

② 《中共中央书记处关于开展妇女工作的决定》(1939 年 2 月 20 日)，《新中华报》1939 年 3 月 6 日第 3 版。

③ 晋察冀边区北岳区妇女抗日斗争史料编辑组编：《晋察冀边区妇女抗日斗争史料》，中国妇女出版社 1989 年版，第 23 页。

④ 中华全国妇女联合会妇女运动历史研究室编：《中国妇女运动历史资料（1937—1945）》，中国妇女出版社 1991 年版，第 165 页。

⑤ 晋察冀边区北岳区妇女抗日斗争史料编辑组编：《晋察冀边区妇女抗日斗争史料》，中国妇女出版社 1989 年版，第 231 页。

（二）性别意识下女性主体意识的觉醒

早在14世纪末，在基本由男性主宰社会和家庭的那个时代，法国女作家克里斯蒂娜·德·皮桑就书写了女性著作《妇女城》，塑造了一群美好可爱的女性形象，给视野狭窄、茫然无助的女性以信心，去选择切实可行的更好生活。① 抗战时期的中国妇女，逐渐认识到民族解放不再仅仅是男子之事。在时代主题的促使下，妇女角色意识逐渐被唤醒，背后蕴含着从"被动"到"主动"，从沉默无言到觉醒斗争的思想变化。中国人争取男女平等走过一段曲折的道路，具有一定的文化特色，比如母亲在中国家庭中的地位往往比西方家庭中高一些，但并没有改变女性处于劣等地位这一基本事实。② 《晋察冀日报》从妇女形象建构的角度出发，对妇女参与生产、参政议政等活动进行报道，起到了较为深刻且广泛的舆论引导和教育宣传作用。其传播了当时被称为"母性观"的妇女进步思想，"我们的母性观是和民族解放妇女解放联系起来的，是具有时代性和进步性的"③。毛泽东指出，妇女解放"就是女子有办事之权，开会之权，讲话之权，没有这些权利，就谈不上自由平等"④。所以这一时期的妇女解放，是从中央到边区、从上级到下级、从理论到实践、从党内到党外的全方位探索与实践。

从妇女主体出发，其主观意向较为凸显。据1941年陕甘宁、晋察冀、晋冀鲁豫、晋西北等7个抗日根据地的不完全统计显示："当地妇联或妇救的会员，平均占了妇女总人数的12%。"⑤ 这对素无组织甚至目不识丁的农村妇女来说，是主动加入组织、寻求解放的信号，妇女运动取得了较为喜人的成绩。《中国妇女》第2期指出，妇运工作的"正确态度是不受中国男性中心社会里一切轻视妇女的影响""应充分认识我们（妇女）的先锋姿态"。在富有激励性的形象建构、含有针对性的运动中，妇女逐步从"差序格局"里走出来，吸收着饱含极强政治愿景的思想意识，走向火热的革命运动中。

日寇层层破坏，广州、武汉等大城市失守后，中共调整政策，建立农村革命根据地。许多城市妇女和职业妇女流入乡村，农村妇女体量变大，"这样就给了动员农村妇女以必要的前提和有利的时机"。同时，城市妇女的涌入，带来了较为先进的思想与知识，促进农村妇女走向解放。1941年2月，中共中央总结："去年一年在抗战动员、生产、学习、工作各条战线上，涌现出许多新的妇女干部。"⑥ 但仍应看到，由于过去长期生存环境的不同及斗争的不平衡，晋察冀边区妇女运动仍然有长期的不平衡性与艰难性，仍旧存在

---

① 参见［法］克里斯蒂娜·德·皮桑著，李霞译《妇女城》，学林出版社2002年版，第6页。

② 参见李银河《女性主义》，上海文化出版社2018年版，第1页。

③ 中共中央文献研究室、中央档案馆编：《建党以来重要文献选编（1921—1949）》第19册，中央文献出版社2011年版，第202页。

④ 毛泽东：《毛泽东选集》第2卷，人民出版社2007年第2版，第171页。

⑤ 蔡畅：《如何使抗日根据地的妇女团体成为更广泛的群众组织》，《解放日报》1942年3月8日第4版。

⑥ 《中共中央为"三八"节工作给各级党委的指示》，《晋察冀日报》1941年2月15日第1版。

于男性主导的传统与现实之中。

（三）报人设置议程，以视点为中心的观察痕迹

妇女在媒介议程中“被唤醒”，觉醒后的妇女意识到救亡图存需要妇女的力量，民族解放需要统一战线。媒介通过设置“议事日程”，塑造、改变事件在公众心中的重要程度。以《晋察冀日报》为代表的报纸、杂志等，紧密围绕该时期中共对妇女运动的方针政策，宣传妇女解放与民族解放，不仅动员妇女加入统一战线，而且进行舆论引导，带领妇女参与到反对内战、争取民主的运动中。晋察冀特讯《边区妇女纪念“三八”节，驰电世界妇女团结起来，反对帝国主义反侵略战争》《晋东南800万妇女通电申讨亲日派，愿与全国姊妹亲密携手，为实现中共主张而奋斗》等，塑造了精诚团结、万众一心的妇女形象，进而引导妇女参与抗战、支援前线、慰劳将士，携手苏联等国人民加入正义战争。

《晋察冀日报》从创刊到终刊，从无到有，有多次人员、机构的调整，反映了报社的成长及根据地的发展。为适应战时状况，报人们分散设点，“一手拿笔，一手拿枪”。他们坚持群众路线，“和群众滚在一起”，发挥主观能动性与积极性。报人群体关注妇女报道，“把千万根线索伸入到群众中去”，抗战时期报道通讯2500多篇，其中461篇为妇女通讯。例如报社著名记者仓夷深入妇女运动，开展农村调查，撰写通讯，用1个版面详尽介绍了群英大会模范妇女韩凤龄，带动边区掀起学习韩凤龄的运动。通讯文体本身所具有的贴近性与可读性，契合了妇女在抗战中的“软”宣传，“她”力量成为紧张冲突的战斗报道的重要补充，通俗易懂，贴近生活，深受边区受众喜爱。

新闻通讯的写作革新过程是从单一视角向多元复合视角转化的过程。热奈特认为：“视点决定投影方向的人物是谁和叙述者是谁这两个不同的问题。”① 抗战时期，《晋察冀日报》的妇女通讯，记者从不同角度、不同侧面、不同视角进行报道，生成了多视角、多方面的立体通讯图景。有关妇女戎冠秀的通讯共计11篇，报道对象是相同的人物，但叙述视角有较为突出的差别。例如，《子弟兵母亲戎冠秀》作者林江聚焦的是“戎冠秀作为一名女乡村干部，带领全村妇女积极抗日”，这就决定了叙述者看到的是戎冠秀宣传动员青壮年上战场、慰劳伤员、带头缴纳公粮、纳公鞋等画面。而在《戎冠秀给子弟兵写信报告生产近况》这一通讯中，叙述者是戎冠秀本人，叙述视角转变为“子弟兵同志们”，进而关注内容为戎冠秀本人对子弟兵同志的惦念、鼓励与邀请。《边区党政军民联合决定赠予戎冠秀“北岳区拥军模范——子弟兵的母亲”称号》一文中，叙述视角更为宏观，从边区党政军民角度对戎冠秀行为进行评价，并号召全体党政军民向其学习，掀起运动。此外，同样是对戎冠秀事迹的记录与歌颂，洛灏的通讯文章《戎冠秀回到家里

① ［法］热拉尔·热奈特著，王文融译：《叙事话语 新叙事话语》，中国社会科学出版社1990年版，第126页。

的时候》，聚焦“戎冠秀回到家里”这一视角，与其他形象相比，这时的戎冠秀更“接地气”，有生活气息。由此，不同的叙述者的观察方式与言说方式因视角不同而多元各异。叙事学家米克·巴尔认为：“事件无论何时被描述，总是要从一定的‘视觉’范围内描述出来。”① 所以，在整个宏观的战争场域中，哪怕是同一报道对象，也会因叙事视角不同，呈现出不同的妇女形象。这些报道互为补充，成为广泛动员妇女开展斗争的重要手段，从而实现支援战争的革命目的。

二、“新”女性的建构：抗战与性别

毛泽东于1939年7月在中国女子大学开学典礼上发表讲话：“假如中国没有占半数的妇女的觉醒，中国抗战是不会胜利的”“要与轻视妇女的观念作斗争”②。他将民族存亡的抗战问题与妇女意识觉醒问题相连接，妇女解放问题不再孤立化。孟昭毅等提出“在抗日高于一切，一切服从抗日的总原则下，妇女共同抗日为第一最高原则”③，认为妇女在抗日中有重要作用，与男性一同共促战争进程。为促成民族主义与妇女主义的联合，抗战时期采取的主要方法是动员妇女参与生产、参政与慰劳，“我们主张应把母亲（妇女）由狭隘的家庭牢笼中引出到社会抗战建国的大道上，参加救国的工作，参加各种生产事业，真正实行政府和职业机关的开放……以陶冶她们，使之养成伟大的性格”④。这一时期的女性，“新”在参与劳动、参政议政、关注国际等。《晋察冀日报》妇女报道响应号召，文章主要报道抗战时妇女慰劳、参政和生产的情况，分别约占37.1％、26.5％、16.3％；参战、国际报道和文化教育报道次之，分别约占9.8％、6.5％、3.9％。（见表1）

① ［荷］米克·巴尔著，谭君强译：《叙述学：叙事理论导论》，中国社会科学出版社1995年版，第113—114页。

② 毛泽东：《毛泽东在中国女子大学开学典礼上的讲话》，《新中华报》1939年7月25日第4版。

③ 中华全国妇女联合会妇女运动历史研究室编：《中国妇女运动历史资料（1937—1945）》，中国妇女出版社1991年版，第522页。

④ 中共中央文献研究室、中央档案馆编：《建党以来重要文献选编（1921—1949）》第19册，中央文献出版社2011年版，第202页。

表 1 《晋察冀日报》妇女通讯报道领域及关键词统计

分类	生产		参政		参战		教育		慰劳		国际	
关键词	耕作	69	参会	39	自卫队	24	读报	12	慰问	21	人物	7
	税收	3	妇运	33	送亲	3	法律	3	人物	142	运动	6
	救灾	3	政策	11	被害	18	剧作	3	婚姻	7	建设	10
			节日	39					卫生	1	战争	3
											法律	1
											会议	3
总计		75		122		45		18		171		30

（一）参与生产：做劳动光荣的妇女

1941 年《晋察冀日报》发表社论，动员妇女参与生产劳动，认为“妇女本身就是强大的劳动力量，在体力、智力上与男子无异”“觉悟了的边区妇女，一定会为了抗战事业和自身解放，涌进春耕浪潮中去”①。劳动所产生的生产资料是抗战物资的主要来源，《晋察冀日报》关注战时生产、春耕、麦收等，强调后方生产应积极补充前方战事需求，倡导女性应进行生产劳动。法国著名女性主义思想家波伏瓦认为，“女人正是通过工作跨越了与男性隔开的大部分距离，只有工作才能保证她的具体自由”“作为生产者和主动的人，她便重新获得超越性”②。从社会建构视角来看，这一时期的晋察冀边区妇女不再屈服于男性凝视，正努力破除老旧思想对女性的禁锢，形成“劳动光荣”的新观念，进而建构了勤劳朴实、踏实肯干的妇女先锋形象。

妇女形象建构呈现以下特征：第一，引导妇女加入生产劳动，获取独立自由，建构勤劳朴实、踏实肯干的妇女形象。恩格斯认为：“妇女的解放，只有在妇女可以大量地、大规模地参加生产，而家务劳动只占她们极少的工夫的时候，才有可能。”③ 所谓“经济基础决定上层建筑”，妇女想要解放必然要参加生产劳动实现经济独立，才能获得思想解放。第二，在艰苦条件下，妇女力量受到关注，认为“在春耕运动中不仅要男子们参加，妇女们也应该参加”④（见图 1），动员了更多妇女加入垦荒、耕作、麦收等农事活动，释放更多男性力量直接参与战争。由此，产生了独立自主、向往自由的妇女形象。第三，对妇女参与生产进行报道，宣传报道妇女生产成绩。1941 年 5 月，新华社晋察冀分社于

---

① 《动员广大妇女参加春耕》，《晋察冀日报》1941 年 2 月 22 日第 1 版。

② ［法］波伏瓦著，郑克鲁译：《第二性 Ⅱ》，上海译文出版社 2011 年版，第 543 页。

③ ［德］恩格斯著，中共中央马克思、恩格斯、列宁、斯大林著作编译局编译：《家庭、私有制和国家的起源》，人民出版社 2018 年版，第 159 页。

④ 《妇女们要实地参加春耕运动》，《晋察冀日报》1939 年 2 月 23 日第 4 版。

该报发表通讯《北岳区各县妇女生产成绩可观》，报道平山县妇女耕种荒地 6000 余亩，阜平地区妇女开荒千亩植树 3 万余棵。① （见图 1）边区妇女生产活跃，生活改善，政治地位提高，“劳动光荣思想在妇女心中扎了根”②。第四，建构“妇女劳动英雄”。抗战以来，《晋察冀日报》通讯报道了众多妇女劳动英雄。1945 年于第 4 版特设“英雄与模范”栏目，报道了晋深极女劳动英雄提美彦、曲阳 16 岁的女劳动英雄王秋芬、盂平女劳动英雄模范工作者荣春连等十几位女性，赋予革命“新”女性最光荣的称谓——劳动英雄。这一词汇经过《晋察冀日报》革命话语的重塑，在文本中被赋予了新的阶级意涵。

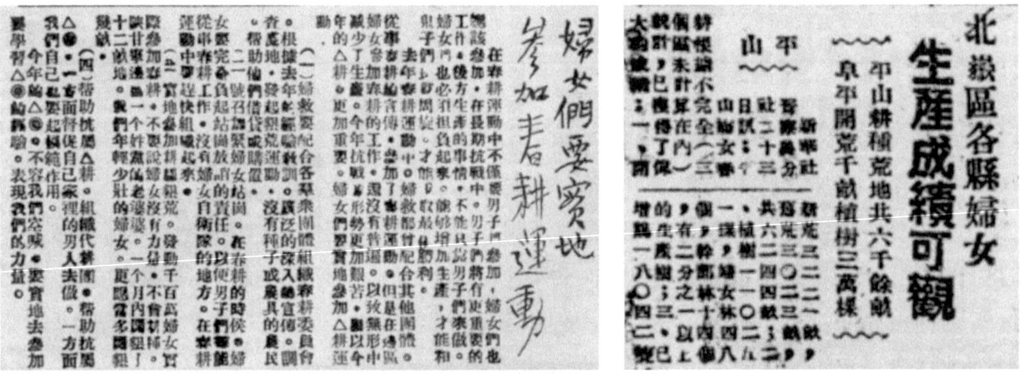
婦女們要實地參加春耕運動

北嶽區各縣婦女生產成績可觀

平山耕種荒地共六千餘畝

阜平開荒千畝植樹三萬棵

图 1 《晋察冀日报》报纸版面

（二）参政议政：让妇女影响妇女

妇女参政议政是妇女思想解放的重要表征，让妇女解放思想、改变观念是第一步，而让其“张口说话”、在战争纷乱复杂的情况下参与政治，需要更加充分地考虑其日常生活的环境、观念与心理。这一时期的“新”女性，正承受着从家庭的狭小空间走出，向意识形态再规范的政治场域靠拢的双重负担之中。早在 1792 年，英国现代女权主义奠基人沃斯通克拉夫特已然呼吁“给予女性同男性一样的教育权、工作权和政治权”③。中共自成立后，在不同时期的革命斗争中取得了不凡成绩。抗日战争时期，让妇女参与到政治建设中来，中共更是展现出了日臻成熟的组织动员能力，“国民参政会上，妇女占 5%；

---

① 参见《北岳区各县妇女生产成绩可观》，《晋察冀日报》1941 年 5 月 25 日第 3 版。

② 晋察冀边区北岳区妇女抗日斗争史料编辑组编：《晋察冀边区妇女抗日斗争史料》，中国妇女出版社 1989 年版，第 444 页。

③ ［英］玛丽·沃斯通克拉夫特著，王瑛译：《女权辩护——关于政治和道德问题的批评》，中央编译出版社 2006 年版，第 185 页。

陕甘宁参议会内，妇女占 20%；晋察冀边区许多妇女已经开始被选为区长、乡长”①。

抗战时期《晋察冀日报》妇女参与政治活动的形象建构主要集中在参政议政、妇女运动以及“三八”国际妇女节节日纪念等。第一，积极参政议政的妇女形象。邓颖超认为：“一个国家妇女参政的权利及机会之多少，男女平等实行程度的大小，可说明一个国家民主政治的广度和深度。”② 1938 年《晋察冀日报》开辟“边区生活”栏目，介绍边区工作开展情况，且有编辑室按语及插图，其中妇女工作报道丰富，如报道完县、唐县等地妇女参加村政、开讨论会等情况③（见图 2），宣传动员妇女积极参与民主建设。越来越多的妇女涌入政治领域，建构了一批女村长、女边区参议员形象。其中，由参选人数可以看出人民觉悟的提升和民主运动的高涨。1940 年 9 月，晋察冀边区县选时，参选人数占全体公民的 90%以上，女性议员占到全体县议员的 20%，更有报道宣传阜平别家台的老妪克服万难参加票选。④ 管中窥豹，可见边区妇女积极参政的盛况，亦可见晋察冀边区解放旧社会、建构新民主主义新政治的真实状况。

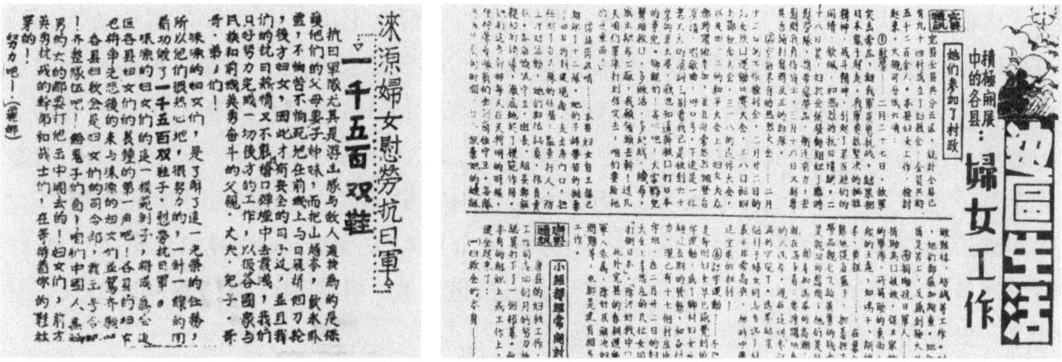
涞源妇女慰劳抗日军
一千五百双鞋
边区生活
积极开展中的各县：妇女工作
她们参加了村政
小组都经常开讨论会

图 2　《晋察冀日报》“边区生活”栏目版面

第二，边区妇救团体对妇女形象建构的努力。有关边区妇救代表大会和执委会等组织的通讯共 15 条，涵盖代表大会内容与工作期望、执委会会议内容与宣传提纲、妇救会代表大会给会员的信件等。全面抗战爆发后，中共在晋察冀边区积极筹建县、区、村妇女抗日救国会等组织，广泛动员了各阶层各民族妇女，她们自愿选择参加。历届妇救会均就上一年工作展开报告，为下一年工作制定任务，作为特讯发布在《晋察冀日报》的

① 晋察冀边区北岳区妇女抗日斗争史料编辑组编：《晋察冀边区妇女抗日斗争史料》，中国妇女出版社 1989 年版，第 12 页。

② 中华全国妇女联合会编：《蔡畅 邓颖超 康克清 妇女解放问题文选》，人民出版社 1988 年版，第 80 页。

③ 参见《她们参加了村政》《小组都经常开讨论会》，《晋察冀日报》1938 年 5 月 23 日第 3 版。

④ 参见克寒《晋察冀的县议会》，《新华日报》1941 年 4 月 3 日第 2 版。

重要版面。此外，晋察冀边区各界妇女先进人物为推广民主政治，开展妇女宪政运动，“加强妇女对宪政运动的认识，唤起妇女宪政运动热潮”①。妇救会作为动员妇女的组织，就如何加强宣传工作、巩固发展组织、改善妇女生活、完善战时工作等方面制订计划目标，立足于革命的具体情境，显示出对妇女以斗争形象发挥革命作用的期待。

第三，历年边区妇女纪念“三八”国际劳动妇女节中妇女形象的建构，共计 26 条。《晋察冀日报》纪念与妇女息息相关的节日并展开系列活动，借助媒介仪式形塑一定的媒介记忆，展示妇女形象，发挥妇女力量，通过示范作用让“妇女影响妇女”②。中共领导下的“三八”妇女节纪念活动与报道，赋予该节日更多的革命斗争含义，让广大妇女感受到了前所未有的尊重和重视，内容主要有“妇女与参战、妇女与参加生产、妇女与文化教育、妇女与生活改善、妇女与组织等”③。作为地区性报纸的《晋察冀日报》，其主要受众为边区人民，由此形塑了一批积极参与政治、经济、文化、军事等全方位实践的妇女形象，带动了边区妇女“动起来参与抗战”，与男子站在一条战线上，为家国抗争。

（三）国际视野：世界妇女联合起来

法西斯是世界和平的敌人。在东方，日本法西斯侵略中国。在西方，德意法西斯攻打苏联、西班牙等 14 个独立国家。他们压迫人类，蹂躏妇女。这一时期，莫斯科妇女反法西斯大会号召全世界妇女：“建立反对希特勒主义的统一战线”“苏联妇女有如此伟大的力量，全世界妇女能成为更伟大的力量”④。（见图 3）《晋察冀日报》国际通讯内容较为丰富，包含如《幸福的苏联妇女 千万妇女参加国家建设工作》《比利时粮荒严重 妇女大示威》《苏联妇女领袖 致书全世界妇女 号召联合反对法西斯》《美国妇女团结反战 举行反压迫反战运动》等 30 余篇，通过国际通讯报道苏联、比利时、美国等国际妇女，建构了一批勤劳勇敢、坚毅独立的国际妇女形象。

苏联妇女形象尤其突出，如抗战胜利前夕，《晋察冀日报》的国际通讯《以“苏联英雄”头衔追赠给女机枪手曼舒利·马米托娃》，向国际受众展示了骁勇善战、不屈不挠的战斗妇女形象。“苏联英雄”这一奖项作为苏联最高英雄奖颁发给一名女性，在战争年代给予世界妇女以鼓舞。蔡畅认为：“苏联妇女的胜利，是促成中国抗战成功的因素之一；中国抗日战争也是世界反法西斯战争的重要部分。”⑤（见图 3）

---

① 《敌后妇女呼吁加紧展开全国宪政运动 要实际反对投降分裂危机 从抗日战争中求妇女解放》，《晋察冀日报》1939 年 3 月 9 日第 3 版。

② 刘建民：《节日、性别与革命：〈晋察冀日报〉“三八”妇女节报道的考察》，《青海社会科学》2021 年第 5 期，第 190 页。

③ 边妇救：《我们要怎样纪念今年的“三八节”》，《晋察冀日报》1941 年 2 月 15 日第 1 版。

④ 莫斯科通讯：《全苏联妇女第二次反法西斯大会告全世界妇女宣言》，《晋察冀日报》1942 年 5 月 17 日第 3 版。

⑤ 蔡畅：《妇女团结到反法西（斯）统一战线上来》，《解放日报》1941 年 10 月 12 日第 4 版。

图 3 《晋察冀日报》报纸版面

第二次世界大战期间，各国就妇女革命与解放问题给予广泛关注。《晋察冀日报》国际通讯报道美国妇女团结反战、举行反压迫运动及罢工运动等，中共“借口说话”，将妇女解放观念宣传于“无形”之中。1939 年，《晋察冀日报》副刊“边区妇女”介绍了受法西斯侵略的西班牙国家涌现出很多和中国妇女一样英勇的女战士①，其中有一位出色的女外交官，在世界奔走呼号，寻求对妇女的保护与关注，这一行为同样引起了边区对妇女的重视与解放。

三、“她”力量的呈现：认同与模仿

文化建设渗透于生产、参政、慰劳等领域，其自身也作为社会子系统的一部分，直接影响着晋察冀边区妇女形象的建构。《晋察冀日报》通讯关注妇女识字、冬学、读报等教育问题，边区妇女在闲暇时间不断学习，提升技能本领，开化思想，寻求解放。抗战时期晋察冀边区的文化建设和文艺发展具有鲜明的战斗性，是民族解放和人民解放的统一。“新”女性的呈现不再是单纯的“刺激-反应”“政策-结果”模式，而是寻求政治愿景实现中的思想认同，进而产生模仿行为，形成集合效应，在战时条件下直接结果为驰援前线。思想认同主要通过文化建设实现，一方面建构妇女形象，形成“舆论领袖”；另一方面，丰富的边区文化活动于无形之中形成“软”宣传，推动进步女性群体的生成。

（一）在思想学习和文化活动中认同

抗战前期，晋察冀地区属于教育滞后、思想困顿的“文化沙漠”地带，甚至“在八分区的河间、交河地带，99%的妇女没上过学”。该边区属于山地地形，村庄零散、群山阻隔、交通不便，成为妇女文化教育贫瘠的不利地理区位因素。“‘七七’事变前，阜平

① 参见《介绍一个外国的女战士》，《晋察冀日报》1939 年 8 月 12 日第 4 版。

县 19 万人口，上过学的妇女只有 70 多个。”① 整个晋察冀边区在抗战初期，无论男女都极少接受过正规教育，文化素质极低。妇女嫁到婆家成为“侍奉者”是心照不宣的准则，对于抗战也未曾有全面清醒的认知。皮桑认为：“女性必须接受教育，女性和男性在智力上没有太大区别，可以有新的发现和创造。”②

抗战后，晋察冀边区逐渐建立起妇女民校和识字班③，授课内容均是日常生活所需的知识和技能，如识家务事相关的字、打算盘等。此举提高了妇女文化水平，促进其思想解放，这时，聪明好学、积极进步的妇女成为典范、榜样。妇女们创造了许多新的学习方式，如“戎冠秀冬学”运动④中，开创了“黑板学习”“纸条学习”法。边区妇女戎冠秀是政府评选的妇女模范，在《晋察冀日报》的话语中，戎冠秀被建构为人人尊敬、争先效仿的偶像式人物。这一塑造典型的报道方式，使妇女们作为民族共同体成员出现，带动全民族积极抗战，成为建构妇女形象的最高价值。

中共妇女领袖不仅通过媒体发声，而且大胆开展调整社会性别关系的实践活动，在中国妇女运动中发挥了独特的作用。⑤ 女干部、女党员等媒介形象在妇女领袖的“声声高呼”中脱颖而出。《晋察冀日报》关注妇女干部，报道了秀兰子烈士之墓的故事，展现了敢为人先、身先士卒的妇女干部形象；关注女党员，1942 年 5 月 16 日报道女共产党员赵明升同志的死，塑造了挺身而出、大义凛然的女党员形象；妇女干部宋美龄号召世界妇女参与抗战，“合力共促文化之进步”。（见图 4）

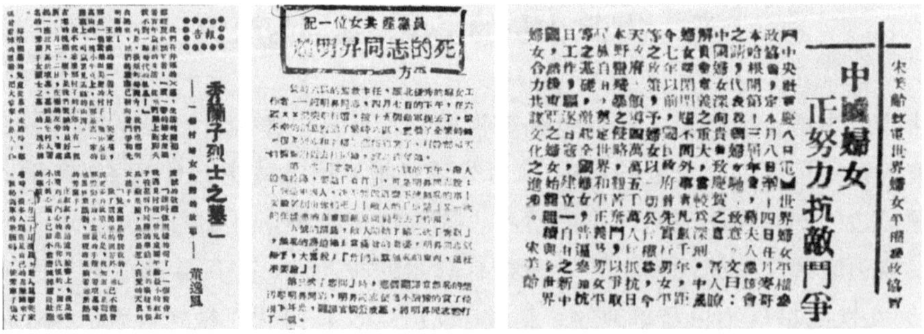
秀蘭子烈士之墓

記一位女共產黨員
趙明升同志的死

宋美齡致電世界婦女
中國婦女正努力抗敵鬥爭

图 4 《晋察冀日报》报纸版面

① 晋察冀边区北岳区妇女抗日斗争史料编辑组编：《晋察冀边区妇女抗日斗争史料》，中国妇女出版社 1989 年版，第 735 页。

② ［法］克里斯蒂娜·德·皮桑著，李霞译：《妇女城》，学林出版社 2002 年版，第 6 页。

③ 参见《三专区各校妇女班活跃 半月间成立冬校 500 处》，《晋察冀日报》1942 年 3 月 12 日第 3 版。

④ 参见娄霜《戎冠秀冬学》，《晋察冀日报》1945 年 1 月 5 日第 4 版。

⑤ 参见李净昉《妇女运动领袖的媒体言说与社会行动——以天津〈妇女日报〉为例》，《安徽大学学报（哲学社会科学版）》2015 年第 4 期，第 138—148 页。

在此背景下，《晋察冀日报》塑造了大量革命“新”女性，家国使命和社会责任在这些典型中得到有机结合。边区行政委员会发布《保证政民妇女干部及其婴儿之决定》，“为解决妇女干部生产孕育之困顿，为民族后一代身心之健康”，颁布条例保障妇女干部的权益，也是从制度框架方面完善妇女保障。

晋察冀边区妇女文化娱乐的热情是跟随她们的政治情绪逐步提高的。文化水平的提高，提升了她们的政治觉悟，也带动了农村剧团、歌剧表演等文化娱乐活动的丰富。《晋察冀日报》行唐通讯《墙报和戏剧改造了懒老婆》①，报道了通过墙报和戏剧，妇女从一个困于家庭一隅之地的身份提升为家国构成的一员，找到了政治站位，提升了抗战积极性。特殊的节日纪念，如“三八”国际妇女节，女工们出演自己改编的剧作②，呼吁建立全民族统一战线，形成文化思想共识。

（二）认同带动行动，参与革命战争

取得抗战胜利是该时期的工作中心。支援前线、送子送郎上战场是抗战时期《晋察冀日报》妇女形象建构的主要一环。一方面，女性作为重要家庭成员，动员丈夫、儿子、兄弟等亲人上战场。另一方面，女性组建自卫队保卫家园，抵御外敌入侵。1939 年 7 月 15 日，“老百姓”副刊刊载《张二嫂送夫投军》通讯③，报道在妇救会的宣传下，张二嫂将自己丈夫送进阜平营，参与战斗。1942 年 3 月 6 日，唐县通讯报道了“妇女送郎送子上战场的热潮”④。（见图 5）这一时期，《晋察冀日报》十分注重敌后人民战争的特点。“早在创刊头一年就抓住了新情况：中共领导的晋察冀边区的敌后抗日战争，是各抗日武装力量联合起来的抗战，是主力部队、地方武装和民兵游击队三位一体的人民战争，是男女老少各界群众广泛参加的人民战争。”⑤

---

① 参见《墙报和戏剧改造了懒老婆》，《晋察冀日报》1944 年 7 月 26 日第 2 版。

② 参见《热烈纪念“三八”节，女工们出演自己的剧作》，《晋察冀日报》1941 年 3 月 15 日第 1 版。

③ 参见《张二嫂送夫投军》，《晋察冀日报》1939 年 7 月 15 日第 4 版。

④ 赤：《唐县妇女送郎送子的热潮》，《晋察冀日报》1942 年 3 月 6 日第 3 版。

⑤ 晋察冀日报史研究会编：《晋察冀日报史》，人民出版社 1993 年版，第 22 页。

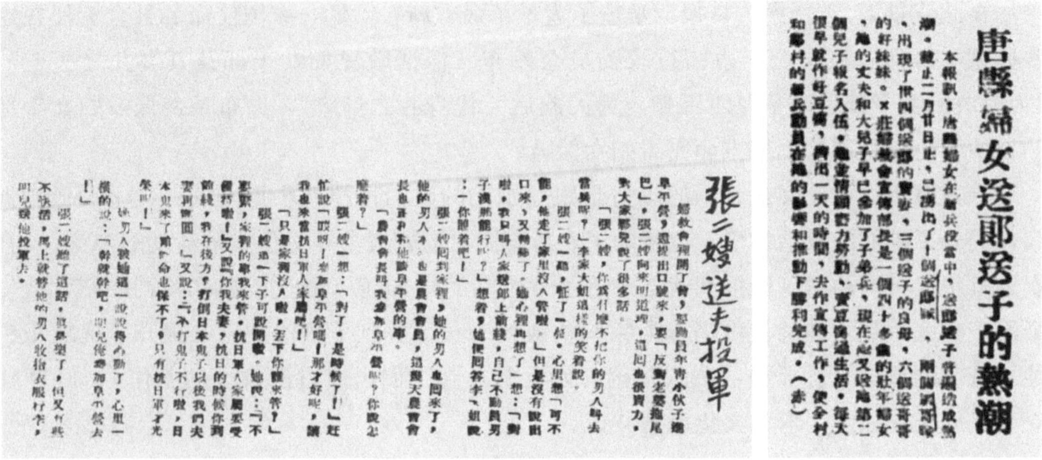
張二嫂送夫投軍

唐縣婦女送郎送子的熱潮

图 5 《晋察冀日报》报纸版面

晋察冀根据地的妇女自卫队于 1938 年逐步建立起来，主要任务为锄奸、放哨、救护、侦查、宣传等。同年 6 月，《晋察冀日报》对完县妇女自卫队情况进行报道①；12 月，报道妇女自卫队大检阅中，妇女们拿着武器，唱着救亡歌曲，展示了斗志昂扬、激情洋溢的“新”女性形象。1939 年底，妇女自卫队扩展至 22 个县，增至 27 万余人。1941 年底，妇女自卫队人数已有 44.6 万余人。② 边区媒体动员妇女加入自卫队，加入群众武装，骁勇善战、无私奉献的妇女形象在战时背景下建立。1940 年，晋察冀边区 27 万妇女在边区妇救会的培植下完成武装，这是政治宣传与思想教育的结果。在较为先进的地区直接号召妇女加入自卫战争，而在较为落后的地区，为适应妇女心理需要，先建立识字班等组织形式，再过渡到妇女自卫队。③ 晋察冀边区在普遍广泛的进行妇女教育的两年时间里，基本扫除了大部分的妇女文盲，“造成竞赛热潮，她们集中精神锻炼自己，封建的枷锁不再能束缚她们，家庭的琐事不再能羁绊她们”④，妇女们的政治水准、思想素质不断提高。《晋察冀日报》设立“群英大会”栏目，表彰的模范主要有战斗英雄、劳

① 参见《完县的妇女自卫队》，《晋察冀日报》1938 年 6 月 3 日第 4 版。

② 参见王春平、赵伯涛《忆北岳区妇女自卫队》，刘锦章主编《晋察冀军区民兵斗争史丛书之六·战斗的回忆》，长征出版社 1997 年版，第 303 页。

③ 参见中华全国妇女联合会妇女运动历史研究室编《中国妇女运动历史资料（1937—1945）》，中国妇女出版社 1991 年版，第 327 页。

④ 如：《行唐老妇陈凤英领导妇女垦荒团发动与各村男子竞赛》，《晋察冀日报》1939 年 4 月 16 日第 1 版；《五专区妇救会召集执委会 各县妇女展开春耕大竞赛》，《晋察冀日报》1941 年 3 月 13 日第 1 版；《李翠珍向王庆彩应战 又提 5 个竞赛条件》，《晋察冀日报》1944 年 8 月 27 日第 2 版。

动英雄和模范工作者①，其中不乏边区妇女模范的身影，结合通讯叙事，全面展示边区妇女多样化形象。

四、结论："她"形象建构与战鼓齐鸣

抗战初期，中共已对占人口半数的妇女力量予以高度关注。只有动员妇女，才能实现抗日战争的早日胜利。1937 年中共中央组织部颁布《妇女工作大纲》，动员妇女力量参战，争取抗战胜利，必须"团结各阶层广大妇女群众在党的周围，并特别注意发动与组织劳动妇女"②。"她"力量主要通过该时期的主流媒介——报纸呈现，对妇女形象的建构多以贴近性强、富有人情味的通讯实现。《晋察冀日报》作为敌后第一个抗日根据地的机关报，抗战时期发布妇女通讯 461 条，包含各阶层、各社会角色的"新"女性形象。从受众心理出发，在革命背景下建构了一批积极参与生产、倡导"劳动光荣"的妇女形象。制定制度条例保护妇女权益，塑造女干部、女党员形象，带动妇女参政议政，让妇女带动妇女，通过女性影响女性。《晋察冀日报》报道苏联、美国、比利时等国际妇女，向边区受众建构了一批刚强果敢、坚毅独立的国际妇女形象，以苏联为核心的国际通讯引起边区妇女学习热潮。在认同中模仿，越来越多的妇女加入自卫队、参与战争，送子送夫上前线。妇女领袖康克清总结："在妇女的优抗工作方面，仍然以晋察冀做得好。"这是战时革命背景下政治愿景的反映，是报人对妇女议程的设置，同时也体现了妇女主体意识的觉醒，体现着人物建构中以视点为中心的观察痕迹。抗战时期《晋察冀日报》妇女通讯记录了妇女参与抗战、支援前线的英勇事迹，弘扬了奋勇抗敌、不畏艰难的革命精神，将各民族、各阶层的妇女群众紧紧联系在一起，形成推动抗日战争胜利的重要力量。

---

① 参见《晋察冀边区行政委员会关于召开第二届群英大会暨生产品展览会的决定》，《晋察冀日报》1944 年 10 月 20 日第 2 版。

② 中华全国妇女联合会妇女运动历史研究室编：《中国妇女运动历史资料（1937—1945）》，中国妇女出版社 1991 年版，第 1 页。

·左翼文艺研究·

鲁迅论杂文的性质与特征*

许祖华①

摘　要： 鲁迅对杂文性质的论述主要围绕"杂文是文学"的观点展开，分别从杂文的文体属性、风格属性及在文学史上的地位进行了论述。鲁迅对杂文文学特征的论述，主要聚焦两个问题，一个是杂文的典型化特征问题，对于这一问题的论述，鲁迅主要论述了杂文典型化的两种方式，一种是从个别到一般，一种是从局部到全体；一个是杂文的话语特征问题，对于这一问题的论述，鲁迅主要论述了杂文"博采口语"的必要性与重要性。

关键词： 鲁迅；杂文观；文学性；典型化；博采口语

杂文是鲁迅一生最为钟爱的表情达意的载体，他不仅以自己一枝"金不换"之笔，创作了大量优秀的杂文作品，构建了自己个性鲜明的杂文的艺术世界，为后人留下了丰富多彩的宝贵精神财富，而且也以各种形式，如，序言、后记、书信、短文等，或只言片语，或洋洋洒洒地阐述了自己对于这种表情达意载体的观念。其中，关于杂文的性质及其特征的观念，又是鲁迅杂文观中最为重要的观点。这两个方面的观点，不仅对于我们进一步认识杂文本体的特性、价值等有重要的启示意义，而且对于我们更深入地解读、探讨鲁迅杂文的特色和意义具有直接的帮助。

一、鲁迅论杂文的性质

杂文是或不是文学，这不仅关乎杂文的性质，更关乎它在文学史上的意义与价值，因此，这不仅是一个理论问题，更是一个具有实际意义的问题。在中国现代文学发展的

* 项目基金：教育部规划项目"鲁迅杂文的知识结构及信念类型与验证研究"（批准号：22YJA751021）。

① 作者简介：许祖华（1955—　），男，湖北仙桃人，华中师范大学文学院教授，博士生导师。

过程中，从“五四”到20世纪30年代，“正人君子”们之所以群起攻击杂文，固然是他们固守文学正统体制和正统的文学观导致的，不过，不可否认的是，杂文这种表情达意的形式，尽管从“五四”新文学发生以来在创作领域取得了不错的成绩，其成绩甚至达到了几乎在小说、戏曲和诗歌之上的程度，但杂文的文学性质却并没有在理论上得到较为得体的论证，这应该也是杂文受到“正人君子”们攻击的原因之一。

也许正是意识到了这个问题的重要性，鲁迅在各类文章，尤其是20世纪30年代发表的各类文章，包括各类“序言”“后记”中，以自己的方式，论证了“杂文是文学”的观点。

纵观鲁迅对“杂文是文学”观点的论证，我们可以发现，鲁迅固然注意了杂文的意识形态属性（所谓感应的神经，攻守的手足）、精神文化属性（所谓文明批评与社会批评的工具）等，但更为关注的是杂文作为语言艺术的审美属性以及其在文学史上的地位。鲁迅也主要是基于杂文作为语言艺术的属性以及其在文学史上的地位，从三个方面，有理、有据地论证了“杂文是文学”的观点。

首先，鲁迅从杂文的文体属性论证了“杂文是文学”的性质。鲁迅虽然没有对杂文下一个较为明确的定义，但对其文体的基本属性还是有一个清晰的定位的，这就是“杂”，即文体多样，或者说，包含了多样的体裁。鲁迅曾说：“我想，散文的体裁，其实是大可以随便的，有破绽也不妨。”① 鲁迅在这里虽然使用的是“散文”的概念，但其所指的应该是“杂文”，至少，这里的“散文”是包括杂文的。鲁迅也正是通过杂文文体的这样一种“随便”即“杂”的属性，运用他积累的丰富的知识，特别是关于“散文”文体的丰富知识，一方面以无可反驳的例证和说理论证了“杂文是文学”的观点，另一方面则讽刺了“崇洋迷外”者和反对杂文的所谓正统的文人。他在《徐懋庸作〈打杂集〉序》中就曾指出：“杂文中之一体的随笔，因为有人说它近于英国的Essay，有些人也就顿首再拜，不敢轻薄。”② 在鲁迅的这段话中，虽然没有使用判断性的话语直接地表达“杂文是文学”的观点，但，明确的例证与严谨的逻辑，却包含了“杂文是文学”的推理。

从例证来看，Essay之所以让中国的“有些人”（应该是指那些反杂文的所谓正统文人）“顿首再拜，不敢轻薄”，更不敢否定，只有一个原因，那就是Essay属于正宗的文学，而且是英国作家创造的文学文体；从逻辑推理来看，既然Essay是文学，而“杂文中之一体的随笔”又“近于”它，那么，这样的推理与结论应该是没有什么问题的，即，Essay是文学，杂文中的一种随笔又与之品性、特征相近，那么，随笔是文学，杂文也应该是文学。事实上，鲁迅的这段话，不仅包含了“杂文是文学”的观点，而且鲁迅使

① 鲁迅：《怎么写》，《鲁迅全集》第4卷，人民文学出版社2005年版，第25页。

② 鲁迅：《徐懋庸作〈打杂集〉序》，《鲁迅全集》第6卷，人民文学出版社2005年版，第301页。

用“总属法”，即“杂文中之一体的随笔”，还有效地揭示了杂文体裁的广泛性与包容性。同时，鲁迅采用自己十分擅长且经常使用的“以己之矛攻己之盾”的说明方法，以及恰当的举例法，不仅让否定“杂文是文学”的人哑口无言（因为，他们既然对属于文学的Essay“顿首再拜”，自然无法否定与其“近于”的随笔乃至杂文也是文学），而且由此也直接地映照出了攻击杂文者眼光的狭隘性和文学知识的贫乏性。

其次，鲁迅从杂文的风格属性论述了杂文的文学性。风格，作为指称某种特色的术语，在文学的领域，指称的就是文学这种人类创造的精神产品的特色。文学的风格，从绝对的意义上讲，不仅是文学这种人类创造的精神产品与人类创造的其他精神产品，特别是同样以语言为载体的精神产品，如哲学、经济学、社会学、人类学、语言学、伦理学等显然区别的标志之一，而且更是文学作为一门艺术的本体性特征。歌德曾经满怀激情地说：“风格，这是艺术所能企及的最高境界，艺术可以向人类最崇高的努力相抗衡的境界。”① 正由于风格是艺术（当然包括文学）“最高的境界”，也是艺术独立于人类最崇高努力之中的标志，因此，要论证“杂文是艺术”，最便捷的方式就是从风格方面论证杂文是否达到了“艺术所能企及的最高境界”，是否具备了文学应该具备的基本特征。

鲁迅正是如此展开论证的。他在评论徐懋庸的杂文时就指出：“这些杂文”不仅与现实生活十分“贴切，而且生动，泼剌”②。而“生动”等风格特点，正是文学与其他使用语言表情达意的精神类产品在风格方面最显然的区别，也是构成语言艺术——文学的基本特征。鲁迅的朋友许寿裳先生在回忆鲁迅的书中，曾专门谈到了鲁迅关于学说与文学的区别，许先生说，鲁迅的观点是：“文学和学说不同，学说所以启人思，文学所以增人感。”③ 学说之所以能“启人思”，是因为学说使用了直截了当的，不依靠任何手段（包括艺术的手段），具有规范、严谨风格的话语表达出来的思想；文学之所以能“增人感”，则是因为文学通过“生动，泼剌”的语言风格塑造或提供的生动的形象、表达的丰富多彩的情感。也就是说，学说与文学固然有很多方面的不同，但目的的不同，直接导致了其风格，尤其是语言风格的不同。高尔基在论语言艺术的特征时曾经指出：“真正的语言艺术总是非常纯朴、生动如画，而且几乎是肉体可以感触到的。”④ 根据高尔基对语言艺术（文学）基本特征的概括，对照鲁迅概括的杂文的风格特征，“杂文是文学”的结论也就水到渠成，无须赘述了。

再次，鲁迅从杂文在文学史上的地位论述了杂文的文学性。鲁迅不仅从本体的层面论述了“杂文是文学”的观点，而且还从文学史的层面，论证了“杂文是文学”的观点。

---

① ［德］歌德等著，王元化译：《文学风格论》，上海译文出版社1982年版，第3页。

② 鲁迅：《徐懋庸作〈打杂集〉序》，《鲁迅全集》第6卷，人民文学出版社2005年版，第301页。

③ 许寿裳：《亡友鲁迅印象记》，人民文学出版社1953年版，第27页。

④ ［苏］高尔基著，孟昌、曹葆华、戈宝权译：《论文学》，人民文学出版社1978年版，第215页。

其论证主要是从两个方面进行的，一是从文学史的既有事实出发展开论证，二是从文学发展的趋势进行论证。两方面的论证结果，不仅肯定了杂文在文学史上的价值，而且预言了，杂文终将被正统的文学世界所接受。

从文学史的既有事实出发，鲁迅指出，“其实‘杂文’也不是现在的新货色，是‘古已有之’的”①，并列举了一些在不同时期，在“一塌糊涂”的文坛独放光芒的“小品文”，即杂文的例证（见前面的论述）。由此，不仅以有案可稽的事例证明了杂文是“古已有之”的论点，而且以饱含激情的笔调，赞扬了杂文在一定历史时期对中国文学发展的杰出贡献。如，鲁迅满怀激情地赞扬唐代末期的小品文，“正是一塌糊涂的泥潭里的光彩和锋芒”；满怀豪情地赞扬“五四”新文学以来，“散文小品的成功，几乎在小说戏曲和诗歌之上”②。鲁迅饱含激情地赞扬杂文在中国古代和现代文学史上的地位，不仅仅是出于自己对杂文这种表情达意文体的热爱，更是他发现了杂文在文学史上的成就之后所发出的由衷的心声。

从文学发展的趋势出发，鲁迅指出了杂文即使现在不被正统的文人们认为是文学，但随着文学的发展，也必然会被列入文学之列。他特别列举了小说与戏剧这两种重要的文学文体从“邪宗”到“正宗”的遭遇，指出：“小说和戏剧，中国向来是看作邪宗的，但一经西洋的‘文学概论’列为正宗，我们也就奉为宝贝，《红楼梦》《西厢记》之类，在文学史上竟和《诗经》《离骚》并列了。”③ 鲁迅的这段论证，可为“一箭双雕”，不仅直接地回击了当时中国文坛上所谓正统的文人们对杂文文学价值的攻击与否定，而且以自己对中外文学丰富的知识为基础，揭示了中外文学发展的客观历史，即，不仅在中国，即使在欧洲，所谓正宗文学的认定都经历了这样一个过程。起初，正宗的文学只有“诗歌”，小说、戏剧等是没有被列入正宗文学之中的，但随着小说、戏剧的蓬勃发展，“正宗的文学”界也不能不接纳小说、戏剧为“正宗的文学”。正是在这样的基础之上，鲁迅预言：“杂文这东西，我却恐怕要侵入高尚的文学楼台去的。”今天的事实证明，鲁迅的预言已经实现了，在中国目前最为权威的马克思主义工程的《文学理论》教材中，杂文，就作为一个独立的文学文体，不仅其本体性的特征得到了较为全面的论述，而且其在文学史上的意义和价值也得到了较高的评价。

二、鲁迅论杂文的典型化特征

鲁迅关于杂文典型化特征的论述，是鲁迅杂文观中重要的内容，也是鲁迅杂文创作

---

① 鲁迅：《且介亭杂文·序言》，《鲁迅全集》第6卷，人民文学出版社2005年版，第3页。

② 鲁迅：《小品文的危机》，《鲁迅全集》第4卷，人民文学出版社2005年版，第591—592页。

③ 鲁迅：《徐懋庸作〈打杂集〉序》，《鲁迅全集》第6卷，人民文学出版社2005年版，第301页。

经验的总结。

典型化，是文学构造自己的艺术世界所使用的高意义上的手法，是衡量具体文学作品的艺术价值与思想价值高低的重要标准，也是文学与历史学等“学问”区别的重要标准。亚里士多德曾经指出，文学（诗）和历史学都写事，但“诗所描写的事带有普遍性，历史则叙述个别的事”①。诗所描写之事之所以具有普遍性，是因为诗（文学）采用了典型化的手法；历史之所以叙述个别的事，是因为它不需要典型化，只需要如实叙述一个个事件。鲁迅在论杂文的文学性的过程中，不仅从风格的层面论述了杂文的文学性，更以自己杂文创作的丰富经验，从典型化的层面，较为深入地论述了杂文的文学性，从而使自己的杂文观更为丰富了。

瞿秋白在论鲁迅的杂文时，曾下过一个影响巨大且十分深远的判断：“其实，不但陈西滢，就是章士钊（孤桐）等类的姓名，在鲁迅的杂感里，简直可以当做普通名词读，就是认做社会上的某种典型。”② 这是瞿秋白对鲁迅杂文特征与价值的独特发现，也是鲁迅研究史上第一次从典型化的层面对鲁迅杂文创作成就的精粹评价。这个评价不仅从思想价值的层面揭示了鲁迅杂文杰出的意义，而且从文学审美性的层面揭示了鲁迅杂文的现实主义特征，因为，现实主义最重要的特征就是“真实地再现典型环境中的典型人物”③。而鲁迅的杂文创作能够取得如此的思想与文学性的成就，当然与鲁迅敏锐的思想透视能力、杰出的分析问题能力及高超的艺术技巧修养分不开，同时，也与鲁迅关于杂文的观念分不开。鲁迅的杂文能够塑造出“社会上的某种典型”，从一定的意义上说，就是鲁迅自觉地追求叙事写人典型化的结果，是鲁迅关于杂文的典型化观念实践的结果。

关于杂文创作的典型化，鲁迅曾在《伪自由书》的“前记”中说，自己的杂文创作的“坏处”，“是在论时事不留面子，砭痼弊常取类型，而后者尤与时宜不合”④。这段话是研究鲁迅杂文特色的人经常引用的鲁迅自己的观点。鲁迅的这一观点，不仅是对自己杂文几个方面创作特色的归结，更是对杂文作为一门艺术其特性的揭示，其中“砭痼弊常取类型”的观点，不仅是鲁迅杂文观中的一个十分重要的观点，而且这一观点也完全切合了文学艺术的规律，这就是，无论叙事、写人，还是表情达意，文学都必须典型化（取类型），杂文作为文学之一种，自然也应该如此。事实上，鲁迅不仅提出了杂文应该典型化的观点，而且还通过举例或通过自己的创作实践，十分有效地论述了杂文典型化的基本方式。其基本方式在鲁迅看来主要有两种，一种是从个别到一般，一种是从局部

---

① ［古希腊］亚理斯多德著，罗念生译：《诗学》，人民文学出版社1962年版，第28页。

② 何凝（瞿秋白）：《鲁迅杂感选集·序言》，李宗英、张梦阳编《六十年来鲁迅研究论文选》（上），中国社会科学出版社1982年版，第114页。

③ ［德］恩格斯：《致玛格丽特·哈克奈斯》，中共中央马克思、恩格斯、列宁、斯大林著作编译局编译《马克思恩格斯文集》第10卷，人民出版社2009年版，第570页。

④ 鲁迅：《伪自由书·前记》，《鲁迅全集》第5卷，人民文学出版社2005年版，第4页。

到全体。这两种典型化的方式，都是一般文学创作所使用的方式。托尔斯泰在论典型创造的时候就曾经如是说："我需要做的恰恰是从一个人身上撷取他的主要特点，再加上我所观察过的其他的人们的特点，那末这才是典型的东西。"① 这段话既阐明了托尔斯泰自己在文学作品中创造典型的经验与做法，也揭示了文学典型化的具体操作方式。当然，鲁迅在论述杂文典型化的这两种具体方式的时候，由于不是在严整论文中展开的，而是在杂文，特别是在为自己的杂文集撰写的"前言"或"后记"中展开的，因此，不仅论述较为简洁，而且所采用的论述方式也各不相同。在论述杂文从个别到一般的典型化方式的时候，鲁迅采用的是"反向"论证法；在论述杂文从局部到全体的典型化方式时，则采用了"正向"论证法。不过，无论多么简洁，也无论采用什么方式展开论证，鲁迅的观点和思路都是十分鲜明与清晰的。

关于杂文从个别到一般的典型化方式，鲁迅在多篇杂文和书信中都有论述，其中，最集中地论述这种方式的文字，是鲁迅在《伪自由书》的"前记"中留存下来的文字。在这段文字中，鲁迅一方面充分地利用了自己在医学方面的知识，通过举例展开了论述，另一方面则列举了自己在杂文中塑造的一个典型——叭儿狗的例子。这段文字的原文是："盖写类型者，于坏处，恰如病理学上的图，假如是疮疽，则这图便是一切某疮某疽的标本，或和某甲的疮有些相像，或和某乙的疽有点相同。而见者不察，以为所画的只是他某甲的疮，无端侮辱，于是就必欲制你画者的死命了。例如我先前的论叭儿狗，原也泛无实指，都是自觉其有叭儿性的人们自来承认的。"② 鲁迅这里所关涉的这些现象，都是典型化的现象。虽然，鲁迅不是基于"个别到一般"的思路与顺序论述的典型化方式，而是从一般（典型）效果的思路与顺序进行的"反向"论述，但是，典型化的结果（病理学上的图与叭儿狗的形象）与效果之间的清晰逻辑关系，却不仅直接揭示了典型的个体性与群体性的关系，而且也十分有效地说明了从个别到一般的典型化方法。就病理学上的图来说，这图上所画的疮疽，之所以能让人觉得与这个人的疮相像，与那个人的疽相同，是因为它本来就是基于这个人、那个人疮或疽的特点而制作成的，是从个别到一般所制成的"一切某疮某疽的标本"；而鲁迅在自己的杂文中塑造的"叭儿狗"的形象，之所以引起这个和那个具有"叭儿性"的人愤愤与"多心"，以为写的是自己，也是因为鲁迅塑造的叭儿狗本来就是经过了典型化处理的，是从众多"个别"有"叭儿性"的人的特点概括而成的具有"一般"性的典型。高尔基在谈文学作品塑造典型的时候曾说：

① ［俄］托尔斯泰：《托尔斯泰论典型的创造》，北京师范大学中文系编《文学理论学习参考资料》（上），春风文艺出版社 1981 年版，第 877—878 页。

② 鲁迅：《伪自由书·前记》，《鲁迅全集》第 5 卷，人民文学出版社 2005 年版，第 4 页。

“你们要描写典型，就写成使所有贪图私利的人在这个典型上面会认识自己。”① 鲁迅塑造的“叭儿狗”就是具有使所有具备“叭儿性”的人“在这个典型上面会认识自己”功能的典型形象。在鲁迅留存下来的这段关于典型化方式的话语中，鲁迅论述问题的方式虽然是“反向”的，但关于杂文典型化的观点却是十分鲜明的，关于从个别到一般的典型化方式的思路、逻辑更是清晰明了的。

关于杂文从局部到全体的典型化方式，鲁迅在《准风月谈》的“后记”中，直接基于自己杂文创作的经验进行了论述，他说：“我的杂文，所写的常是一鼻，一嘴，一毛，但合起来，已几乎是或一形象的全体。”② 鲁迅的这段话谈的虽然是自己杂文典型化的方式，但对照文学家的观点，结合鲁迅自己谈自己小说塑造典型的方式，我们可以发现，这段话所揭示的则是文学（自然包括杂文）塑造典型从局部（一鼻，一嘴）到“全体”的方式。高尔基谈叙事性文学作品塑造典型人物的时候，不仅发表过类似的观点，而且也使用过如鲁迅一样的表述，他说：“如果你们要描写某一个懒鬼……你们就这样写一个人的鼻子，写另一个人的耳朵，写第三个人的什么什么。”③ 两个大作家，真可谓是“英雄所见略同”。而鲁迅自己不仅在杂文中塑造典型的时候采用了从局部（一鼻，一嘴）到全体的典型化的方式，而且，他的小说在塑造典型人物形象的时候，也是采用的这种典型化的方式，他说，他小说的“人物的模特儿也一样，没有专用过一个人，往往嘴在浙江，脸在北京，衣服在山西，是一个拼凑起来的脚色”④。鲁迅之所以在杂文和小说中都采用从局部到全体的塑造典型的方式，不仅仅是由于这种方式十分有效，而且表明在观念上，鲁迅一直是认可杂文也是文学的。从逻辑上讲，既然杂文也是文学，那么当然也应该使用文学的方式来表情达意、叙事写人，也当然应该塑造典型，而塑造典型自然应该用文学塑造典型的方式或方法。虽然，鲁迅在杂文与小说中塑造的典型是不相同的，小说中塑造的典型主要是人物形象，杂文中塑造的典型除了人物形象（如瞿秋白所指出的陈西滢、章士钊等）之外，更多的则是各种典型的社会现象，如，看热闹的典型现象，“骂杀”与“捧杀”的典型现象，“玩笑”的典型现象，等等。不过，尽管在小说与杂文中塑造的典型类型有区别，也各有侧重，但无论是小说还是杂文，在塑造典型的过程中，鲁迅都采用了从局部到全体的典型化方法。鲁迅在他最钟爱的小说与杂文这两大文体中都采用了这样的典型化方式，这只能说明，在观念上，鲁迅是十分认可这种方式的。

---

① ［苏］高尔基：《高尔基论典型和典型性》，北京师范大学中文系编《文学理论学习参考资料》（上），春风文艺出版社 1981 年版，第 885 页。

② 鲁迅：《准风月谈·后记》，《鲁迅全集》第 5 卷，人民文学出版社 2005 年版，第 402 页。

③ ［苏］高尔基：《高尔基论典型和典型性》，北京师范大学中文系编《文学理论学习参考资料》（上），春风文艺出版社 1981 年版，第 885 页。

④ 鲁迅：《我怎么做起小说来》，《鲁迅全集》第 4 卷，人民文学出版社 2005 年版，第 527 页。

三、鲁迅论杂文的话语特征

杂文究竟应该用怎样的话语来叙事写人、表情达意？这似乎不是一个问题，但又似乎是一个问题。说这不是一个问题，是因为既然鲁迅通过一系列的例证，从不同的方面论证了杂文的本质是语言艺术，是文学，那么，杂文当然应该用文学的话语构造自己的艺术世界。说这是一个问题，是因为考察鲁迅关于杂文的话语与小说的话语，我们发现鲁迅的小说与杂文的创作实践与其关于小说与杂文用语的观点之间有一些不同，其不同表现在：在创作方面，鲁迅常常“引古语”；而在主张方面，鲁迅则反对“引古语”，即使这些古语并非是生僻的词汇，鲁迅也是反对的。

鲁迅在谈自己创作小说使用话语的时候曾经说：“没有相宜的白话，宁可引古语。”[①]这是鲁迅对自己创作小说使用话语特点的总结，其例子众多，无须列举。而鲁迅在谈自己杂文创作的时候，虽然没有提“引古语”的做法，但我们通过例证也可以证明，鲁迅在杂文创作中也引过古语。这样的例证也很多，也无须列举。总之，对于同为语言艺术的小说与杂文，鲁迅在创作实践方面使用话语的做法是差不多的，这就是，既注重以明白晓畅的白话为主，又在特定的情况下“宁可引古语”。茅盾早就注意到了鲁迅文学创作的这种现象，他曾经指出：“鲁迅的作品是尽量注意利用了古人语言中还有生命的东西的。”[②] 这里所说的“鲁迅的作品”，当然是既包括鲁迅创作的小说，也包括鲁迅创作的杂文的，因为它们都是鲁迅的文学创作，而且杂文还是鲁迅的作品中数量最多的类型。

鲁迅虽然在创作小说和杂文的时候都采用了“引古语”的方式来表情达意或叙事写人，但是在观念上，鲁迅却是坚定地主张文学创作应该“博采口语”而反对“引古语”的。在杂文集《坟》的《写在<坟>后面》中谈到写文章时，鲁迅说；“以文字论，就不必更在旧书里讨生活，却将活人的唇舌作为源泉，使文章更加接近语言，更加有生气。”并十分懊悔自己写文章没有在“博采口语”方面下功夫，“我以为我倘十分努力，大概也还能够博采口语，来改革我的文章。但因为懒而且忙，至今没有做”[③]。由此可见，在观念上，鲁迅是只赞同文学创作“博采口语”，而十分反对“引古语”的，即使这些古语并不生僻，有的甚至还是有生命力的词汇，在读者一面也并不感到生僻的词汇，鲁迅在观念上也是不主张引用的。他不仅在杂文集《坟》的后记中懊悔自己由于中了一些古人的“毒”，从而使自己在写文章的时候没有在“博采口语”方面下功夫，而且在其他杂文中，

---

① 鲁迅：《我怎么做起小说来》，《鲁迅全集》第4卷，人民文学出版社2005年版，第526页。

② 茅盾：《茅盾论学习和运用语言问题》，北京师范大学中文系编《文学理论学习参考资料》（上），春风文艺出版社1981年版，第1193页。

③ 鲁迅：《写在<坟>后面》，《鲁迅全集》第1卷，人民文学出版社2005年版，第302页。

一方面列举了自己“引古语”的尴尬，表达了自己对“引古语”的否定之意，另一方面则进一步地强调了自己“博采口语”的创作主张。如，在杂文《人生识字糊涂始》中，他就列举了自己从旧书中引用古语、古词的尴尬状况：“例如我自己，是常常会用些书本上的词汇的。虽然并非什么冷僻字，或者连读者也并不觉得是冷僻字。然而假如有一位精细的读者，请了我去，交给我一枝笔和一张纸，说道，‘您老的文章里，说过这山是‘崚嶒’的，那山是‘巉岩’的，那究竟是怎么一副样子呀？您不会画画儿也不要紧，就钩出一点轮廓来给我看看罢。请，请，请……’这时我就会腋下出汗，恨无地洞可钻。因为我实在连自己也不知道‘崚嶒’和‘巉岩’究竟是什么样子，这形容词，是从旧书上钞来的，向来就并没有弄明白，一经切实的考查，就糟了。”于是，鲁迅提出了自己正面的主张：应该“从活人的嘴上，采取有生命的词汇，搬到纸上来”①。

正因为鲁迅在创作实践与观念方面存在明显的不同，所以，笔者认为关于杂文这种文学创作应该用怎样的话语来构造自己的艺术世界是一个问题。这个问题提示我们，在分析鲁迅关于文学用语的观点时，应该区别，他的观点，哪些是对自己创作经验的总结，哪些是对一般文学创作使用话语的主张，只有这样，我们的论述才不至于陷入“矛盾”之中，也才能更好地分析鲁迅关于文学创作应该“博采口语”，不应该“引古语”的观点。

鲁迅“博采口语”和反对“引古语”的主张，是针对所有白话文学使用话语而言的。但既然鲁迅认定杂文也是文学，鲁迅的这些主张自然适用于杂文的话语，也当然可以看作是鲁迅对杂文话语的观点。

当然，仅仅从总体上来论述鲁迅关于杂文话语的观点，是不够的，也是缺乏说服力的，因为小说、诗歌等文学作品与杂文虽然都被鲁迅认可是文学，但它们毕竟是有区别的，各自也都是有自己的特点的，在话语方面也是有不同的。所以，我们应该专门来论述一下鲁迅对杂文话语的观点。

事实上，在文学创作的话语主张上，鲁迅不仅有上面那些既针对杂文，也针对其他文学创作的观点，他还有专门针对杂文话语的主张，其主张中，不仅明确地表达了提倡“现代的，活着的白话”的观点，而且也明确地表达了反对说“古代话”的观点。如，鲁迅在《无声的中国》中就提出这样的主张：“我们要活过来，首先就须青年们不再说孔子孟子和韩愈柳宗元们的话”，“我们要说现代的，自己的话；用活着的白话，将自己的思想，感情直白地说出来”②。这里，鲁迅虽然没有用“杂文”的字眼，也没有明确说写杂文不应该用古语，而应该用“现代白话”，但是，结合文章论述的“语境”，结合杂文这种文体表情达意的特点，我们会发现，鲁迅的这些话就是针对杂文的话语而提出的主张。

---

① 鲁迅：《人生识字糊涂始》，《鲁迅全集》第6卷，人民文学出版社2005年版，第306—307页。

② 鲁迅：《无声的中国》，《鲁迅全集》第4卷，人民文学出版社2005年版，第14—15页。

从语境来看，文章开首就提出了“发表自己的思想，感情给大家知道的是要用文章的”，然后围绕是用“古文”表达思想、感情还是应该用“白话文”来表达思想、感情的问题进行了论述，鲁迅的观点很明确，表达我们现代人的思想与感情，古文过时了，只有用现代的、自己的、活着的白话写的白话文才是最切合的。不错，在现代白话文中，所有的文学作品都具有表情达意的功能，但从文体特点来看，似乎只有杂文能如鲁迅所说的“直白”地表达自己的思想与感情，因为其他文学作品，如小说、诗歌、戏剧，虽然也是表达思想与感情的文学，但它们表达思想、感情与杂文是不同的，小说、诗歌需要通过情节、形象与意象等“曲折”地表达思想与感情，也就是让思想与感情的倾向通过生动的情节与形象等流露出来，杂文则可以如鲁迅所说的“直白”地表达思想与感情，而杂文的这种“直白”的方式，又恰恰是诗歌、小说最忌讳的。瞿秋白在论杂文的特点时就曾指出：“它（杂文）的特点是更直接的更迅速的反应社会上的日常事变。”① 瞿秋白这里所指出的杂文能“更直接的”特点，不仅是指杂文的内容，也指杂文话语的“直白”。所以，综合上面的论述，这样的判断应该是经受得起验证的，即，鲁迅在《无声的中国》中所表达的不说古人的话，用现代的、自己的、活着的白话“直白”地表达自己的思想感情，是针对杂文这种文学文体的话语而言的。

如果说，上面鲁迅反对说古人的话，提倡用现代白话的主张，我们还需要通过分析才能发现是针对杂文话语提出的主张，那么，下面的例子则是直接针对杂文提出的主张，而这些主张也是关乎杂文话语的主张。如：“但我知道中国的这几年的杂文作者，他的作文，却没有一个想到‘文学概论’的规定，或者希图文学史上的位置的，他以为非这样写不可，他就这样写，因为他只知道这样的写起来，于大家有益。”②

为什么说鲁迅的这段话是直接针对杂文的话语而言的呢？这是因为，无论从语言的特性还是从杂文写作的规律来看，它关乎的都是杂文的话语问题。从语言的特性来看，“语言是思想的直接现实”③，杂文作者要表情达意，只能使用语言；从杂文创作的规律来看，杂文作者写什么或怎么写，不仅都需要组织话语，而且杂文作者的“就这样写”，本身就是指用自己认为最合适的话语写，至于这些话语是“曲折”的还是“直白”的，具有怎样的风格，都是由“就这样写”决定的。老舍就曾谈过“怎样写”和“这样写”与作者创作的个人风格及语言能力的关系，他说：“创作是个人的工作，‘怎么说’就表现了个人的风格与语言创造力。我这么说，说的与众不同，特别好，就表现了我的独特

---

① 何凝（瞿秋白）：《鲁迅杂感选集·序言》，李宗英、张梦阳编《六十年来鲁迅研究论文选》（上），中国社会科学出版社 1982 年版，第 105 页。

② 鲁迅：《徐懋庸作〈打杂集〉序》，《鲁迅全集》第 6 卷，人民文学出版社 2005 年版，第 300 页。

③ 《马克思恩格斯论语言是思想的表现形式》，北京师范大学中文系编《文学理论学习参考资料》（上），春风文艺出版社 1981 年版，第 1167 页。

风格与语言创造力。”[①] 老舍的观点与鲁迅这里的观点有异曲同工之处，都关涉了“写作”与话语的关系，他们所说的“这样写”实际指的就是用这样的话语写。同时，鲁迅在这里虽然是针对“中国这几年的杂文作者”的杂文写作使用话语的特点进行的归纳，但所揭示的则是杂文创作的一般特点，尤其是杂文创作使用话语的特色，这种特色就是以“自己的话”为主的特色。

---

① 老舍：《关于文学的语言问题》，《出口成章》，作家出版社1964年版，第63页。

茅盾长篇小说的版本流变与修改述论·导论*

——以《蚀》《虹》《子夜》为例

陈思广　党文静①

摘　要： 茅盾20世纪20—30年代创作《蚀》《虹》《子夜》时所体现出的创作观念与理论主张，和其1949年后的文艺观发生了不同程度的冲突，使得茅盾在1950年后再版这些作品时不得不重新做出修改。其版本在近90年的版本流变中也发生了相应的变化。大体而言，《蚀》《虹》《子夜》自出版至今，有三个版系，即开明书店版系、人民文学出版社版系和其他版系。在印数上，《蚀》的总印数为629 660册；《虹》的总印数为279 600册；《子夜》的总印数为2 542 000册。至于修改，可以断定：茅盾对《子夜》进行的全方位的细致、认真且严谨的修改，其主要目的是使作品的艺术性更臻完善，兼及表述的"合时宜"与语境的通行化，虽有遗憾但得远大于失。

关键词： 茅盾；长篇小说；版本流变；修改；《蚀》；《虹》；《子夜》

大凡优秀的作家都将自己的创作视为文学的攀登、生命的历练，无论是处女作还是代表作，无不倾注着作者巨大的热情（甚至毕生心血），呕心沥血、殚精竭虑等如同寻常，所谓"文章千古事，得失寸心知""两句三年得，一吟双泪流"等，即是如此。可以说，一旦作家将作品刊行于世，虽不能说尽是"披阅十载，增删五次"，但说它是作家精心构思、细致推敲的一件艺术品（甚至是一件珍品）绝不为过。它既是作家对时代生活的艺术呈现，也是作家文学理念的真实反映。诚然，艺术之路永无止境，精益求精更是每个作家的自在追求。虽然某些作品在彼时看来或可颇为自得，但在日后看来难免会有"悔其少作"之意。这也使得一些作家在日后有机会出版（或再版）时，会认真修订自己

---

* 项目基金：国家社会科学基金重点项目"中国现代长篇小说史（1922—1949）"（批准号：22AZW016）。

① 作者简介：陈思广（1964—　），男，四川南充人，四川大学文学与新闻学院教授，博士生导师，主要研究方向为中国现当代文学、中国现当代长篇小说。党文静（1992—），女，新疆乌鲁木齐人，四川大学中国现当代文学专业博士。

的“少作”，精细打磨使其更臻完善。当然，这种修改如果是正常的历史语境下作家本人自在的艺术行为，那毫无疑问体现出作家自觉的审美追求；但如果这种修改是特定的语境下作家迫于某种因素而不得已进行的一种“提高”，而这种“提高”又出现在时代的巨变后，其中的操作就耐人寻味了。因为，此时“改什么”与“怎样改”已不是作家个人的自在行为，而是一种带有特定时代印痕的文学行为，它所显露的问题自然凸显出特殊的时代意义。

茅盾在20世纪50年代进行的长篇小说修改即是如此。

一

1927年8月，亲历了大革命浪潮由高潮到低谷而万千感慨的沈雁冰，决定以小说的方式将这段经历反映出来，于是，中篇小说《幻灭》成为他小说实践的第一个蓝本。他也许没有料到，写完后自己看似随手起的一个笔名“矛盾”，经叶圣陶改为“茅盾”后，成为他使用最多、名声最大、最为认可的笔名，以至于几乎埋没了他的本名。与一些作家为了创作而去体验生活不同，茅盾是体验了人生才来做小说的。对此，他说：“我是真实地去生活，经验了动乱中国的最复杂的人生的一幕，终于感得了幻灭的悲哀，人生的矛盾，在消沉的心情下，孤寂的生活中，而尚受生活执著的支配，想要以我的生命力余烬从别方面在这迷乱灰色的人生内发一星微光，于是我就开始创作了。”而且，“我是用了‘追忆’的气分去写《幻灭》和《动摇》；我只注意一点：不把个人的主观混进去，并且要使《幻灭》和《动摇》中的人物对于革命的感应是合于当时的客观情形”。起初，茅盾打算“作成二十余万字的长篇”或是“作成七万字左右的三个中篇”，主要写“现代青年在革命壮潮中所经过的三个时期：（1）革命前夕的亢昂兴奋和革命既到面前时的幻灭；（2）革命斗争剧烈时的动摇；（3）幻灭动摇后不甘寂寞尚思作最后之追求”。但因对起始就创作长篇小说的自信心不足，最终选择“分作三篇”。他本想使这三篇成为“断而能续”的作品，却因《幻灭》后半部的时间和《动摇》全部的时间发生重叠，故在“开始写《动摇》的时候”放弃了原来的想法。①《幻灭》动笔于1927年8月下旬至9月下旬，初刊于《小说月报》1927年9、10月第18卷第9、10号。小说借小资产阶级静女士生活理想与爱情理想的破灭，表达了现代女性如何寻求自我的时代诉求。不过，作家在此无意嘲笑小资产阶级，“只写一九二七夏秋之交一般人对于革命的幻灭”。小说发表后轰动文坛，树立了茅盾继续创作的信心。1927年11月至12月初，他开笔创作中篇小说《动摇》，后刊于《小说月报》1928年1月至3月第19卷第1至3号。作品通过主人公方罗兰的逃遁和胡国光的嚣张，形象地说明了革命时代如果一个革命者没有革命家和政治家

① 参见茅盾《从牯岭到东京》，《小说月报》1928年10月10日第19卷第10号，第1138—1139页。

的手腕和心肠，而是软弱摇摆甚至倡导中和，其结局势必相反，以此表现“中国革命史上最严重的一期，革命观念革命政策之动摇——由左倾以至发生左稚病，由救济左稚病以至右倾思想的渐抬头，终于为大反动”①。《追求》写于1928年的4月至6月间，初刊于《小说月报》1928年6月至9月第19卷第6至9号。不同于《幻灭》《动摇》的“忠实记录”，《追求》则通过表现一班青年追求理想却被现实无情地击得粉碎的苦闷心理，反映了大革命失败后弥漫在都市上空的“幻灭的悲哀，向善的焦灼，和颓废的冲动”（张曼青语）。1930年5月，茅盾将这三个中篇合为一部《蚀》，由开明书店初版。《蚀》真实地反映了刚刚发生不久的大革命运动及青年知识分子的切身体验，具有鲜明的时代特征，因此引爆文坛。虽然作品中流露出较为浓烈的灰色的小资产阶级情调，但这正是茅盾意欲表达的思绪。这从他发表的《从牯岭到东京》中就可明确看出。他说：“我承认这极端悲观的基调是我自己的，虽然书中青年的不满于现状，苦闷，求出路，是客观的真实。说这是我的思想落伍了罢，我就不懂为什么像苍蝇那样向窗玻片盲撞便算是不落伍？说我只是消极，不给人家一条出路么，我也承认的；我就不能自信做了留声机吆喝著：‘这是出路，往这边来！’是有什么价值并且良心上自安的。我不能使我的小说中人有一条出路，就因为我既不愿意昧着良心说自己以为不然的话，而又不是大天才能够发见一条自信得过的出路来指引给大家。人家说这是我的思想动摇。我也不愿意声辩。我想来我倒并没动摇过，我实在是自始就不赞成一年来许多人所呼号呐喊的‘出路’。这出路之差不多成为‘绝路’，现在不是已经证明得很明白？”② 只是茅盾未曾料到的是，当20年后历史给出新证时，他遭遇了前所未有的尴尬。

1928年7月，茅盾听从陈望道的安排前往日本，与他同行的还有秦德君。1929年4月，茅盾开始创作第二部长篇小说《虹》。文中主人公梅女士的原型来自秦德君的好友胡兰畦，当然还融合了秦德君身上的某些经历和性格特质。这是茅盾的转向之作，正如茅盾自己所说：“《虹》在题材上，在思想上，都是‘三部曲’以后将转移到新方向的过渡。”③ 的确，《虹》的创作有茅盾借以扭转文坛对自己旧有的看法，表明自己经过短暂的停顿、修整后对革命理想再度追求的寓意。作者也意在以此向文坛表白，小资产阶级知识分子在经历过种种挫折磨难后，通过自身的自我改造是能够走上无产阶级道路的。不过，作者原打算将梅女士的经历从“五四”一直写到大革命，“欲为中国近十年之壮剧，留一印痕”④，但实际上只写到梅女士参加“五卅”便作罢，而代表那“新方向”的《霞》自然也就不了了之。《虹》也成为茅盾一部“未完成”的作品。

---

① 茅盾：《从牯岭到东京》，《小说月报》1928年10月10日第19卷第10号，第1141页。

② 茅盾：《从牯岭到东京》，《小说月报》1928年10月10日第19卷第10号，第1140页。

③ 茅盾：《亡命生活》，《茅盾全集》第34卷，人民文学出版社1997年版，第422页。

④ 写于1930年2月1日。《茅盾文集》第2卷，人民文学出版社1958年版，第276页。

1933年1月，茅盾长篇小说的代表作《子夜》由上海开明书店初版。谈及作品的创作缘起，茅盾说："一九三〇年夏秋之交，我因为神经衰弱，胃病，目疾，同时并作，足有半年多不能读书作文，于是每天访亲问友，在一些忙人中间鬼混，消磨时光。就在那时候，我有了大规模地描写中国社会现象的企图。后来我的病好些，就时常想实现我这'野心'。到一九三一年十月，乃整理所得的材料，开始写作。"① 可以说，"大规模地描写中国社会现象的企图"是写作《子夜》的真正意图。由于时间相对从容，作家也积累了一定的小说创作经验，《子夜》写得颇为成功，出版后再次震动文坛。《子夜》不仅代表了20世纪30年代中国现代长篇小说创作的艺术高度，也奠定了茅盾在中国现代文学史上的历史地位。

随之，茅盾的《蚀》《虹》《子夜》成为新文学史上的长销书。

二

其实，茅盾之所以这样写《蚀》《虹》《子夜》，是与他20世纪20年代的创作观念与理论主张相统一的。

我们知道，《蚀》的成功首先得益于作品鲜明的时代性，它如一幅栩栩如生的湖北农民运动风起云涌的斗争画卷，引发了读者的强烈共鸣。不过，对于当时的农民运动，茅盾有他自己的看法。他认为，1927年湖北的农民运动存在"过激""过火"的行为。他借《动摇》中方罗兰之口，表达其对激进的工农革命的不满，而南乡农民"共妻"大会的描写意在指责乡民的愚昧无知，即受土豪劣绅谣言的蛊惑粗浅地认为"共产党，则产之必共，……妻也是产……'耕者有其田，多者分其妻'"②，对于"癞头"农民粗暴奸淫土豪小老婆非人性、非理性的"过火"行为更是深恶痛绝。茅盾这一看法不仅在《蚀》中有所表现，《子夜》中双桥镇农民暴动、农民们手持机关枪"踏平宏昌当"的激烈战斗场景，亦是对"过激"行为的不满与惶恐。这些行为无不体现出作者对农民运动的非理性和暴力性、农民们革命手段的残忍和血腥的反感与抵触，嘲讽中饱含忧思。对此，郑超麟多年后回忆起沈雁冰的这一态度时仍记忆犹新："我们谈了许多话。我忘记了谈话的内容，但有一点是不曾忘记的，即是他明白向我表示反对当时党在乡村所实行的武装斗争路线。"③ 其实，沈雁冰是从国民革命统一战线的角度看待这个问题的，他看出缺乏合理引导的农民运动会侵犯到一部分小资产阶级的利益，而以小商人、中小农等为主的小资产阶级群体是革命必不可少的同盟军，国民革命不应该抛开小资产阶级。只不过他的这

---

① 茅盾：《子夜》，开明书店1933年初版，第577页。

② 茅盾：《蚀》，开明书店1930年初版，第84页。

③ 郑超麟：《回忆沈雁冰》，《郑超麟回忆录》（下），东方出版社2004年版，第122页。

一认识在20世纪50年代已显得不合时宜。

《蚀》的成功还得益于作家对“时代女性”的生动刻画上。这当然与茅盾的妇女观密切相关。茅盾认为，女性应敢于打破封建的贞操观念，努力摆脱精神上的诸多束缚，自由、自主地支配个人身体，平等地和男子恋爱、组建婚姻家庭。他把妇女肉体方面束缚的解放置于精神方面束缚的解放之前①，相对于经济独立、政治平等来说，“‘性’的自主或曰对自己身体的支配对于女性来说是一种更迫切也更容易付诸实施的‘革命’”②。他认为妇女问题该从改造伦理、改造两性关系入手③，通过改造旧式伦理关系、提倡新性道德建构全新的妇女观。茅盾用饱含深情的笔触塑造了章静、周定慧、孙舞阳、章秋柳、梅行素等一大批“时代女性”。她们不同于旧式深居闺房的女子，而是天性活泼开朗、勇敢无畏。她们拥有美丽的躯线，具备健康的“肉感美”。作家毫无避讳地展示“时代女性”在革命浪潮中奋勇搏击的精神面貌。这都反映出他对女性自觉意识的关注与思考，也是他接续“五四”之“人的解放”“人性”等论题的延伸探讨。

茅盾早年提倡自然主义，故而《蚀》《虹》《子夜》中有不少自然主义的描写。不过，茅盾认为，作家对女性肉体、人性欲念的描写是与人生、社会、革命同等重要的概念题旨，绝不能粗暴地视为“情色”描写。他不满于旧小说作者对“性”的“轻薄”态度，称赞“自然派作者对于一桩人生，完全用客观的冷静头脑去看，丝毫不掺入主观的心理；他们也描写性欲，但是他们对于性欲的看法，简直和孝悌义行一样看待，不以为秽亵，亦不涉轻薄，使读者只见一件悲哀的人生，忘了他描写的是性欲”④。这不同于旧派小说家“满纸是轻薄口吻，肉麻态度，‘诲淫’的东西”⑤，他对女性肉体的勾勒亦非庸俗化的情色意淫。“性欲描写的目的在表现病的性欲——这是一种社会的心理的病。”⑥ 在人性、人情的背后，恰恰渗透着革命的巨大张力和有待开掘的无穷潜能。他坚信自然主义之“客观描写”与“实地观察”的“真”精神，能够扭转当时“不重观察、向壁虚造”的文坛坏风气。⑦ 此前，他曾指责旧时“某生”体小说作者“思想肤浅而守旧”，即使“描写到人生，但都是抄摹来的”，“不是对于人生有过精密观察的”，所以是“死的”人

---

① 参见雁冰《读〈少年中国〉妇女号》，《妇女杂志（上海）》1920年1月5日第6卷第1号，第2页。

② 金宏宇、高田宏：《“革命”与“性”的意义滑变——〈蚀〉三部曲的版本比较》，《武汉大学学报（人文科学版）》2005年第5期，第576页。

③ 参见Y. P.《家庭服务与经济独立》，《妇女杂志（上海）》1920年5月5日第6卷第5号，第5页。

④ 沈雁冰：《自然主义与中国现代小说》，《小说月报》1922年7月10日第13卷第7号，第9页。

⑤ 黄子平：《“灰阑”中的叙述》，上海文艺出版社2001年版，第50页。

⑥ 本篇最初发表于1927年6月《小说月报》第17卷号外《中文学研究》（下）。署名沈雁冰。《茅盾全集》第19卷，人民文学出版社1991年版，第127页。

⑦ 参见沈雁冰《自然主义与中国现代小说》，《小说月报》1922年7月10日第13卷第7号，第1—12页。

生。① 这里他重申该观点并批评旧派小说家总以“风流自赏”“发牢骚”“自解嘲”的方式把玩人生，故不能关注到“恋爱”“性欲”中所包含的社会问题、革命问题，而文学上的自然主义能够揭破人生“丑相”、看透人生“奥秘”、道出人生悲哀。他在作品中对女性身体部位、两性关系的自然主义描写，正是其理论主张贯彻于文学实践的完满体现。如，《子夜》中革命者玛金与苏伦露骨的“恋爱”调情场景，吴妈对吴荪甫的诱惑描写，刘玉英、徐曼丽身体部位的“特写”；《幻灭》中静女士和抱素肢体接触时的“敏感”体验，和强连长“肉的狂欢”；《动摇》中孀妇钱素贞和陆慕游的“桃色交易”，孙舞阳、方太太等女性躯体性征的描摹；《追求》中章秋柳和史循酒后病态的纵欲享乐；《虹》中梅女士初婚时生理的欲望，等等，这类叙述准确勾勒出时代性心理的真实图景，展现了女性肉体欲望的生理诉求。与单纯的性欲描写不同，作品中主人公情欲的放肆挥霍和革命的激烈翻涌在本质上具有一致性，也使作者的自然主义理念、性欲论、新女性观等具有典型的时代特色。

作为一名出色的文学大师，茅盾更追求文学语言的审美本性，在锻字炼句、刻画塑造等方面精打细磨，从不随意，更不放松。他认为：“文字的组织愈精密愈好；描写的方法愈‘独创’愈好；人物的个性和背景的空气愈明显愈好。”② 在词语的选取上，他反对文艺作品的粗制滥造、记“流水账”，这种缺乏艺术形式考量的创作是不值得提倡的。他往往选择文学表现性更精确、词语理据性更强的语汇来行文，借以提升文本的审美品质和艺术表现力。这也使得《蚀》《子夜》《虹》中的语言洗练而不失典雅、顺畅而不失神韵，甚至是标点符号使用都颇为用心，也从不放过任何可以完善提高文本艺术美的机会。

三

1949年10月1日，中华人民共和国成立。茅盾20年代末与30年代初的创作实践和文艺观念，与新时代的文艺观发生了不同程度的冲突，他对于自然主义、农民运动及妇女观等的认识也不得不做出调整和改变。这样，面对之前所创作的已成为长销书甚至新文学经典的《蚀》《虹》《子夜》的再版，茅盾必须做出新的选择。那么，茅盾将会做怎样的选择呢？或者更具体地说，茅盾将会做怎样的修改以适应新的时代呢？其版本流变与修改得失又如何呢？其背后的原因又留下怎样的思索呢？

大体而言，我们可以得出以下结论。

第一，在版本流变方面，《蚀》《虹》《子夜》自出版至今，有三个版系，即开明书店

① 参见雁冰《自然主义的论战——复史子芬》，《小说月报》1922年5月10日第13卷第5号，第6页。

② 本篇最初发表于1923年2月21日《时事新报·文学旬刊》第65期。署名冰。《茅盾全集》第18卷，人民文学出版社1989年版，第348页。

版系、人民文学出版社版系和其他版系，这三个版系出版的《蚀》《虹》《子夜》呈现出这三部长篇小说出版的主要格局。具体如下。

（1）由《幻灭》《动摇》《追求》三部中篇构成的《蚀》1930年5月由上海开明书店初版，至1949年3月，开明书店共印行18版次（印数不详）。1954年7月，《蚀》由人民文学出版社出版修订本，目前已知，截至2008年11月，《蚀》的单行本印数为614 660册。加上其他版系即漓江出版社的印数，可知《蚀》的总印数为629 660册。

（2）《虹》1930年3月由开明书店初版，至1952年7月，开明书店共印行24版次；1983年1月至2000年9月由人民文学出版社出版，连续印行4次；此外，四川人民出版社印行1次，漓江出版社印行2次。目前已知《虹》的总印数为279 600册。

（3）《子夜》1933年1月由开明书店初版，至1951年12月，开明书店共印行28版次。其中，1934年6月至1936年9月出版的第4至第7版是删节版，但第4版略异，即存在少量的全本与少量的撕去部分页码的删节本，而第5至第7版完全相同，即删去了第四章第96—125页和第十五章第450—482页共66页，为完整的删节本。1950年8月至1951年12月，《子夜》由开明书店共印行30 500册。1952年9月后《子夜》转由人民文学出版社多次再版，截至2019年6月，单行本印数为2 474 800册。1982年7月后，其他出版社也多次出版《子夜》，形成其他版系，但由于大多没有标明印数，具体数目不详。目前已知，截至2019年6月，《子夜》的单行本经开明书店到人民文学出版社，共印行2 505 300册，可知全部总印数为2 542 000册。考虑其他版系的印数，自1933年至今，《子夜》单行本的总印数保守估计应不低于270万册。

第二，在修改方面，笔者统计与分析如下。

（1）《蚀》初版本实际字数共计210 216字（含标点符号），修改本共改动14 420字（含标点符号），约占全书的6.86%。其中，《幻灭》《动摇》初版本共计121 414字（含标点符号），改动7 156字（含标点符号），约占全书的5.89%；《追求》初版本共计88 799字（含标点符号），改动7264字（含标点符号），约占全书的8.18%。若以每章中的一个完整句节来算，茅盾对《蚀》总计修改共2802处，其中《灭》第一章改动24处，约占全书改动的0.9%；第二章改动45处，约占全书改动的1.6%；第三章改动27处，约占全书改动的1.0%；第四章改动34处，约占全书改动的1.2%；第五章改动30处，约占全书改动的1.1%；第六章改动62处，约占全书改动的2.2%；第七章改动36处，约占全书改动的1.3%；第八章改动53处，约占全书改动的1.9%；第九章改动34处，约占全书改动的1.2%；第十章改动59处，约占全书改动的2.1%；第十一章改动18处，约占全书改动的0.6%；第十二章改动38处约占全书改动的1.4%；第十三章改动44处，约占全书改动的1.6%；第十四章改动29处，约占全书改动的1.0%。《动摇》第一章改动31处，约占全书改动的1.1%；第二章改动52处，约占全书改动的1.9%；第三章改动42处，约占全书改动的1.5%；第四章改动23处，约占全书改动的0.8%；

第五章改动 40 处，约占全书改动的 1.4%；第六章改动 84 处，约占全书改动的 3.0%；第七章改动 31 处，约占全书改动的 1.1%；第八章改动 102 处，约上全书改动的 3.6%；第九章改动 190 处，约占全书改动的 6.8%；第十章改动 56 处，约占全书改动的 2.0%；第十一章改动 76 处，约占全书改动的 2.7%；第十二章改动 30 处，约占全书改动的 1.1%。《追求》第一章改动 115 处，约占全书改动的 4.1%；第二章改动 106 处，约占全书改动的 3.8%；第三章改动 270 处，约占全书改动的 9.6%；第四章改动 246 处，约占全书改动的 8.8%；第五章改动 178 处，约占全书改动的 6.4%；第六章改动 240 处，约占全书改动的 8.6%；第七章改动 220 处，约占全书改动的 7.9%；第八章改动 137 处，约占全书改动的 4.9%。茅盾对《蚀》的删改总体原则是：对历史细节及两性描写处进行过滤性删改，即关涉再现历史细节时，集中过滤对农民运动中粗鄙行为的描写，及作品中有关环境氛围、人物言行经历等“灰色情调”的文字书写；关涉“性”描写时，着重过滤对女性身体欲望与两性关系的自然主义描写（包括对一些碍眼词汇、露骨情节的改动）。这两类删改总体而言失大于得。不过，无涉于此时，作者对人物形象丰满程度的修改则较为成功。茅盾之所以进行这样的删改，究其原因，除时代的因素与其双重身份的尴尬外，主要是其 20 世纪 20 年代的农运观与 50 年代的农运观及其自然主义创作观与新时代的文艺现、女性观发生了冲突；而较为成功的艺术修改则是其追求文学审美本性的必然。

（2）《虹》的修改主要是围绕如何提高文本的审美性和大众化所进行的艺术性修改和文辞性修改，共改动 483 处。其中，文学审美性修改占总修改比重的 95.9%，语言大众化修改占总修改比重的 4.1%。总体而言，缘于作家本性而起的文学审美性修改有得有失；而受时代、政治语境等因素的影响而进行的语言大众化修改，虽也有成功之处，但也不乏有损原作之美的情形，其结果是失大于得，令人遗憾。

（3）《子夜》的修改主要集中在人民文学出版社的 1954 年版和 1960 年版，共修改 1536 处。其中，第十五章改动最多，为 180 处，约占全书改动的 11.7%；第十九章改动最少，为 39 处，约占全书改动的 2.5%。修改性质可分为四类，即审美性修改、精确化修改、称名修改和外来语修改。在这四类修改中，前两类共 1482 处，占总修改比例的 96.5%；后两类共 54 处，仅占总修改比例的 3.5%。其中，审美性修改中，关于标点符号的改动不仅有提升文学性的用意，还有语言规范化的意图，但重要的几处字节句段的删改看似“合时宜”却有损情节的真实性与细节的丰富性，令人遗憾；精确化修改总体准确生动、推敲到位，增强了文本的艺术表现力，体现出茅盾高超的语言艺术驾驭力；称名修改虽不成功却“合时宜”；外来语修改在实现语境的通行化方面，各有得失。由此我们断定：茅盾对《子夜》进行的全方位的细致、认真且严谨的修改，其主要目的是使作品的艺术性更臻完善，兼及表述的“合时宜”与语境的通行化，虽有遗憾但得远大于失。

这就是《茅盾长篇小说的版本流变与修改述论》所要详示并予以讨论的具体内容。

“自我”中心的突显与“他者”思维的潜伏

——从《草鞋脚》看伊罗生文学研究中“自我”与“他者”思维模式的共谋

高　洁①

摘　要： 伊罗生于20世纪30年代来华，他同情中国共产党的革命事业和左翼作家的进步运动，倾力编辑《草鞋脚》，积极向西方社会推介中国现代革命文学。《草鞋脚》文集的编选动力自然应是源于伊罗生对中国文化的认可和对中国革命的同情，但是在编辑过程中，由于伊罗生对中国文学运动趋势所知不足，很可能导致了其对“草鞋脚”本身内涵的误读；而伊罗生编辑文集时虽请鲁迅、茅盾为其推荐选目，但仍坚持依据“自我”喜好确定最终入选篇目；同时，伊罗生虽曾亲自置身30年代中国革命与抗战之洪流中，但是他不甚认同中共的发展模式与宣传手段。伊罗生的文学活动和心路历程充分体现了西方学者在进行中国研究时难以避免的“自我”与“他者”共谋的思维模式。

关键词：《草鞋脚》；伊罗生；“自我”与“他者”

《草鞋脚》是伊罗生（Harold R. Isaacs）1974年于美国出版的关于中国现代革命小说的英文译本选集。对《草鞋脚》的研究需要首先明确两个问题，一是时间问题，英文版《草鞋脚：中国短篇小说集1918—1933》（*Straw Sandals：Chinese Short Stories，1918—1933*）从编选到最终出版历经40年之久。二是《草鞋脚》有中、英文两个版本，英文版由伊罗生编辑，于1974年在美国出版；中文版由蔡清富辑录，于1981年在国内出版。但倘若将它们视为同一部小说集的中英文两个版本，则不免会发现二者在作者作品的编撰上相差巨大；若认定它们是两部不同的文集，则又会将二者间千丝万缕的联系做了简单化之省略。鉴于《草鞋脚》出版经历的曲折，笔者认为有必要首先厘清其时间问题，这将有助于加强后续解读和分析的信度。之所以要强调这个时间点，就在于英文

---

① 作者简介：高洁（1983—　），女，河北大学公共外语教学部讲师，河北大学文学院在读博士，主要研究方向为中国现当代文学、跨文化交际。

版《草鞋脚》从编选至出版，经历了40年时间上的大跨度，而这40年又是中国社会前所未有的迅猛革新之时代，其历史政治的复杂变迁不仅屡屡为吾国吾民带来惊心动魄之感，对于国际社会也有极大的冲击效应。20世纪70年代与30年代相较，在时间上，在伊罗生本人思想上，在中美关系上，在世界格局上，都存在巨大差异，即便伊罗生不做说明，读者如知道其中时间差的原委，也不免会有所追问，疑心伊罗生或许1974年出版文集之时对1934年已确定的选目又进行了调整。究竟应该将其放在哪一个历史语境中进行考量？伊罗生在1974年《草鞋脚》的前言中详细记述了这40年时代的风云变迁和他自己艰难的心路历程，试想，如果他在70年代编选中国现代革命进步小说集，或许会做出一些不同的选择吧。而对于选目上是否做了前后的调整，伊罗生本人只提到在选集出版前曾对其进行过全面的校订工作，有的篇目甚至全篇重新翻译（《莎菲女士的日记》）。[①] 因此，笔者推断，1974年出版的《草鞋脚》在选目上应该是基本未做调整而大致保留了其1934年的本来面目，只是伊罗生在选集前言中采用大量篇幅对这期间40年的风云变化和他个人的心路历程做了详细阐释。因此将之放在30年代中进行分析，应为比较恰当的选择。另外，伊罗生在编辑《草鞋脚》之时，曾请鲁迅和茅盾推荐选集的篇目，但是最后他并没有完全采用鲁、茅之推荐，而在文集篇目的选择上做出了较大的更改，所以英文版《草鞋脚：中国短篇小说集1918—1933》（*Straw Sandals*：*Chinese Short Stories*，*1918—1933*）在很大程度上可以算作伊罗生个人的文学作品推荐选目。而中文版《草鞋脚》于1981年出版，是有学者为求恢复鲁迅、茅盾原始推荐篇目而重新辑录之文集，与英文版收录的篇目有很大不同。其辑录者蔡清富还作文与美国学者商榷《草鞋脚》中英文版本孰为正宗，据蔡清富所见，“中文版的《草鞋脚》是该书的正宗；另一方面，又不否认英文版《草鞋脚》的存在价值”[②]。

一、伊罗生对“草鞋脚”内涵的误读

伊罗生1910年出生于美国纽约一个富裕的犹太家庭，1930年来到中国增广见闻，先后在美国人办的《大美晚报》和有国民党背景的《大陆报》任职做记者，后于1931年与史沫特莱相识。伊罗生同情中国革命和共产主义事业，通过史沫特莱与中国共产党上海地下党人、共产国际、宋庆龄取得联系，最终促成了《中国论坛》的成立。在《中国论坛》发行的两年间，伊罗生利用美国记者的身份和治外法权的优势，在白色恐怖弥漫、

---

① 参见伊罗生英文版《草鞋脚》序言，Harold R. Isaacs ed.：*Straw Sandals*：*Chinese Short Stories 1918—1933*，The Massachusetts Institute of Technology 1974，p. xlvi.

② 蔡清富：《孰为〈草鞋脚〉正宗——与美国学者商榷》，《鲁迅研究月刊》1994年第10期，第72页。

阴云密布危机四伏的上海，克服种种艰难，努力维持报刊的运行。[①] 但伊罗生毕竟只是具有左倾思想并对弱小人民充满同情的人道主义自由记者，而不是共产党人，不接受中共和共产国际的严格领导，他们之间合作的主要纽带是其共同奋斗的目标——解放受压迫受残害的人民大众。伊罗生与中共和共产国际的密切结合促成了《中国论坛》的创生，也终因三方之间的矛盾而导致《中国论坛》停刊。[②] 1934 年 1 月 13 日《中国论坛》停刊，伊罗生便计划将两年间在《中国论坛》上刊出的英译中国现代小说进行整理、筛选并适当扩充，好在美国出版成集。一开始，伊罗生预将这本进步作家的文集命名为《中国被窒息的声音》(*China's Stifled Voices*)。"后来，他又从鲁迅的一篇演讲中吸取灵感，将书名改为《草鞋脚》，征得鲁迅同意，鲁迅并为此书用墨笔题写了《草鞋脚》三个中文字。"[③] 伊罗生这里提到的演讲便是鲁迅于 1932 年 11 月 27 日在北京师范大学所做的演讲，题目为《再论"第三种人"》。鲁迅先生在演讲的开头说道：

> 这个题目应该从五四运动的时候讲起，那时所谓文艺的园地，被旧的文学家，关住了，占领了，西装先生的皮鞋踏进来了，这就是胡适之先生，陈独秀先生的"文学革命"。于是，那时一些文学家发生了斗争，结果，新文学家胜利了，他们占了当时的文坛，时代的进展，是没有停止的时候，不料想三四年前，下等人的泥腿插进了文坛，此时前者反对后者，即是皮鞋先生反对新兴普罗文学。[④]

伊罗生在他编辑的英文版《草鞋脚》的扉页中独占一页引用并翻译鲁迅的演讲内容：

> "... [These intellectual aristocrats] took possession of the old Chinese literary garden, walking in with their shiny, leather boots. Now they sit tight inside and refuse entry to those who would walk in wearing straw sandals."
>
> —Lu Hsün

---

① 关于伊罗生与中共地下党合作的详细信息，可参见谢力哲《租界、治外法权与 1930 年代中国左翼文化运动的国际性——以〈中国论坛〉与"伊罗生事件"为中心》，《安徽史学》2021 年第 6 期，第 59—67 页。

② 关于伊罗生与共产党人之间的矛盾最终导致《中国论坛》停刊的简要说明，可参见伊罗生英文版《草鞋脚》序言，Harold R. Isaacs ed.：*Straw Sandals*：*Chinese Short Stories 1918—1933*，The Massachusetts Institute of Technology 1974，p. xxix. 更加详细的信息可参见张威《光荣的毁灭：另类新闻人伊罗生》，《杭州师范大学学报（社会科学版）》2013 年第 1 期，第 119—125 页；姜建中、孟祥波《〈中国论坛〉述评》，《黑龙江史志》2008 年第 21 期，第 13—15 页。

③ 黎辛：《我常想起伊罗生》，《百年潮》2001 年第 8 期，第 50 页。

④ 陈漱渝主编：《鲁迅论争集》第 1 卷，中国社会科学出版社 1998 年版，第 626 页。

此处的翻译虽简洁精练，但依笔者所见尚有些不足之处，不免让读者读来有所疑惑。其一，鲁迅原话中可见有两次反对，第一次站在反对一方的是旧式文人，被反对的一方是“五四”新文学和新兴知识分子（也即穿“皮鞋”的“西装先生”）；第二次处于反对一方的则是穿“皮鞋”的“西装先生”，被反对的是有“泥腿”的下等人。而英文译文对于第一次反对的情况做了模糊处理，只说是知识分子贵族穿着闪亮的皮鞋占领了旧的文艺园地。首先，其对于站在反对者一方的旧式文人并没有提及，论争的双方少了一方，导致斗争的意味大大减轻。其次，译文在“占领了旧的文艺园地”这里对于“旧”字有所涉及，应是欲意对照鲁迅原文中的“旧的文学家”，但如此翻译实际造成了原文内涵的变异，因为鲁迅在演讲中对于文艺园地并没有做新旧之分，文艺园地始终在那里，只是被不同的文人所占领。所以并非是“旧”的文艺园地被新人占领，而应是文艺园地在“五四”之前一直被“旧”的文学家所占领，“五四”之后新的文学家战胜了旧的文学家，占领了文艺园地。其二，英文的“［These intellectual aristocrats］”也充满了歧义。在了解鲁迅演讲的语境之后，自然是可以将此处的知识分子贵族（“intellectual aristocrats”）理解为“五四”新文学运动中的先锋知识分子，因为其中大多数人出身书香门第，与工人和农民相比，确实家境较好、地位较高，但将其归为“贵族”（“aristocrats”），却不仅是有些夸大其词，而且和新文学运动的主旨口号相违背，须知陈独秀在《文学革命论》中“大书特书”的“文学革命军”三大主义之第一主义便是“推倒雕琢的阿谀的贵族文学，建设平易的抒情的国民文学”①。因此若说是专论“知识分子贵族”，则旧式文人更应被囊括其中。是以对于不熟悉中国现代文学历史中关于普罗文学论争的海外读者来说，可能会将英文译文中的“intellectual aristocrats”误会为旧式文人，那么英文的第一句便会被解读为旧式文人占领旧的文学园地，而第二句则顺理成章地指代了新文学取代旧文学的新文化运动，这样来看，英文译文便只谈到了新文学与旧文学之间的争斗，也即第一次争斗，而鲁迅原文中第二次争斗的信息（即草鞋文学与新文学的争斗）在英文译文中则被遗漏，如此便会导致对鲁迅演讲原文的严重误读。因此笔者建议如果能对此处英文稍做修正，改为“These new intellectuals took possession of the Chinese literary garden from the old intellectuals.”，那么其忠于原文的目的则可达到。至此笔者甚至不由怀疑伊罗生本人也很可能没有真正理解鲁迅这段话的含义，理由有二，首先，就如上文所分析，他对于鲁迅原文做了一种模棱两可的英文翻译，会导致对原文的误读。其次，如前所述，伊罗生本欲为选集命名《中国被窒息的声音》，后在鲁迅的演讲中获得灵感而改为《草鞋脚》，假若伊罗生真正了解鲁迅演讲中“草鞋脚”的本意，那么如此选题势必是为了支持“草鞋”文学，也即无产阶级大众的普罗文学但是从其后伊罗生选择作家作品的倾向上来看，他计划收录的大多作品并非真正来自“草鞋”作家的普

① 陈独秀：《文学革命论》，《独秀文存》，安徽人民出版社1987年版，第95页。

罗文学，而是在文坛上已经有一定影响力的“西装皮鞋”作家（也即“五四”作家）的成名之作[①]，而这些作家，按照鲁迅演讲中的说法，是反对“草鞋”“泥腿”作家的。选择“西装皮鞋”作家的作品集结成册，最后却为之取名《草鞋脚》，这两相矛盾之处显而易见。也正是如此，在作家作品的选择上，伊罗生与鲁迅、茅盾意见相左。[②]

二、《草鞋脚》篇目选择彰显伊罗生的“自我”中心思维

1934 年 1 月 13 日《中国论坛》停刊，之后伊罗生马上着手编辑文集《草鞋脚》，同时请鲁迅、茅盾帮忙筛选篇目。然而在最终定稿之时，伊罗生虽听取了鲁、茅的一些意见，但同时也坚持了自己的想法，所以最终中文版《草鞋脚》与英文版《草鞋脚》在作家和作品的选择上有较大不同，使得茅盾不由感慨道：“好像美国记者都有自己的选择，比伊罗生名气大的斯诺那时也曾请鲁迅和我推荐中国的短篇小说，结果，他自己加进了他喜欢的几篇。”[③]

（一）表象：“草鞋脚”含义的误读导致选目偏好的不同

鲁迅和茅盾曾经多次力荐伊罗生收录 20 世纪 30 年代以后左翼文坛的新人新作[④]，其理由之一应是秉承文集名《草鞋脚》的本意，以使其尽力做到名副其实的以工农普罗文学占主要篇幅；其二便是鲁迅和茅盾欲多向西方推介一些后起之秀的新人作家，因为他们在文坛上尚未取得较大名气，作品更是几乎没有机会被译介，海外学者对其了解甚少，鲁、茅二人深感肩负向域外文学界推荐中国现代文学新人之重任，便一再与伊罗生强调选集中应多收录当时文坛中进步的新人新作。但在伊罗生方面，他虽恳请鲁迅和茅盾推荐作品，然其在文章的选取上却更倾向于“五四”作家的经典作品而非新人新作，其原因之一应该是伊罗生认为经典作品更加有被传播之必要。但是如果设想伊罗生其实是对鲁迅 1932 年的演讲内容做了误读，导致他理解的“草鞋脚”便是发端于“五四”的文学家，而非鲁迅本意的 30 年代的普罗文学之作家，那么鲁、茅二人与伊罗生在作家作品选

① 茅盾在中文版《草鞋脚》的前言《关于〈草鞋脚〉》中说道：“伊罗生好像把《草鞋脚》的内容着重于‘五四’运动后的老作家，而对于年青的新作家却不照顾”。参见鲁迅、茅盾选编，蔡清富辑录《草鞋脚——现代中国短篇小说选》，湖南人民出版社 1982 年版，第 5 页。

② 关于两方观点的差异、选目的不同，只需比较中、英两版《草鞋脚》的目录便可一目了然。中文版《草鞋脚》是蔡清富在征求了茅盾的意见后，以鲁、茅原本推荐之选目为标准进行辑录的。参见《辑录后记》，鲁迅、茅盾选编，蔡清富辑录《草鞋脚——现代中国短篇小说选》，湖南人民出版社 1982 年版，第 623—627 页。

③ 茅盾：《关于〈草鞋脚〉》，鲁迅、茅盾选编，蔡清富辑录《草鞋脚——现代中国短篇小说选》，湖南人民出版社 1982 年版，第 5 页。

④ 信息来自茅盾、鲁迅与伊罗生的书信内容。参见北塔《“关于小说选材的问题”——茅盾、鲁迅 1934 年 7 月 14 日联名致伊罗生函》，《传记文学》2019 年第 2 期，第 133—141 页。

择上的分歧便会有更清晰的解读思路和逻辑。

（二）内核：伊罗生在选篇上的“自我”中心

1934 年中期，《草鞋脚》的辑录工作基本结束①，而伊罗生此时在选目上与鲁、茅的推荐出入很大。根据茅盾的说法，伊罗生在 1934 年 6 月左右与鲁、茅的第二次通信中，实际上就提出了他自己的选目意见，伊罗生“把他不熟悉的新进作家的作品几乎都删去了，而增加的是老作家的作品，以及他熟悉的‘革命文学’时期一些作家的作品”，其中选入了很多原来在《中国论坛》上已经登载过英文译文的小说，原因是“字数太多，请人翻译困难，所以采用了原来在《中国论坛》上刊登过的一些译文（共有九篇，其中只有一篇是原选目中有的）”②。有学者考查得出《中国论坛》1932 年上半年刊载过 14 篇中国现代小说的译文，全部出自乔治·肯尼迪之手，经过辨析确定在茅盾文中提到的伊罗生当年选定的 9 篇作品应为：胡也频《同居》，第 2 期（1932 年 1 月 20 日）；郁达夫《春风沉醉的晚上》，第 4 期（1932 年 3 月 15 日）；鲁迅《药》，第 5 期（1932 年 3 月 25 日）；柔石《为奴隶的母亲》，第 8 期（1932 年 4 月 16 日）；鲁迅《孔乙己》，第 14 期（1932 年 5 月 2 日）；殷夫《血字》，第 15 期（1932 年 5 月 28 日）；应修人《金宝塔银宝塔》，第 15 期（1932 年 5 月 28 日）；茅盾《喜剧》，第 18 期（1932 年 6 月 18 日）；丁玲《某夜》，第 21 期（1932 年 7 月 9 日）。③ 其中只有应修人的《金宝塔银宝塔》在鲁、茅的选目中，可见伊罗生的选目与鲁、茅的选目差别之大。茅盾认为在篇目选择上，伊罗生根据自己熟悉与否来作为标准，遵从的是“自我”为中心的选篇原则，并没有考虑到中国的社会现实和文学的发展前景，全凭一己喜恶而做，对此并不认可，因此蔡清富在辑录中文版《草鞋脚》之时，为尊重鲁迅、茅盾的意见，在选篇上回归鲁、茅的原始目录。

以英文版《草鞋脚》中收录的丁玲作品为例，便可清晰读出伊罗生在篇目选择上的“自我”中心逻辑。英文版《草鞋脚》收入《莎菲女士的日记》（The Diary of Miss Sophia）和《某夜》（One Certain Night），而中文版《草鞋脚》收录的是《莎菲女士的日记》和《水》。这两相差异的出现，首先有其历史必然性。鲁迅和茅盾推荐丁玲的《水》体现了其左翼文学主张的批评逻辑。《水》一经发表便引起左翼文学界的热烈反响，被誉为丁玲转型成功的里程碑，正是由“穿皮鞋”的转为裹“泥腿”的典型。冯雪峰热烈赞

---

① 伊罗生于 1934 年中期完成了《草鞋脚》的主要工作，这个时间点参见伊罗生英文版《草鞋脚》序言，Harold R. Isaacs ed.：*Straw Sandals*：*Chinese Short Stories 1918—1933*，The Massachusetts Institute of Technology 1974，p. xxxix.

② 茅盾：《一九三四年的文化“围剿”和反“围剿”》，《我走过的道路》（上），人民文学出版社 1997 年版，第 655—656 页。

③ 参见顾钧《〈草鞋脚〉与〈中国论坛〉的关系》，《鲁迅研究月刊》2016 年第 12 期，第 17—20 页。

美《水》为“新的小说”，丁玲为“新的小说家”，“是一个能够正确地理解阶级斗争，站在工农大众的利益上，特别是看到工农劳苦大众的力量及其出路，具有唯物辩证法的方法的作家！”[①]；茅盾本人也评价《水》的“意义是很重大的”[②]。其受到鲁迅和茅盾推荐自不在话下。但是由于伊罗生认为《水》篇幅过长[③]，而彼时（1932—1934年间）又尚未被英译[④]，再者处于“红色三十年代”的西方社会对于命运多舛的中国左翼运动充满浓厚兴趣，对于饱经磨难的中国左翼文人保有深刻同情，《某夜》直接书写左联五烈士就义的画面，正符合西方社会的审美需求，因此被伊罗生选择收入文集也迎合了读者群体的心理诉求。除却历史文化中的因素，伊罗生选择收录《某夜》，并加入左联五烈士的其他作品，也与伊罗生个人的情感和生活有深刻纠缠。对于伊罗生来说，左联五烈士牺牲的事件与他本人有着千丝万缕的联系，甚至直接促成了他作为编辑而加入《中国论坛》的创办工作。1932年1月13日出版第一期《中国论坛》，便用整版篇幅介绍左联五烈士的情况。[⑤] 就五烈士而言，伊罗生这边不仅存有出于人道主义精神的同情和敬佩，同时也因为其事件直接导致了伊罗生本人生命和事业轨迹的重大转变，成为其人生中重要的一环、难忘的一笔，因此伊罗生对于五烈士生前所作文学作品有着超出文学本位的评价理念和执着的纪念情怀。在鲁迅、茅盾的推荐作品中，并没有包括任何一篇五烈士的作品，这一点于中文版《草鞋脚》目录中清晰可见，而伊罗生编辑的英文版《草鞋脚》中，则不仅收录了五烈士中三位作家的作品[⑥]，甚至为了收录殷夫的诗作《血字》不惜破坏选集的文学体例——小说[⑦]，所以在出版后还受到茅盾的质疑[⑧]。同时伊罗生还坚持将描

---

① 丹仁（冯雪峰）：《关于新的小说的诞生——评丁玲的〈水〉》，《冯雪峰全集》第5卷，人民文学出版社2015年版，第62页。

② 茅盾：《女作家丁玲》，张白云编《丁玲评传》，上海春光书店1934年版，第85页。

③ 根据茅盾回忆，伊罗生来信提出意见，认为鲁、茅推荐的作品有的太长，就举例丁玲的《水》和吴组缃的《一千八百担》。参见茅盾《一九三四年的文化“围剿”和反“围剿”》，《我走过的道路》（上），人民文学出版社1997年版，第654页。

④ 根据目前所得资料，《水》最早的英文译本应是史沫特莱1935年在《亚洲》杂志上的节译版。

⑤ 参见伊罗生英文版《草鞋脚》序言，Harold R. Isaacs ed. *Straw Sandals: Chinese Short Stories 1918—1933*, The Massachusetts Institute of Technology 1974, p. xxvii.

⑥ 三位作家及其作品分别为：胡也频的《同居》，柔石的《为奴隶的母亲》，殷夫的《血字》（诗）。其他二人没有被选入的原因，伊罗生在英文版《草鞋脚》序言中也做出了说明：冯铿只写了不多的几篇诗作，而李伟森更应被作为党内工作者来对待。参见 Harold R. Isaacs ed. *Straw Sandals: Chinese Short Stories 1918—1933*, The Massachusetts Institute of Technology 1974, p. xxvii.

⑦ 英文版《草鞋脚》书名为 *Straw Sandals: Chinese Short Stories 1918—1933*，明确说明该文集应收录“Chinese Short Stories”（中国短篇小说），而殷夫的诗作并不符合文集中所指明的文体——小说。

⑧ 参见茅盾《关于〈草鞋脚〉》，鲁迅、茅盾选编，蔡清富辑录《草鞋脚——现代中国短篇小说选》，湖南人民出版社1982年版，第5页。

写五烈士牺牲事件的《某夜》也收录其中，自然也是考虑到丁玲是胡也频的烈士遗孀，可见伊罗生对左联五烈士的追忆和难忘之情。这其中的情感羁绊确实令人动容，但是单凭个人经历和喜好就确定文集的选篇，也体现出伊罗生“自我”中心的内在思维模式。

三、伊罗生在华文学活动中“他者”思维的潜在运作

在20世纪30年代初期，伊罗生通过《中国论坛》的编辑工作和《草鞋脚》的出版，为中国革命文学在英语世界的传播做出了贡献。他通过收录胡也频、殷夫、柔石等人的作品，并选择丁玲的《某夜》作为代表作，推广了中国现代小说。然而，他的视角仍然受限于典型的“他者”思维模式。在1934年下半年继续的文化历史研究中，他对一些历史事件的深入了解并未能完全摆脱外来观察者的立场，揭示了他在理解中国革命及其文化表现时的局限性。伊罗生的经历和态度变化，反映了即使在深入参与和做出贡献之后，外部观察者仍可能无法完全融入或理解他们研究的文化背景，从而保持着一定距离和外来视角。

伊罗生成长于和平时代家境优渥的美国中产阶级家庭，经济上可谓衣食无忧，精神上追求自由和民主。他来中国的目的与史沫特莱不同，史沫特莱是为全世界人民的解放事业而来，伊罗生则只是为了增广见闻游历而来。他在中国见到了国民党政府的残暴黑暗，出于人道主义之精神，不免对彼时处于弱势的中国左翼文学和中国共产党领导的革命运动产生了天然的同情。于是，在史沫特莱的推动下，伊罗生参与了《中国论坛》的创办和刊发，为中国的左翼文学和左翼运动在国际上发声，并且声讨国民党对进步人士的迫害行为，在极端的条件下仍努力坚持维系报纸的发行，因此惹来国民党当局的不满并对他提出控告。① 然而，伊罗生在中国文化和政治领域的深入参与并未持续太长时间。随着《中国论坛》于1934年初停刊，伊罗生自认为的天真作风导致他与中国革命渐行渐远。这一转变不仅是他个人在政治和文化交流领域旅程的一个重要节点，也反映了跨文化理解和合作中的困难和挑战。伊罗生的经历揭示了即便是极为投入和热心的外国知识分子，在面对复杂的政治和文化环境时，也可能会遇到理解和适应的难题。由于《草鞋脚》的出版是在1974年，这使得伊罗生获得了一种发展的视角，可以在编辑选集的40年后再回头审视当年历史。彼时伊罗生编辑中国现代小说集时本计划以《中国被窒息的声音》(*China's Stifled Voices*)为选集命名，在鲁迅的一次演讲启发下，伊罗生将其改名为《草鞋脚》。40年后，当《草鞋脚》终于出版时，伊罗生在其书的序言中回顾了自己与中国革命历史和现代作家们的纠葛。在追溯这16位作家的人生轨迹后，他深感时代

① 参见伊罗生英文版《草鞋脚》序言，Harold R. Isaacs ed. ：*Straw Sandals*：*Chinese Short Stories 1918—1933*，The Massachusetts Institute of Technology 1974 ，p xxxiv.

变迁给这曾经的标题赋予了特殊的讽刺意味。伊罗生指出，这些作家的命运各异，许多人最终停止了写作。这段反思不仅是对过去的回顾，也是对那个动荡时代及其对文化和思想自由影响的深刻慨叹。

伊罗生不仅用笔锋追溯了40年的风云际会，更同时见证了丁玲在文学和政治领域的多次变迁，包括她的复出和访美经历，都对他产生了深远的影响。当丁玲1981年访问美国，与伊罗生再次相遇的时候，她充分肯定了伊罗生对中国的热爱和对年轻岁月的怀恋之情，伊罗生家中客厅"摆了许多中国生活中的摆设。茶具也是中国古式上等人家用的白底套红印花瓷盖碗"①。但是，丁玲也看出了伊罗生的迷惑和不解。她写道："但他似乎有一点无言的感伤，有一点隔膜，有一丝淡淡的愁绪。他对我们的新中国，对我们粉碎'四人帮'后，重新振作奋发的我们的共产党，和我讲的我个人的心情，可能都还保有某些考虑的余地。……我在他那里却又似远似近。他想找点什么？而得来的却又不是他一下能完全理解的，或者是长期彼此隔绝的他所不能想象的。"② 作家的感知是极度敏锐的，即使丁玲并不了解伊罗生年轻时期的心路历程，她仍旧能够读出伊罗生此时矛盾的心理。对伊罗生而言，数年后能够在美国与丁玲重逢，这份惊喜掺杂着对她所表现出的坚韧与个人信念的忠诚的不解。这次相遇不仅令伊罗生反思丁玲的个人经历，更让他对于跨文化交流中个人信念的复杂性有了更深刻的认识。

伊罗生对于彼时中国的某些政治和社会运动持有保留意见，他认为这些运动可能过于强硬。而伊罗生与中国革命的渐行渐远，并非由于他拥护国民党或者支持资产阶级的统治，他同样痛恨并唾弃国民党所制造的恐怖统治，但是在参与革命期间，他也感到不能融入、不能理解，其实这也可以说是一种"他者"思维模式的运作结果，并非全部来自于伊罗生自己所强调的他的"天真"。伊罗生对于中国革命事业和无产阶级运动无疑是怀抱深切的同情之心，但中国和中国人也始终是作为"他者"而存在，所以他无法全然理解中国革命事业中所蕴含的深刻矛盾与曲折复杂。他即使已经被时代的洪流所裹挟而亲身参与到中国革命的历史大潮之中，也时刻在提醒自己是作为局外人的存在，始终在"自我"与"他者"的思维框架中看待中国现代革命，这应该就是伊罗生与中国革命产生龃龉的根本原因了。

结　语

伊罗生年轻时亲历中华大地的动荡年代，为中国现代革命的发展奉献了自己的青春和热情，回到美国后也致力于中国研究的工作，为中国革命和文学的域外推介不懈努力，

---

① 丁玲：《伊罗生》，张炯主编《丁玲全集》第6卷，河北人民出版社2001年版，第252页。

② 丁玲：《伊罗生》，张炯主编《丁玲全集》第6卷，河北人民出版社2001年版，第252—253页。

他的执着和坚守使得《草鞋脚》在历经40年的沉寂之后终于得以在美国出版。丁玲于1981年访美期间到伊罗生家做客，见到他家中多摆放有中国古典瓷器，心下感动，立刻便读出了伊罗生对中国文化之倾慕，虽然丁玲也敏感地察觉到伊罗生的伤感和隔膜，但因为有那曾经年少时热血奋斗的革命情谊和历经岁月后从容不迫的依然热爱，丁玲深信，伊罗生是热爱中国的。不过，在热爱和同情之下，无法避免的是伊罗生作为西方知识分子所天然固有的那一份骄傲和自信，正如萨义德所言："他面对东方的时候，首先是作为一个欧洲人或美国人，其次才是作为一个个体的人。"① 伊罗生作为来自西方资本主义社会的学者和记者，在编辑《草鞋脚》之时，又不顾鲁迅、茅盾的推荐而坚持按照自己的喜恶来筛选文章，都体现了西方学者在中国研究中根深蒂固的"自我"中心之优越感和"他者"思维之潜在运作。

① 参见 Edward. W. Said *Orientalism*, Penguin Books 2019, p. 11.

·解放区文艺研究·

孙犁佚文《〈铁的子弟兵〉读后》及其他*

张占杰[①]

摘　要：《铁的子弟兵》是田间1940年创作的长篇叙事诗，因为种种原因，人们对它知之甚少，1989年才被收入《田间诗文集》。从写作时间上看，《〈铁的子弟兵〉读后》是这首诗最早的评论。孙犁认为这首诗是“边区诗歌的新突破”，诗人力求融入群众，在作品中“握紧了民间的情感”，“运用民间的叙述方式，民间的语汇”，从而肯定了诗的里程碑意义。文章中所涉及的文艺大众化语境下关于文学问题的一些基本看法，值得我们认真对待。《〈铁的子弟兵〉读后》是他们文字交流的开始，反映了他们兄弟和战友的情谊。田间在孙犁创作和革命生涯中扮演着重要角色，正是由于田间的爱护、帮助、引导，孙犁才缓解了来自革命队伍内部的精神压力，不断改造自己、修正自己，在解放区文学中始终保持着一个革命战士和革命作家的姿态。

关键词：孙犁；田间；《铁的子弟兵》

一

孙犁是作家、副刊编辑，也是著名的评论家。他晚年在回顾自己20世纪40年代在晋察冀通讯社和边区文协的评论工作时说：“当时，田间的短促锋利的诗，魏巍的感叹调子的诗，邵子南的富有意象而无韵脚的诗，以及曼晴、方冰朴实而又含蕴的诗，王林、

* 项目基金：2022年度教育部人文社会科学研究一般项目“孙犁佚文佚简辑录、整理及相关问题研究”（批准号：22YJA751026）。

① 作者简介：张占杰（1964—　），男，河北衡水人，石家庄学院文学与历史学院教授，主要研究方向为中国现当代文学。

康濯的小说，我都热情鼓吹过。”① 但翻开《孙犁全集》，查阅这一时期的评论，我们没能找到一篇诗歌专论，只是在孙犁 1941 年所写的《一九四〇年边区文艺活动琐记》中有两段文字涉及田间及其诗作。对魏巍、曼晴诗的评论直到 1950 年才有一篇《红杨树和曼晴的诗》。是孙犁记忆有误还是文章散佚的问题，需要我们做出切实的努力才能确认。早在 1990 年，刘增杰先生曾查到孙犁的一篇田间诗歌专论《〈铁的子弟兵〉读后》，可惜，他写的《孙犁的九篇佚文》② 中虽然披露了文章的出处，但没有附上原文，《孙犁全集》及其修订版、《孙犁文集》及其补订版也都没有收入这篇佚文，故其至今依然是佚文。顺着刘先生提供的线索，我们在中国国家博物馆找到了《晋察冀文艺》1942 年第 1 期，在这份油印刊物中，终于一睹文章芳容。文章不长，照录如下。

《铁的子弟兵》读后③

林冬苹

读过了《铁的子弟兵》，在我底眼前展开了已经粗大而宽阔地开拓出来诗底道路，创作的，叙事诗的道路。

说开拓，是在我底心里，是我看见了一个诗人能够这样广泛而错综地用他底思维的全部分，而达到想象和造型的最高峰的努力的业绩。

总之，从放羊的时候起，到参加铁的子弟兵的阵营，作者安详而智慧底存在，人物底心里，并没有因为这复杂的伟大热烈的场面而缭乱，点出来而且画出来一景连一景。

有时是一景内包括了几幅景，而景景互相映衬，牧羊人，自卫队放手榴弹，残废的战士，羊群，无名的骨骼。

《铁的子弟兵》替边区的诗也开辟了道路。提供了最好的范例，大的诗可以写出，因为现实已经因瑰丽的壮大的形姿摄在你眼前，学习《铁的子弟兵》作者的透入人物的身世、环境、心情和希望，边区的诗的大丰收将不远了吧。

运用民间的叙述方式，民间的语汇。如果说，《亲爱的土地》运用了北方农民的口语，因为作者生长在南方还有一些隔阂的话，那么在《铁的子弟兵》里则因作者的努力而完全打破了这个隔阂。

---

① 孙犁：《〈善闇室纪年〉摘抄（二）》，《孙犁文集》（补订版）第 7 卷，百花文艺出版社 2013 年版，第 28 页。

② 刘增杰：《孙犁的九篇佚文》，《河南大学学报（哲学社会科学版）》1990 年第 2 期，第 60—62 页。

③ 林冬苹：《〈铁的子弟兵〉读后》，《晋察冀文艺》1942 年 1 月 20 日第 1 期。

——邓兴华，羊头子
你管得着我
你管人家羊，还行……

——哈，我不拦羊了
——羊给狼吃光了①
——别瞎扯。
……
……

作者进一步（我们应该老要进一步的）握紧了民间的情感。

好老妈妈来了，
打算动员儿子

看见儿子
呵，呵
怎么没话说
……
……
——娘，我要去当兵
——真好儿子，
又捏起拳头
可没喊好口号
好老妈妈呵

创造，即是现实地反映了边区的“母亲”，是作者的光荣，也是边区子弟兵的光荣。恕我夸张一些，而我心底并没有丝毫有着有意夸张的企图，创造了这样的母亲，就等于高尔基在当时俄国创造了那个《母亲》，同样，它保证了抗战，一切斗争的胜利。

从丹麦动员了安徒生，作者如此逼真地写出了边区优秀的童话诗：

① 作者引用时少了这一句，为避免理解错误，今根据原文补上。

小鱼的同志
那在水草上行军底
黑蝴蝶们
用统一战线
向小鬼们应战

黑蝴蝶
还有黄蝴蝶

黄蝴蝶
还有白蝴蝶
……
五花八门的战术
连聂司令员也不了解的战术
都出来了
……
……①

作者用“万岁”赞扬了邓兴华这一段生活的历史，作者还要写他将来的历史，我们用“万岁”来赞扬《铁的子弟兵》，原因是我们等待更多的《铁的子弟兵》!

一九四〇年、七、十八晨

二

《铁的子弟兵》在完成第三稿后，首发于1941年晋察冀边区综合文化刊物《五十年代》创刊号（1941年5月1日出版）和第二期（1941年6月1日出版），3200多行，但直到1989年11月《田间诗文集》出版之前，田间的各种诗集均未收入，人们对它也知之甚少。这首诗的评论，最早见于孙犁1941年1月26日发表在《晋察冀日报》上的《一九四〇年边区文艺活动琐记》，随后是1942年1月发表在《晋察冀文艺》第1期上孙犁的《〈铁的子弟兵〉读后》和林采、司马军城的评论，三文构成一个评论专辑。再次是胡风在1942年为诗集《给战斗者》写的《后记》，其中提到了《铁的兵团》（《铁的子弟

① 孙犁的引文和《五十年代》初版本及《田间诗文集》的定本略有出入。

兵》原题）：“随着对于生活内容的坚韧的深入，诗人田间终于开辟了纪念碑式的大叙事诗的方向。我看到了《亲爱的土地》的全篇和《铁的兵团》。”① 综合以上信息判断，田间在写作《铁的子弟兵》的过程中与师友随时交流，这才有了评论在前而作品发表在后的现象。孙犁在田间定稿过程中，就开始阅读并写作了《〈铁的子弟兵〉读后》（写于1940年7月18日），之后将其中主要的观点写进《一九四〇年边区文艺活动琐记》（写于1941年1月15日）中。《〈铁的子弟兵〉读后》当时并没有发表，稿件留在了田间那里，田间又从林采、司马军城处组到两篇《铁的子弟兵》的评论，便一起编发在《晋察冀文艺》创刊号上。从写作时间看，无论是《〈铁的子弟兵〉读后》，还是《一九四〇年边区文艺活动琐记》都可证明，孙犁是《铁的子弟兵》最早的评论者，《〈铁的子弟兵〉读后》是这首诗最早的专论。对《铁的子弟兵》的研究，自20世纪40年代孙犁、胡风、司马军城、林采的文章之后，迟至1996年，才有杜胜韩的《为平凡而伟大的战斗者立诗碑——评田间抗战后期的三首长诗》（《安徽师范大学学报（哲学社会科学版）》1996年第4期），另外，吴昊、纪捷等人关于田间诗歌的论文也重点关注了这首诗。

1939年春，孙犁到晋察冀通讯社工作，编辑《通讯往来》和《文艺通讯》两本油印刊物，指导广大业余作者进行通讯和文学写作。身处边区文艺大众化运动之中，他既创作又评论，出于作家的敏感和评论家的理性，通过评论的方式总结经验，肯定作者语言通俗化方面的探索和对民间形式的借鉴，引导广大业余作者认识新文学。因此，当街头诗运动在晋察冀边区如火如荼的时候，田间的小叙事诗及这部长篇作品甫一出现，孙犁便敏锐地注意到这一新动向，认定这是边区“文艺大众化”的新进展。《〈铁的子弟兵〉读后》尽管简略，但我们也能从中看到孙犁对这首长诗意义的准确把握，即使在今天，它对于田间研究及其《铁的子弟兵》等诗作的评论仍然具有参考价值。

与胡风将这首诗看作是“开辟了纪念碑式的大叙事诗的方向”不同的是，孙犁立足边区文坛，指出《铁的子弟兵》是边区诗歌的新突破。在田间、孙犁等这些边区作家、诗人眼中，诗歌是宣传抗战的工具，但也是新文学的一种形式。对文学艺术的追求和创新，是这一代文学工作者浸入骨髓的使命。“大众化”是新文学的终极追求之一，抗战为其提供了有利的探索契机和试验的平台。无论是语言的通俗化追求，还是民间艺术形式的“旧瓶装新酒”，都是新文学成熟过程中艺术经典化的行为，这也是田间在边区新诗创作中由街头诗转向叙事诗，由小的叙事诗转向长篇叙事诗，力求为新文学贡献经典的内在逻辑。短小的街头诗利于短期宣传，但不足以表现诗人对时代观察和理解的深度，况且新诗大众化探索仅限于此，必定行之不远，因此，诗人必须不断寻找新的题材和文体，使新诗有足够的发展动力和空间，如此新文学才有持续的生命力。另一方面，也应看到，诗人面对大时代油然而生的史诗意识，也会成为诗人迈过街头诗，使“文艺大众化”更

① 胡风：《给战斗者・后记》，《田间诗文集》第1卷，花山文艺出版社1989年版，第361页。

深一步的动力。作为现代新诗的一种，叙事诗以诗歌形式叙事、塑造人物，增加了诗歌的容量，成为作者情感更有力的寄托。中国有着悠久的叙事诗传统，可以汲取许多宝贵的营养，由此叙事诗得到诗人的青睐便不足为奇了。田间的诗歌创作有着明确的理性指引，铿锵有力的街头诗之外，对大众化的追求使其迈入叙事诗阶段也是水到渠成。他先是尝试写作一些短小的叙事诗，20 世纪 40 年代初期又接连创作了两部长篇叙事诗，这就是《亲爱的土地》和《铁的子弟兵》，后来，他又创作了《戎冠秀》和《赶车传》，构成了他的长篇叙事诗代表作，也极大地带动了边区诗人叙事诗的写作热情。家国情怀和对诗艺的执着追求具有同等重要的地位，在这一点上，田间和孙犁心照不宣。我们也就可以理解孙犁看到《铁的子弟兵》时的激动心情了，他用诗一样的语言描述了自己的阅读感受："在我底眼前展开了已经粗大而宽阔地开拓出来诗底道路，创作的，叙事诗的道路"，为边区的诗"提供了最好的范例，大的诗可以写出，因为现实已经因瑰丽的壮大的形姿摄在你眼前，学习《铁的子弟兵》作者的透入人物的身世、环境、心情和希望，边区的诗的大丰收将不远了吧"。孙犁以诗人的敏感、评论家的历史眼光，在作品的诞生之初就为其文学史意义做出了准确的判断。

在孙犁看来，田间的突破在于采用新的形式以适应宏伟的时代，它包含许多具体内容。

其一，孙犁特别指出了《铁的子弟兵》"进一步（我们应该老要进一步的）握紧了民间的情感"。边区文艺大众化的一个标志，就是作家、诗人不再以启蒙者的姿态观察、描写大众，而是真诚地试图融入大众，这也是"五四"以来思想观念的最大变化。20 世纪 30 年代以后，在阶级斗争学说视域中，"大众"已经成为"工农大众"的特指，以作家、诗人为代表的知识分子不再像"五四"时期那样被认为是"大众"的一部分，而是资产阶级、小资产阶级的一部分，成为需要改造的一群，自然也就失去了"启蒙者"的资格，他们经历了由"启蒙者"向"被启蒙者""被教育者"的翻转过程。这种思想背景下的"文艺大众化"，首先要解决作家、诗人的大众化问题，具体来说，就是这群人首先要使自己融入大众，在思想、情感、行动上完全大众化，彻底清除身上非大众的东西，只有这样，才有可能写出"大众化"的作品。从后来文艺的发展来看，这种观念有其天真和错误的地方①，但以 20 世纪 40 年代鼓舞抗战的宗旨来看，作家、诗人的"大众化"在深入了解普通百姓方面有其积极和可行的一面，它使得解放区文学中的"大众"以昂扬、乐观的精神面貌，而非以往麻木不仁的形象出现在读者视野中，这与描写者视角的转换、认识的改变有直接关系。因此，孙犁注意到身在边区的田间的变化，指出《铁的子弟兵》

---

① 相关研究成果参见王爱松《"大众化"与"化大众"——三十年代一个文学话题的反思》，《南京大学学报（哲学・人文科学・社会科学）》1996 年第 2 期，第 24—32 页。

最大的特点就在于“作者亲身接近着故事的主人公，主人公的遭遇给诗人以感情”①，才使他有了“旋风般的旋律”的新作品，从而“以史诗的形式来记录时代的光彩”，这就为《铁的子弟兵》诗人视角的转变所带来的作品内容的历史性做了注脚，也预示了作品的经典意义，以此肯定边区作家、诗人的“大众化”对创作的积极影响和对新文学的艺术贡献。

其二，孙犁从作品语言的具体实践角度，指出《铁的子弟兵》的语言特点在于“运用民间的叙述方式，民间的语汇”，高度评价了《铁的子弟兵》的艺术贡献。他认为：“如果说，《亲爱的土地》运用了北方农民的口语，因为作者生长在南方还有一些隔阂的话，那么在《铁的子弟兵》里则因作者的努力而完全打破了这个隔阂。”限于篇幅，孙犁在这段话下所举的例子仅仅说明田间诗歌的“口语化”，对于“民间的叙述方式”“民间的语汇”没有做进一步的阐释，后来的学者也注意到这一点，对此进一步举例，指出在田间的叙述中，大量引入当年在晋察冀边区人人传唱的抗战歌曲和红色小调，使之“为长诗艺术整体的一部分，既加强了长诗的思想性、战斗性，又增添了长诗口语化、大众化的成色”②，算是为孙犁几十年前的断语做了一次注解。但这并不是说，作品中使用大众化的“口语”“民间小调”，诗歌的语言就完成了“大众化”的转变，达成了新文学语言的终极目标。实际上，孙犁对以诗歌为代表的文学语言有着更高的要求，就在写作《一九四〇年边区文艺活动琐记》的同年5月，孙犁专门写了一篇题为《关于诗的言语》的文章，对大众化基础上诗歌的语言提出了自己的看法，他说：“文学的言语，必需是大众口头的言语。但这不妨止作家在他的作品的言语上下功夫，加以洗练和推敲。作家要使大众的言语，在不变种为‘另外一种言语’（瞿秋白）的原则下使言语艺术化”。韵文的语言“该和散文的言语有一些区别。它对言语的要求，比较起散文来，更苛刻一些。它不只要把口头的言语组织有条理，细腻和复杂，还要选择那些属于诗的，宜于作诗的表现的言语”，“摆在诗人前面的工作是以他们的语言做基础，运用一般社会的普通话，创造优美的真正的‘文学的口语’。健全中国现代普通话，丰美中国的语言文字，韵文在这方面的作用是比散文大的多的”③。这些想法也不妨看作是孙犁对田间作为一个南方人，努力使用北方口语写作背后建设“文学的口语”诉求的一种解读。按照孙犁、田间等人的标准，新文学要建设自己的文学语言，不能止步于大众化过程中“口语”“民间小调”的融入，更重要的是要使这种大众化的语言“艺术化”，这就需要作家、诗人有意识

---

① 孙犁：《一九四〇年边区文艺活动琐记》，《孙犁文集》（补订版）第5卷，百花文艺出版社2013年版，第264页。

② 杜胜韩：《为平凡而伟大的战斗者立诗碑——评田间抗战后期的三首长诗》，《安徽师范大学学报（哲学社会科学版）》1996年第4期，第393页。

③ 孙犁：《关于诗的言语》，《晋察冀日报》1941年5月14日第4版。此文收入《耕堂杂录》时，题目改为《谈诗的语言》，内容也有所改动，《孙犁文集》及其补订版和《孙犁全集》及其修订版等均依《耕堂杂录》。

地对语言进行“洗练”“推敲”。只有在这一前提下，向民间学习、向传统学习才有方向，才能从中真正得到对新文学建设有用的东西，不至于迷失方向，这也是孙犁一直强调作家要像“追求真理一样去追求语言”① 的原因。因此，我们应当在这一层面上理解孙犁肯定田间诗歌打破语言隔阂的意义。

今天阅读这篇评论，我们要特别注意文中所言“从丹麦动员了安徒生”及其背后的深意。后来的学者对于《铁的子弟兵》的评论，已经注意到《铁的子弟兵》“多以典型意象和细节来暗喻和象征各种精神现象，以及想象中的境界”，“第五章《动员月》的开头，插入一段闲笔，写一群‘赤脚的小鬼’在水沟里捉鱼，小鬼、小鱼、各色蝴蝶、花在邓兴华眼里幻化成战斗的场面。这场面以及其中的意象和细节，透射出主人公参军前夕的心理活动，渲染了五月的环境背景，同时又对应和譬喻边区的抗战斗争，充满着童趣”②。孙犁在论述中也引用了这一内容，但他给出了完全不同的解读，他认为“在《铁的子弟兵》里头运用了安徒生写下的优秀的童话，作者的精神，旋转着故事和节奏”③，“从丹麦动员了安徒生，作者如此逼真地写出了边区优秀的童话诗”。安徒生是丹麦的童话作家，早在20世纪20年代，他的作品就被引入中国，幻想的品格、快乐的原则、游戏的精神和诗意的境界构成了安徒生童话的基本精神，其对中国现代儿童文学的创作和发展有着举足轻重的影响。孙犁对安徒生一直情有独钟，直到晚年还在不断重读他的作品，写作阅读札记，为其“真正的现实主义”④ 精神深深折服。在《铁的子弟兵》中到底有多少安徒生的影响实际上并不重要，重要的是，孙犁借此重申自己新文学发展中文学遗产继承问题上的观点：“接受遗产不只是接受中国遗产，也要接受外国遗产”，“中华民族自己的政治、经济、文化在向前发展，但也受着外国民族生活的影响。因此，接受外国的遗产（翻译、研究等），一方面是输入新内容，同时也输入了新的表现形式。这可以帮助中国新的民族形式的文学的建立”⑤。对待旧形式，必须秉持批判、改造的原则，而不是“整套的被承袭”，更不能使旧形式成为民族形式的唯一源泉。这一思想，孙犁直

---

① 孙犁：《文艺学习》，《孙犁文集》（补订版）第5卷，百花文艺出版社2013年版，第125页。

② 杜胜韩：《为平凡而伟大的战斗者立诗碑——评田间抗战后期的三首长诗》，《安徽师范大学学报（哲学社会科学版）》1996年第4期，第393页。

③ 孙犁：《一九四〇年边区文艺活动琐记》，《晋察冀日报》1941年1月26日第4版。此文收入《耕堂杂录》时，表述有所变动，《孙犁文集》及其补订版和《孙犁全集》及其修订版等均依《耕堂杂录》。《孙犁文集》（补订版）第5卷，百花文艺出版社2013年版，第264—265页。

④ “真正的现实主义”，是孙犁晚年经常使用的一个重要概念，指“五四”以来以鲁迅为代表的现实主义作家所奉行的现实主义，追求思想感情的真实和对现实描写的真实，以区别于长久以来所盛行的“假大空”的“虚假的现实主义”。

⑤ 孙犁：《接受遗产问题（提要）》，《孙犁文集》（补订版）第5卷，百花文艺出版社2013年版，第267—268页。

到晚年也没有改变。

这篇佚文，不仅是关于田间《铁的子弟兵》的诗评，其中还隐藏着孙犁关于文学的一些基本问题的认识。它们可能是只言片语，点到为止，但在孙犁日后的思考和写作中日渐明朗、系统，这就为我们理清孙犁文学思想的脉络提供了重要帮助。

三

孙犁能够在田间创作过程中阅读手稿并着手写作《〈铁的子弟兵〉读后》，为他们的亲密关系提供了重要佐证。回顾历史，可以看到田间对孙犁的影响是多方面的。

田间 1938 年 10 月参加西战团启程前往晋察冀边区，1939 年 2 月在西战团通讯股做战地记者，年底调入晋察冀通讯社，在阜平县平阳镇的三将台与孙犁一起工作。田间来自西战团战地社，周围有许多诗友，大都引荐给了孙犁，如邵子南、曼晴等，这也使得孙犁与西战团的关系更为直接、紧密。1941 年，边区文协成立，田间当选副主任，因为要筹备边区文联，文协机关也需要驻会人员，田间就将孙犁、邓康、曼晴、康濯等调进文协，朝夕相处，情感日深，他们合作写文章、编杂志，共同推动边区的文艺大众化运动。在对文艺大众化问题的理解上，孙犁与田间持大致相同的观点，比较一下田间在晋察冀边区“民族形式”讨论的发言、孙犁的《接受遗产问题（提要）》和这篇诗评可略见一斑。孙犁通过《抗敌周报》《晋察冀日报》《平原杂志》《冀中导报・副刊》等媒体宣传文艺大众化的成果。田间推行街头诗运动时，孙犁写了《边区民间的文艺工作》①，除了报道边区村剧团的兴盛之外，又着力描述了群众开展街头诗运动的情况。孙犁还以辨体等多种评论方式向业余作者介绍新文学文体，同时深入传统，总结民间文艺创作的规律，写出了著名的《说书》等当时颇有影响的文章。

田间在晋察冀边区文学界是旗帜性的人物，他的理论主张尤其是创作自然会影响到“文学爱好者”② 孙犁的创作走向。1939—1943 年间，孙犁的写作除评论和几篇散文外，以诗歌为主，多数是以口语写成的叙事诗，如《梨花湾的故事》《大小麦粒》《儿童团长》《白洋淀之曲》等，《梨花湾的故事》还被战地社选入了《晋察冀新生活烂漫诗选》（1941 年 8 月），使孙犁一跃成为晋察冀边区文坛著名的诗人。1946 年，《大公报》记者潘讷在其《冀中解放区漫记》一书中专门写了一章《关于青年诗人孙犁》，将孙犁称为“青年诗人”，这与前几年他的诗歌成就有直接的关系。实际上，孙犁之后也没有放弃诗歌写作，新中国成立后，孙犁兴之所至还不时地创作一些诗歌，出版了《孙犁诗选》，完成了“诗人里行走”的夙愿。应当说，“诗人孙犁”的名号里有田间的一份功劳。孙犁还尝试用民

---

① 《边区民间的文艺工作》，晋察冀《抗敌周报》1940 年 5 月 15 日第 2 卷第 9、10 期合刊，第 26—32 页。

② 孙犁：《悼念田间》，《孙犁文集》（补订版）第 3 卷，百花文艺出版社 2013 年版，第 574 页。

间形式创作，如鼓词《七七画十景》《翻身十二唱》《民兵参战平汉线》《蒋介石臭史》①，民间小戏《比武从军》《春耕曲》，适宜老百姓传唱的歌词如《翻身歌》《翻身小唱》②，等等，这些探索有成功，也有不足，成为边区“文艺大众化”运动不可或缺的组成部分。

孙犁“文艺大众化”上的探索滋养了他的小说创作。边区时代，孙犁的小叙事诗已经改变了育德时期和北平时期诗歌左翼呐喊式风格，他的抒情诗也多内心独白，呈现出一定的叙事倾向。以往我们很少注意到孙犁的叙事诗和他的抗战小说之间有一种互文关系，叙事诗中很多故事、人物、情节在后来的小说中都有所重现或在此前基础上改写，如《儿童团长》中的小金子与《黄敏儿》中的黄敏儿，《白洋淀之曲》中的菱姑和水生与《荷花淀》《嘱咐》的水生嫂和水生，《梨花湾的故事》中的李俊与王兰的故事与《光荣》中的原生与秀梅的故事，等等。所不同的是，这些叙事诗意在表现抗战群众高度的思想觉悟、乐观的精神状态和坚忍不拔的意志，这与当时抗战宣传的基调高度吻合，风格简洁、明快；而后来的相关小说则有了孙犁式的“小资情绪”，人物精神世界中家国情怀与夫妻伦理之间的挣扎渲染得更为明显，这类小说的诗意追求是叙事诗的延伸但又有所变化。其次，民间诸种形式的实践加深了孙犁对中国传统艺术的认识，反映在小说中，我们可以看到他对故事完整性的追求、对“团圆”结局的重视、口语的雅化处理、民间故事母题的运用等，民间艺术的精神已经融入其中，促进了孙犁小说风格的形成和发展。

在边区文协的日子里，作为孙犁的领导，田间对孙犁的生活、思想关怀备至。以现实生活的经验而言，入党是融入革命队伍必要的一步，也是与周围人打成一片、不被区别对待的重要条件。关于孙犁的入党情况，王林回忆说：“一九三九年间吴立人向我说过这样的话：‘孙犁自己不积极要求入党不行啊，共产党不能请他入党呀！’后来（具体时间忘了）我问过孙犁本人，他说：‘我觉得我很不够资格。’我批评他‘太谦虚’，那话不是‘肺腑之言’，后来他又解释，说：‘有错误，悄悄告诉我，我就改了。像你们那样，当面指着鼻子尖批评，我受不得！’他对共产党员的光荣称号，一向看得十分神圣的，可是他自己讨厌严格的组织生活和严肃的党内思想斗争，而宁愿当‘非当布尔什维克’，实际上想当超阶级的‘同路人’。”③ 孙犁晚年自己也曾说，自己在革命队伍中“像个散兵”④。这不仅是事实，也可能是他的真实愿望，散兵同样是革命战士，可自由作战，但依党的队伍建设要求，这种想法是不切实际的。孙犁的自白也许可以印证王林对他的观察。王林是孙犁的朋友、同乡，但1939年至1945年，两人除了在1941年9月至1942年

① 《蒋介石臭史》发表在《平原杂志》1946年第3期。

② 《翻身歌》根据《翻身十二唱》改写，小流谱曲，发表在《解放歌声》1949年第4期，第17—18页；《翻身小唱》也是根据《翻身十二唱》改写，小流谱曲，发表在《歌与剧（河间）》1947年第2期，第10—13页。

③ 王林：《王林的交代：关于梁斌、孙犁》，《新文学史料》2009年第2期，第133页。

④ 孙犁：《和郭志刚的一次谈话》，《孙犁文集》（补订版）第8卷，百花文艺出版社2013年版，第302页。

3月一起编辑《冀中一日》外，多数时间一个在平西，一个在冀中，关山阻隔，对孙犁的入党问题，王林尽管心里着急，也是爱莫能助。孙犁最终于1942年8月加入中国共产党，入党介绍人是田间和陈山，同年11月，转为中共正式党员。

田间之所以在这件事上能够一锤定音，与他们在文协一起工作、生活，交流顺畅有直接关系。孙犁一生的朋友中，能够无所顾忌地倾谈的朋友有两个，一是康濯，一是田间。今天我们阅读孙犁给他们的信会有一个强烈的印象：1949年前后，孙犁给康濯的信多是写作上的交流，很少涉及生活琐事，孙犁的心态也放松，一些日常生活中很少见的"孤傲"在信中多有表现。给田间的信，除了写作的事外，多生活烦恼、思想苦闷的倾诉，孙犁也从田间的回信中逐渐找到自己努力的方向和调整自己的方式。孙犁身体一向不好，失眠、疟疾，使他有时不得不中断工作，住院或回家休养。《冀中一日》的编辑工作是在冀中做的，孙犁之所以帮忙，是因为这一阶段他正在家因病休养而被王林拉去的。1944年，孙犁跋山涉水终于到达延安，田间来信首先关心的是孙犁的身体状况和精神状态，提示孙犁"把生活正规起来，振作起来——这样使精神集中起来，也能工作，身体也会好起来"①。孙犁虽然创作了《荷花淀》，受到了肯定，但文艺界对他的作品一直有不同的声音，即使是《荷花淀》，当时就有人认为作品"'充满小资产阶级情绪'，缺少敌后艰苦战斗的氛围，'她像坐在一片洁白的雪地上，也像坐在一片洁白的云彩上'，是作者情感的表现等"②。孙犁尽管积极参加文艺大众化运动，并有一些实绩，但不足以改变人们对他的看法。1946年和1948年，白桦、刘敏的批评文章给孙犁造成了很大的困扰③，1947年土改时开党小组会，"小资产阶级情绪"依然成为他被诟病的缺点之一。王林认为孙犁作品中所存在的"淡淡的哀愁""伤感""不敢描写最尖锐的斗争场面"，是"小资气质"的一种表现。张钧等人则将其提高到阶级观点上，认为"今天伤感是没落阶级的感情的表现！翻身的农民，不会伤感！"④ 对这种"指着鼻子尖"的指责，我们没有看到田间的信，无法知道他的意见，但从孙犁的回信中可知，田间给孙犁提出了切实的建议："逐渐打开生活的范围"⑤。为此，他还为孙犁寄来了"发动群众例说"的材料，鼓励他到生活和斗争的一线锻炼自己。

孙犁从田间"握紧了民间的情感"的写作中深深理解了田间的苦口婆心，一直寻找深入生活锻炼自己的机会。1943年5月，为贯彻文艺整风精神，边区大批文艺工作者下乡，参加实际工作。田间、邵子南、林采、方冰、丁克辛、邓康等均已下乡，孙犁也提

---

① 孙犁：《致田间》，《孙犁文集》（补订版）第9卷，百花文艺出版社2013年版，第6页。

② 余务群：《我们需要文艺批评》，《解放日报》1945年6月4日，第4版。

③ 参见白桦《碑——孙犁作》，《北方文化》第8号，《晋察冀日报》1946年6月30日第4版；刘敏《孙犁同志在写作上犯"客里空"的具体事实》，《冀中导报》1948年1月10日第4版。

④ 1947年12月12日王林日记，自印本。

⑤ 孙犁：《致田间》，《孙犁文集》（补订版）第9卷，百花文艺出版社2013年版，第6页。

出申请，但被文联主任沙可夫驳回，便服从安排到晋察冀日报社编副刊。1945年11月，孙犁随华北文艺工作团回到冀中，因不愿去华北联大再从事教学工作，请示回冀中搞创作，最终得到上级负责组织工作的姚依林、赵金声（李葆华）的支持，随即到中共北方局组织部办理手续，将组织关系转移至冀中文联，算是完成了到基层锻炼的第一步。在冀中，他大部分时间还是编报纸、杂志，也会以《冀中导报》记者的名义出去采访。土改时期，他虽然也下村，但主要的工作是观察和记录，并没有实际事务要做。直至土改复查阶段的1947年年末，他被分配到饶阳县张岗村，才算实际主持了一回土改工作，取得了不错的效果，并将其中遇到的事件、人物以特写的方式记录下来。这部分文章收入后来的《农村速写》中。1948年，上级根据他的要求，又将他派到深县担任宣传部副部长，他算是“脱离一个时期的文墨生涯”，“学做一些文章以外的实际工作”① 了。孙犁的执着也换来了一定的成果，之前的小说创作大都是原型加想象，结构故事、塑造人物、渲染意境，作品充满了浓郁的个人抒情色彩。而根据张岗村土改情况创作的《村歌》，故事、人物虽然也有原型，情感的表达、人物行为的表现尽管还有着双眉等农村边缘人物命运的人道主义关怀，但与以往的作品相比，少了些细腻，多了些农民的粗犷与乐观，这是一种“握紧了民间的情感”而出现的理解和观察生活视角上的微妙变化。

《〈铁的子弟兵〉读后》是孙犁与田间文字交流的开始，也奠定了他们兄弟和战友情谊的基础。田间是孙犁创作和革命生涯中不可或缺的人物，他们的交往塑造了孙犁一个重要的侧面。正是由于田间的爱护、帮助、引导，孙犁才缓解了来自革命队伍内部的精神压力，不断改造自己、修正自己，在解放区文学中始终保持着一个革命战士和革命作家的姿态。

---

① 孙犁：《致康濯》，《孙犁文集》（补订版）第9卷，百花文艺出版社2013年版，第29页。

略论延安文艺文献史料整理研究的历史、现状及意义*

冯　超①

摘　要：延安文艺文献史料是红色文化资源的有机组成部分，也是新时期“人民文艺”的重要来源与精神母体，潜藏着巨大的文化、历史价值。本文是在概述延安文艺文献史料整理研究历史与现状的基础上，重点介绍21世纪以来出版的几部代表性成果，并借此探讨整理研究的意义和价值，总结其中的经验与教训，为以后的研究者提供参考。

关键词：延安文艺；文献史料；红色文化；人民文艺

在20世纪中国文学史发展进程中，延安文艺以其独异的历史性、实践型、精神性特质成为一种复杂的文学形态，延安文艺研究因之也成为中国现代文学学科建构、发展中的重要一环，备受学界关注，成果层出不穷。但是，倘若置于中国文化史、革命史、艺术史的宏大背景下再审视，拥有清晰历史传承、具备厚重文化内涵、蕴藏丰富精神能量的延安文艺更是一种独特文化形态——“红色文化”的一个非常重要的组成部分。因而，对延安文艺文献史料整理研究的历史与现状进行概述，重点介绍21世纪以来出版的几部代表性成果，并借此探讨整理研究的价值和意义，总结经验与教训，无疑就成为我们观察中国现代文学学科发展史的一个有效视角，同时也是深入挖掘、整合红色文化资源，提炼时代文化价值精神，拓展红色文化研究视域的重要途径。

一

延安文艺研究可以说始自于作品的结集和出版。从1936年8月由毛泽东等人提出

* 项目基金：国家社会科学基金重大项目“陕甘宁文艺文献的整理与研究（1934—1949）”（批准号：16ZDA187）；国家社会科学基金青年项目“陕甘宁文艺运动研究（1936—1950）”（批准号：20CZW041）。

① 作者简介：冯超（1988—　），男，河南鹤壁人，陕西师范大学文学院副教授，主要研究方向为延安文艺、抗战文艺。

《为出版〈长征记〉征稿》到1937年初《红军长征记》一书的编辑完成，以及1936年11月成立于陕北保安的中国文艺协会将“收集整理红军和群众的斗争生活各方面的材料”等作为“创立工农大众的文艺”及其建设的一个“重大任务”①，到1937年5月丁玲发表《文艺在苏区》及稍后L. Insun（朱正明）发表《陕北文艺运动的建立》等论文，事实上表明了延安文艺研究及其文献史料的搜集整理工作已经自觉启动进行。

1938年，“西北战地服务团丛书”“战地生活丛刊”和“鲁迅艺术学院戏曲丛刊”三种真实记录解放区文艺生活及成果的丛书陆续出版，这应是延安文艺的首次大型结集，其影响十分深广。到了1944年，中共西北局调查研究室编辑印行了“陕甘宁边区生产运动丛书”，除了一些普及科学生产知识的作品外，还有几十种描写、宣传劳动英雄的报告文学作品。除此之外，解放区出版的其他丛书也大都收录有延安文艺作品，如“大众小丛书”（新华书店编辑部编辑，1943—1944年出版）、“通俗文艺丛书”（东北书店发行，1947—1948年出版）、“新文艺丛刊”（东北书店编辑印行，1946年出版）、“北方文丛”（周而复主编，上海作家书屋1946年出版）、“中国人民文艺丛书”（周扬主编，新华书店1949年出版）。

以上多种文艺文献史料的整理、研究与出版虽然在一定程度上还原了延安文艺的真实面貌，反映了解放区人民文艺的独特生存样态，但却受时代环境所限，且缺乏系统完善的整理研究思路与宏大开拓的学术视野，在全面性、完整性及真实性上努力不足，以至于显现出某种凌乱且不成体系的状态。直到20世纪80年代，由湖南文艺出版社陆续推出《延安文艺丛书》和中国社科院文学所主持编辑的《抗日战争时期延安及各抗日民主根据地文学运动资料汇编》出版才从根本上改变了此种状态。两套丛书首次对延安文艺作品、文艺运动、文学社团及文学刊物进行了系统整理，保留了多种精选资料，虽未必全面，却极具代表性地集中展示了延安文艺的巨大成就，具有重要的史料价值。1992年重庆出版社出版了林默涵等主编的《中国解放区文学书系》，将收录范围在《延安文艺丛书》的基础上扩展到整个解放区，使延安文艺的内涵大大拓展。事实上，正是有以上的文献整理做基础，现代文学对延安文艺和解放区文艺的研究才能不断走向深入。

21世纪以来，历史学界和现代文学研究界对原始文献史料的重视已成共识，现代文学研究热点之一的延安文学研究也开始重新触摸史料的边界，一批试图更全面、更多元呈现延安文艺的文献史料整理成果集中出现。

2012—2013年，太白文艺出版社出版了《延安文艺档案》，包括《延安文学档案》《延安音乐档案》《延安美术档案》《延安影像档案》《延安戏剧档案》《延安文论》六个部分，共31卷43册，3200多万字，上万幅图片，几乎网罗了可以发掘到的关于延安文艺的全部档案资料，具有“真切而详尽的资料辑揽、原生而活态的历史再现、‘档案风格’

① 《中国文艺协会的发起》，《红中副刊》1936年11月30日第1版。

的科学梳理、编辑群体的权威色彩”① 等四大特色。其中，《延安文学档案》分作家、文学组织、散文、诗歌、中长篇小说、报告文学、短篇小说 7 卷 10 册，465 万字，在兼顾文学价值和历史价值的基础上，全面梳理与整理了 1935—1948 年期间的文学档案史料，全景式地勾勒延安文学发展史，立体式地描摹延安作家、文学组织、作品的历史面貌，具有系统性、学术性、文献性、历史性和可读性的特点。自此，拥有地缘优势的陕西研究界后来居上，先后集中出版了数套极具代表性的延安文艺文献史料整理与研究丛书，如原版收录延安时期稀见文学期刊的《红色档案——延安时期文献档案汇编》（陕西人民出版社 2014—2016 年陆续出版），以亲历者、当事人、知情者以及后代的讲述、回忆来还原历史真相的《红色延安口述·历史》丛书（陕西师范大学出版总社，2014 年出版）。同时，作为老牌研究基地的湖南文艺出版社也厚积薄发，在此前《延安文艺丛书》的基础上进行扩充、增容，于 2015 年出版了《延安文艺大系》，收录了 1936 年秋到 1949 年 7 月在延安以及陕甘宁边区生活、学习、工作与考察过的文艺工作者当时所创作、翻译、发表、演出、展览以及出版的具有较高思想性、艺术性的各个门类的文学、艺术作品，总计 1200 万字（含图片 1300 多张），共 17 卷 28 分册，成为目前涉及面最宽、收录作品最多的延安文艺文献集成。

二

延安文艺文献史料的搜集整理自 20 世纪 40 年代开始，到今天已历 80 余年。在这 80 余年间，各类整理研究成果从无到有、从有到优，凝结着几代学人的艰辛与努力。而今，站在文化史、学术史的角度详细审视，诸多延安文艺文献史料整理与研究成果中既有值得肯定借鉴的可圈可点处，也存在着明显的问题与不足。

首先是难以穷尽所有的延安文艺文献史料。从地理位置上看，广义的延安文艺的范围包括闽赣苏区、陕甘宁、晋冀鲁豫等广大解放区；从文艺形式上看，有小说、散文、诗歌、报告文学、话剧、歌剧、秧歌剧、戏曲、音乐、美术、电影、摄影、舞蹈、曲艺、杂记、民间文艺等多种形式体裁，除此，诸如文艺期刊、文艺理论、文艺史料、文艺社团、文艺运动等均属于延安文艺文献史料的整理研究范围。同时受战乱及政治等社会历史原因的影响，多种文献史料已有散佚及缺失，这就给全面、系统、完整的整理研究带来极大困难。在具体的操作过程中，受外在与自身观念的影响，多类成果存在着明显的选择性和局限性，这就使得本就缺乏的文献史料很难完整呈现。

其次是缺乏中国特色及国际视野，对延安文艺文献史料整理研究的引领性及引导国

① 肖云儒：《延安文艺 精神永存——〈延安文艺档案〉总序》，王巨才主编《延安文艺档案》，太白文艺出版社 2012 年版，第 2—3 页。

际学界的研究讨论不够。中国革命文艺历史的研究及其文献史料整理研究，是构建中国特色人文社会科学着力点与着重点的中心任务之一。从20世纪40年代开始，随着中国革命的发展进程，许多海外记者、作家及驻延安等地的外国人士就开始关注延安及广大解放区的新民主主义文化实践及其文艺活动，并先后撰写出版了一批有世界影响的著作文章。但在延安文艺研究及其文献史料整理方面，却少有能够引领国际学术界对其引起研究讨论的成果出现。这种情况的存在，一方面影响了延安文艺及其文献史料整理研究在国际学术界的影响力及话语权；另一方面，使一些错误的观念及其方法大行其道，误导了一些国内读者及学术界，并对延安文艺及其文献史料的价值产生歪曲乃至错误的认知。

再次是低层次重复性成果比较多，原创性与时代性成果不足。自20世纪40年代以来，包括80年代的延安文艺文献史料整理与研究成果中，虽然各个时期甚至每年都能看到一些新的成果出现，但是除了常见的重复性资料编集及文学化的回忆录等成果之外，高水平的或有原创性与时代性的成果并不多见。其归根到底是因为延安文艺文献史料整理研究视野及其问题意识的狭隘与局限，表现在具体问题上则是缺乏对延安文艺作为“人民文艺”在20世纪中国文艺发展进程中的历史地位，以及其作为当代中国文艺的雏形与文艺资源的价值意义，在当下繁荣社会主义文艺、建设社会主义文化强国的重要作用等自觉的学术意识。而这正是导致全面、系统的延安文艺文献史料整理与研究成果少有的根本原因。

三

延安文艺经历了从边缘到主导、从区域到全国的发展演变过程，在中国现代文学史、革命史、文化史、艺术史上扮演了显赫角色，也发挥着无可比肩的重要作用。正如《延安文艺大系》总主编刘润为在该书出版后评价：“它不仅是特定时期文艺史料的汇编，更是一种震古烁今的时代精神的载体；不仅是一座煊赫辉煌与骄傲的丰碑，更是人们获取智慧与勇气的启示录。其间蕴涵的全部伟大意义，必将在创造新的历史的伟大进程中引人入胜地展开。”① 因而不同于一般性的文献整理，对作为中国共产党文艺事业建设及其文艺运动模范的延安文艺文献史料进行整理与研究，就具有特别的意义和价值。

延安文艺文献史料的整理研究是完善革命文艺知识谱系（包括电子数据库建设）、构建新时期“人民文艺”的必要步骤。革命文艺在中国现代文学史上的地位毋庸置疑。延安文艺的发生、成长与壮大同中国革命进程几近同步，因而作为中国现代革命文艺的重

① 《被颠倒的历史的再颠倒——访〈延安文艺大系〉总主编刘润为》，《西部学刊》2015年第10期，第20页。

要部分，对延安文艺文献及其相关史料的整理研究就成为引领、深化中国革命文艺研究，完善革命文艺知识谱系的必要步骤。同时，从20世纪中国文艺和世界文艺的发展形势来审视，充分体现中国作风、中国气派的延安文艺能够产生如此巨大的成就，最重要的原因就在于它相当程度上凝聚了“人民文艺”的基本精神。这与新时期以来坚持文艺为人民服务、为社会主义服务的根本方向一脉相承，对于当下弘扬中国精神、凝聚中国力量、鼓舞全国各族人民朝气蓬勃地迈向未来意义重大。因而整理研究延安文艺文献史料，展示革命文艺代表性成果，不仅能够推动中国革命文艺研究进程，还可以此为起点，构建具有自身特质与中国特色的新时期“人民文艺”。

延安文艺文献史料的整理研究有助于丰富延安文艺研究内容，拓展中国现代文艺的研究视角和研究路径。延安文艺作为中国文艺现代化进程中的一个重要组成部分，产生了大量传达群众心声、深受人民喜爱且具备大众化、民族化和经典化特征的文艺作品。因而从各个角度和切入点梳理、还原和关照这些原本呈原始自然形态的、复杂交织着的文艺作品，使其成为综合了文字、声音、图片、影像的复合型文化资源，就为之后的延安文艺研究提供了丰富的原料滋养。此外在20世纪中国现代文艺史上，延安文艺被视为中国革命文艺的立足点和新起点，同时也是共和国文艺、新时期人民文艺的重要起源和精神母体。延安文艺文献史料的整理与研究正是将延安文艺这一具有独立形态与自身特质的文艺形式，置于20世纪中国现代文艺的广阔背景下，进行系统性、专题性的研究与观照。这样不仅有助于全面揭示革命文艺的复杂起源，厘清共和国文艺、解放区文艺或延安文艺之间错综复杂的关系，还能拓展中国现代文艺的研究视角和研究路径，充分展示现代文艺发展历史的丰富性和复杂性。

延安文艺文献史料整理研究的价值和意义还在于文献史料的搜集、整理和保存。在人文社科领域，文献史料的全面、新颖和真实是保证研究结果权威性、唯一性和准确性的必要前提，而第一手资料的匮乏往往造成解读时的主观误读或牵强附会，成为阻碍研究向前推进的巨大障碍。因此仅就文献史料的搜集、整理和保存来讲，认真梳理延安文艺文献史料的体例来源和分布变迁，在突出真实性、翔实性和系统性的基础上整理编撰出各类文献史料集成，既可为延安文艺研究提供科学扎实的史料依据，还能以实事求是、科学客观的态度和方法回应错误观点和结论，解决系列重大问题，还原历史本来面目。同时，各类成果能够使用全面收集与发掘辑录、周密考察与鉴别分析相结合的方法，整理还原出原汁原味的原始资料，更是抢救国家文化遗产瑰宝的重要行动，这不仅对整个学科的健康发展与专业的持续建设效用显著，还对提升国家文化软实力、建设社会主义文化强国意义非凡。

从历史的、发展的眼光来看，作为新文学两条源流之一的延安文艺既是人民文艺的中枢与示范，更是共和国文艺的雏形。延安文艺及其文化实践，不仅对当时中国文艺的历史演变及其艺术追求产生了全国范围内的广泛影响，而且成为当代共和国文艺、社会主义文艺的基本艺术资源。在 20 世纪中国革命及文化整体论的大视野下对延安文艺文献进行全面的整理与研究，不仅可以从文献史料方面建立公众对中国革命文艺及延安文艺的正确文艺历史观，而且可以增强文化自觉和文化自信，使其成为构建具有中国特色与风格气派的学术话语基础，更能够在全球本土化语境下，重估中国红色文化的功能价值，提升国家文化软实力，使其成为能够举精神之旗、立精神支柱、建精神家园的国家文化精品。

“数字人文”背景下的陕甘宁文艺文献整理与研究*

白若凡①

摘　要：“数字人文”时代无疑为陕甘宁文艺文献的整理研究提供了新的可能与方法，并为其现实价值的实现制订了可供参考的诸多方案。以数字人文为背景，讨论陕甘宁文艺文献整理研究的发展策略，不仅是为了建立基于数据库支持的陕甘宁文艺文献数字平台，更说明了陕甘宁文献GIS系统、社会网络分析方法与数字人文教育的重要性。同时，陕甘宁文艺文献整理与研究在数字人文时代可能出现的困境，如工具依赖论、文本挖掘及学术研究的边界、声像档案建设等问题也值得重视。

关键词：数字人文；陕甘宁文艺文献；整理与研究

“数字人文”被看作是“人文学科研究方法的补充，这一方法基于对电脑和互联网的运用，是一种更广阔意义上的‘计算’”②。如今，随着互联网技术的不断革命和信息时代的加速到来，基于数字人文而展开的人文学科史料整理与学术研究已成为当下热点。对20世纪中国文学而言，已有学者就“‘数字人文’与中国现代文学研究”展开讨论③，其中有论者对数字人文与文学研究的联系做出了阐述：“数字人文的文学研究，究其根底，是要尽最大努力去填平横亘在实证研究和阐释学传统之间由来已久的沟壑，而任何

* 项目基金：国家社会科学基金重大项目“陕甘宁文艺文献的整理与研究（1934—1949）”（批准号：16ZDA187）；国家社会科学基金青年项目“陕甘宁文艺运动研究（1936—1950）”（批准号：20CZW041）。

① 作者简介：白若凡（1995—　），女，陕西延安人，陕西师范大学文学院博士研究生，主要研究方向为陕甘宁文艺、现代诗歌。

② ［德］Gerhard Lauer著，庞娜娜译：《文化的数字丈量：“数字人文”下的人文学科》，《澳门理工学报》2018年第3期，第133页。

③ 参见赵薇、严程、王贺《“数字人文”与中国现代文学研究三人谈》，《现代中文学刊》2019年第1期，第72—80页。

卓见的得出，也无不需建立在‘远读’之发现和‘细读’之积累深刻互补的基础上。”① 这指明了数字人文之于文学研究的“补充”效用，并以新的方法拓展文学研究版图的方向。因而，以此为出发点来审视陕甘宁文艺文献的整理与研究，即实现“数据化”“数字化”为基本形式的同时，试图突破传统研究的局限，使数字与人文形成有效的对话与互动，就成为一次有益的探索和尝试。

一

陕甘宁文艺作为现代中国“人民文艺”的精神母体，其史料整理及研究的意义自不待言，其学术史意义与当代性价值已有学者进行系统的论证与说明。然而，随着“数字人文”时代的深化，人文学科及学术研究已然发生了繁复而深刻的变革，这些变革同时也为陕甘宁文艺文献的整理研究带来了机遇和挑战。

数据库建设往往是数字人文研究流程的起点，承担着数据收集和资料库构建的任务。通过数字技术助力人文研究，数据库建设是基础。如今已有众多应用于人文学科的数据库为陕甘宁文艺文献数据库建设提供了有效经验，近期也有学者基于数字人文的视域，提出陕甘宁文艺文献数据库建设的意义和初步方案。② 其中包含了对陕甘宁文艺运动相关文献和文艺作品总集、别集、丛书以及文艺研究论文集、学术专著等图书资料的制作利用，还在此基础上按照计算机及网络技术路线完成数据库建设，拟由 5 个模块、17 个子模块组成：一是“陕甘宁文艺运动”模块，包括“马克思主义文艺理论与党的文艺政策”“文化机构与文艺社团组织”“综合性文化报刊与文艺报刊”“文化教育与文艺院校组织”等 4 个子模块；二是“陕甘宁文艺作品”模块，包括“文学作品”“艺术作品”“理论批评”“民间文艺”等 4 个子模块；三是“传记年谱回忆录”模块，包括“文学作家系年与传记”“艺术家传记与系年”“回忆录与口述史”等 3 个子模块；四是“陕甘宁文艺研究”模块，包括“研究论文全编”“代表性研究专著”“研究者简介”等 3 个子模块；五是“工具书与书目索引”模块，包括“陕甘宁文艺类书与辞典”“陕甘宁文艺编年与大事记”“论著与书目索引”等 3 个子模块。同时值得注意的是，在陕甘宁文艺文献史料的收集及整理方面，有学者提出要特别重视陕甘宁文艺文献“副文本”的整理与研究③，“副文本”如序跋、广告、插图等与“正文本”之间互为阐释，对辨析陕甘宁文艺文献史料的来源、版本等问题有重要的学术价值和历史意义，它们同“正文本”一起记载着陕

---

① 赵薇：《“数字人文”与现代文学研究中的计量方法》，《现代中文学刊》2019 年第 1 期，第 72 页。

② 参见冯超《数据库建设与陕甘宁文艺文献史料整理研究》，《中国社会科学报》2020 年 6 月 29 日第 6 版。

③ 参见王荣《重视陕甘宁文艺文献史料“副文本”整理与研究》，《中国社会科学报》2019 年 8 月 20 日第 5 版。

甘宁文艺的真实面貌，在陕甘宁文艺文献数据库建设中是不可忽视的部分。

梳理陕甘宁文艺文献史料的基本内容是将其数据化的必要前提，在全面整理现有的纸质文本及其副文本之外，还需将有关声音、图片、影像等资源通过数字化进行储存和呈现，与文字文本形成有效连接与互动，力求陕甘宁文艺文献史料收集与整理的全面性和多元性。

陕甘宁文艺文献数据库的建设，同样要注意规避数字人文时代下数据库构建过程及建成后的诸多问题，例如“数据库不断扩张，重复无序、各自为阵，壁垒森严”“数据不完整，数据更新慢，数据冗余，数据共享不给力”“垄断学术资源数字出版权”①，这些问题的提出无疑为陕甘宁文艺文献数据库建设可能产生的不足做了预设，对数据库在现有技术与最新数据库的基础上进行完善和升级有重要的参照意义。例如，面对数据库重复无序、各自为阵的情况，在陕甘宁文艺文献数据库建设中要提前进行检索、筛选和辨析，避免重复史料的堆积；对数据进行不同维度的分层设计，满足不同层次的检索需求；加强陕甘宁文艺文献与其他相关学科数据库的共建共享，如由陕西省图书馆建设的《陕甘宁边区红色记忆·人物库》、延安大学承担的《延安时期未刊文献资料收集、整理与数据库建设》等；寻求国内外保存陕甘宁边区相关史料及相关学科资源的数字化平台、中心的合作，力求建设一个交互程度较高的结构型数字平台，因为“从数字化走向数据库进而走向平台化，是未来的发展方向”②，结构型数字平台将更加灵活地实现数据之间的连接，从而为陕甘宁文艺研究的跨学科转向提供更加科学有效的数据保障。再例如，数据不完整及更新速度慢的弊端也可以通过结构型数字平台得到改善，同时数据库建设的常态化、前沿化、专业化也是必要的，这就需要一个多学科的长期团队来维护数据库的日常运转。进入数字人文时代以来，数字人文学科构建与社区构建已有了不同程度的进展，并初步实现了数字人文专业人才的培养和资源的共建共享，这一点对陕甘宁文艺文献的数字化建设有重大的启发性，需要我们及时关注国际数字人文进展研究的相关状况，及时为陕甘宁文艺文献史料的数字平台建设做一参考。③

二

陕甘宁文艺文献的整理研究在数据库建设的基础上，还需构建一个检索和分析的数

① 张耀铭：《数字人文的张力与困境——兼论“数字”内涵》，《吉首大学学报（社会科学版）》2020 年第 4 期，第 6 页。

② 张耀铭：《数字人文的张力与困境——兼论“数字”内涵》，《吉首大学学报（社会科学版）》2020 年第 4 期，第 4 页。

③ 参见王军、张力元《国际数字人文进展研究》，《数字人文》2020 年第 1 期，第 1—23 页。

字平台来满足知识普及与学术研究的需要，它同时应具备多层次检索和析出、文本挖掘和分析、语义技术、自然语言处理、社会网络分析、统计分析、可视化和GIS的技术支持，从而提高陕甘宁文艺文献史料的研究价值和社会价值，迎接数字人文时代带给陕甘宁文艺研究的挑战。基于现今的数字人文研究，陕甘宁文艺文献检索与分析平台可以由此搭建一个基本框架，但同时也须突出陕甘宁文艺文献自身的特殊性。

首先，开发“陕甘宁文艺文献GIS系统”。以“奎章阁·中国古典文献资源导航系统”子系统的“全球汉籍分布GIS系统”为例，该系统实现了馆藏分布可视化、馆藏地精准定位、馆藏资源全链接等主要功能。陕甘宁边区文艺文献的整理与研究成果虽然较为丰硕，但其不足的关键之处在于“仍未从陕甘宁这一宏观的整体性概念出发，将以延安为圆心的，以陕西、甘肃、宁夏等大片区域为重点的陕甘宁文艺提升到一个应有的认识高度”①。因此，我们需要逐步建立一个“陕甘宁文艺文献GIS系统”，实现陕甘宁文艺文献的分布与馆藏情况可视化的整体呈现。但它并不仅仅是对陕甘宁文艺各门类文献史料所在地、馆藏数量及链接的图示，它还应基于文献数据库的支持完成对五个模块即陕甘宁文艺运动、文艺作品、传记年谱回忆录、文艺研究、工具书与书目索引随时间变化在地理空间的演变过程的动态展示，另外也可根据用户不同的检索需求实现数据的可视化，生成专门的动态信息地图。例如：（1）利用陕甘宁文艺文献数据库及GIS技术，描述陕甘宁文艺文献史料在各个分区历时性的关联，以把握史料的流变与传播过程，观察文献的刊刻和版本状况；（2）比对陕甘宁边区作家、艺术家等人物的活动轨迹，将其相关的系年、传记、回忆录和口述史进行数据分析和绘制，探寻人物与历史事件的逻辑联系，以期返回更为真实的历史现场；（3）引入陕甘宁边区政治、经济、地理等方面的文献数据，分析社会其他要素对一时期文艺创作情况的历时性影响和空间变化，将文艺发展与具体社会语境相关联；（4）用户可以根据个人兴趣或研究需要，选择某一文艺作品、文艺运动、人物、研究论述等单项或多项关键词，利用系统生成个性化的数据群及信息地图；（5）从陕甘宁整体地域出发，从人物、文本、图像、数字的迁徙和传播路径的生成，观察陕甘宁文艺生产的总体性与差异性；等等。

其次，陕甘宁文艺文献数字平台建设还应注重社会网络分析这一方法。“在数字人文领域进行社会网络分析可以为人文科学中各种社会关系提供精确的量化分析，从而为构建理论模型和验证命题提供社会化例证，挖掘出更多隐含的社会关系和变化趋势。”② 在最近以社会网络分析为视角的应用研究中，多以文本人物关系及人物交游的分析为主，试图还原某一作者态度、作品主题或历史命题的真实变化，具体论文如赵薇的《社会网

① 冯超、李继凯：《陕甘宁文艺文献的整理研究及其意义》，《中国现代文学研究丛刊》2017年第11期，第198页。

② 施晓华、王昕：《数字人文社会网络分析方法应用与研究》，《图书馆杂志》2020年第5期，第94页。

络分析与“《大波》三部曲”的人物功能》《网络分析与人物理论》，严程的《顾太清交游网络分析视野下“秋红吟社”变迁考》，刘燕飞、高剑波的《隋唐至宋时期精英社会网络动力学的演化研究》，李惠、侯君明等《含珠与萤光：古代书信网络的衍化研究》，范文洁等《基于社会网络分析的〈左传〉战争计量及可视化研究》，等等。在陕甘宁文艺文献整理和研究中，也应着重借鉴人文学科中社会网络分析方法的运用及研究，抽取陕甘宁文艺文献中有关文本、人物、时间、书信、系年、社会关系等数据，从而开展对陕甘宁文艺政策、文艺运动、社团组织、报刊、人物交游、文艺生产等关系的量化分析，从而在社会网络分析的领域中完成对陕甘宁文艺各要素关联性与整体性的探索。

如在延安文艺社团组织方面，可借助数字平台对社团流派诸人社交网络的建立，按中介中心性排序，观察社团流派从成立到离散的兴衰趋势和结构变化，在庞大的数据库中析出该社团流派成员相关的社交网络，或可发现已有文学史中不曾发掘的人物及作品，最大程度还原该社团流派在文学史上应有的影响力。例如，怀安诗社作为延安革命家旧体诗词创作实践的重要代表，其创作及研究虽已有结集，但史料和研究两方面仍有较大的挖掘空间。“延安革命家的诗词创作实践，彰显了延安文学作为革命文学、战争文学及红色经典的基本特性，凸显了延安文学作为现代文学史有机组成的独特意义。”① 那么，数字人文时代带来的新工具和新方法，便为包括怀安诗社在内的众多延安文艺创作群体的重新发现与研究提供了更多的可能，“以事系诗”的创作特征也开拓了将延安革命家诗词与 GIS 技术联结的路径。

还值得注意的是，学界最近提及的书信网络研究对陕甘宁文艺文献中亟待发掘的名人书信也有重要的参考价值。“国内外的书信网络研究多限制于单向的名人—通信人关系，形成的多为自我中心（Ego-Centric）网络，对通信人之间的关系，即他人（Alter）之间的关系却较少剖析。”② 如上所述，以社会网络分析的视角开展名人书信研究还有所限制，目前研究范围多侧重于古代书信研究，对近现代名人书信使用数字技术分析和研究尚在探索的过程。相较于古代书信网络研究来说，陕甘宁边区现代名人书信研究有其优势，即在时间层面上更加精确，文献获取更加便捷，从而保证了书信网络建设及研究的准确度。因而，陕甘宁文艺名人书信材料的整理和研究具有前景和优势，并且这一时期书信往来可以在一定程度上补充缺失的史料细节，也可从名人社会关系出发开展陕甘宁知识分子社会关系的研究，为探析延安文艺及解放区文艺的丰富性与复杂性提供新的视角。

---

① 程国君、李继凯：《延安革命家的诗词创作实践及诗史价值》，《中国社会科学》2020 年第 3 期，第 180 页。

② 李惠、侯君明、陈涛等：《含珠与萤光：古代书信网络的衍化研究》，《数字人文》2020 年第 1 期，第 111 页。

再次，陕甘宁文艺文献整理与研究在关注数字人文为其带来技术和方法的同时，也要注意到陕甘宁文艺文献整理研究在数字人文时代所需数字人文教育和后备服务的必要性。在开展数字人文教育方面，大体有两种方式，一是依托高校图书馆人力和技术的优势，二是借鉴国外数字人文教育体系，“而在国内，由于数字人文的跨学科属性，其对于多领域的学科基础要求较高，且相关专业创办难度较大，所以国内数字人文教育可以先从高校图书馆开设选修课程，提供日常培训入手，融合信息素养教育”①。在此基础上，陕甘宁文艺文献整理与研究项目应为本学科专业人才增设数字人文相关专业的培训课程，开设数字人文工作坊，举办学术交流会议，加强与国内外相关图书馆与高校的人才互助与合作，在建设复合型专业团队之外，也侧重学术人才的跨学科培养。在后备服务方面，陕甘宁文艺文献数字平台要增设后台服务模块，针对用户体验和技术问题配备专人解决，根据用户需求优化数据库及数字平台建设。

三

陕甘宁文艺文献整理及研究得益于数字人文诸多优势的同时，随数字人文发展日益凸显的困境也需得到反思。而反思数字人文存在的诸种困境，对数字人文与陕甘宁文艺文献整理研究的结合是有重要意义的，也许这种反思在具体的实践中不能立即实现，但对未来以陕甘宁文艺文献数据库与数字平台为基础的相关学术研究有着前瞻性价值。如何避免过度依赖“算法”陷入“伦理困境”？如何不仅仅将数字基础设施作为文献史料整理及研究的工具？如何达到数字和人文之间的平衡和共赢？如何将数字人文的总体性思维融入具体研究？这是数字人文的发展困境，也是数字人文时代中陕甘宁文艺文献整理与研究所处的两难境地。

“数字人文”的概念一直处于被定义但未能得到定论的过程，其实这也反映了数字人文所处的困境之一，即数字人文在工具意义与人文价值之间的界定。对于这一点，国内外学者有不同认知，或认为数字人文是少数学者借以争夺文化资本与地位提升的手段，或认为“数字人文学者处于矛盾的心态之中，既担心数字人文被化约为工具后会降低其在方法论和认知论上的学术价值，又担心数字人文不够工具化，从而不符合‘创新’（innovation）和‘建造’（building）的名号”②。这类问题也应成为陕甘宁文艺文献整理研究的预设，陕甘宁文艺文献数据库与数字平台的建设以及社会网络分析方法和 GIS 等技术的运用，都不能单纯地依赖技术支持，同时不可忽略数字平台开发者与人文研究者对于数字人文认知的差异性。数字平台开发者和陕甘宁文艺研究人员、平台用户有各自不

---

① 韩豫哲：《国外数字人文项目特点分析及启示》，《图书馆》2019 年第 11 期，第 21 页。

② 陈静：《数字人文知识生产转型过程中的困境与突围》，《文化研究》2018 年第 2 期，第 173 页。

同的专业领域，而数字人文跨学科的特性必然要求他们不能“各司其职”，例如在文学研究中需要对文本中各个要素进行识别和分析时，技术开发者与文学研究者从数据库建设、使用到后期学术研究的开展过程中需重视技术与人力的合作，更进一步，数字人文的学科建设、社区构建、复合型人才培养机制才是解决数字人文工具意义与人文价值之间矛盾的有效方法。

数字人文时代的陕甘宁边区文献史料文本的挖掘和学术创新需要把握好边界和尺度。数字基础设施如数据库、数字平台的建设并不意味着用户或研究者可以随心所欲地使用数字化文献，文献的整理及研究不能偏废“人”的功能而完全依赖技术支持对文献进行辨识、分析和剪裁，或仅仅满足于通过文本挖掘、自然语言处理、统计分析等数据库功能对文献进行简单化的罗列、归纳，再给文献史料“化妆”，而是要在对研究对象科学预判与设计的前提下对其阐释和论证。在古籍数据库的开发利用中，文献史料的整理和研究已经形成了自身的体系，其研究成果也被证明是科学有效的。不同的是，陕甘宁文艺文献数据库及数字平台的开发和利用要形成适用于自身的检索、统计、分析、呈现等功能设计，在技术方面限制对文献史料无边界的“输出”。另一方面，尽管数字人文为陕甘宁文艺研究者带来了新的方法和视野，但研究者本身也要警惕新方法和新视野对学术创新边界的无序扩张，避免数字人文成为占有学术资源、获取文化资本的手段。

陕甘宁文艺文献史料中如木刻、漫画、影像作品等非文字艺术作品的数字化及研究需要特别注意，目前数字声像档案的建设虽有一定进展，但其功能还较为单一，不能满足更为复杂的人文研究需要。因而陕甘宁文艺文献中声像档案部分的建设面对着不小的障碍，一方面需要与其他相关图像数据库关联与对接，另一方面要寻找易于图像检索和分析的技术支持，如“数字敦煌”、谷歌的实验项目“分类的未知层级”等可成为参考。相较于文本类数据库的开发，图像数据库及数字平台的建设尚未成熟，这也意味着陕甘宁美术、电影等的史料保存、资源开发、学术研究在数字人文时代的发展将会面对更多的机遇和挑战。

数字人文时代的陕甘宁文艺文献整理与研究，一方面要基于国内外数字人文研究的进展和成果，在跨学科合作、技术支持、研究方法、人才培养等方面与陕甘宁文艺文献数据库及数字平台的建设、学术研究形成参照；另一方面要在继承陕甘宁文艺文献整理研究学术传统的前提下，消弭“远读”与“细读”以及“实证”与“阐释”之间的矛盾，从而实现数字和人文的协同发展。

大众文艺之发端："平民化"的教育与文学

秦　祎①

摘　要："多数的人"的概念随着社会结构、历史背景、文化心理的变化而变化。知识分子"大众"叙述的原点从"普及教育"的改良观念出发，又经各家思想博弈，在"平民化"的教育与文学浪潮下，由知识分子完成"普及教育—启蒙教育—文学教育"的建构过程，从而在理论上为"无产阶级文学"奠定了基础。循此，"教育"充当了大众与文艺结合的关键媒介。从将文学下放至"多数的人"的文学理念来看，大众文艺运动是一场具有宣传教育功能的意识形态化运动，"工农兵写作"作为"文艺大众化"运动的具体历史衍生物，其实质是一场综合文字扫盲、思想教育与多样化文艺形式运用的系统化的"文学教育"运动。

关键词：平民化；教育；文学；大众文艺

"大众"是"国民"等词演化为"工农兵"的过渡性词汇，故有学者从 20 世纪 30 年代文学与大众相遇的文艺大众化运动来探讨"无产阶级文学"的双重性质：政党斗争的产物又是无产阶级文艺运动自身的发明。② 其实，在"大众文艺"之前，代表"多数的人"的不同词汇背后所蕴含的政治学逻辑不尽相同。在 30 年代之前，"平民""国民""民众"在中国语境中应用最为普遍；30 年代伴随着无产阶级革命的兴起，"大众"一词的使用蔚然成风；直到 1942 年《在延安文艺座谈会上的讲话》以后逐渐被"工农兵"所取代。"多数的人"的概念随着社会结构、历史背景、文化心理的变化而变化，仅仅停留于"文艺大众化"阶段性的文学动态来分析是不够全面的，而应该回归文艺生长点看"无产阶级文学"得以启动的真正动因，究其源头看这场文艺运动的特质。

---

① 作者简介：秦祎（1995—　），女，河北大学文学院博士研究生，主要研究方向为中国现当代文学。

② 参见齐晓红《当文学遇到大众——1930 年代文艺大众化运动管窥》，《文学评论》2012 年第 1 期，第 129 页。

一、“普及教育”：知识界之于“国民”改造的起点

“普及教育”思想萌发于20世纪初期。当时半殖民地半封建社会的现实处境，让一批有志之士的目光开始下移至穷苦大众，提出以提高国人的文化思想、觉醒意识来改变羸弱国家的救国方案。但是，军阀混战的复杂局面导致清末立宪运动时期的相关主张未成气候。据杨东平考证，最早提出平民教育理念的是章太炎，他在日本创办的《教育今语杂志》中提出“提倡平民普及教育”办刊宗旨。① 自此，“教育—平民”相关联起来，普及教育开始受到重视，“平民化”的教育观念日趋明显。这种“普及教育”思想在之后的新文化运动浪潮中被具有资产阶级民主思想的精英阶层接受，如陈独秀在《今日之教育方针》中提倡教育应取法西洋，提出“以人民为主人”的“民主国家”的“唯民主义”教育方针。② 也正因为如此，“普及教育”思想虽具备追求现代民主国家的现代意识，其本质却导向了精英阶层的改良思想。

“普及教育”很快被“五四”知识分子阐述为与文学挂钩的“国民文学”。1912年，民国建元，民权意识的高涨与当时政府的腐败无能为教育革新者提供了绝佳机会，伴随着高等教育的蓬勃发展，出现了一批具有现代民主意识的海外留学分子，如以梁启超为代表的留日派和以胡适为代表的留美派。这些学贯古今中西的知识分子普遍地将治国与广大民众相结合起来，故而在“五四”新文化运动期间近乎一致地表现出对“平民”的青睐。如胡适提倡白话文运动，曾在《建设的文学革命论》中指出“国语的文学，文学的国语”③，立志从语言运用方面对古文进行改造以适应普通民众需求；又如陈独秀在《文学革命论》中提出著名的“三大主义”，第一条便是“推倒雕琢的阿谀的贵族文学，建设平易的抒情的国民文学”④。前者从语言形态通俗性的角度将“国民”视为接受“普及教育”的主体；后者则从“普及教育—国民文学”的路径表现出对“国民”文化主体、文学主体的期待。无论是“普及教育”还是“国民文学”，都在显露出一种文化大众化的倾向，一时间，平民教育与平民文学、平民政治日渐活跃。但是，“国民文学”同时又代表着“五四”新文化骑手试图突破语言形式阶段而跃进为对民众思想的改造，是对复古主义教育的有力回击。

“五四运动”前后，中国思想文化界进入了百家争鸣的新阶段，各大思想在激烈的碰撞中交相辉映。知识界依旧循“平民化”思路来改造社会，但逐渐分化为三股力量：以

---

① 参见章太炎《教育今语杂志章程》，《教育今语杂志》1910年3月10日第1册前内封。

② 参见陈独秀《今日之教育方针》，《青年杂志》1915年10月15日第1卷第2号。

③ 胡适：《建设的文学革命论》，《新青年》1918年4月15日第4卷第4号。

④ 陈独秀：《文学革命论》，《新青年》1917年2月1日第2卷第6号。

胡适为代表的“好人政府”主张依靠政府力量进行社会改造；以梁漱溟、晏阳初等为代表的民主人士推崇不依靠政府实行平民教育的“教育救国”；以李大钊、陈独秀为代表的马克思主义革命者提倡推翻腐败政府以寻得社会根本性改造。“好人政府”昙花一现式的“消亡史”宣告了自由派知识分子依靠政府进行社会改革的最终失败。后两派知识分子虽然都主张不依靠现时政府力量，但对于中国的出路问题采用改良方法还是革命方法出现了分歧，并在 20 世纪二三十年代开展了各自的社会改造实践。

其实，这种分歧在上述“国民文学”行文中早有显现。惨烈的社会现实让一批急进的“五四”知识分子清醒地意识到改良方案并不适用于中国，他们更倾向于走“马克思主义”的道路。所谓“破旧立新”，想要寻求新的社会制度的建立，必然不能仅仅拘泥于表面文章，而要破其肌理、深入命脉。而资产阶级改良派所主张的“教育救国”方案，很容易被语言形式、文字普及等表面工作所束缚，这也导致他们较马克思主义者更早地进行了“普及教育”实践，但是，在不平等的社会制度下追求教育平等本身存在悖论，仅仅依靠“教育”之普及国民而未触碰国民精神之根源，自然也除不掉社会病根。

二、民主人士与马克思主义者的教育方案

“五四”时期，资产阶级知识分子在“普及教育”思想的影响下宣扬“教育救国”论。“教育救国”作为一种资产阶级的改良方案，提倡对底层平民进行识字教育，以摆脱贫困局面：如张东荪所提倡的罗素“普及教育、振兴实业”的教育方案，胡适所信奉的杜威实用主义教育学说。在此背景下，大批知识分子深信“教育万能”“教育清高”，一时间在全国各地区兴起了平民教育运动实践。如在以青年为主的工读主义浪潮中出现了北京高师工学会、上海沪滨工读互助团、天津工读印刷社等，并以其为中心创办了不少教育主题的刊物。① 1923 年到 1926 年，在晏阳初、梁漱溟、陶行知、朱其慧、朱经农、张伯苓等人士的倡导下，平教运动推行至全国各地，如 1923 年 3 月到 7 月期间，湖南省各县“成立平民学校和平民读书处共一千七百十八所，共有学生五万七千六百六十二人”②。

“教育救国”不失为一种爱国之策。但是，“教育平等为人类平等之唯一基础”的论断很快遭到了另一批知识分子的质疑。1920 年 5 月，陈独秀指出：“在现在贪狠的资本家生产制度之下，工银如此之少，（劳动）时间如此之多，先生有何神通可以使一般工人得到平等的教育？”③ 可见，在资产阶级制度之下，时间与教育资源分配不公的现实境遇很

---

① 如北京高等平民教育社创办的《平民教育》、南京高师学生创办的《少年社会》等。

② 汤茂如：《平民教育运动的经过》，《教育杂志》1927 年 9 月第 19 卷第 9 号。

③ 陈独秀：《答知耻——劳动教育问题》，《新青年》1920 年 5 月 1 日第 7 卷第 6 号。

难实行理想化的“普及教育”。无独有偶，1920 年 7 月，留法勤工俭学中的新民会会员就“改造中国与世界”问题展开改良与革命之争，分为了两派观点：以蔡和森为代表的“革命派”认为应该建立新的社会制度，走彻底革命的道路；而以肖子升为代表的“改良派”则主张以“教育”路线推行温和的革命。作为赴法勤工俭学的组织者，毛泽东表示支持“革命派”的意见，认为办教育一要有钱，二要有人，三要有机关。这一观点与陈独秀不谋而合：需建立新的民主政权以保证推行“平民教育”的资金、人力与制度保障。

军阀混战时期，各地政府故作“平民”姿态而实质却是精英集团，它并不会真正以“多数的人”的利益为出发点来解决问题，参考“好人政府”的消亡便可知晓。伴随着“五四运动”落潮，知识界形成“文人分野”现象，各派知识分子不再执着于理论论争而开始付诸实践，由民主派人士所倡导的“乡建”运动①可以作为无产阶级知识分子“文艺大众化”运动的另一镜像：一可初探“工农兵写作”的培养模式与运作机制；二可总结“普及教育”实践的经验与教训。这次运动旨在不依靠政府力量而推行平民教育，其中晏阳初领导的中华平民教育促进会（平教会）② 的实践值得关注，它与“工农兵写作”现象的联系尤为紧密：同样是以扫盲为起点对工农群体进行教育知识训练，并出现了让农民自己写作的文艺现象。

平教会起初对城市中的平民、工人和士兵进行扫盲，随着运动之深入，其运动中心转向农村，晏阳初等领导者认识到占全国人口大多数的农民才是解决中国问题的关键，这与“无产阶级文艺运动”将工农兵群体作为文艺活动的中心近乎一致，不同的是它主要将工农大众视为接受教育的主体。虽然平教会更倾向于对平民进行文字教育与艺术教育，但是已经出现让“工农兵”创造自身文艺的端倪：1925 年 3 月，平教会创办《农民报》，为使报纸真正切合农民需求，该报积极联络、组织、聘请农民参与编辑与写作工

---

① “乡建”运动：即 20 世纪二三十年代的乡村建设运动。爱国民主派人士旨在不依靠现时政府，以农村为中心展开乡村建设运动。如由晏阳初领导的中华平民教育促进会、梁漱溟领导的邹平乡村建设运动和彭禹廷领导的镇平自治等。

② 1923 年 5 月，晏阳初、陶行知等人创立中华平民教育促进会，该会以“除文盲，作新民”为宗旨，创办《新民旬刊》《农民旬刊》《平民汇刊》等平民刊物，以千字课为主要科目对城市平民、工人、士兵进行识字教育，兼普及卫生知识、生活常识、生产技术知识。随后运动的中心由城市转向农村，设立农村教育部。1926 年，以定县为“乡建”实践基地展开活动，开创平民学习来“补救”国民学校教育。1931 年设立“社会式教育委员会”，1933 年改组为“社会式教育部”，组织毕业生成立平民学校毕业同学会（同学会）继续学习教育，创立周刊《农民通讯》并设置流动图书馆。定县实践的最终效果，据 1934 年 6 月的统计，其在 476 个乡村开办 3844 个识字班，注册 2170 人，成立农民“自助社”295 个。平教运动在当时的国际影响显著，吸引日本、菲律宾、澳大利亚、印度、朝鲜等国华侨纷纷效仿。1937 年春，定县陷落，平教总会迁往长沙。20 世纪 40 年代，平教运动由国内影响至国外，但国内平教会的实验归于失败。

作，所刊文章几乎“一半篇幅是农民投稿”，出现农民与“博士下乡”① 队伍的知识阶层共同办报的文艺缩影。从某种程度上说，无论是《农民报》还是左联的“工农兵通信运动”，均体现出 20 世纪二三十年代知识分子力图将文艺下沉至大众，让劳苦大众主动掌握知识与写作能力的构想。

然而，在 20 世纪 40 年代，“乡建”运动因战争、财力、缺乏组织等多方因素而终止，这让爱国民主人士的教育构想与努力付诸东流。为何同样是知识分子领导下的底层民众教育实践，客观上都给工农大众造就了教育与文艺学习机会，“无产阶级大众文艺运动”得以顺利进展，“乡建”实践却最终由盛转衰？两者区别有二：一是对“平民”的理解不同，二来所依靠的机关力量不同，综合来看，以上两点直接指向“改良派”与“革命派”本质之区别。

从“平民”概念的角度来看，晏阳初对“平民”的释义为：“我们对一般男女已过学龄期限的（就是在十二岁以上的）不识字的，及已识字而缺乏常识的都称为‘平民’。”② 又有倡导者称：“只要是中华民国的人，无论男女老少富贵贫贱都叫做平民。贫民是专指莫钱的人说。”③ 这些倡导者认为“平民”是一个可以超越阶级的概念：“平民教育是平等主义的教育，不是阶级主义的教育，是为造就一般公民的教育，不是造就少数贵族或有特殊势力人的教育。”④ 不难看出，将“教育”看作之于全体国民的平等，推行“平民教育”的目的似乎是实现一种普泛化性质的教育，如此一来，“平民教育”的定位便由“底层民众”的“普及教育”转译为对现时政府“国民教育”的一种补充性手段，是一种对现时政府教育体系的完善与补充。各地军阀政府为了邀买人心，积极介入这场所谓的民主教育运动，如张作霖、杨森、齐燮元、肖耀南等都曾为此出资以促进运动之发展。在瞬息万变的军阀混战时期，平教运动反复受挫，久而久之，这场资产阶级改良主义运动沦为军阀政府的政治筹码，而终归“自由派”人士不得自由，“民主派”人士不得民主，更无从谈“平民”之平等内核。

可以说，平教运动失败之根源就在于军阀政府的干涉和掌控。“平民”之所以为“平民”，是与贵族专权阶级相区分的，而平教倡导者企图将“平”解读为“平等”来抹杀“平民—贵族”之间的差别，无疑是自相矛盾，这也给了现时政府得以插手干预的可乘之机。事实证明，无论是以胡适为代表的“好人政府”，还是晏阳初等人领导的“乡建”实践，“改良主义”性质的知识分子无法凭借一己之力来实行“教育救国”之宏图。因此，

---

① 博士下乡：指在晏阳初的感召下加入“乡建”运动的李银春、松年、述初等。

② 晏阳初：《“平民”的公民教育之我见》，《新教育评论》1926 年 4 月第 1 卷第 21 期。

③ 《平民教育》（四川）1924 年 5 月第 1 卷第 1 期。

④ 中共中央马克思、恩格斯、列宁、斯大林著作编译局研究室编：《五四时期期刊介绍》第 1 集（上），生活·读书·新知三联书店 1979 年版，第 339 页。

平民之觉醒更需要一个真正以“多数的人”的利益为出发点来解决问题的政权支持。早在20世纪20年代初期，无产阶级知识分子便意识到“社会制度决定教育制度”，“如果政治不良，便会妨碍教育的发达，目前我国的教育现状，就是一个适切的例子”。教育应该“识别国内最有革命精神的党派而与之合作”①。这便是“革命派”知识分子，即共产主义知识分子最终得以成功的关键。但不可否认的是，20世纪二三十年代的“乡建”运动促成了“知识分子”与“大众”在“教育”领域的相遇，为“无产阶级文艺运动”中“大众”与“文艺”的相遇奠定了基础。

20世纪初期，无论是“革命派”人士还是“改良派”人士，都普遍地将目光下沉至“平民”阶层，由此兴起平教运动浪潮。不同的是，“改良派”知识分子在“教育平等”的观念下推行“乡建”运动，进一步深化文字扫盲与知识普及等工作；而“革命派”知识分子则在马克思主义思想的指引下，抛下西方资本主义幻想而走向俄国十月革命的道路。“十月革命一声炮响，给我们送来了马克思列宁主义。”② 更进一步地讲，伴随着阶级斗争学说的传入，“劳工神圣”的观念深入人心。“须知今后的世界，变成劳工的世界。我们应该用此潮流为使一切人人变成工人的机会……我们要想在世界上当一个庶民，应该在世界上当一个工人。诸位呀！快去作工呵！”③ 相对于改良民主知识分子采用容纳全体“国民”的“平民”概念，马克思主义者采用了与“贵族”直接相对应的、具有无产阶级意识形态属性的“工人”“庶民”，体现出推翻贵族阶级专权以建立真正代表“多数的人”利益政府的决心。这便是“革命派”的平民教育与“改良派”之间的本质区别：相对于后者对现时军阀政府的依赖与妥协，前者更加清醒地意识到推翻腐败政府以建立新的民主政权，为推行平民教育创造条件的必要性。

马克思主义者的平教运动实践是先进知识分子通往工农劳动群众的关键一步。随着马克思主义浪潮席卷中国，李大钊、赵世炎、邓中夏等人在平民教育的浪潮下进行了一系列的平教活动：组织“平民教育讲演团”，创办工人夜校④和劳动补习学校等机构，出版《劳动音》《劳动报》等刊物。这些以马克思主义思想为前提的自我教育组织，从一开始就以广大工农为对象，启发其反帝反封建的革命觉悟和阶级觉悟。当时“革命派”知识分子所领导的平教运动由于缺少政府和组织的扶持，其规模和影响力不及“改良派”的“乡建”运动。

虽然如此，无产阶级知识分子却在单纯的工农教育运动中初步接触到工农阶层，客观上宣传了马克思主义思想，也培养了一批无产阶级干部。但是，当无产阶级的教育运

---

① 杨贤江：《教育者与政治》，《教育杂志》1923年2月20日第15卷第2号。

② 毛泽东：《论人民民主专政》，《毛泽东选集》第4卷，人民出版社1991年版，第1471页。

③ 李大钊：《庶民的胜利》，《新青年》1918年11月15日第5卷第5号。

④ 如在1917年11月湖南第一师范学校创办的工人夜校。

动发展到一定阶段，单纯的识字学习便不会满足工农大众的精神需求；工农大众在获取文字知识和无产阶级意识的同时，对文化的认知与渴求会进一步激发其“写”的欲望以抒发其所感所想，成为真正意义上的文化主体。这也是“乡建”运动在完成扫盲阶段便会出现农民写作现象的原因。工农大众在掌握文字之后，教育领域的“平民化”势必会向文学领域倾斜。

早期共产党人恽代英、邓中夏、蒋光慈等人提出了文学配合革命事业的要求。1923年11月，中国共产党第三届第一次中央执行委员会通过《教育宣传问题决议案》，提出“文学的及科学的宣传主义”①，将文学的教育宣传功能直接与现实的革命任务联系起来。邓中夏更是直接表示“文学却是最有效用的工具”②。由此可见，早期共产党人对文学与政治的关系做出了一些制度化的表达和设想，将“文学”作为一种比“教育”更具有意识形态功能的宣传手段，但由于现实的政治环境所迫，并未整合为自上而下的文艺制度，更多只能停留于理论探讨的层面。

三、“五四”“启蒙教育”方案：“文学”初识“平民”

在追求“民主化”与“科学化”的“五四”时期，文学界出现的“平民化”倾向使一度消沉的思想领域再次焕发生机。胡适在《文学改良刍议》中继承了梁启超“小说为文学之最上乘”之说，将白话小说视为“文学正宗”。③ 随后，胡适发表《历史的文学观念论》，用进化论进一步阐述了白话文学的合理性：“白话之文学自宋以来，虽见屏于古文家，而终一线相承，至今不绝。夫白话之文学，不足以取富贵，不足以邀声誉，不列于文学之‘正宗’，而卒不能废绝者，岂无故耶？岂不以此为吾国文学趋势，自然如此，故不可禁遏而日以昌大耶？愈深信此理，故又以为今日之文学，当以白话文学为正宗。”④ 直到《建设的文学革命论》，胡适明确提出了“中国若想有活文学，必须用白话，必须用国语，必须做国语的文学”⑤。陈独秀以更为激烈的态度提倡白话文学：“独至改良中国文学，当以白话为文学正宗之说，其是非甚明，必不容反对者有讨论之余地，必以吾辈所主张者为绝对之是，而不容他人之匡正也。”⑥ 这一批新文化人所提倡的白话文

① 中共中央组织部、中共中央党史研究室、中央档案馆编：《中国共产党组织史资料》第8卷，中共党史出版社2000年版，第31页。

② 邓中夏：《贡献于新诗人之前》，《中国青年》1923年12月22日第10期。

③ 参见胡适《文学改良刍议》，《新青年》1917年1月1日第2卷第5号。

④ 胡适：《历史的文学观念论》，《新青年》1917年5月1日第3卷第3号。

⑤ 胡适：《建设的文学革命论》，《新青年》1918年4月15日第4卷第4号。

⑥ 陈独秀：《答胡适之》，赵家璧主编《中国新文学大系·建设理论集》，上海良友图书印刷公司1935年版，第56页。

运动，体现出现代民族国家之于语言变革的现代性追求，客观上促使古文从贵族阶层走向“平民化”。但是，由于保守派势力的反对，加之过度追求西方欧化语言形式，导致白话文学缠足于文人内部圈子而无法推及普通国民。

20 世纪 20 年代初期，文学界在法国启蒙思想影响下致力于建设“民众文学”，其与“贵族文学”相对立的特征与周作人提出的“平民文学”相似，不同的是对“文学民众化”的讨论不限于浅层主张而强调落实到具体的建设层面。胡风在总结新文学运动时，指出“内容”与“形式”是大众化问题的两个基本内容①，可见，“五四”启蒙知识分子已将普通民众作为文学的表现对象和接受对象。这与 20 世纪 30 年代“文艺大众化”中“写大众”的文学思路基本一致，所不同的只是“五四”“民众”与阶级工农“大众”对象之间的区别。

尚未获得无产阶级意识的“五四”知识分子所理解的是宽泛意义上的“民众”，认为“农人、工人、贵妇人们”甚至是“自命文采风流的老先生”都可作为“民众”。② 1921 年，朱自清在《民众文学谈》中提出“民众的文学”和“为民众的文学”这两种释义，对于前者“将文学全部民众化”，作者更认同在“在原有文学外，按照民众底需要再行添置一种”。③ 对此，俞平伯则回应道，“民众文学”的建设应该是“少数人领着多数人跑”，知识分子“须先与民众携手”。④ 基于共同建构“多数的人”的文学的共同目标，朱自清在 1922 年稍转变了态度，面对文坛依旧被“少数底文学”所把持，“多数已被叠压在坛下面”的局势，应该“建设为民众的文学，而不是拥护所谓优美的文学”，一方面任由“优美的文学”“自然发展”，一方面要“不遗余力地搜辑、创作——更要亲自‘到民间去’”来建设民众文学，他将知识分子视作“普通民众”的一分子，以平等的姿态搜集、创作。⑤

可以说，“文学民众化”讨论虽然坚持文学启蒙民众的立场，与后期“文艺大众化”的阶级特质有所不同，却也初步奠定了知识分子替“民众/大众”文学“代庖”的理论基础，恢复底层民众文学奖赏权的“民众文学”也自然成为“写大众”与“大众写”双重机制的“大众文学”的前史之鉴。总之，虽然“启蒙”立场与“阶级”立场有所不同，但是“民众文学”与“大众文学”都是促使文学走向民众的重要论争资源，并且从一开始，“五四”知识分子便萌发了知识阶层与民众携手共构“民众文学”的意识，并提出了关注民间资源、搜集民间艺术及重视说书、唱曲、演戏等多形式化的相关主张。

---

① 参见胡风《大众化问题在今天——提付商讨的纲要》，《胡风全集》第 2 卷，湖北人民出版社 1999 年版，第 504 页。

② 参见俞平伯《民众文学的讨论》，《时事新报·文学旬刊》1922 年 1 月 21 日第 26 期。

③ 参见朱自清《民众文学谈》，《时事新报·文学旬刊》1921 年 10 月 10 日“双十增刊”。

④ 参见俞平伯《与佩弦讨论“民众文学”》，《时事新报·文学旬刊》1921 年 11 月 12 日第 19 期。

⑤ 参见朱自清《民众文学的讨论》，《时事新报·文学旬刊》1922 年 1 月 21 日第 26 期。

鲁迅则用白话“写大众”的“启蒙教育”方式回应了文学“平民化”运动。他试图写出芸芸众生的真实状态，以唤醒“铁屋子”内的沉默者，期待“围在高墙里的一切人众”觉醒并走出来。国民之所以蒙昧无知，在于“我们古人又造出了一种难到可怕的一块一块的文字……许多人却不能借此说话了，加以古训所筑成的高墙，更使他们连想都不敢想。现在我们所能听到的，不过是几个圣人之徒的意见和道理，为了他们自己；至于百姓，却就默默的生长，萎黄，枯死了，像压在大石底下的草一样，已经有四千年!”① 鲁迅深知百姓在封建社会戕害下思想僵化且不会运用文字抒发感想，无比愤慨与无奈之下，他选择用白话文学替这些底层百姓“代言”以激发其启蒙觉醒意识。从某种程度上说，这种“代言”式的启蒙教育并不成功，如《故乡》中闰土与“我”的距离之远，《药》中华老栓夫妇与革命者之间的隔阂之深。知识分子要替未能获得书写能力的平民“代言”，必然要建立一种有效的互动交流机制，白话文学并不能真正跨越知识分子与平民之间的文字鸿沟、思想鸿沟。鲁迅的创作在客观上确实促进了新文学的“平民化”，却不是真正的“平民文学”。

鲁迅对知识阶层创作的“平民文学”类作品一直保持警惕，直到1927年他依旧认为:“有人以平民——工人农民——为材料，做小说做诗，我们也称之为平民文学，其实这不是平民文学，因为平民还没有开口。这是另外的人从旁看见平民的生活，假托平民底口吻而说的。”② 鲁迅能清醒地认识到知识阶层与平民阶层的山海隔阂，如若不通过外界强力的推动刺激，自然发展状态下的两者基本上很难形成良性互动与有效沟通。一方面，知识分子应切实“到民间去”习得生活体验与情感经验；另一方面，大规模的平民知识“教育”是进行文学启蒙的前提，平民只有具备初步的阅读与理解能力后才能焕发启蒙意识或是无产阶级意识，成为文学的鉴赏主体或是创作主体。因此，无论是“平民文学”“民众文学”或是之后的“大众文学”，对“多数人”的普及教育至关重要。

真正的“平民文学”应该是适应于广大平民阶层的文学，“平民文学”需要文字教育与文学启蒙的双重保障，即教育与文学的结合。在新文学运动前期，关于文学“平民化”的论争并不多见，除了鲁迅等人的创作实绩外，在文学理论上只有少部分人提及：1917年，陈独秀在《文学革命论》中正式提出与“贵族文学”相对的“平民文学”；1918年，周作人发表了《平民的文学》，进一步加深了“平民文学”的概念内涵。除此之外，相关论争多集中在白话语言形式变革领域。直到1922年1月9日，胡适发表的《国语运动与文学》正式提出“国语的文学，文学的国语”，重申“文学”之于“国语”统一运动的重要性，文化界才将“国语”和“文学”紧密联结起来。一方面，周作人认为仅凭借教育

① 鲁迅:《俄文译本〈阿Q正传〉序及著者自序传略》，《鲁迅全集》第7卷，人民文学出版社1981年版，第83—84页。

② 鲁迅:《革命时代的文学——四月八日在黄埔军官学校讲》，《黄埔生活》1927年6月12日第4期。

的单向度推行"始终是做不到国语统一的"，必须依靠"文学"来进行国语的普及。另一方面，语言学家黎锦熙在《国语与新文化》中强调："没有平民的文学，新文化就不能'到民间去'；不打破汉字障，就不能有真正清新的文学。"① 想要"打破汉字障"，则需要教育与文学的合作。

四、从"平民文学"到"大众文学"的"文学教育"

单方面来看，"普及教育"是为民众普及基础文字知识，而"启蒙文学"直指对国民思想的启蒙与改造，民众通过"教育普及"初步获取文学鉴赏力才能进行思想开化，新文学才得以真正走向民间。教育为文学提供基础性知识的保障，文学则成为教育的进阶阶段，教育与文学相辅相成、互为成就。但是，随着历史语境的不断变强，"多数的人"的定义几经更改，其背后显露出不同的意识形态思想逻辑。

毛泽东曾对"五四"时期的"平民"运动作了如下总结："当时以反对旧道德提倡新道德、反对旧文学提倡新文学，为文化革命的两大旗帜，立下了伟大的功劳。这个文化运动，当时还没有可能普及到工农群众中去。它提出了'平民文学'口号，但是当时的所谓'平民'，实际上还只能限于城市小资产阶级和资产阶级的知识分子，即所谓市民阶级的知识分子。"② 可见，"五四"时期的"平民"多指具有资产阶级性质的知识分子，而非工农大众。

"五四运动"后期特别是"五卅"运动之后，新文学队伍逐步走向分化。曾提倡"平民的文学"的周作人在《贵族的与平民的》一文中开始质疑"贵族文学"与"平民文学"之间的对立性；而另一部分同情劳苦大众的知识分子，在特殊的历史语境下发现文学的"革命"路径。1925年，以《晨报副刊》为中心展开的"平民文学"相关讨论，较"五四"前期有一种明显的变化，即开始关注"平民"概念本身，并将其与革命任务相联系。比较有代表性的是裴文中发表的一组文章：《平民文学的研究》《平民文学的努力》《平民文学的产生》《平民文学的需要》。在《平民文学的研究》一文中特别提到"平民"一词的定义，即除去"官僚政客、军阀、资本家、学者几种人外"的是"平民"③，由此指向了包括工人、农民、士兵等在内的与资产阶级人士相对应的社会底层民众。在对"平民"进行概念界定之后，又谈及"平民文学"产生的现实条件，指出："国家愈糟，社会愈坏，愈能产生真正的平民文学，愈能使一般平民有革命的思想。现在我们中国已经糟到极点，正是产生平民文学的时期，产生的这样的平民文学，自然而然地能与平民们以革

---

① 黎锦熙：《国语与新文化》，《晨报副刊》1922年9月18日第1版。

② 毛泽东：《新民主主义论》，《毛泽东选集》第2卷，人民出版社1991年版，第700页。

③ 参见裴文中《平民文学的研究》，《晨报副刊》1925年6月11日第2版、12日第3版。

命的思想。"① 茅盾于1925年主张"抛弃温和的'民众艺术'"而推崇"无产阶级艺术"。② 郭沫若也在1926年发表的《革命与文学》《文艺家的觉悟》等文章中对作家提出要求："应该到兵间去，民间去，工厂间去，革命的漩涡中去。你们要晓得，我们所要求的文学，是表同情于无产阶级的社会主义的现实主义的文学……"③ 此阶段的"平民文学"对于革命知识分子而言，不再满足于"启蒙教育"的"化大众"阶段，而转向了与无产阶级大众相结合的道路。

"五四新文学运动"与"文艺大众化运动"都是基于一种将文学下放至"多数的人"的文学理念。虽然具有启蒙特征的"民众""平民"概念并不同于阶级性的"大众"概念，但都在一定程度上促成了文学与大众的相遇，文学经历了一个从"化大众"到"大众化"的演变过程：前期的"化大众"阶段以提倡白话文学为开端，又以民众的思想启蒙为重点；后期的"大众化"阶段则从民众需求角度出发重塑"大众文学"。因此，我们不能简单隔断"五四"新文学和大众文学的历史渊源。

到20世纪30年代，"大众"成为替代同义词"平民""国民"的新词，这一现象背后蕴含着复杂的政治学逻辑。"五四"新文化运动中的"国民"和教育界改良派的"平民"均指"多数的人"，既包括资产阶级性质的知识分子，又包括底层的劳苦大众，并未将"多数的人"统一为一个集体。1934年6月版的《新名词辞典》对"大众"一词的释义如下："大众：亦称群众。普通多指多数集体的人群，如谓劳动大众。意即一大集团的国民大多数者，以示与少数特权者有别。又劳动集团的干部，称普通会员或未组织的劳动者，亦称大众。"④ 相对于"国民""平民"等词的分散化和无组织化，"大众"一词更突出"集团性"，将"劳动大众"与"少数特权者"作为两个相对立的集体，以突出"大众"的阶级对抗性。"我们如果还挑起革命的'印贴利更追亚'的责任起来，我们还得再把自己否定一遍（否定的否定），我们要努力获得阶级意识，我们要使我们的媒质接近农工大众的用语，我们要以农工大众为我们的对象。"⑤ 在这里，创造社成员已经在反思"五四"语言欧化所带来的弊端，开始主动将"农工大众"视为文艺的接受主体来创作符合大众审美趣味的"通俗化"作品，并使自己获得无产阶级意识，与"农工大众"接近以承担革命责任。

在20世纪20年代末30年代初的语境变迁中，教育界与文学界的"平民化"倾向在革命知识分子的转译下，成为兼具通俗性与阶级性的"大众化"，循此，"平民教育"转移至"大众教育"，"平民文学"也过渡到"大众文学"。其实，早在"五四"时期就有马

---

① 裴文中：《平民文学的产生》，《晨报副刊》1925年9月26日第3—4版。

② 参见茅盾《论无产阶级艺术》，《文学周报》1925年5月2日第172期。

③ 张澄寰编：《郭沫若论创作》，上海文艺出版社1983年版，第38页。

④ 邢墨卿编：《新名词辞典》，上海新生命书局1934年版，第8—9页。

⑤ 成仿吾：《从文学革命到革命文学》，《创造月刊》1928年2月1日第1卷第9期。

克思主义知识分子将教育与文学在平等问题上结合起来，其实质是一种“平民化”思潮的衍生物。1919年2月，李大钊在《劳动教育问题》一文中指出，“在教育上、文学上也要求一个人人均等机会，去应一般人知识的要求”①，从“人人平等”的理念上将教育与文学结合起来，普及到“多数的人”。“文学”与“教育”相结合的思路同样体现在20世纪30年代“左联”的“文艺大众化运动”中，1931年11月发布新决议《中国无产阶级革命文学的新任务》，其中规定了“组织工农兵通讯员运动、培养无产阶级作家”和“大众的文化教育”这两项工作，提供了“文艺大众化”的两个基本面向。

结合之后的“平民化”实践来看亦是如此：“平民教育”急需一个为“多数的人”提供资金支持、人才配给、制度保障的机关组织，进行全民性的普及教育、培养平民的写作能力以真正掌握教育文化权利；“平民文学”则要打破知识分子与民众之间在价值观念、文字语言、思想情感等方面的隔阂，创造出真正的平民得以享用的文学。二者都需要寻求一个新的民主政府机关来实现对“大众”规模化、组织化的教育与文学实践。“平民”到“大众”的修辞过渡，意味着革命知识分子在马克思主义理论的指引下找准了“文艺大众化”的发展方向，将文字教育与思想教育共同组织进革命事业，教育与文学则成为“大众文学”的一体两翼而不可分割：在特殊战争语境中，普及与培养等教育工作往往伴随着思想宣传的发生，同样，文艺作品的生产机制背后也往往离不开对大众的知识文化教育。“大众文学”成为一场具有宣传教育功能的意识形态化运动。“教育”与“文学”的结合也意味着“普及教育”“启蒙教育”最终过渡为“文学教育”阶段。

结　语

知识分子“大众”叙述的原点从“普及教育”的改良观念出发，又经各家思想博弈，在“平民化”的教育与文学的浪潮下，由知识分子完成“普及教育—启蒙教育—文学教育”的建构过程，从而在理论上为“无产阶级文学”奠定了基础。循此，“教育”充当了大众与文艺结合的关键媒介，这也促使“工农兵”培育工作成为“工农兵写作”运动最为关键的一环。由此可见，“知识分子—大众”“教育—文学”之间既相互联结又密不可分。而“工农兵写作”作为“文艺大众化”运动的具体历史衍生物，其实质是一场综合文字扫盲、思想教育与多样化文艺形式运用的系统化的“文学教育”运动。如此一来，知识分子与无产阶级大众在文艺与教育领域的互动行为显得尤为重要：知识分子为工农大众普及文化、文学知识的同时获得无产阶级意识以改造其小资思想；工农大众则依靠知识分子识得文字、开化思想，成长为具备现代性意识的文化主体。可见，“工农兵”的“大众写”和知识分子的“写大众”共同构成了这场“无产阶级文学运动”。

---

① 李大钊：《劳动教育问题》，《李大钊全集》第3卷，河北教育出版社1999年版，第162页。

立场、观念与小说创作模式的转换

——略论《永昌演义》和《李自成》的创作主体作用*

李亚菲　李继凯①

摘　要：李健侯的《永昌演义》与姚雪垠的《李自成》同样取材于李自成起义之事，前者问世于20世纪30年代初，后者于1963年到1999年陆续出版，不同的时代背景使得作者的立场、观念与小说的创作模式有明显差异，充分显示了创作主体的关键作用。具体来说，李健侯秉持的是传统士子/士绅立场，在写作中展现出天命观、英雄史观等传统的历史观念，这也使得《永昌演义》整体上以李自成的生平事迹为骨干，以他起义的重大事件为经络，涉及的历史生活较为单一。《李自成》则展现出姚雪垠对于普通大众的深切关怀意识，且竭力以唯物史观为指导，多角度、多层次地展示出明末广阔的社会生活图景。将这两本关于李自成的长篇小说对照来看，不仅有助于我们审视创作主体的异同及历史小说的演进过程，还有益于我们考察社会生活与文学观念的变迁。

关键词：历史小说；《永昌演义》；《李自成》；创作主体

自20世纪初起，随着科举制的废除和传统政治结构的解体，中国的知识阶层经历了从传统士人到近现代知识分子的转变，其历史与文学观念亦随之改变。由于立场与观念的差异，同样的历史题材可以被建构为不同的小说文本，对于李自成起义之事的反复书写就是一例。以李自成事迹为底本的历史小说因作者境遇不同而展现出迥异的风貌，其

* 项目基金：国家社会科学基金青年项目“陕甘宁文艺运动研究（1936—1950）”（批准号：20CZW041）；陕西省学位与研究生教育研究项目“学科建设背景下的中国现当代文学专业研究生教育研究”（批准号：SXGERC2023050）。

① 作者简介：李亚菲（2000—　），女，河南新密人，陕西师范大学文学院硕士研究生，主要研究方向为中国现当代文学。李继凯（1957—　），男，江苏宿迁人，陕西师范大学文学院教授，主要研究方向为现当代文学、书法文化。

中，《永昌演义》与《李自成》即显现出李健侯与姚雪垠分别作为传统士人与现代知识分子的思想立场的差异。传统士人与现代知识分子的价值取向有何不同？他们的观念差异又是如何体现在历史小说中的？我们可以借助这两部小说对相关问题有所探讨。

目前学界对《永昌演义》与《李自成》的对比研究，主要聚焦于它们和毛泽东的紧密关联上，也有学者从两书作者的历史观入手，比较二者的创作境界与叙事方式①，但仍然缺乏将它们置于中国近现代转型视野中的对比研究，对《永昌演义》的关注也还不够②。事实上，两部小说关于李自成起义之事的不同书写，反映出两位作者在各自的历史境遇中对于自身社会角色和文化使命的不同定位。李健侯作为传统士人，骨子里承继了英雄史观、历史宿命论等传统的历史观念，同时沿袭了中国传统历史章回小说的创作模式，仍然以英雄豪杰、帝王将相为叙述中心展现历史面貌。毛泽东的期待与时代氛围的变化促使姚雪垠笔下的《李自成》展现出更为广阔的大历史视域及文本空间。将二者对照来看，可以发现近现代知识阶层的转变与历史小说发展的轨迹，两部小说与毛泽东的历史机缘更是赋予了这一过程丰富复杂的意义。

一、从传统士子走向人民大众

基于不同的立场与态度，针对同一题材写作者会从不同的角度展开叙事，而写作立场又往往与人们所处的时代背景、生活经历有关。从《永昌演义》和《李自成》关于李自成起义之事的书写中，我们可以看出作者的写作立场从传统士子走向人民大众，这一变化过程与政治话语的参与息息相关，从中我们也得以窥见社会的变迁。

李健侯生于1894年③，父亲李少川是清朝进士，在四川做官，李健侯随衙侍读多年，父亲死后长期在家闲居，遂起了为李自成作传的念头。他综合正杂各史、稗官笔记、各州县志上有关李自成的记载，于1926年开始写作，1930年写成《永昌演义》。作者在自序中透露出他的写作缘由有三：一是李自成与刘邦、朱元璋一样“以布衣而有天下”，属于“吊民伐罪”，并非“窃弄权柄、要挟国君、狐媚以取天下者”；二是李自成有良好的

① 参见蒋守谦《〈李自成〉与〈永昌演义〉互见录——写在姚雪垠百年诞辰之际》，《文学评论》2010年第2期，第61—65页。

② 多年前李继凯曾特意推介过《永昌演义》，对其人物塑造、情节设置、文学品位等方面有过简要探讨。参见李继凯《秦地小说与三秦文化》，湖南教育出版社1997年版，第31—33页。

③ 据《毛泽东文艺论集》中所注与高中华在《治官必先治吏——毛泽东读〈永昌演义〉的历史启示》（由李鼎铭之孙李雪飞老师提供史料）中所写，李健侯生于1894年，卒于1954年，其他论著中也有说法是卒于1950年。参见中共中央文献研究室编《毛泽东文艺论集》，中央文献出版社2002年版，第283页；高中华《治官必先治吏——毛泽东读〈永昌演义〉的历史启示》，李鼎铭研究专业委员会编《李鼎铭研究文集》，陕西人民出版社2012年版，第386页。

个人品德，作者作为同乡不忍其事迹被埋没；三是出于一种排满的心理，认为李自成的失败也是汉族的不幸。[①]

从李健侯的自序中，我们可以看出他作为清末民初的传统文人，身上具有在传统中反传统的特质。首先他是反正统的。此前的历史演义小说大都站在统治者的立场上，将李自成斥为暴行不断的贼寇。[②] 直至20世纪初，时人在报刊上谈及李自成之事时也往往将其与张献忠并列，视为流寇、罪人。[③] 民国改元后，一部分人看待该事的视角与态度有所转变，有人说“乱世没有真是非，成者王侯败者贼”[④]，内忧外患的局势也使得人们侧重于借李自成、吴三桂“引狼入室”之行径来讽刺时事、警醒国人[⑤]。与此同时，一些关于李自成的逸事与遗诗的文章在报刊上流传，章炳麟等人也对其归宿问题有所探讨。[⑥] 然而将李自成视为伟人并为其作传之事在此前还是没有的。清末乃至民国时期也有类似的写农民起义的历史演义小说，如黄世仲《洪秀全演义》、张恂子《红羊豪侠传》等，它们与《永昌演义》一样以“反满”为名，力图颠覆国史正统，以“逆向书写”的方式展开写作，将英雄与盗贼的位置互换。[⑦] 国事衰微、列强侵略促使文人重新认识所谓的国史正统，也使得传统知识分子逐渐走向边缘化的位置。

需要注意的是，为李自成立传能够说明李健侯持守平民立场吗？实际上，在社会转型的过程中，李健侯仍然秉持着传统知识分子“忠君报国”的思想，他长期在家闲居，并未被卷入社会的思潮中，因此身上带有很深的传统色彩。他将李自成视为“君”，把李自成之败亡归咎于天命与奸臣之算计，并以同为农民起义领袖的张献忠之烧杀淫掠、王嘉胤之心胸狭窄衬托李自成的深得民心、光明磊落。他所叹惜的是李自成未能坐稳江山、满族入侵，而非农民起义之失败、人民仍处于水深火热之中。书中亦有多处关于忠臣以死殉节的描写，如陈奇瑜、艾毓初、刘熙祚、李振声等人之死，并多附有后人凭吊的诗

① 参见李宝忠、方行点《永昌演义》，新华出版社1984年版，自序第1页。

② 如西吴懒道人《剿闯通俗小说》、蓬蒿子《新世弘勋》、松排山人《铁冠图》等，这一系列小说又因作者所处时代氛围的变化而有所差异。参见任增霞《晚明与晚清时事小说研究》，南开大学出版社2021年版，第95—105页。

③ 其中有指责庸医草菅人命的，也有涉及满汉问题的。如：振《敬告同胞之患病者》，《晋阳公报》1910年10月8日第3版；《广东最近之文字狱 日暮途穷倒行逆施噫》，《神州日报》1912年3月28日第4版。

④ 热心冷眼人：《成者王侯败者贼》，《正宗爱国报》1912年9月2日第1版。

⑤ 参见《引狼入室笔侠》，《京话日报》1918年10月16日第1版；嬉笑怒骂皆文章《绝妙之新联语》，《时事新报》1917年8月3日第4版。

⑥ 参见南园《李自成》，《神州日报》1912年8月21日第6版；醒谢《李自成轶事》，《申报》1915年4月6日—10日第14版；章炳麟《史考：再书李自成事》，《华国》1924年第1卷第9期，第47—48页。

⑦ 参见汤哲声《现代历史演义小说中的农民起义重构及其辨析》，《现代中国文化与文学》2021年第3期，第14—22页。

作，这表现出作者对这些忠臣义士“临大节而不可夺”的崇高道德精神的体认，以及他对于传统知识分子的身份认同。也正因为作者的传统士子立场，书中主要以李自成及他的部下、崇祯皇帝与明朝的官员、将领为叙述中心，主要描写双方的战斗场面，底层百姓只作为政治工具存在，即便是写到“决黄河洪水灌开封”一节人相食的场景时，作者虽认为其惨不忍睹，最后却也说“闲言少叙”①。这种精英文化意识与李健侯长期随衙侍读的生活经历息息相关，也与当时社会的思想变革格格不入。

毛泽东则提醒人们注意李自成的农民身份，也使得人们从农民的立场来看待李自成起义之事。1944 年前后，与毛泽东交往密切的李鼎铭将《永昌演义》交给毛泽东，毛泽东在同年 4 月 29 日给李鼎铭先生写的信中首先表明他对该书的重视，随后指出他认为该书“赞美李自成个人品德，但贬抑其整个运动。实则吾国自秦以来二千余年推动社会向前进步者主要的是农民战争……”② 除了后文提到的“新历史观点”，此处值得留意的是毛泽东着重强调了李自成的农民身份以及李自成起义的农民战争性质。我们可以参照此前问世的郭沫若的《甲申三百年祭》来看，该文将李自成起义视为“规模洪大而经历长久的农民运动”③，随后又指出李自成的代表农民利益的运动迟早也会变质，这与毛泽东对李自成起义的认识不谋而合。毛泽东之所以将李自成起义置于两千年来农民战争的历史进程中加以审视，强调李自成起义代表农民利益，与他的知识背景和现实需求不无关系，一直以来毛泽东都非常重视从李自成起义之事乃至中国历次农民战争中汲取经验，服务于现实的革命斗争。④

政治话语与文学创作息息相关，姚雪垠将毛泽东对于李自成起义的认识付诸创作实践。早在 1941 年他就有以李自成领导的农民起义为题材，写一部新的关于农民战争的历史小说的念头。后来他读了毛泽东写的《中国革命和中国共产党》，认识到中国历史上农民起义和农民战争的规模之大及其历史教训。⑤ 1957 年 8 月，姚雪垠被错划为“极右分子”，遭受猛烈批判，同年 10 月，他开始动笔写作《李自成》第一卷。在毛泽东思想、个人选择、时代环境等方面的影响下，1963 年出版的《李自成》第一卷站在人民尤其是农民的立场上，带有阶级色彩，“刻画了不同阶级的代表人物和生活画面，以及不同阶

---

① 李宝忠、方行点：《永昌演义》，新华出版社 1984 年版，第 266 页。

② 毛泽东：《毛泽东同志给李鼎铭先生的一封信》，《革命文物》1980 年第 4 期，第 4 页。此信写于 1944 年 4 月 29 日。

③ 郭沫若：《甲申三百年祭》，《新华日报》（重庆）1944 年 3 月 19 日第 4 版。

④ 在 1938 年关于保卫工作的一次讲话中，毛泽东谈到历史上的农民起义时说：“我们历来的造反领袖，后来都腐化了，做了皇帝的都不好了，但李自成始终是好的，老百姓都称赞他，因为他代表农民利益向地主阶级造反。”参见政协兴山县文史资料委员会、兴山县档案局编《李来亨抗清在兴山》（兴山县文史资料第 30 辑），2015 年版，第 218 页。

⑤ 参见王维玲《怀姚雪垠　说〈李自成〉》，《文艺理论与批评》2000 年第 2 期，第 37 页。

级、不同集团之间的错综复杂的矛盾关系”①。书中强调李自成、高桂英和慧梅等人的农民出身及他们与地主的对立，对于李自成和高桂英的外貌描写也颇具时代特色，新时期以后出版的几卷则由于时代氛围的转换淡化了阶级色彩。

总体来看，《李自成》站在了人民大众的立场上，展现出对平民的关怀。与《永昌演义》不同，书中刚出场的李自成形象虽然也带有作者的理想化色彩，却主动和人民接触，关心人民命运，虽然打富济贫、剿兵安民确实是他笼络人心的手段，但他也的确与底层人民有所来往。小说不仅让高桂英、慧英、慧梅等和孩儿兵在战争中承担重要任务，也展现出平民百姓在战争中的巨大作用，如李自成被困商洛一带时，杜宗文和狗娃给李自成带来了官兵的消息、潼关山寨的情况，乡亲们还帮忙窝藏彩号。李自成审问福王一节中，作者更是借李自成之口痛骂王侯将相鱼肉百姓之行径。李自成之败亡也正是因为他后来不再代表人民的利益，作者始终站在普通大众的立场看历史的兴衰。

关于李自成的两部历史长篇小说分别体现了作者的不同立场，这与作品的成书年代、作者人生遭遇、政治话语的介入都有关联。民国时期与当代社会的社会现实已经大不相同，《永昌演义》与《李自成》虽同样取材于李自成起义之事，又都与毛泽东有历史机缘，却展现出从传统知识分子到现代知识分子思想观念的变迁。要而论之，随着社会的转型，知识分子也经历了从传统到现代的嬗变过程，他们从恪守儒家道统思想、秉持精英立场到走向人民大众的一方。

二、从传统史观到唯物史观

如何认识历史是历史小说写作中的一个重要问题。在漫长的历史发展进程中，绝大多数中国传统文人对于历史的认知较为有限，他们可以在某些具体历史问题上展现出鲜明的反叛意识，然而当涉及对历史的整体认知时，他们又往往会囿于英雄史观、天命观等传统历史观的束缚，我国的历史小说乃至史书中就有大量关于帝王传奇的记载，这既是统治者假托天意来证明自己政权合法性的表现，也符合当时人们的思想观念。到了 20 世纪，唯物史观传入中国，它揭示了历史发展的客观规律，使得人们以新的视野来认识历史。《永昌演义》与《李自成》就分别体现了传统史观与唯物史观作用于历史小说的不同表现。

李健侯作为长期生活于清末社会，又与当时的新思想无甚交流的传统文人，在写作《永昌演义》的过程中沿袭了历史宿命论、英雄史观等传统的历史观念。小说开篇将历史的发展规律解释为“治乱相替”的循环，随后又用一章多的篇幅介绍李自成诞生前家乡及祖辈所遇到的异兆，以此来证明其身世不凡。他因觉得自己有鬼神护佑，顺应天命而

① 姚雪垠：《李自成》第 1 卷，中国青年出版社 1963 年版，扉页。

起义，又因天意难违、牛金星的算计、吴三桂勾结清兵而败亡。虽然作者对于史料的搜寻整理颇为认真，他在自序中声称自己“检集正杂各史、稗官笔记以及各州县志乘、私家抄本，旁采乡里闾巷父老之传闻，存其可证之事，弃其不经之谈”[①]，书中确实也常常引用一些文献证明他的考证工作，然而有些文献来源于未加证实的杂史、传说，可信度较低。总体来看，作者用神秘力量和个人的力量来解释历史现象，缺乏对于明末社会矛盾的深入分析，更没有认识到历史发展的必然规律。

也正因此，毛泽东在给李鼎铭的回信中强调了农民战争对于推动历史向前进步的重要作用，建议李健侯按照新历史观点对《永昌演义》加以改造，尊重历史的客观规律。然而该书尚未修改完成，作者李健侯就病逝了。姚雪垠则在一定程度上满足了毛泽东的期望，他以唯物史观为指导思想，运用“历史现实主义”创作手法展开了《李自成》的写作，揭示了明末各个阶层乃至集团之间的矛盾，探明了历史发展的客观规律。姚雪垠在《李自成》第一卷（1977年版）前言中表明他对历史小说的认识：“历史小说应该是历史科学和小说艺术的有机结合，而历史小说家在处理两者的关系时必须做到深入历史，跳出历史。”[②] 既要透过历史现象看到它的本质规律，又要借助小说这一形式，将历史发展的客观规律集中、生动地表现出来。

姚雪垠在有关《李自成》的创作谈中时常提到唯物史观对他的重要作用，他以此为指导深入历史，总结李自成起义及更广泛的农民起义失败的教训，通过对明末社会各阶层之间矛盾的揭露展现出历史发展的必然规律。我们仍可将《永昌演义》与《李自成》对照来看，前者始于对李自成家乡、祖辈灵异之事的介绍，终于自成之死以及对于他后人去向的探讨，这显然是以李自成的人生为中心展开叙事。后者开篇展现了明末内外交困的社会现实，小说的结尾是在李自成逝去十九年后，高桂英与李来亨于茅庐山战败，红娘子与红霞在川陕鄂播下了白莲教的种子，一百五十年后白莲教起义爆发。书中的李自成只是万千农民起义领袖中的一个，他逝去之后，反抗压迫的火种仍将代代相传，因为压榨人民的制度与群体并未消亡，而它们的灭亡才是历史发展的必然规律。

是否要写李自成身上的历史局限性是姚雪垠面临的重要问题。1966年8月，毛泽东嘱咐王任重保护姚雪垠的创作时，当晚戚本禹说姚雪垠的《李自成》写到“闯王进京”时一定是反动的。[③]“文革”期间，《李自成》也曾被批为“毒草”。这是因为当时政治环境紧张，“三突出”“高大全”的创作方法盛行，李自成作为农民起义的领袖在当时是不能被“歪曲”的。姚雪垠则坚持了自己的创作态度，从历史事实与李自成的个人生活道

---

① 李宝忠、方行点：《永昌演义》，新华出版社1984年版，自序第2页。

② 姚雪垠：《〈李自成〉第一卷前言》，上海文艺出版社编《关于长篇历史小说〈李自成〉》，上海文艺出版社1979年版，第268页。

③ 参见姚海天《一代文学大家姚雪垠》，沈阳出版社2018年版，第93页。

路出发，写了李自成的帝王思想、天命观及尊孔思想。与此同时，该书中张献忠虽然同样与李自成两相对照，却一改《永昌演义》中杀人如麻的盗贼形象，展露出他有勇有谋的一面，他与李自成的谷城会面一节尤能展现出此人内心挣扎的过程。姚雪垠从生活而非观念出发，做到了恩格斯所说的“真实地再现典型环境中的典型人物”，他所要塑造的人物绝非是脱离历史发展规律的“偶像”或“反面人物”，而是有着自己的生活逻辑、复杂情感的人。

对史料的择取也能反映出作者历史观的差异。与李健侯一样，姚雪垠在写作开始前搜集、研究了大量史料。有所不同的是，姚雪垠运用史料时态度更为严肃，经过对明末史料的认真研究与辨析，他放弃了关于李自成起义的一些流行说法，如李自成被困鱼复山、吴三桂“冲冠一怒为红颜”等，而是从历史的真实出发剖析鱼复山事件之可疑和吴三桂降清的历史必然性。① 同时作者又有选择地采用了部分传说，虚构了一些情节，而这恰恰是为了写出真实的历史环境下可能发生的事。如姚雪垠认为历史上并未发生红娘子救李信出狱之事，他在书中沿用此传说只是为了写出封建制度下的阶级关系与斗争，小说在此处重点描述了李信作为宦门公子、举人的内在劣根性，他忘不了自己“世受国恩”，不能摆脱自己对于封建统治阶级的依附性。姚雪垠坚持从具体的历史环境、人物的行为动机出发，从而还原历史的复杂性。

作者的历史观影响着小说的叙事结构、人物塑造、史料择取等多方面的内容。《永昌演义》与《李自成》互为参照，具体生动地展现出传统历史观与唯物史观的分歧。前者多以天命来解释人物的部分活动，后者则注重从历史事实出发，探求历史的客观规律。

三、从以历史人物为中心到历史生活的立体化呈现

我国传统的历史小说主要有历史演义与英雄传奇两种写作模式，鲁迅、郑振铎、陈

① 参见姚雪垠《〈李自成〉第一卷前言》，上海文艺出版社编《关于长篇历史小说〈李自成〉》，上海文艺出版社1979年版，第268—285页。

平原等人均对其区别有过探讨①，概而言之，前者多敷陈朝代兴替、政治斗争之事，以帝王为叙述中心，多讲求叙述有来历；后者多以英雄豪杰为叙述中心，多讲述他们的生平事迹与个人活动，虚构成分较多。二者虽有区别，但都以帝王将相和英雄豪杰为叙述中心，着眼于重大历史事件，至于普通百姓的日常生活则无暇顾及。《永昌演义》继承了传统历史小说的写作模式，集中书写了李自成及其部下、帝王将相的活动与他们之间的矛盾冲突，以此展示明末的社会现实，这种写作模式使得李健侯笔下的明末历史生活是孤立的、狭窄的。姚雪垠则融合了传统的历史小说与世情小说的写作模式，并对其有新的创造，从而使上至帝王将相、英雄豪杰，下至贫苦人民的生活都在文本中得以立体化呈现，他的笔触得以伸向社会的各个角落。

《永昌演义》以李自成的生平事迹为骨干，以他起义的重大事件为经络，书中虽囊括了许多人物，但基本上都是英雄豪杰、帝王将相，书中对于他们个人活动的描写大部分也都局限于战场和官场上，有关他们的家庭私生活及日常生活的描写很少，且多数只是闲谈。如小说写牛金星与表妹从年少时的情投意合到后来的反目争吵，除了表现牛金星的冷酷无情以外并无其他作用。

《李自成》中则不仅展现出极为出色的战争描写，还涉及大大小小多个人物的家庭私生活、社会日常生活，它们与社会的动荡息息相关。姚雪垠将战争与生活以一种合乎情理的方式联系起来，这与他对《红楼梦》和《战争与和平》写作模式的借鉴有关，他曾直言这两部著作对于自己写作《李自成》的影响："我喜欢《红楼梦》用工笔描写人物，描写生活画面。我喜欢《战争与和平》的气派大，善于描写战争场面，也喜欢它有几章写地主打猎生活的极其生动的画面。这两部小说在艺术上对我有一个共同启发，就是大部头的长篇小说应该包罗的内容相当地丰富，人物和世相要缤纷多彩。我在写《李自成》时，竭力向这方面追求，我希望全书写成时将会展开一幅十七世纪下半叶各种不同的阶级、阶层的生活画面。"② 姚雪垠在写《李自成》的战争场面时吸收借鉴了《战争与和

---

① 鲁迅在《中国小说史略》中虽未明确它们的名称，却对其特征进行了描述与比较，前者"拘牵史实，袭用陈言，故既拙于措辞，又颇惮于叙事"，以《三国志演义》为代表；后者"至于叙一时故事而特置重于一人或数人者……则亦当隶于讲史。《水浒传》即其一，后出者甚夥"。郑振铎在《插图本中国文学史》中专设"讲史与英雄传奇"一章，明确二者的区别：讲史多有实事；英雄传奇虚构成分较多。陈平原也对历史演义与英雄传奇的区别有所探讨：历史演义多承受"讲史"传统，以朝代兴废为叙事框架，以夺取政权、重建社会秩序为着眼点，以帝王为中心，以政治斗争统驭军事斗争，虽有想象发挥的成分，但讲求叙述多有来历；英雄传奇以英雄而不是帝王为中心人物，以沙场征战而不是宫廷斗争为主要场景，以社会危机而不是朝代兴废为叙事框架，虽有一点历史的影子，但更多的是小说家的想象与发挥，故事线索单纯，戏剧冲突也相对集中。参见鲁迅《中国小说史略》，上海古籍出版社 1998 年版，第 102—103 页；郑振铎《插图本中国文学史》，北京出版社 1999 年版，第 731 页；陈平原《陈平原小说史论集》（下），河北人民出版社 1997 年版，第 1581 页。

② 王维玲：《怀姚雪垠　说〈李自成〉》，《文艺理论与批评》2000 年第 2 期，第 38 页。

平》全景式、多镜头的写作方式，如写潼关南原大战时，作者交替从官军与起义军两方的视角展开叙述，书中不仅有全局描写，也有局部描写；既有兵戈交接的战斗生活，也有战争间隙的短暂安宁。书中的社会日常生活描写更为广泛，涉及的人物从山野村民、起义军的将领，到市民工商、王侯将相、宫女嫔妃；既写了北京城的灯市盛景、开封的相国寺风光，也写了延安府的谷雨习俗、中原地区婚礼风俗。作者笔下的人物也有自己的悲欢，这使得他们贴近现实生活，可亲可感，如卢象升刚出场时因父亲病故想要回家奔丧，却没有得到皇帝的准许，他因此事颇为感伤，后来他战死时头上束着白网巾，号衣中穿着麻衣，原来他从始至终都是戴孝出征的，此处细节描写令人十分动容。张鼐与慧梅的爱情悲剧也预示着李自成起义的悲剧命运，正是在“慧梅之死”后，李自成的刚愎自用、骄傲自负、独断专行等弱点才逐渐暴露出来，他的起义也逐渐走向失败的道路。

《李自成》中的战争描写和生活描写相交织，书中的叙述节奏也随着叙述视角的转换有所变化。如当写到牛金星与妻子商议搬到商洛山中时，因妻子的犹豫不决拖延了时间，牛金星投靠李自成之事被官府发现，官府前来抓人，写到这里作者忽然宕开一笔，转而写张献忠起义之事。再如第一卷第二十章，当讲述起义军突围，高夫人疑似失踪的事情时，作者又将笔触从贺金龙的战场厮杀转向峪山内高夫人、慧梅的日常生活，这两个场景一动一静，以高夫人的去向为线索联系起来。这样的写作方式使得该书的叙述节奏张弛有度，充满张力。

总的来说，《永昌演义》继承了传统历史小说的写作模式，书中的人物、场景类型较为单一，战争描写占该书的绝大部分篇幅，因此作者笔下的历史生活显得较为孤立狭窄。姚雪垠的《李自成》则继承了传统历史小说与世情小说的写作模式，借鉴了西方历史小说的创作手法，并将这些写作模式熔于一炉，使得战争描写与生活描写相交汇，个人与历史的命运相结合，书中展现了广阔的社会历史生活。

综上所述可见，恰是由于种种因素导致的创作主体的不同，使得同样的历史题材可以被建构成为不同的历史小说文本。李健侯的《永昌演义》与姚雪垠的《李自成》同样取材于李自成起义之事，前者问世于民国时期，后者于1963年到1999年陆续出版。两位作者于不同的时代展开关于同一题材的写作，这其实也是一场跨越时代的对话。他们分别秉持不同的立场、情怀和价值观、历史观，使得各自精心建构的历史小说文本也呈现了迥然不同的审美风貌。就创作主体的关键作用而言，李健侯秉持的是传统士子/士绅立场，在写作中展现出天命观、英雄史观、贬低起义等传统的历史观念，这也使得《永昌演义》整体上以李自成的生平事迹为骨干，以他起义的重大事件为经络，涉及的历史生活较为单一且有所扭曲；《李自成》则展现出姚雪垠对于普通人民大众的深切关怀意识，且能够竭力以唯物史观为指导，多角度、多层次地展示出明末广阔的社会生活图景。将二者对照来看，我们可以窥见中国近现代社会变革、知识分子思想转变和历史小说演进的过程，并由此省察我们的历史、现实和未来。

论王林自我改造的路径与困境

聂晶晶①

摘　要：本文以王林为个案，通过梳理他在晋察冀整风运动之前的日记史料，意在指出作家王林除了受到外部政治意识形态的影响之外，其在肩负革命事业的过程中对自我思想改造的主动性。王林的自我改造与“革命意识的动员者”和“阶级意识的落伍者”这两种看似对立的自我定位有着必然的联系，既成为王林适应战时外部环境的必然，但同时又不可避免地造成了其对自身文艺观的修正，对他日后的创作困境产生了直接影响。

关键词：王林；自我改造；文学生产；创作困境

自20世纪80年代大规模“重写文学史”以来，寻找“被遗忘”作家成为学界研究的一个重要方向，许多曾经轰动一时但最终由于各种各样的原因被湮没在历史长河中的作家得以重现，被纳入研究者的研究视野范围中。自2007年解放军出版社再版了1949年版《腹地》以来，“王林现象”和“《腹地》事件”引起了越来越多专家学者的关注，并产生了一系列研究成果。研究者们普遍注意到《腹地》的另类书写与意识形态规约造成的作品被遮蔽的悲剧命运，通过深入分析文学生产机制中作家、读者、媒体出版等各个环节链条在特殊历史境遇下的工作方式与相互关系，进而反思外部环境尤其是政治对于文学创作的束缚。但深究这种研究思路不难发现其仍是沿着“政治决定论”的逻辑，反而忽略了在这一过程中作家精神建构的自发性。

与此同时，笔者发现王林生前好友及一些研究者们对于他的评价极具争议。王林在日记中评价自己是疏于政治而立志于创作“藏之名山，传得其人”的文学工作者；好友黄敬评价王林是执着于艺术的“个人主义者”——“他说我基本问题是‘个人主义’，为艺术而艺术就是个人主义的表现，他认为我的个人主义不表现在自私自利上，也有正义

---

① 作者简介：聂晶晶（1988—　），女，河北保定人，保定学院讲师，河北大学文学院博士研究生，主要研究方向为中国现当代文学。

感，也热情。但是，你的打算，不是从党的需要出发”①；同为作家的好友孙犁晚年写作的“芸斋小说”《罗汉松》（1988）被认为是在影射王林是“不只游戏人生，且亦游戏政治。其真善泳者乎!”②；当代学者杨联芬也在文中提到，王林“最终以一个紧跟形势的基层文化官员形象，失去同人的理解，也彻底消失于读者视野”③。为何不同人眼中的王林形象有如此大的差异？到底应该如何去认识王林、理解王林？笔者认为有必要着眼于王林自身的思想体系去理解其在革命事业与文学创作中呈现出的这种矛盾性。作为20世纪30年代初便参加左翼文学运动的知识分子，由于其出身及教育背景，王林表现出强烈的自我改造意识。纵观目前已出版的王林日记，自我改造的意识一以贯之并成为影响其命运走向的双刃剑。王林一方面将自己定位为革命意识的动员者，使其不断接近深入边区，书写抗战，利用文学作品改造战争状态下的边区人民，成为“冀中的莫里哀”；另一方面王林敏感于小资产阶级知识分子的落后出身，将自我定位为阶级意识的落伍者，反而进一步强化了自我改造。两种截然不同的身份定位自然地造成了王林自我改造的发生和持续，这种复杂矛盾的心态使王林在面对革命事业与文学创作时呈现出截然不同的状态，并不可避免地陷入了一定的困境。

一、在新旧转变中自我改造的发生

1942年前后，毛泽东发表了一系列关于整风的论著，从1941年《改造我们的学习》到1942年《整顿党的作风》《反对党八股》，最终形成了全党范围的整风运动，利用马克思列宁主义的思想原则教育党的干部。据此，很多研究者在讨论知识分子的思想转变时，多考虑1942年以后政治运动和意识形态带来的外部压力，反而忽略他们思想的内驱力，造成了主客观维度的分析偏差。在辩证唯物主义看来，客观世界是不断变化发展的，这就要求人的主观世界需要不断变化以适应客观世界来提高自身的认识能力和水平。毛泽东早在1937年发表的《实践论》中，就将自我改造作为当时革命的重要组成部分，认为“无产阶级和革命人民改造世界的斗争，包括实现下述的任务：改造客观世界，也改造自己的主观世界——改造自己的认识能力，改造主观世界同客观世界的关系”④。王林《抗战日记》从1937年有记录开始就显示出一个重要的现象：知识分子王林在走向革命的道路中不断地进行自我改造。

---

① 王端阳编录：《王林日记·文艺十七年（之三）》，《新文学史料》2013年第4期，第155页。

② 孙犁：《孙犁小说》，浙江文艺出版社2018年版，第248页。

③ 杨联芬：《“红色经典”为什么不能炼成——以王林〈腹地〉为个案的研究》，《现代中文学刊》2015年第2期，第12页。

④ 毛泽东：《实践论》，《毛泽东选集》第1卷，人民出版社1991年版，第296页。

王林1909年出生于河北衡水，1927年考入北京今是中学后，受进步思想的影响参加了革命活动，走上革命道路。1930年王林考入国立青岛大学外文系，并在年末加入中国共产党。因酷爱文学，早在1929年王林就发表过《这次不过是头一个小实习而已》，小说以洋车夫马三为主人公，书写了马三以拉洋车谋生的艰辛，并以马三和洋车夫的谈话为线索回顾人力车夫砸毁有轨电车这一事件，描绘了人们从恐惧、不解、反思到觉醒并开始走向成熟的心理变化过程，表现了这一社会事件对底层人民产生的影响。小说作为处女作征文当选发表在《现代小说》杂志上，可见王林一出手就展现出较高的文学创作才能。但更值得我们注意的是，左翼知识分子王林在塑造工人形象、表现工人暴动这一事件时所采取的极为客观的立场。不同于革命文学表现略带小资情调和用粗暴的拳头打破社会黑暗的两类工人形象，王林既表现出工人开始登上了政治舞台，又着重反映了旧社会背景下贫苦工人困于生计的迷茫甚至蒙昧，他们因为生计问题“从晨至晚这般无止休地劳作着，什么知感都消灭了。一切人类所共有的希望，幻想，回忆的赋性，也都像被疲倦所噬吞了。但他们在前些日那场轰动的举事上，也会兴奋地争斗过，可是那件事他们现在像忘记了，或者是因回忆起它来，而更感觉这无期徒刑似的工作，惨苦和无望”①。即使是这群“粗糙而蠢大”的人群中“短小精悍”的马三，也因为“吃饭问题”而沮丧、茫然，幻想着遇到心慈的座客而获得怜悯，当幸而遇到座客，于是苦苦哀求“多花您老两个吧，先生……”② 这样的描写将处于新旧社会转折过程中处于社会底层的洋车夫形象现实地表现出来，让笔者不禁联想到老舍发表于1936年的同样以洋车夫为主人公的小说《骆驼祥子》。有意思的是，同老舍对市民阶层进行了深刻的文化审视一样，王林不仅关注了社会层面和阶级层面的内容，在洋车夫马三和同伴回顾暴动事件过程中还呈现出对于文化和文明的思考，既肯定了在革命斗争过程中将个人融入集体，又反思了此次活动失败的原因，批评了夹杂在工人群体中的“革命速胜论”的声音，同时更深层次传达出王林对现代化文明进程与农业社会人工劳动矛盾冲突的思考。这样清晰的立场和清醒的认识使王林创作之初就呈现出思想上的深度，与同时期“革命文学”创作相比显得更加成熟。可以说，“五四运动”带来中国历史的新变化，在新旧时代的转变中，王林坚持“新”的立场，但又认识到从“旧”到“新”的变革有着重重阻碍，因此从一开始创作就习惯于通过批判性的审视进行剖析和反思。

这种清醒的认知源自于王林青年时代的丰富阅历，尤其是他所经受的坎坷。王林虽出身于富农家庭，但15岁时便离开家庭，成为“五四”新文学中经常出现的“出走的一代”。后又因父亲续弦的继母而与家庭关系紧张，“提到回家，真叫厌人。回到家里，第

---

① 偶闻：《这次不过是头一个小实习而已》，《现代小说》1929年第3卷，第136页。

② 偶闻：《这次不过是头一个小实习而已》，《现代小说》1929年第3卷，第139页。

一件大事就是给她磕头——磕头还得三叩，否则她又穷挑剌。真是讨厌!”① 从1924年离家到1927年考取北京今是中学中间在外漂泊无定的四年，王林在北平当银号学徒，见证了底层百姓的穷困潦倒，为之后的北平求学之路中接受共产主义思想的影响埋下了伏笔。值得注意的是，这四年也恰恰是“五四运动”之后革命形势风云突变、波涛汹涌的一个时期，“五卅”惨案、“三一八”惨案昭示了帝国主义亡我之心不死，北伐战争失败表明了国共合作破裂，一时间国内革命情绪转入低潮。身处其中的王林，在个人家庭与国家民族同时遭受重创的情况下，可想而知其精神的苦闷。所以我们也就能够理解，为何王林之后笔下总是充斥着逼仄的现实和黑暗中彷徨无措的国民。

1937年7月8日的日记中，王林谈到了自己人生观的塑造时特别写道：

> 偶读《苦闷的象征》，不肯释卷，津津有味，不减于当年。
>
> 《春雷》中所透露的人生哲学，颇有生根于此之嫌。我越想越深，我的人生观，受影响于《出了象牙之塔》。
>
> 读完《苦闷的象征》，颇有发现自我的快乐，究竟是我完全受它影响呢，还是我的许多意见跟它不期而合呢？过去并未细读过它，只读过《出了象牙之塔》，并记得读不懂它，然而受影响也是在潜意识中吗?②

王林之所以如此看重《苦闷的象征》和《出了象牙之塔》这两部作品，笔者认为是其文学观念恰恰贴合了青年时期王林的精神状态——从不知路在何方的苦闷彷徨到明确选择的坚定与鼓舞。《苦闷的象征》鲁迅序明确了其文的主旨在于“生命力受压抑而生的苦闷懊恼乃是文艺的根柢”③，这恰恰构成了大风沙时代中王林文学之路的起点，而《走出象牙之塔》又为王林走向革命街头、赋文学以民族解放的重任提供了合理的论说。与此同时，厨川白村对于本国的文明批评和社会批判，也恰恰成为王林审视社会生活的方法和态度。这种审视与批判是将自我囊括在内的一切作为对象，在审视批判外界的同时，也在剖析反思着自我，所以我们认为王林的自我批判与自我改造并不是伴随着外界政治运动才出现的，是明显早于整风运动的。知识分子王林的自我改造是在自发地走向革命的街头与文学一道担负起民族解放的过程中主动建构起来的，而并非被迫于外界政治运动的结果。这种内驱力，一方面既来源于现代化进程中后发现代性理论给予的批评与审视，另一方面也与传统中国文化中的自省精神有直接的联系。联系《腹地》原生态的写作中对于农民和党内斗争的批评态度时，要理解王林作品中的这种否定与他的自我批判和自

---

① 王林：《抗战日记》，解放军文艺出版社2009年版，第38页。

② 王林：《抗战日记》，解放军文艺出版社2009年版，第43页。

③ [日] 厨川白村著，鲁迅译：《苦闷的象征》，百花文艺出版社2000年版，第1页。

我改造的目的是一致的，最终着眼于整个民族文化的革新。

二、双重定位和自我改造

从献身文学到逐步远离文学，从书写“真实”到塑造“典型”，王林在文学创作上的转变过程不仅涉及知识分子与革命的关系，某种程度上也代表着“五四文学”“左翼文学”向“共和国文学”转变的历史轨迹。这种转变的完成是不断改造的结果。本节笔者意在探讨其日记中显现出的双重定位与自我改造的关系。

（一）革命意识的动员者

早在共产党成立发展之初，就对宣传工作极为重视。1921 年 11 月，党中央领导机构成立后下发的第一份文件《中国共产党中央局通告——关于建立与发展党团工会组织及宣传工作》便对党的宣传工作提出了要求。任弼时在 1928 年起草的《城市农村工作指南》中就强调“动员全体同志参加口头宣传鼓动工作”①。1930 年 8 月 4 日左联通过的《无产阶级文学运动新的情势及我们的任务》号召左联全体联盟员到工厂到农村到战线到社会的地下层中去，“从猛烈的阶级斗争当中，自兵战的罢工斗争当中，如火如荼的乡村斗争当中，经过平民夜校，经过工厂小报，壁报，经过种种煽动宣传的工作，创造我们的报告文学（Reportage）吧！”② 由此可见，左联并非单纯的作家同业组织，而是领导文学斗争的组织。作为一名进步青年，1927 年考入今是中学后王林就接触到了共产主义思想，还参与了一些早期的革命实践活动；1931 年担任青岛大学党支部书记后，王林组织领导了青岛大学的一系列革命活动，从现有的资料来看，王林还是青岛“左联”小组的重要成员；被迫离开学校后，王林在党的委派下辗转南京、西安等地进行敌后的工作；抗日战争和解放战争期间，王林在冀中平原从事军事和地方工作。可以说，无论是献身文学之前，还是立志写作之后，王林始终是以一名革命战士的姿态谱写人生。既然是作为战士，那势必要肩负起革命宣传工作的重任。

作为革命意识的动员者，王林深入学生群众进行革命意识的宣传，如在青岛大学领导学生进行抗日爱国活动、编辑罢课斗争专刊、组织学生赴南京请愿。而且在工作中特别注重运用文学艺术的形式进行革命意识的宣传，如在《现代》月刊上发表《岁暮》，表现国民党统治下旧社会女性的悲剧命运；组织成立“海鸥剧社”（也就是“左翼剧联”的青岛小组），利用戏剧表演的形式激发师生的爱国热忱。王林在《预报了暴风雨的海

---

① 任弼时：《城市农村工作指南》，中共中央宣传部编《中国共产党宣传工作简史》，人民出版社 2022 年版，第 89 页。

② 左联执行委员会：《无产阶级文学运动新的情势及我们的任务》，《文化斗争》1930 年 8 月 15 日第 1 卷第 1 期，第 9 页。

鸥——记青岛海鸥剧社》中也直言这些社团活动的开展是“借以发动群众，首先推动校内，进而扩大到社会的抗日救国活动”①。以“革命意识动员者”这样的思维去对王林予以审视，就不难理解王林后来在评价巴金先生的“爱情三部曲”时表现出来“反感”——在1945年10月2日的日记中，王林写道：

巴金的文章我早即不愿看，这次看了印象更是坏，把革命家陈真写成肺痨鬼，戴近视镜，成天喊工作工作，而看不见有什么工作影响和具体工作事实，脾气不好，动不动就发火，最后竟被汽车轧死，兜风的少男女竟说是轧死了条狗！

这描写法我即起反感，革命家固多害肺病与身体不好的，但不能就写得那么可怜！给人的印象多坏。

其外巴金所表现的生活，无非爱情，叫人看来，革命者不过一堆恋爱虫而已！②

王林反对将革命家的形象塑造成为可怜的“肺痨鬼”“恋爱虫”，由此可见王林对于文学作品是否能够激发读者群众的革命意识极为关注，但如果仅仅以阶级革命和武装斗争的书写者去理解王林也未免过于局限。结合王林早期的小说来看，王林理解的革命显然意义更为宽泛，或者说王林更关注精神层面的革新。所以他慨叹：“严正的政治机构，没有广泛的思想斗争，一个新的人是不易成长起来，反而堕落下去的。”③ 而当《腹地》面对批评时，王林的反驳“我是以隐伏在农民心理中的旧意识旧作风与新意识新作风作为潜主题”体现出他对“革命”的理解。在王林看来，革命不仅仅是一个阶级推翻另一个阶级的斗争，也不仅仅是一种社会制度代替另一种社会制度的革命，而是人的解放，是国民精神的变革。正如鲁迅所关注的“国民性”，王林在乡土中国的历史进程中关注的是“人”尤其是精神的常与变。《幽僻的陈庄》一直以来被视为乡村社会实录式的描写，表现的是乡间的生老病死。而恰恰是在农村日常生活状态描写的背后，王林更为关注的是人的精神状态。按照原计划，《幽僻的陈庄》是四部曲中的一部，遗憾的是四部曲并没有完成，但是我们也不难揣测接下来的创作走向。即使是拿被认为是“暴露黑暗”“丑化农民”的《腹地》来做比较，我们也仍可以看到其中北方农民在革命意识的感召下由旧到新的转变。用不动声色的描摹表现出民族精神在革命精神形成与嬗变中完成的升华，这才是王林所理解的革命的最终指向。

王林的文学创作，一方面着眼于抗战现实，为教育群众的创作目的而书写了一系列的抗战文艺作品。在西安时期，创作了学兵队队歌《我们是一伙流浪汉》，以及独幕剧

① 王林：《预报了暴风雨的海鸥——记青岛海鸥剧社》，《播种》，解放军出版社2009年版，第275页。

② 王林：《抗战日记》，解放军出版社2009年版，第355页。

③ 王林：《抗战日记》，解放军出版社2009年版，第113页。

《打回老家去》并书写其中插曲《中国人不打中国人》，都广为流传，鼓舞了东北军民的抗战情绪。在冀中，先后创作一系列剧作，如《活路》《火把》《家贼难防》《方式方法》《伟大的两年间》等，发动群众投入到抗日战争中去，被称为“冀中的莫里哀”。另一方面，王林在创作中又善于书写探究人性，尤其是人性中丑恶的一面。在日记中王林曾记录想创作一个探究国民性的戏剧，名字就叫《阿Q登基》，“以精神胜利为全剧中心”①，探讨专制、迷信、官僚习气等问题。这可能也是为何吕正操评价王林戏剧创作时说“你写的剧本，总是知识分子气味”②。

（二）阶级意识的落伍者

在马克思主义看来，社会存在决定社会意识，社会意识是对社会存在的反映，意识形态对应的是一定阶级的意识。从马克思、恩格斯到列宁，都关注到了阶级意识的重要性。正如有学者指出的，“无论马克思的意识形态概念是怎样的漂移不定或变动不居，其中‘变中的不变’的精神实质是‘阶级意识’”③。

考察王林的自身定位后发现，一方面，王林以革命意识动员者的身份予以自持；另一方面，从原本富裕的家庭走出的王林，始终敏感于小资产阶级知识分子的自我定位，产生了身份认同的危机。这种焦虑使王林不断提醒自己，作为阶级意识的落伍者需要通过自我改造来求得现实中的提升，以达到革命队伍中合格动员者身份的标准。

对于阶级意识的自我审视贯穿了目前所见王林所有阶段的日记中，即便是整风运动之前也不断出现“反省”“检讨”的字样，无不显示了他早就对自我阶级身份有所思考。在爱情中，他会思考：“你是献身文学者，那种幸福生活，与你的文学可能无损害?”④并要求自己极力抑制着感情。在工作中，当自己的心血被别人收割时，虽然委屈，但告诫自己存在私有观念，是“旧意识的毒，私有财产观念之残余!”⑤ 并常有意识地在实践中予以改造：“所以我有时候便不能像守财奴般的感到自己的东西是自己的，却不以所有权自居。”⑥ 当好友黄敬针对老干部的问题指出王林错误的言语时，则反省“我确有过甚言辞，危言耸听”⑦，甚至敏感地认为自己的创作方面也是如此。除了这种微观具体的关照，更多的时候王林从宏观上直指自己的阶级出身和阶级意识：

我暗暗自我检讨，有时评鉴现实事没有立场，主要的原因是自己本身小资产阶

① 王林：《抗战日记》，解放军出版社2009年版，第116页。

② 王林：《抗战日记》，解放军出版社2009年版，第169页。

③ 张志丹：《阶级意识：马克思意识形态概念的精神实质》，《社会科学》2015年第11期，第45页。

④ 王林：《抗战日记》，解放军出版社2009年版，第3页。

⑤ 王林：《抗战日记》，解放军出版社2009年版，第59页。

⑥ 王林：《抗战日记》，解放军出版社2009年版，第48页。

⑦ 王林：《抗战日记》，解放军出版社2009年版，第91页。

级富农意识在作祟，受富农地主的影响，和对于统一战线的表面现象的蒙蔽。同时对于彻底完成资产阶级革命和无产阶级的关系没有弄清楚。今晨看完斯大林关于党在农民问题上的三个基本口号，大大改正了这些错误。

阶级感情和感觉对人真是有非常大的作用。小知识分子之梦想成为超阶级的英雄，实际上是隐蔽自己的阶级企图。①

与马克思经典论著中有关工人阶级作为革命主力的论述有所不同，王林所面对的中国革命实践更为复杂。在半殖民地半封建的中国，无产阶级革命最可靠最广大的同盟军是农民。作为农业大国，传统小农生产方式造就了农业社会的乡土文化，而乡土文化则孕育了国民性格——其中既有可贵的一面，又有不可避免的劣根性。生于农村的王林对于这些农民太过熟悉，批判的眼光使他更为关注他们的缺点，因此农民的一体多面使王林在阶级意识的改造中始终存在犹疑。当谈到农民中的流氓问题时，好友黄敬指出王林观点的片面性，告诫不管农民参加斗争的出发点为何，要紧的是看他们在阶级斗争中的基本立场。但王林于此的态度是："然而我老是隐隐约约地觉得再读那些人的文章时，觉得减少了信仰和崇拜之真诚。"② 颇能表现出他的犹疑和彷徨。对农民的深刻认识既使王林延及自身、自我剖析，成为他自我改造和以书写抗战、教育群众的原因，又为他的改造带来了明显的难度，使他在向农民大众学习还是启蒙大众之间摇摆。这就不难理解《腹地》中辛庄为何"光明"与"黑暗"并存了。

三、自我改造与创作困境

王林双重定位下的自我改造，恰恰提前反映了毛泽东在 1957 年中国共产党全国宣传工作会议上的讲话中关于知识分子的改造提出的"要做好先生，首先要做好学生"③ 这一论断，王林在"动员者"与"落伍者"之间的无所适从实际上是同时作为"改造者"与"被改造者"时的复杂心态。这种复杂心态反映到文学创作中便构成了他的创作困境。

在王林的文学创作困境中，首先难以平衡的是个人事业与集体工作的关系。在抗战过程中，这种矛盾冲突并未显现出来或者说并不明显。但是在民族国家危难过后，尤其是和平年代，这种矛盾冲突就会成为王林始终难以解决的问题。例如 1944 年 5 月敌人在冀中区的活动有所减少时，个人与集体选择的冲突愈演愈烈便被记录在王林的日记中。

---

① 王林：《抗战日记》，解放军出版社 2009 年版，第 101 页。

② 王林：《抗战日记》，解放军出版社 2009 年版，第 96 页。

③ 毛泽东：《在中国共产党全国宣传工作会议上的讲话》，《毛泽东选集》第 7 卷，人民出版社 1991 年版，第 271 页。

此时王林也注意到此一现象，并自觉剖析其不良思想根源问题之一便是“行政工作与艺术工作的矛盾”①。他认为过去党组织总是想让自己做行政工作，在上层发展，但是自己却主张深入下层生活，认为文学还是要描写和反映最广大的劳动人民群众的斗争和生活，故而避免行政工作做得好留在上层，所以才故意不进步去深入下层。

其次，从微观的创作方法来看，王林对于自身的定位是小资产阶级的作家：

> 常暗暗自思，我是一个小资产阶级，在文体上还是企图学习莎士比亚、契诃夫、莫里哀、托尔斯泰等等作家比较有可能，若是企图学习高尔基的文体，那是绝对不可能的。因为我没有高尔基那种阶级的气势磅礴，愤愤不平，恨不得吞噬山河的气概。而这气概是从高尔基的幼年生活中积累起来，压制出来的。②

他认为自身资产阶级气质难以驾驭和学习高尔基磅礴的阶级气势，但是却又无时无刻不在日记中自省并多次摘录高尔基的创作谈以激励和改造自己的创作方法，想象着自己从“现实主义”走向“社会主义现实主义”新的方向。于是我们看到王林有意识地在人物形象的选择上，发生着从塑造民主宪政下的“国民”到描写阶级斗争中的“人民”的变化；在人物形象的塑造上，也经历了从不要把人物变为时代的传声筒向塑造时代的阶级的“典型”的两种不同选择。反映到《腹地》的修改中，我们看到敌人“扫荡”下农民杂乱无序的逃亡情节没有了，革命队伍中的两面派人物被删除了，而作为英雄人物的辛大刚则告别了边缘化的处境和多愁善感的“知识分子”气息，“不可爱”的白玉萼被改写成为态度坚决的革命者以此来化解革命者爱情书写的尴尬。这些修改显然并不完全是简单的体会政策之作，而是王林试图修正自己文学观念的结果，是自我改造的必然。

王林穷其半生修改《腹地》，然而却越改越糟糕。修改《腹地》如此之艰难的重点在于王林对“真实”的理解同主流文学观念的差异，这种差异并非变革文学创作的方法就能够重新取得认可的，而是在于个人深层次上文学观念的修正。正如贺桂梅在研究丁玲时所说：“知识分子走向革命的唯一方式，便是在一种原罪式的自我改造的过程中抛弃并擦抹掉这个自我的存在。”③ 因此在考察王林的自我改造时，要将其置身于时代背景和特殊的地域范围中。王林后来将《腹地》书写上的失败归咎于没有看到毛泽东《在延安文艺座谈会上的讲话》。晋察冀文艺确实由于其当时的军事地位和战略布局有独特性的一面，而延安整风运动对处于实战环境中的晋察冀作家们的影响也确非立竿见影。很有意

---

① 王林：《抗战日记》，解放军出版社 2009 年版，第 272 页。

② 王林：《抗战日记》，解放军出版社 2009 年版，第 94 页。

③ 贺桂梅：《知识分子、革命与自我改造——丁玲“向左转”问题再思考》，《中国现代文学研究丛刊》2005 年第 2 期，第 209 页。

思的是，在50年代遭到批判后，王林一直犹豫是否改，如何改，在这个漫长的过程中还曾几次申诉至高层，并用马林科夫在《苏联共产党第十九次代表大会上的发言》① 做背书，为《腹地》和自己的合法性做辩驳，展现出王林自我定位与自我改造之间的复杂关系。理解了王林自身的矛盾性，就不难理解为何对于王林的评价出现了两个极端以及王林后期创作困境的出现等问题。

结　语

1988年“重写文学史”的提出再次引发了人们对“文学经典”的思考，文学的宏大叙事被日益终结，文学研究的纯文学倾向促使人们对文学与外部环境进行历史反思，因为时代环境带来的局限总会导致我们以“片面”的方式强调或者排斥某个方面。我们应当承认，外部环境尤其是政治意识形态对于作家的文学创作活动的确起到了重要作用，但是我们不能过分地强调“政治决定论”。整风运动之前王林的日记记载反映出小资产阶级知识分子在走上革命道路的过程中对于自身思想改造的自觉性与主动性，也让我们充分地感受到王林的自我改造对于他文学创作的直接影响——既使他走在抗战文学前列，又逐渐消除他塑造经典的可能，同时理解了王林的形象为何备受争议。因此我们要回归作家，置身于作家丰富的社会生活内容去感受作家敏锐的心灵世界。只有清晰勾勒出作家的心灵嬗变史，才能更加深刻地理解作家的创作走向和作品的内涵。研究作家作品和文学现象，不应该忽略作家独特的生活史和心灵史。

---

① 马林科夫在《苏联共产党第十九次代表大会上的发言》中指出，作家和艺术家必须在作品中无情地批评在社会中遇到的错误、缺点和不健康现象。

承传红色文化血脉与建构中国式现代化文学

——以路遥《平凡的世界》为中心*

李夏茹①

摘　要：享有“改革先锋”“最美奋斗者”称号的路遥，是一位承传红色文化血脉、文脉并致力于建构中国式现代化文学的优秀作家。他在中国式现代化追求及文学实践中，努力将现代性和人民性紧密结合了起来。从《人生》到《平凡的世界》，路遥将新中国成立以来的重要时代变迁与现代化变革熔炼进文学创作，基于人民事业需求的“人民性”“共同富裕”“协调发展”“和谐共生”等时代关键词也是其小说的重要参照和深层意涵。以路遥的著作《平凡的世界》为中心回顾中国式现代化的历史变革，重估文本的历史定位，为研究当代文学与现代化之间的关联提供了一个崭新的视角。

关键词：中国式现代化；路遥；平凡的世界；表征

新中国成立以来，在实现社会主义现代化建设目标的具体实践中，“现代化”对当代的文学创作和文艺政策产生了不同程度的制约与影响，作家、作品与社会之间形成一种开放性的环形磁场。“现代化”构成了当代文学叙事的重要话语资源，相较于十七年文学对工业建设、农业生产、社会发展等现代化建设方面的集中描写，新时期以来的“现代化”叙述以一种更加细微、隐秘的方式渗透到当代作家的文学创作中，也更加注重社会转型时期人们的精神转变与思想蜕变。

《平凡的世界》作为一部全景式展现中国当代城乡生活变迁的史诗性巨著，我们不仅可以从中窥见中国20世纪70年代中期到80年代中期社会历史的变迁，作品中对中国式现代化这一重要问题的处理方式同样具有重要价值。路遥在文学叙事中运用的现代化视角以及新型的叙事结构显示出叙事方式的现代化；作品中人物现代化的思想内核与转型期矛盾复杂的心路历程显示出人物身上的现代化烙印；故事情节中现代化生产活动、劳

* 项目基金：河南大学校级教改项目“党的二十大精神融入文学史课程教学实践研究”（批准号：HDXJJG2022－137），“‘三全育人’视野下研究生思政教育体系优化研究”（批准号：YJSJG2023XJ029）。

① 作者简介：李夏茹（1997—　），河南大学文学院博士研究生，主要研究方向为中国现当代文学。

动方式的产生，不仅对塑造人物、推动情节具有重要作用，现代化生产方式本身同样加深了作品的现代化色彩。

一、《平凡的世界》中的现代化精神内核

《中共中央关于党的百年奋斗重大成就和历史经验的决议》和《高举中国特色社会主义伟大旗帜　为全面建设社会主义现代化国家而团结奋斗——在中国共产党第二十次全国代表大会上的报告》提出了一个重要的时代命题——以中国式现代化推进中华民族的伟大复兴。这是对百年中国现代化实践深刻的历史总结，也是对百年中国现代性话语重构的过程。换言之，中国式现代化是对中国现代化道路经验的深刻总结，对于中国现当代文学话语重构也具有重要的影响。现代化是人类社会发展必经的一个阶段，渗透到人类社会发展的方方面面，关涉到政治、经济、文化、社会等方面，影响着人们的思想观念和价值体系的建构。中国式现代化经历了漫长的发展阶段，从被动式现代化到自主型现代化，经历几代人的艰辛探索，一步步实现了中国式现代化道路的历史演进。新中国成立之后，中国共产党带领中国人民开始了艰辛的现代化探索，先后经历了从“一化”到“四化”、从现代化到中国式现代化、从工业化到新型工业化以及“四化同步”与国家治理体系现代化的开启阶段、探索阶段、发展阶段、成功推进和拓展阶段这四个阶段。中国式现代化不同于西方现代化，其具有鲜明的历史特征与时代特点，蕴含着鲜明的人民立场，共同富裕的基本目标，协调发展的根本方法，和谐共生的内在品质以及和平发展的基本遵循。① 全面梳理经济现代化与文化现代化、现代社会与现代文艺的关系问题，为我们探寻现代化社会与文学现代性之间的复杂关系提供了某种视角。

《平凡的世界》作为一部全景式展现中国当代城乡生活变迁的史诗性巨著，我们不仅可以从中窥见中国 20 世纪 70 年代中期到 80 年代中期社会历史的变迁，作品中对中国式现代化这一重要命题的书写同样具有重要价值。作为反映社会现实的一面镜子，现实主义文学创作深深地根植于普通人民群众的生活，书写时代的变迁，《平凡的世界》反映出 1975 年到 1985 年这十年间的社会巨变，尤其是中国西北乡村的艰难裂变。从 70 年代末公社集体制解体，到农村实行家庭联产承包责任制，地主分子摘帽，农村的个人走向城市，这一系列的乡村巨变都汇流入中国的现代化进程中。在改革开放的大潮中，现代文化如雨丝般飘洒到黄土高原的这片土地上，融入人们的日常生活之中，人们的思想在新与旧、传统与现代、过去与未来之间不停地摇摆，物欲与道德之间的矛盾也被不断拉大，在现代化的浸染中，人们面临着前所未有的机遇和挑战。《平凡的世界》将改革开放中的

---

① 参见李铁英、张豪勇《中国式现代化道路的历史演进、科学内涵及价值意蕴》，《聊城大学学报（社会科学版）》2023 年第 3 期，第 8—14 页。

家庭联产承包责任制、共同富裕、农民创业等问题一一映射出来，结合中国式现代化这一命题，呈现出中国现代化进程中的时代面貌。

党的二十大报告中，习近平总书记深切阐发了中国式现代化的内涵："中国式现代化，是中国共产党领导的社会主义现代化，既有各国现代化的共同特征，更有基于自己国情的中国特色"，"中国式现代化是人口规模巨大的现代化""是全体人民共同富裕的现代化""是物质文明和精神文明相协调的现代化""是人与自然和谐共生的现代化""是走和平发展道路的现代化"①。习近平总书记明确了中国式现代化的基本内涵，也就明确了现代性文艺的建构目标，即体现人民性、人的现代化、集体主义、生态和谐、创业等时代发展潮流中的重要环节。王贵禄在《中国式现代化与中国现当代文学学术话语的重构》中提出中国式现代化与文学的关联："'人口规模巨大的现代化'所涉及的关键词主要是'人民性'，'全体人民共同富裕的现代化'所涉及的关键词是'革命''建设''集体主义''社会主义'，'物质文明和精神文明相协调的现代化'所涉及的关键词是'人的全面发展'与'人的现代化'，'人与自然和谐共生的现代化'所涉及的关键词是'美丽中国'与'生态和谐'，'走和平发展道路的现代化'所涉及的关键词是'创造''创新'和'创业'。"②

"人民性"是中国现代文艺建构中的重要话语资源，从毛泽东 1942 年在延安文艺座谈会上的讲话开始，人民的文艺便成为文学创作中的重要要求。《平凡的世界》展现了中国现代化变迁中的人民群像，对改革大潮中人们的思想和心理变化进行了深入的剖析。如果 80 年代众多作家是以新颖的艺术手法见长，那么路遥则是以塑造农民典型取胜。路遥笔下的农民具有鲜明的个性，虽然同时生活在双水村这样一个村庄里，孙玉厚、田福堂、孙玉亭、孙少安、孙少平等人却有着不同的思想观念和心理特征。孙少安身上积聚了中国农民身上敢想敢干、开拓进取的顽强精神，在经历砖厂失败后依旧能够从头再来，从而将厂子越开越大，发展成为典型的农民企业。孙少安、田海民等人从事砖厂、养殖业的活动，象征着新时代的来临和以田福堂、孙玉亭等人为主导的旧时代的落幕。"集体主义"是人民团结一致的重要保证，从 50 年代末的人民公社化、"大跃进"运动，到 70 年代末人民公社的没落，中国人民走过了漫长的集体道路。人民公社的解体并非意味着集体主义的瓦解，相反，在新时代到来之际，集体主义以一种更加新颖、隐蔽的形式存在于人民的生活之中。从最初由田福堂、孙玉亭等人领导的公社劳动，到时代的巨流涌进双水村这个平凡而朴实的村庄，原有的寂静被打破，农村新人孙少安开始从生产队队

---

① 习近平：《高举中国特色社会主义伟大旗帜 为全面建设社会主义现代化国家而团结奋斗——在中国共产党第二十次全国代表大会上的报告》，《人民日报》2022 年 10 月 26 日第 2—3 版。

② 王贵禄：《中国式现代化与中国现当代文学学术话语的重构》，《天水师范学院学报》2023 年第 1 期，第 8 页。

长走向开砖场，带领人们走向共同富裕的道路，集体生产代替了集体劳动。

二、《平凡的世界》中的现代化表征

现代化气息涌入乡村后，首先是对人们的生活方式和审美风格产生了影响。孙少安开砖厂后，摇身一变成为农民企业家，穿着打扮开始城市化，从进城谈生意穿礼服到请客送礼，生意桌上的文化也进入孙少安的日常生活中。王满银作为双水村的“二流子”典型，将外出打工倒卖的手表销往农村，80 年代流行的时髦烫发、喇叭裤、花衬衫等新兴的衣着也逐渐流入农村，这也加速了农村的现代化进程。那么，进入现代会给农村带来什么样的冲击？如何处置城市与土地的关系问题？农民的就业问题该如何解决？现代化的涌入无疑加大了乡村与城市之间的裂隙。20 世纪末，农村青年的“进城”问题一直是文学创作中反复思考的问题，生长在农村的青年在进城后如何协调思想与现代文明上的抵牾？站在改革时代的历史关口，农村青年如何自我成就？孙少平这个人物形象抹去了高加林身上存在的农村与城市之间的割裂，在坚定的抉择中实现了人物形象的立体化。孙少平离开农业化的乡村，走向工业化的城市，是一种真正意义上为了自我实现做出的选择。王满银和金富在城市化过程中的道路选择提供了另外一种观照视角，没有文化的青年农民在进入城市后走向堕落，为了谋生不得不从事一些违法的勾当，回到农村后摇身一变成为“城里人”，以获得村民羡慕的眼光而满足强烈的虚荣心。与孙少平不同，这类群体缺乏长远的眼光与吃苦耐劳的精神，只能以投机取巧的行当来生存。现代化进程在城市与农村双轨并进，当省城的现代化改革进行得如火如荼的时候，古老的村庄也在进行着现代化改革。双水村开始引进姚旺林创造的“四法”种田方法；孙少安开始采用贷款的方式来借钱办砖厂，采用专业的制砖机、推土机，村庄里的人望着烧出来的烟惊叹不已；除了田海民夫妇挖塘养鱼，金俊山也开始向石圪节公社的人卖羊奶，甚至连田福堂也开始到原西城当包工头，大家纷纷走上致富的道路。

乡村前后生产方式的改变充分反映出现代化涌入的迹象，机械化取代了人工劳动，逐渐融入人们的生产、生活之中，并影响着人们的思维方式和思想认识。与孙少安和田润叶、贺秀莲之间的爱情纠葛不同，孙少平的爱情选择充满现代性的意味。作为家庭的长子，孙少安要考虑到家庭的方方面面，将家庭或者说是家族的利益置于第一位，因此面对青梅竹马的润叶也不得不屈服于冷酷的现实，娶勤劳能干的秀莲当老婆。而孙少平不需要像孙少安一样以家庭为主来考虑自己的人生大事，从年少时期的郝红梅到曹菊英再到田晓霞，他对伴侣的选择完全是出于现代爱情意识的考量，注重精神的共鸣与灵魂的契合，反对僵化、传统的婚恋模式。菊英作为曹书记的女儿，孙少平与之结合具有传统才子佳人小说中的恋爱情节，表现的是穷苦书生与富家小姐之间的跨阶级爱恋，但是路遥在进行创作的时候，颠覆传统爱情小说的叙述模式，将少平与田晓霞之间的爱情写得那么坚定动人，是全书中最现代式的爱情。

生产的现代化带来人的现代化，体现在人的现代意识的觉醒。首先是孙少平和高加林这类的农民典型，他们不是纯粹的农民形象，而是有着一定文化素养的农民，具备农民和知识分子的双重身份，在时代潮流的推动下，他们走出农村，走向城市，参与到工业化的时代浪潮中。与高加林不同，孙少平身上显示出更加明确的自省意识，从打零工到煤矿工人，他始终以强大的自省意识支撑着自己前进。乡下人进城的问题在孙少平身上更具思考性，为什么一定不能回村和孙少安共同经营砖厂呢？为什么一定要在外漂泊呢？孙少平接触到的书籍是《钢铁是怎样炼成的》《红岩》《红与黑》，这些书籍都是充满艰苦奋斗和反抗精神的，在这些书籍的影响下，孙少平更加坚定自己的选择，以及在工业化中实现自身价值的决心。其次是孙巧珍、贺秀莲这类的农村女性形象，她们身上具有传统女性勤劳简朴的一面，同时现代个人意识开始觉醒。巧珍更多是表现在现代爱情意识的觉醒，她敢于大胆追求爱情，不顾世人眼光，在被抛弃后保持清醒，与马栓好好过日子。贺秀莲的独立意识更多体现在现代家庭的建立上，秀莲坚持“分家”的行为实际上是对传统家族制度和封建男权的反叛，在三从四德这一陈旧道德体系的规训下，秀莲大胆反抗，三番几次坚持箍新窑，注重个人小家庭的建立，这都说明了秀莲思想上的现代性萌芽。再次，作为保守派的田福堂、孙玉亭等人，也在现代化的不可阻挡之势下不得不改变自己的思想，接受新时代、新思想。田润生与郝红梅这段不被世人接受的感情是见证田福堂思想上变化的重要线索，从一开始的竭力反对到最后的无奈接受，显示出老派村干部对现代新型恋爱关系的妥协过程。

文学创作来源于现实生活，路遥在写作《平凡的世界》的时候纳入时代改革之变，将农民在现代化浪潮席卷下的欢笑、眼泪、心酸淋漓尽致地表现了出来，对于观照整个20世纪中国农民文化心理的发展具有典型意义。尤其是高加林、孙少平、孙少安这类青年农民人生道路的选择是窥探现代化对人精神影响的一扇重要窗口，而青年农民“进城”问题现如今依旧是一个说不尽的话题，作为20世纪末的独特现象，里面依旧包含许多可讨论的空间。

三、现代传播媒介的推动

《平凡的世界》所展现的现代性并非仅仅在文本中有所体现，还体现在其依托现代化传播媒介进行的有效传播，使其拥有大量的粉丝和坚实的群众基础。最初《平凡的世界》仅借助传统印刷媒介进行出版，但由于与当时的创作、印刷、出版环境格格不入，出版异常艰难，路遥一度面临出版社退稿的尴尬。经过各方的努力，几经波折，《平凡的世界》第一部最终于1986年由中国文联出版社出版发行。第一部的出版并没有引起很大的轰动，反而招致了文学界不少人的批判与质疑。这一结果导致了《平凡的世界》第二部出版无门，最终没有在国内任何文学刊物上公开发表。后来，一次偶然的机会，路遥结识了时任山西《黄河》杂志的主编周山湖。周山湖在与路遥交谈之时得知《平凡的世界》第二部无处发表后，主动向路遥约稿，最终路遥将《平凡的世界》第二部交由《黄河》杂志发表。

虽然印刷媒介对《平凡的世界》的传播做出了不少努力，并在读者群中成功引起一些反响，但传统印刷媒介的受众人群具有局限性与固定性，如“知识分子”和“精英人物”等，与老百姓的阅读水平有着一定的隔膜，加上又是长篇鸿制，农民很难花费足够的时间去精心阅读。广播这一现代媒介的出现为《平凡的世界》走进千家万户提供了重要的历史契机。广播能够紧紧贴合人民的生活习惯，让人们可以在劳作之余收听故事以消愁解闷，因此深受人民大众的热爱。而广播这种现代化传播媒介在《平凡的世界》的传播过程中做出了如此大的贡献，究其原因，主要体现在以下几个方面：首先是传播的硬件基础。20 世纪 80 年代是我国广播媒体大繁荣的时期。由于那个年代我们国家物质方面的匮乏，电视机这种新兴的电子产品并未大量普及。黑白电视机在 80 年代时是以奢侈品的形象存在的，一台黑白电视机的价格相当于当时个人一年的收入，没有多少人能负担得起。因此，相比于黑白电视机，价格低廉的收音机则成为较为普遍的媒体走进了千家万户。利用无线电传播的电台超越了技术的局限，将看不见的电波深深扎根在群众当中。

其次是广播的接受障碍小，传播范围广。传统的印刷媒介对受众的文化接受水平及鉴赏能力有一定的要求，且阅读作品本身也需要花费很多时间。广播则不然，其受众不需要很高的识字能力就可以理解小说的内容。而且，广播解放了人们的双手和双眼。人们在田间地头劳作之余就可收听，无须挤占日常时间。再者，广播延伸了印刷媒介在时间和空间方面的传播，极大扩展了作品传播的覆盖面，增强了传播效果。电波以每秒 30 万公里的速度将那些无法阅读印刷文本的潜在读者转化为真正的受众群体。

再次，广播可以回归口头文学，易于情感传递。一方面，广播恢复了传统口头文学特有的现场感和生动感。虽然收音机具有一层我们看不见的外壳，但它却“以人与人直接打交道的私密、亲切的形式出现在我们面前”①。麦克卢汉认为，广播是人体中枢神经系统的延伸，“它与我们中枢神经系统的原始延伸和谐合拍，与我们树栖祖先的大众媒介即口语和谐合拍”②。另一方面，与印刷媒介相比，广播更能调动人们的情绪。麦克卢汉曾说：“任何发明或技术都是人体的延伸或自我截除。这样一种延伸还要求其他的器官和其他的延伸产生新的比率、谋求新的平衡。”③ 他认为，媒介是人的一种延伸。任何媒介

---

① ［加］马歇尔·麦克卢汉著，何道宽译：《理解媒介：论人的延伸》，译林出版社 2019 年版，第 369 页。

② ［加］马歇尔·麦克卢汉著，何道宽译：《理解媒介：论人的延伸》，译林出版社 2019 年版，第 369 页。

③ ［加］马歇尔·麦克卢汉著，何道宽译：《理解媒介：论人的延伸》，译林出版社 2019 年版，第 64 页。

的引入，都势必会带来人类感官比率的变化。文字是一种分离和专业化的行为，它将口语和书写割裂开来并分割成了专门的领域。“印刷词语在我们心理生活中割裂和分解的能力，赋予我们的是‘感受力的分裂’。”① 人的眼睛是开放的、中性的、富有联想的，这样的特性导致人们在阅读印刷作品时注意力及感受力无法集中。但耳朵是非常敏感的，“耳朵没有宽容性，它是封闭的、排他性的”②。收音机这种热媒介的出现，占用了受众的听觉并将其无限放大，导致听觉所占的感官比率大大提高。它能够充分运用人类丰富的语言以及各种音响去感染听众，不同的声调、语气常常会达到不同的效果，是提供娱乐、学习的有效工具。“收音机直接地、面对面地影响着多数人，给人提供一种作者或讲演者与听众不凭借言语而交流的世界。”③ 朗读者声音的抑扬顿挫很容易表现出作品中所蕴含的思想情感，能够使受众产生很强的参与感、立体感，令人身临其境。1987 年春天，路遥在北京遇到了时任中央人民广播电台文艺部“长篇联播”节目编辑的叶咏梅女士，并将《平凡的世界》第一部送给了她。后来叶咏梅女士向台里打报告，建议将这部作品录制成广播节目在电台播出。果不其然，《平凡的世界》广播节目一经开播，就在广大听众中引起了热烈反响。一时间，电台收到了很多听众的来信。据统计，《平凡的世界》广播剧的听众超过 3 亿人。在中央人民广播电台播出的广播剧中，其听众数量长期居于前列。广播剧的播出带来了许多意想不到的收获，首先，广播不仅让这部作品获得了广泛的群众基础，而且在一定程度上打破了传统印刷纸质媒介与人民群众之间的隔阂。其次，广播还带动了《平凡的世界》纸质书的销量，甚至出现了供不应求的现象。再次，《平凡的世界》广播剧的成功播出与好评如潮的现象，为路遥继续完成后期创作提供了巨大推动力。由此可见，传播媒介对于文学作品传播的重要性何其之大。麦克卢汉在其著作《理解媒介：论人的延伸》当中提出“媒介即信息”，呼吁人们关注媒介本身所包含的讯息。每一种新的媒介的出现与流行既影响着人们的生活方式，也在改变着文学的传播方式与效果，而广播这种现代化传播媒介在《平凡的世界》的传播过程中即做出了如此大的贡献。

《平凡的世界》不仅乘着广播媒介的东风获得了广泛传播，后期影视媒介对它的传播更是起到了“锦上添花”的效果。随着我们国家改革开放的不断展开，电视在普通民众的家庭生活中慢慢普及开来，为《平凡的世界》出现在电视荧幕上提供了强有力的支持。相较于传统媒介，影视媒介拓宽了小说的受众群体，使其能够紧跟时代脚步收获更加年轻一代的粉丝。80 年代以后，众多长篇小说逐渐被改编成电视剧搬上大荧幕，被改编的影视作品成为斩获青年粉丝的重要利器。从“四大名著”的影视改编开始，文学作品改

---

① [加] 马歇尔·麦克卢汉著，何道宽译：《理解媒介：论人的延伸》，译林出版社 2019 年版，第 215 页。

② [加] 马歇尔·麦克卢汉著，何道宽译：《理解媒介：论人的延伸》，译林出版社 2019 年版，第 370 页。

③ [加] 马歇尔·麦克卢汉著，何道宽译：《理解媒介：论人的延伸》，译林出版社 2019 年版，第 366 页。

编的普及性、实用性与潜藏的巨大商业性就不断被凸显，《平凡的世界》也成功借助影视改编吃到红利。1990年由潘欣欣导演、张宝庆等主演的电视剧《平凡的世界》在中央电视台播出，因忠于原著的创作精神和演员们敬业的演出，吸引了大批读者的关注。1990年版《平凡的世界》电视剧在电视上多次重播，堪称经典，增加了人们对小说的熟悉度。而真正将其推向年轻人的视野，引起热烈探讨的是2015年版由毛卫宁导演，王雷、佟丽娅等人主演的电视连续剧《平凡的世界》，该剧在北京卫视首播，真实还原了路遥在小说中描写的黄土高原的生活场景，并对原著进行了一定程度的改编，还大胆运用了陕北民歌的形式，创作出具有地方特色的歌曲夹杂其间。2015年版《平凡的世界》电视剧一经播出，借助网络媒介与短视频的宣传效应，再度引发人们对路遥与《平凡的世界》的关注和热议，在"90后"这代青年群体中受到热捧。另外，由于叙事的真实性与共同的现实背景，使很多公众人物有了深深共鸣，他们多次在各大媒体平台公开表示《平凡的世界》对自己的鼓舞作用，一定程度上使人们更为广泛地关注到了这部充满巨大鼓舞力量的长篇著作。尤其是在充满压力与浮躁的生存环境之下，人们对传统生活的向往与对田园生活的追随更加明显，使《平凡的世界》的纸质书籍在线下各大书店及网络销售平台出现了脱销现象。

无论是广播媒介还是影视媒介，对《平凡的世界》的广泛传播都贡献了不少力量。以现代化传播媒介对《平凡的世界》这部作品的成功传播为例，可见传播媒介对文学作品传播的影响何其深远。从某种程度而言，"此时的媒介已不仅仅是简单工具性的存在，而是内化为文学本身重要的构成维度"①。如何通过媒介的力量将文学作品的魅力最大限度地发挥，这仍是我们所需要努力研究的方向。

结　语

笔者认为，享有"改革先锋""最美奋斗者"称号的路遥，是一位承传红色文化血脉、文脉的优秀作家。他在中国式现代化追求及文学实践中，努力将现代性和人民性紧密结合了起来。其代表作《平凡的世界》作为一部反映中国现代化进程中城乡变迁的现实主义作品，将中国现代化改革道路中城乡关系、经济、结构的调整统筹进作品之中。中国式现代化经历了曲折的探索，并非一蹴而就，深刻地影响了政治、经济、文化等社会的方方面面。从《人生》到《平凡的世界》，路遥延续了对于中国式现代化的思索，且更为细致、深入。如果说高加林身上体现的是乡村青年面对城乡道路的抉择问题，那么孙少平的选择则是对这一问题的坚定回答。20世纪80年代的广大农村青年普遍面临新与

① 刘强：《试析八十年代广播媒介在小说传播中的作用——以〈平凡的世界〉为例》，《今传媒》2015年第6期，第96页。

旧、传统与现代、道德与物欲等多方面的考量，孙少安、孙少平抑或是王满银、金富等人对于生存道路的选择问题暴露出时代语境下人们普遍的生存状况。路遥以辩证的态度审视现代化这一命题，肯定了现代化改革对于城乡经济的推动作用，也对现代思想的涌入保持警惕的态度，将传统与现代之间的碰撞、交融以及艰难的嬗变过程进行了具体而微的分析。同时，路遥将文学创作者的人文关怀注入写作中，使其作品带有强烈的路遥风格。正如李建军对《平凡的世界》做出的评价："是道德叙事大于历史叙事的写作，是激情多于思想的写作，是宽容的同情多于无情的批判的写作，是有稳定的道德基础但缺乏成熟的信仰支撑的写作"①。对广大劳动人民的浓烈情感与对国家前途命运的热切关怀，使路遥的文学创作带有强烈的温情与责任感。

① 李建军：《文学写作的诸问题——为纪念路遥逝世十周年而作》，《南方文坛》2002 年第 6 期，第 24 页。

方志敏狱中回忆录与当代革命历史“传奇化”关系研究*

原　帅　贺紫钰①

摘　要：方志敏狱中写作是一种特殊的斗争方式，他以“‘反传奇’自述”完成“烈士叙事”并塑造了自我形象。20世纪50年代出现了第一次“方志敏热”，相关叙事呈现“‘传奇化’他述”的特征。“‘反传奇’自述”是纪实的，而“‘传奇化’他述”是虚构的。狱中回忆录在抗日战争时期已经产生了影响，在50年代又成为“共产主义教科书”，其思想性、文学性和丰富性影响了不同时代的读者。80年代出现了第二次“方志敏热”，对方志敏与鲁迅“同志的信任”以及信稿传送过程的考证研究，呈现出“去传奇化”的特征。

关键词：方志敏；狱中回忆录；传奇化

一、“反传奇”自述和“传奇化”他述

1935年1月29日，方志敏被捕，“红军北上抗日先遣队的行动失败”②。2月2日，方志敏被押解到南昌，囚禁在“委员长行营驻赣绥靖公署”军法看守处。初入狱时，方志敏感到“愧悔交集”③，只想一死谢党；当下士文书高家骏告知案件“缓办”后，他改变了斗争策略，利用敌人劝降、命其写“悔过书”的机会，统战官兵、策划越狱、积极

---

* 项目基金：2022年度国家社会科学基金青年项目“革命回忆录与当代文学生成关系研究（1935—1963）”（批准号：22CZW050）。

① 作者简介：原帅，河北师范大学文学院副教授。贺紫钰，河北师范大学汇华学院讲师。

② 江西省方志敏研究会编：《方志敏年谱（1899—1935）》，中央文献出版社2009年版，第340页。

③ 方志敏：《在狱致全体同志书》，《方志敏全集》，人民出版社2012年版，第107页。

写作。狱中文稿主要包括：一是革命回忆录，即写得最早、字数最多的《我从事革命斗争的略述》，它是日后所有关于方志敏传记叙述的基础；二是向党中央汇报工作、总结经验的报告，如《我们临死以前的话》《在狱致全体同志书》《赣东北苏维埃创立的历史》；三是表现共产党员信仰和伦理的文学性作品，如《可爱的中国》《死！——共产主义的殉道者的记述》《清贫》；四是记录狱中生活的纪实性作品，如《狱中纪实》《记胡海、娄梦侠、谢名仁三同志的死》；五是嘱托狱友胡罟人遵守承诺、传送文稿的书信，如《给某夫妇的信》《给党中央的信》《遗信》。方志敏与瞿秋白是“狱中回忆录”的代表，而“狱中写作”也成为20世纪30—40年代共产党员集体性的斗争方式，进而成为50—60年代革命历史小说的主要内容。

方志敏在写作革命回忆录时是明确拒绝“小说”笔法的。1927年大革命失败后，他乔装从吉安潜回弋阳，“途中是经过了一些困难，也遇着一些有趣的事，如果是小说家用文艺的手腕描写出来，倒是一篇好小说，现在我是坐在囚牢里，是没有心情去写了”①。而《可爱的中国》的附记是“这篇像小说又不像小说的东西”②，《死！》的附记是“这篇东西，当然不成为小说，只是我们狱中生活片段的记述而已”③。又说：“死（也是纪实，以小说形式写的）”，“可爱的中国和新生活运动的训话，是两篇不成功的小说”④。“狱中回忆录”的“形式”，即“纪实”和“文艺的手腕”的关系，值得分析。狱中写作是一种特殊的斗争，其文体并不精致，第一、二类文稿以朴素的叙述为主；而第三、四类文稿常常使用“文艺的手腕”，如《可爱的中国》开篇使用第三人称叙事，描述“祥松”⑤在狱中的生活，具有客观、真实的效果，继而使用书信体和第二人称叙事，直接抒发一名共产党人深沉的爱国之情。《可爱的中国》文体是混杂的，这可能是冯雪峰在编辑影印本时做了删节的原因。在文学方面，《可爱的中国》精彩之处是对典型的抓取和“母亲的身体”寓言。他历数了自己所亲历的销毁日货、洋人担任南昌邮政局长及其数量夸张的随从、外国军舰在长江“自由航行”、教会学校里外国教员与中国教员的不平等、上海法国公园挂着“华人与狗不准进园”的牌子、在日本轮船上没钱买票的中国人被侮辱等。这些具体的见闻逐渐形成了其民族观念，推动他从学生走向职业革命者，探索民族解放和阶级解放的道路。于是，朴素的爱国之情同化为坚贞的革命信仰，方志敏进而创造性地使用了“母亲的身体”寓言，以文学的形式，转喻了晚清以来西方列强瓜分中国的政治漫画，将帝国主义的罪恶形象化为敲骨吸髓、肢解躯体的疼痛感，这种修辞方式也折

① 方志敏：《我从事革命斗争的略述》，《方志敏全集》，人民出版社2012年版，第35页。

② 方志敏：《可爱的中国》，《方志敏全集》，人民出版社2012年版，第140页。

③ 方志敏：《死！——共产主义的殉道者的记述》，《方志敏全集》，人民出版社2012年版，第161页。

④ 方志敏：《给党中央的信》，《方志敏全集》，人民出版社2012年版，第188页。

⑤ 1927年6月，方志敏化名“李祥松”，从南昌去吉安发动农民运动。

射了狱中囚犯的身体。由于朴素的爱国之情，在方志敏眼中，中国不再是一个拖着辫子、骨瘦如柴的鸦片鬼形象，而是一个被侮辱、被损害、可爱的母亲，他发出了鲁迅式的“救救母亲”的沉痛呐喊。

《可爱的中国》使用“文艺的手腕”是为了增强叙述的形象性，《清贫》细致地描述了国民党士兵搜身时的“言行”和“一只时表和一支自来水笔”的“细节”，《死!》细致地描写“对话”、用强烈的对比来表现共产党人坚贞的信仰。这些“像小说又不像小说的东西”，其文学性主要体现在“形象性”而非“虚构性”，形成一种“反传奇”的自述。革命回忆录通过主体回忆革命经历，一方面记录历史，另一方面塑造形象。方志敏狱中回忆录之所以成为经典，一是其“烈士叙事”很快通过了党中央的审查，二是在朴素的叙述的同时，塑造了一个具有坚贞的信仰和丰富的情感的自我形象。也就是说，革命回忆录并不排斥“文艺的手腕”，它兼具历史属性和文学属性，两者的关系并非是“真实”和“虚构”的二元对立，而是“真实性”和“形象性”的相互增进。革命回忆录常常在回忆视角、动作对话、心理描摹、细节呈现等方面使用“文艺的手腕”，更生动传神地塑造形象、刻画性格。狱中回忆录并没有口号化，或者说革命回忆录的可信性及其意识形态的有效性，依赖于自我形象的塑造。方志敏被押送南昌途中，2月1日在上饶被“示众”，2月7日在南昌豫章公园被“示众”，“他们背我到台口站着，任众观览。我昂然的站着，睁大眼睛看台下观众。我自问是一个清白的革命家，一世没有做过一点不道德的事（这里是指无产阶级的道德），何所愧而不能见人。观众看到我虎死不倒威的雄样子，倒很惊奇起来”①。他将“示众”的展台转变为斗争的现场，敌人反而害怕了，军事上的失败者反而成为精神上的胜利者。“老照片”证实了他的回忆，被俘当天和在豫章公园都留下了照片，方志敏的确是“虎死不倒威的雄样子”。于是，直观的照片和形象的自述使革命口号可感、可信：“敌人只能砍下我们的头颅，决不能动摇我们的信仰!”②“学习列宁同志‘一天做十六点钟工作’的榜样，努力为党工作!”③“清贫，洁白朴素的生活，正是我们革命者能够战胜许多困难的地方!”④

1935年8月6日，方志敏牺牲，其狱中文稿被传送出去并作为“烈士叙事”传播。12月9日，我党在巴黎出版《救国时报》创刊号，发表了《我们临死以前的话》。1936年1月29日，《救国时报》开设“纪念方志敏烈士被捕一周年”专栏，以《方志敏烈士遗嘱》为题，再次发表了《我们临死以前的话》以及其他纪念文章，随后又结集油印出版了《在狱致全体同志书》《我们临死以前的话》。1939年，上海的史社出版了《民族解

① 方志敏：《我从事革命斗争的略述》，《方志敏全集》，人民出版社2012年版，第99页。

② 方志敏：《死!——共产主义的殉道者的记述》，《方志敏全集》，人民出版社2012年版，第141页。

③ 方志敏：《我们临死以前的话》，《方志敏全集》，人民出版社2012年版，第104页。

④ 方志敏：《清贫》，《方志敏全集》，人民出版社2012年版，第164页。

放先驱方志敏》，收录《清贫》《可爱的中国》《在狱致全体同志书》《我们临死以前的话》；霞社出版了《方志敏自传》，收录《清贫》《可爱的中国》。1951 年 10 月，冯雪峰委托上海出版公司，将《清贫》《可爱的中国》《遗信》手稿影印出版，书名为《可爱的中国》。1952 年，人民文学出版社根据影印本重排，出版了《可爱的中国》。1957 年 12 月，工人出版社出版了《狱中纪实》，收录《死！》《给某夫妇的信》《狱中纪实》《〈赣东北苏维埃创立的历史〉序言》《记胡海、娄梦侠、谢名仁三同志的死》《我们临死以前的话》。有关方志敏狱中回忆录的出版和阅读在 20 世纪 50—60 年代形成热潮，不仅《可爱的中国》多次再版，而且江西人民出版社也出版了多种故事、木刻、连环画。

方志敏的自述是“反传奇”的，而亲友的他述却具有“传奇化”倾向。当代革命历史传奇不仅仅是对话本小说叙述机制、阅读期待的征用、迎合，也是根源于革命本身，即革命内蕴着传奇性。革命和战争的经验迥异于日常经验，经验的稀缺性导致革命历史叙事极易传奇化。从这个角度看，当代革命历史传奇其实是“纪实”。早在 20 世纪 30 年代，闽浙赣苏区就流传着方志敏“两条半枪闹革命”的传说。1958 年，方志敏的妻子缪敏在革命回忆录《方志敏战斗的一生》中叙述：1928 年秋，方志敏领导农民自卫军攻占了漆工镇派出所，缴获了“两条半枪”，从此拉开了弋横暴动的序幕。于是民间传说转变为历史事实，罗宁进而又演义成“故事”：方志敏与同志们伪装成正在闹纠纷的村民，“方志敏同志看机会到了，跳上土墙，回手抽出了身上的红旗，大喊道：‘同志们！冲呀！打呀！活捉于麻子！’”① “故事”增加了生动的细节和强烈的象征，进而强化了戏剧性和传奇性。因为《我从事革命斗争的略述》曾叙述过一个腐败的余姓巡官，所以他成为这个故事的固定“角色”。传说、回忆、故事，三种叙述混合在一起，进而影响了历史叙事：亲友回忆，如邵式平《两条半枪闹革命》、方志纯《浅论“方志敏式”根据地》、黄道之女黄知真《永远的怀念》；传记文学，如张知《方志敏将军传》（解放军出版社 1983 年版），石蔚春、李希文、石凌鹤《方志敏传》（人民出版社 1991 年版），方志敏之女方兰《方志敏全传》（解放军出版社 1999 年版），都采信了缪敏的叙述。然而历史真实是：1926 年，“北伐军东进弋阳时，北洋军阀辖下的漆工镇警察所巡官，带两条枪到县城辞职，这两条枪被弋阳县党部得到。同时，东进部队有个病兵背着半条枪（截了一节的）来请求医治，县党部又得到这半条枪。方志敏和中共弋阳特支决定派共产党员雷夏去接管漆工镇警察所，担任巡官职务，将两条半枪交给了他”②。邵式平在《中国工农红军第十军团诞生前赣东北初期农民运动的概况》中说：“当时，也不叫暴动，拿现在的话来说，就是叫接管，是我们把漆工镇警察所两条半枪接管过来。”③ “传说”将历史事件向

---

① 罗宁：《漆工镇起义》，《方志敏的故事》，作家出版社 1959 年版，第 20 页。

② 江西省方志敏研究会编：《方志敏年谱（1899—1935）》，中央文献出版社 2009 年版，第 69 页。

③ 江西省方志敏研究会编：《方志敏年谱（1899—1935）》，中央文献出版社 2009 年版，第 70 页。

后“挪用”并虚构了“革命起源”。

“两条半枪闹革命”是虚构的故事，缪敏所述事件的性质、时间、当事人等都是不对的，由此可见，只有经过“互证”，革命回忆录才能成为可靠的史料。这种所谓的“失实”和革命回忆录的特性有关：一是“主观回忆”，时间常常会影响回忆的准确性；二是兼具历史性和当下性，主体进行回忆的“现在时”会有意无意地影响“过去时”，尤其是主观动机会使回忆复杂化。因此，研究革命回忆录不仅要关注“话语讲述的年代”，更要关注“讲述话语的年代”。① 缪敏并非有意虚构，而是她所使用的“材料”已经被传奇化了。早在1931年，闽浙赣苏维埃就下令“搜集革命烈士的革命历史”②，然而革命回忆录显然不适合紧迫的战争环境。方志敏的革命经历极具传奇性③，而民间文化又具有强烈的英雄崇拜情结，革命领袖、群众崇拜、说唱形式相结合，产生了革命歌谣，如《五唱方志敏》（《唱五更》），相对应的是抨击敌人的《骂蒋介石》（《骂毛延寿》）、《击鼓骂蒋》（《击鼓骂曹》）；“三国”故事深受农民喜爱，于是顺理成章地被借用、改造，如方志敏“单刀赴会”、舌战劣绅张念诚、用“空城计”吓退敌人④、“计谋赛过诸葛亮，胆子赛过刘关张”⑤ 等。这些“旧瓶装新酒”的革命歌谣，既有民众的自发改编，又有政

① 烈士亲友是革命回忆录的主要作者，其回忆的权威性源自与烈士的特殊关系和搜集史料的便利，如在《方志敏战斗的一生》（工人出版社1958年版）的“后记”中，缪敏说：“材料的来源，一部分是志敏同志的母亲、胞姐和我自己的回忆，及我几年来的点滴搜集；一部分是志敏同志亲密的战友、同学、朋友的讲述，和志敏同志在狱中写的各种文稿。”然而回忆主体的“身份”并不总能保证回忆的可靠，缪敏的错误主要原因是关于“话语讲述的年代”的史料尚未搜集、整理完备，属于历史研究问题；而方兰的错误主要原因是“讲述话语的年代”，20世纪90年代的通俗影视文化损害了革命历史叙事，即为了表现方志敏的“个人魅力”，对其两性情感纠葛着墨较多，这种“革命祛魅”和“恢复人性”的写法反而违反了历史真实，进而损害了烈士形象。

② 《闽浙赣苏区革命文化运动大事记》，江西省文化厅革命文化史料征集工作委员会等编《闽浙赣苏区革命文化史料汇编》，江西人民出版社1997年版，第546页。

③ 方志敏的革命经历、狱中文稿的传递以及尸骨的搜寻、保存都极具传奇性。1955年，党中央、刘少奇作出了寻找方志敏遗骨的指示，中共江西省委成立了“方志敏遗骨调查小组”。调查小组根据方志敏赴刑前的照片，找到了当年的摄影师，据摄影师回忆，殉难地点在下沙窝，但是具体方位找不到了。方志敏牺牲时有一个特殊情况，即没有摘掉他的脚镣。1956年春，江西化纤厂在下沙窝破土动工，挖出一堆骨殖，还有一副脚镣。根据看守所长凌凤梧回忆，他将10斤重的脚镣换成4斤重的，挖出的脚镣因为锈蚀只剩下3斤。调查小组共清理出79块骨头，1958年5月26日，经司法部法医研究所鉴定，确定其中9块为方志敏的遗骨。在“反右”运动中，江西省公安厅的张伟纳保护了方志敏的遗骨。1965年，为纪念方志敏牺牲30周年，举行了遗骨安葬仪式，毛泽东题写了“方志敏烈士之墓”。

④ 参见邹国昌《没有昨天，就没有今天——纪念志敏伯伯》，中共弋阳县委员会、弋阳县政府主编《方志敏印象集》，江西人民出版社1989年版，第173页。

⑤ 《好儿郎》，江西省文化厅革命文化史料征集工作委员会等编《闽浙赣苏区革命文化史料汇编》，江西人民出版社1997年版，第226页。

治的有意引导，两者常常混杂在一起。方志敏在动员农民、组织暴动时，就使用了封建色彩浓厚的“上名字”（结拜）的方式，到了建设时期，他便耐心纠正红军中的游击习气、军阀习气、极端民主等错误。对民间说唱的征用、改编的逻辑亦是如此，闽浙赣苏区流传着“方志敏夜改民歌”的故事：方志敏在王燧村听到孩子们在唱一首儿歌，歌词是“叫声老表莫伤心，江西有个方志敏。他是穷人大救星，领导闹革命”。方志敏在肯定群众革命性的同时，指出歌词中“个人崇拜”的政治错误，为了强调“党的集体领导”，他亲手将歌词改为“叫声老表莫伤心，穷人有了大救星；唤起工农闹革命，快快团结紧。叫声老表莫悲伤，中国有了共产党；领导工农求解放，快快抓起枪”①。这个从群众中搜集来的故事很可能也是“改”过的，所折射的是后来的历史经验和叙述机制。

二、爱国主义和共产主义的“教科书”

“反传奇”自述和“传奇化”他述创造出两个方志敏形象，即“狱中的方志敏”和“传奇的方志敏”。两个形象并行不悖的原因之一，是符合不同年龄段读者的阅读趣味。儿童、少年读者更容易接受后者，因其具有趣味性、寓教于乐，因此出版了大量的故事、连环画、木刻等；青年读者更容易接受前者，作为爱国主义和共产主义的教科书，因此《可爱的中国》多次再版、被经典化。“隐含读者”的逻辑也符合当代革命历史叙事的生成过程，即以《林海雪原》为代表的革命通俗小说被以《红旗谱》《青春之歌》为代表的革命成长小说取代。方志敏狱中回忆录也内蕴着“人在历史中成长”的叙述机制。

方志敏的传奇经历不仅受到苏区人民的崇拜，还引起敌人的好奇，他被押送进看守所后引发轰动，狱中官兵争相目睹这位“共产党的三省主席”②。传奇性很快消散，坚贞的信仰在狱中不断凸显，方志敏与刘畴西、王如痴、曹仰山关在普通号时，他们在“床沿上也用指甲刻写着‘视死如归’”③ 和“始终如一”④。方志敏被转移到优待号后写作更加积极，用自己的言行感化了胡罟人与高家骏，为日后狱中文稿传送出去奠定了基础。谢澹如曾保管过丁玲、瞿秋白、方志敏等共产党人的手稿以及长征回忆录《二万五千里》誊抄本。1938 年，他在上海租界开办金星书店，与三个儿子一同誊抄、出版了瞿、方两位烈士的手稿，霞社的《方志敏自传》就是其中之一。次子庆璋被两位烈士的信仰感召，

---

① 陶春泉：《方志敏夜改民歌》，江西省文化厅革命文化史料征集工作委员会等编《闽浙赣苏区革命文化史料汇编》，江西人民出版社 1997 年版，第 147 页。

② 胡逸民：《囚友之交——忆方志敏在狱中》，中共弋阳县委员会、弋阳县政府主编《方志敏印象集》，江西人民出版社 1989 年版，第 257 页。

③ 胡逸民：《囚友之交——忆方志敏在狱中》，中共弋阳县委员会、弋阳县政府主编《方志敏印象集》，江西人民出版社 1989 年版，第 258 页。

④ 方梅：《方志敏全传》，解放军出版社 1999 年版，第 499 页。

改名“秋敏”，投身抗战。1939年，八路军驻重庆办事处的工作人员重金收购了《我从事革命斗争的略述》手稿，叶剑英读后异常激动，在方志敏被俘后的照片上题写了《读方志敏同志狱中手书有感》①。周恩来常对年轻同志进行气节教育：“有一次，周恩来同志讲到方志敏同志，当场背诵了叶剑英同志这首诗，用来勉励大家。当时在场的青年们听了很受教育，纷纷跑到叶剑英同志那里去，把这首诗抄在自己的小本子上，用以自勉。”② 在抗日战争时期，方志敏狱中回忆录已经对“个人”产生了影响。

1952年，《中国青年》重新发表了《可爱的中国》（1951年影印本）和韦君宜的《读〈可爱的中国〉后》。韦君宜高扬共产主义和爱国主义，批判帝国主义以及国内“欧美物质文明”“帝国主义侵略客观上对中国有利”“对帝国主义侵略应当公正地分别功罪”等貌似“客观”的论调，要求青年读者对照“检查自己”是否有“个人自私自利的思想”“羡慕资产阶级享乐生活的思想”“偷懒”“名位观念”“为自己损害一些革命利益的念头”③。之后《中国青年》收到“七十多位青年读者的来稿和来信”，志愿军战士宋训令沿用“母亲”的修辞批判美帝国主义，湖南省立女师汪梅影批判自己在抗日战争时期的悲观思想，华东军区的徐明批判自己的资产阶级出身并“检查我的敌我不分的思想”。④

方志敏狱中回忆录在传播初期，突出的是“抗日”；成为“中国青年”的教科书后，突出的是“抗美”。从“抗日”到“抗美”，反映了中国社会主要矛盾和政治问题的变化。方志敏之所以能够影响不同时代的读者，是因为《可爱的中国》的创造性：一是说明了阶级解放和民族解放是一致的、共产党人是真正的爱国者，二是“母亲的身体”寓言。“爱国”是共产党员的伦理之一，到了相对和平的时期，“清贫”就被强调，方志敏狱中回忆录又成为批判资产阶级意识形态的重要资源。从1935年的“母亲的身体”到1952年的“母亲”，“身体”修辞消失了，这也象征了社会主义战胜了资本主义。从胡罟人、谢澹如父子到周恩来的“气节”教育、“中国青年”，从个人读者到集体读者，反映了思想教育的组织化过程。在“后革命时代”，我们很容易从韦君宜要求青年读者“检查自己”中解读出“权力”的“规训”，然而，宣扬爱国主义、批判帝国主义的集体教育是合理而必要的，即使是个人阅读，如胡罟人、谢澹如等在反思、否定自己旧思想的过程中，也一定经历了痛苦的自我斗争。由于“反传奇”自述和“狱中的方志敏”的成功，《可爱

---

① 叶剑英诗为：“血战东南半壁红，忍将奇迹作奇功。文山去后南朝月，又照秦淮一叶枫。”1940年9月19日，郭沫若作诗《读方志敏自传（次叶剑英韵）》。1979年，应粟裕（与方志敏同为“红军北上抗日先遣队”的战友）的请求，叶剑英将此诗抄录下来，将“血战”改为“血染”，赠予粟裕。

② 扬峥：《又照秦淮一叶枫——介绍叶剑英同志在方志敏烈士照片上题诗手记》，中共弋阳县委员会、弋阳县政府主编《方志敏印象集》，江西人民出版社1989年版，第265—266页。

③ 韦君宜：《读〈可爱的中国〉后》，《中国青年》1952年第2期，第10页。

④ 参见《〈可爱的中国〉给我们的教育——来稿集纳》，《中国青年》1952年第10期，第30—31页。

的中国》成为“一本杰出的培植青年新道德新品质的文学著作”①。《可爱的中国》和《狱中纪实》“这两部作品之所以如此深刻地感染和教育了我们，不仅仅是因为作者文笔的流畅、优美，而更重要的是在于作品广阔而深刻的内容和作品中所塑造的光辉而动人的英雄形象”②。从此，《可爱的中国》成为方志敏的文化符号。当时在评介方志敏狱中回忆录时，常常提及捷克共产党员尤·伏契克的《绞索套着脖子时的报告》，“中国”的革命故事被纳入并构成国际共产主义文化，“民族主义”获得了合法性表达。共青团中央及其下属单位，如《中国青年报》《中国青年》和中国青年出版社等，在 20 世纪 50 年代编译、出版了大量的革命故事，如《牛虻》，苏联传记小说《普通一兵》《卓娅和舒拉的故事》，中国的《青年英雄的故事》，等等；革命回忆录，如《红旗飘飘》丛刊、孙福田《狼牙山五壮士》、望吴《杨根思》、沙汀《记贺龙》、罗广斌《在烈火中永生》等。方志敏狱中回忆录成为 20 世纪 50 年代“中国青年”共产主义教科书的组成部分，它们在历史观念、组织生产、叙述机制、人物形象、读者趣味等方面，共同构成了红色经典的“前史”。

三、“同志的信任”和“去传奇化”信稿传送考证研究

冯雪峰在 1951 年《可爱的中国》影印本“说明”中首次披露了信稿传送的经过：鲁迅先生在“一九三五年临末或一九三六年初”收到了《可爱的中国》《清贫》《遗信》，“因为我在一九三六年四月从陕北到了上海，鲁迅先生立即把它们交给我的时候，他说收到已经有几个月了”③。三篇手稿和给鲁迅的信都是密写的，鲁迅看过信后烧掉了。冯将《遗信》转送党中央，将《可爱的中国》《清贫》交谢澹如保管。方志敏在狱中所写的四本日记曾保存在上海某银行的保险箱里，但至今没有找到。④ 由于冯雪峰“身份”的权威性，所以赋予了其回忆以权威性，这直接影响了 20 世纪 50—70 年代的相关叙述。⑤

唐弢根据冯的回忆，创作了“故事”《同志的信任》：“一九三五年冬天的一个傍晚，鲁迅先生在预先约定的地点，会见了一个陌生的女青年。”⑥ 这一情节后来又被“石一歌”改写为直接送到鲁迅家中。《同志的信任》被选入中学语文教材，教育制度进一步强

---

① 吴天祐：《共产主义是永远不可战胜的——读〈可爱的中国〉》，《红岩》1952 年第 11 期，第 34 页。

② 郭延礼：《试论〈可爱的中国〉和〈狱中纪实〉》，《文史哲》1958 年第 12 期，第 9 页。

③ 冯雪峰：《说明》，方志敏《可爱的中国》，上海出版公司 1951 年版，第 1 页。

④ 方志敏的狱中日记，不仅胡逸民回忆说曾看过，而且上海党组织所保存的机密资料的目录也有记载。

⑤ 张怀江创作了《鲁迅与方志敏》的木刻组画，第一幅是方志敏在狱中写作《可爱的中国》，其余三幅分别是鲁迅接收、审读、传送文稿。

⑥ 转引自黄中海《关于方志敏的遗稿和密信转送给鲁迅的情况——兼谈〈同志的信任〉的真实性》，《绍兴师专学报》1981 年第 1 期，第 72 页。

化了回忆的权威性。到了 20 世纪 60 年代，许广平告诉缪敏："大约是在鲁迅逝世的几个月或年把的某一天，有个自称从狱中出来的人交给她一张白色的带红色直条的中国'八行笺'，说是内有方志敏同志给党中央的文件，请她妥为保存并设法转交。"① 许将这些文稿和"方志敏同志第二次送给鲁迅的信"存放在英国麦加利银行的保险箱里，并在上海沦陷后继续保护，最后转交给苏北党组织。缪敏回忆方志敏非常喜欢《呐喊》《彷徨》《野草》；高家骏也回忆，方让他读《呐喊》《彷徨》，高说鲁迅是"幽默作家"，方却说："鲁迅不是什么幽默作家。他专门与敌人辩驳，是一个宣传真理的作家。鲁迅是和我们一起的。"② 于是，缪敏相信："方志敏并没有见过鲁迅，但是他了解鲁迅、信赖鲁迅，把自己临死之前写成的文稿和密信委托鲁迅转给党中央"③。1961 年，缪敏邀请程全昭与高家骏来南昌做客，详细了解两人传送信稿的经过。

关于"同志的信任"的叙述不断丰富。方志纯回忆：方志敏"不知通过什么关系认识了鲁迅先生并有通讯来往。鲁迅知道他英文很好，据说推荐他读《资本论》、《共产党宣言》等书籍"，"据说他还曾将一篇小说《私塾》寄给鲁迅，鲁迅说过此作品很好"④。他还说："在上海时，方志敏同志还有幸结识了鲁迅先生，并结下了真挚的友谊。方志敏同志在沪生活无着落时，除鲁迅先生接济外，便以写稿得的少许稿费维生。鲁迅先生不仅为他的文章亲自润色，而且亲自为他向报社推荐稿件。"⑤ 吴奚如回忆："一九三五年春（或一九三四年冬）"，"一个同情革命、钦佩红军将领方志敏的小职员某某义士"接受委托，命其妻将"写给党中央的一件报告和致鲁迅先生的一封信"送到内山书店。鲁迅收到后发现全是白纸，便交给胡风，胡询问吴，吴说可用碘酒试试，果然显影了。信的内容是请求鲁迅邀请宋庆龄、蔡元培，以中国民权保障同盟的名义发起一个营救运动。鲁迅经过反复考虑，请吴向党中央与方志敏转达他的意见："如果发动一个营救运动，那只有加速方志敏同志的死刑执行期，因此应该利用蒋介石企图软化方志敏同志的短暂时间，在狱中赶快为党、为中国后代人写下一些珍贵的遗言。"这位义士的妻子返回南昌后，方志敏不仅与党中央"建立了直接联系的交通路线"，而且接受了鲁迅的意见，写下

---

① 缪敏：《鲁迅和方志敏的一段往事——纪念鲁迅诞生八十周年》，《鲁迅回忆录》（二集），上海文艺出版社 1979 年版，第 32 页。

② 转引自黄中海《关于方志敏的遗稿和密信转送给鲁迅的情况——兼谈〈同志的信任〉的真实性》，《绍兴师专学报》1981 年第 1 期，第 72 页。

③ 缪敏：《鲁迅和方志敏》，《解放日报》1961 年 9 月 25 日。

④ 转引自陈漱渝《鲁迅与方志敏二、三事——〈同志的信任〉一文涉及的史实》，《辽宁教育》1981 年第 1 期，第 30 页。

⑤ 方志纯：《为苏维埃奋斗，为共产主义牺牲——回忆方志敏同志的革命活动》，《江西日报》1979 年 12 月 11 日。

了《可爱的中国》，“这本遗著是分期写成送达党中央特科保存的”①。紧接着胡风接受访问②，确认了吴奚如的回忆。

从20世纪50年代到80年代，经过冯雪峰、唐弢、许广平、吴奚如、胡风（鲁迅亲友），缪敏、方志纯（方志敏亲属），程全昭与高家骏（信稿的传送者）③ 等人的回忆，鲁迅不仅传送过方志敏的信稿，并且建议方写下了《可爱的中国》，这几乎成为“史实”。

“新时期”再次出现了“方志敏热”，焦点是考证信稿传送的具体过程，唐弢所说的“陌生的女青年”被认为就是程全昭，而许广平所说的“自称从狱中出来的人”与吴奚如所说的“小职员某某义士”是否为同一人、究竟是谁，有高家骏说、胡罟人说以及凌凤梧说。而《同志的信任》④、吴奚如、冯雪峰等人的说法首先遭到质疑。陈漱渝认为方志纯的回忆不可靠，理由是方志敏在上海时，鲁迅远在北平，而且鲁迅在日记、谈话中从未提及方志敏。⑤ 陈忠认为吴奚如与胡风的回忆不可靠，他根据方志敏狱中文稿的时间（1935年1月29日被俘，因此“一九三四年冬”的说法是错误的；直到1935年6月，方才找到可靠的人，于是在19日重新“密写”了《我们临死以前的话》《在狱致全体同志书》）以及鲁迅与胡风的交往，从史料和逻辑的角度证明“在‘一九三五年春’（当然更不可能是一九三四年冬天），方志敏没有、也不可能有信件和文稿，从狱中传递出来，并经过辗转送到鲁迅的手里”⑥。他又根据高家骏与程全昭的回忆，即两人在上海停留的时间很短、完成任务后也没有返回南昌，推断不可能“建立了直接联系的交通路线”，也不可能把鲁迅的建议带回狱中。因此方志敏接受鲁迅的建议写下《可爱的中国》属于无稽之谈。

---

① 吴奚如的回忆最早由北京鲁迅研究室打印，在内部传阅；后以《鲁迅先生和党的关系》为题公开发表在《芳草》1980年第1期。

② 1980年7月22日，胡风接受了方兰、叶淑穗的访问；8月6日，他亲自审定了访问记录，以《张光人（胡风）同志谈方志敏给鲁迅信的情况》为题，发表在《鲁迅研究月刊》1980年第6期。陈漱渝也函询过胡风，胡风的答复一致。

③ 程全昭与高家骏曾是恋人，最终因“门第”问题没能结合。在20世纪50—80年代，两人在政治审查、研究者询问中反复讲述信稿传送经过，但不同时期的讲述在细节上有出入，最重要的是程与胡子婴见面、交接信稿的经过。研究者又反复考辨这些细节出入，有的做出了猜测性的还原。

④ 中学教师骆义松分别致信《人民教育》和《浙江教育》，指出“《清贫》的注释和《同志的信任》中，各有一处事实的错误”，他在信中转述了高家骏的讲述。《人民教育》编辑部访问唐弢，唐“口头上说明了几句”，在《浙江教育》编辑部函询后，他于1979年9月23日复信。具体内容见《关于方志敏烈士的殉难日期和遗稿转送问题》（《人民教育》1979年第8期，第42页）和《〈清贫〉的注释和〈同志的信任〉的通信》（《浙江教育》1979年第11期，第20—21页）。

⑤ 参见陈漱渝《鲁迅与方志敏二、三事——〈同志的信任〉一文涉及的史实》，《辽宁教育》1981年第1期，第30页。

⑥ 陈忠：《方志敏狱中致函鲁迅的有关史实考辨》，《天津师大学报》1984年第5期，第60页。

1972年12月25日，在鲁迅博物馆组织的座谈会上，胡愈之提供了一个新线索，即胡子婴曾两次传送信稿①，而在场的冯雪峰仍然坚持前说。鲁迅研究者黄中海委托戈宝权向胡子婴求证此事，于是胡子婴复信戈宝权。② 第一次是1935年夏，她去生活书店，胡愈之与毕云程告诉她，有一个女孩给邹韬奋送信，内容是方志敏委托上海的同志把狱中文稿转交党中央。这封信是密写的，"前四页是空白，从第五页才开始"③。女孩说还有给宋庆龄、鲁迅、李公朴的信，给李的信已当面送到。密写的文稿和给宋、鲁的信都在宝隆医院。那时，上海的地下党已被破坏，毕云程顾虑重重。胡子婴看过信后主动请缨，临行前给丈夫章乃器留下一封遗书。当晚，她来到宝隆医院门口，"看见一个女孩子在很慌张地注意行人"；碰面后，她自称姓宋，"因为我母亲姓宋，就随意用了母亲的姓氏，而且我当时的打扮是贵妇人。女孩子误解我就是宋庆龄，立刻将手中用报纸包好的文件交给了我"。然后，她立刻将信稿送到生活书店。至于信稿是如何转送党中央与鲁迅的，她并不清楚。胡子婴与程全昭的回忆形成互证，"陌生的女青年"被证实就是程全昭。第二次是1936年11月18日傍晚，是"一个由南昌监狱中释放出的小官僚"送来的，胡子婴留他在家中吃饭。这份文稿胡子婴看过，"是用毛笔写的，也是写在十行纸上的。我看字迹是与上一年我看过的信上的字是一样的。当夜我看完了它，题目就叫'可爱的中国'"④。胡子婴强调，自己收到《可爱的中国》时，鲁迅先生已经去世，冯雪峰的"说明"有误。为了证明自己的回忆是准确的，她特别强调，11月23日凌晨，章乃器被捕，她害怕敌人搜查房子，立刻联系章乃器的三弟章郁安（章秋阳），将《可爱的中国》转交宋庆龄保存。其实，早在《可爱的中国》影印本出版后，胡子婴就认为冯雪峰"叙述此书原稿传送保管和事实有所不符"，但她认为"重要的是烈士的这部著作能够保

---

① 参见胡愈之、冯雪峰《谈有关鲁迅的一些事情》，鲁迅研究资料编辑部编《鲁迅研究资料》（1），内部发行，文物出版社1976年版，第88页。文中说明，是"根据作者一九七二年十二月二十五日在鲁迅博物馆座谈会记录整理，一九七五年八月经本人修改定稿"。

② 这封复信写于1979年6月10日，现保存在中央档案馆。黄中海在《关于方志敏的遗稿和密信转送给鲁迅的情况——兼谈〈同志的信任〉的真实性》（《绍兴师专学报》1981年第1期，第69页）一文中说，戈宝权将胡子婴复信全文抄给了他；又在《〈关于方志敏的遗稿和密信转送给鲁迅的情况〉的重要补正》（《绍兴师专学报》1981年第2期，第34—35页）一文中详细转述了胡子婴的复信。后来复信全文以《胡子婴关于方志敏烈士狱中遗稿移交党中央事致戈宝权的信》为题，发表在《党的文献》1998年第3期上。胡子婴的相关文章还有：《我接交〈可爱的中国〉手稿的经过》（《书林》1981年第3期，第3—5页）、《关于〈可爱的中国〉手稿的转送》（叶淑穗访问胡子婴后所作，《人民日报》1982年11月18日）和《转送方志敏烈士手稿的经过》（胡子婴于1982年11月30日去世，此文是她的遗作，《人民日报》1982年12月17日）。

③ 胡子婴说，方志敏的幼子方兰曾去中央档案馆查过原件，信的样子与她的描述相符。

④ 胡子婴：《我接交〈可爱的中国〉手稿的经过》，《书林》1981年第3期，第3—4页。写作时间是1979年6月10日。

存下来并得以和广大群众见面；至于是谁传送保管，那就是次要的事了。而且这件事又直接关系到我自己，出而辨正，似有争功之嫌”①。

胡子婴的回忆逐渐被证实。据材料显示，1938 年上海特科临时负责人王世英告诉吴允中：“1935 年 7 月下旬一天，毕云程转来一批文稿，均系密写件。我组织显影后，才知是方志敏狱中文稿，随将显影文稿抄件转到莫斯科共产国际东方部；同时，又由毕云程将《给鲁迅的信》和文稿抄件转给鲁迅先生，原稿存上海特科。”② 在莫斯科的中共代表收到后，又转送《救国时报》发表。1976 年 9 月 15 日，鲁迅研究室致信宋庆龄，9 月 19 日宋的秘书张珏打电话回复说：“宋庆龄副委员长说：‘曾经转过方志敏的稿件，但不记得有《可爱的中国》一稿。’”③ 1980 年 11 月，黄中海致信宋庆龄，询问她将《可爱的中国》交给了谁，宋庆龄在信上亲自批复：“交冯雪锋（峰）的”④。赖世鹤与范垂学曾在中共中央秘书处工作，1951 年发现了方志敏《给党中央的信》《可爱的中国》《清贫》的手稿。“我们那时整理的党中央的历史档案有两大批，一批是从延安带出来的，一批是后来从上海送来的。”“从上海大量送到中央的档案有两批，一批是 1946 年周恩来同志从上海回延安时用飞机运回的。第二批是 1951 年由华东局从上海运到北京的，而遗稿是在第二批档案中发现的。这就是说，包括《可爱的中国》在内的烈士的手稿，没有一份去过延安，而是一直保存在上海。”⑤ 更重要的是，两人披露了一份史料，即方志敏《给党中央的信》和给一个姓胡的人的《遗信》，这两封信是冯雪峰抄写的，背面有“小 K”（潘汉年）的批语：

已得稿件除你处已收到两种（遗嘱一份）外，现又收到《可爱的中国》及《清

① 胡子婴：《胡子婴给〈书林〉杂志的一封信》，《书林》1981 年第 3 期，第 4 页。写作时间是 1981 年 2 月 25 日。

② 吴允中：《王世英谈方志敏狱中文稿在上海转送的情况》，转引自周国伟、史伯英《鲁迅与方志敏狱中文稿新探》，《鲁迅研究月刊》1988 年第 2 期，第 15 页。

③ 转引自项立岭、罗义俊《〈可爱的中国〉手稿转送及版本新述》，《上海师范大学学报（哲学社会科学版）》1983 年第 3 期，第 7 页。

④ 黄中海：《〈关于方志敏的遗稿和密信转送给鲁迅的情况〉的重要补正》，《绍兴师专学报》1981 年第 2 期，第 38 页。

⑤ 赖世鹤、范垂学：《从档案看〈可爱的中国〉手稿的转送》，《档案工作》1983 年第 1 期，第 52 页。《可爱的中国》手稿藏于中国革命历史博物馆，复印件藏于中央档案馆。

贫》两稿，其余尚未收到，将来抄好后可送一份来，原稿亦拟汇，交你处保存。①

这份史料证实：一是信稿由多个渠道传送，最后汇集到潘汉年处；二是《可爱的中国》《清贫》是潘汉年转给冯雪峰的，因此宋庆龄所回忆的传送“顺序”有误，而冯雪峰的“说明”完全错误，鲁迅没有传送过这两篇文稿；三是《给党中央的信》和《遗信》中的胡罟人就是胡逸民，是他传送了《可爱的中国》。胡逸民1983年从香港回到祖籍永康定居，他回忆了在狱中与方志敏的友谊以及传送信稿的经过②，也证实了胡子婴的回忆。

针对胡子婴的回忆，赵先提出了新的线索。1938年春，江苏省委组织部长王尧山带回了“一本线装红格子的作文簿”，说是许广平从鲁迅先生的保险箱里取出，再由周建人转交省委宣传部长沙文汉（化名张登）。“许广平关照说是有人从狱中带出送交鲁迅转党中央的。”赵先用碘酒显影后发现是一封“给党中央的信”，署名是“为革命牺牲的方志敏”；作文簿还有密写的《可爱的中国》《清贫》。③ 省委书记刘晓与王尧山商定，将文稿“存在上海一个专替地下党保存文件的大地主家里。1951年冯雪峰选编的《可爱的中国》影印本的字迹、模式均和她经手的一样”④。这个“专替地下党保存文件的大地主”是陈涛，1941年春，“中共江苏省委书记刘晓决定把方志敏烈士遗稿和一批苏维埃时期党、团的秘密文件交给陈涛负责保存”⑤。1949年9月，陈涛将保存的文件取出，送交上海市委组织部长王尧山，王又转交给华东局秘书处处长李波人，1951年送交党中央办公厅秘书处归档保存。江苏省委确实传送、保存过文稿，然而至今只有一份《可爱的中国》被发现，且关于许广平与周建人的说法又是孤证，因此赵先的回忆有误。

胡子婴的回忆能够与程全昭、宋庆龄、胡逸民等人的回忆互证，而且被档案证实，

---

① 赖世鹤、范垂学：《从档案看〈可爱的中国〉手稿的转送》，《档案工作》1983年第1期，第53页。潘汉年收到《给党中央的信》后立即显影，并由冯雪峰复写了几份，一份送去陕北，一份交谢澹如保管，潘的批语就写在后者的背面。后来赖世鹤在《方志敏写〈可爱的中国〉的原因：档案比回忆更可信》一文中做了补充和致歉，潘汉年的批语是“原稿亦拟汇交你处保存”，刊发时多了一个逗号，导致研究者们在转引这条批语时都跟着错了。

② 胡逸民的回忆文章包括《狱中与方志敏的交谈》，《纵横》1984年第1期，第75—87页；《坎坷难移爱国心——访方志敏狱中文稿传送者胡逸民先生》，《浙江日报》1984年3月1日；《囚友之交——忆方志敏在狱中》，《星火》1986年第6期，第61—63页；等等。胡逸民的回忆，一是与胡子婴见面的地点不一致，即他去内山书店拜访鲁迅未果，双方在四川路的一家饭馆见面；二是其妻向影心是否传送过信稿前后矛盾。

③ 赵先看到《胡子婴给〈书林〉杂志的一封信》后，给“×××同志”写了一封信，时间是1981年6月22日。相关内容后来分别以《方志敏狱中遗稿显影》（《党史资料丛刊》1982年第2期，第24页）和《关于鲁迅收藏方志敏遗稿的通信》（《鲁迅研究月刊》1983年第4期，第24—25页）为题发表。

④ 孟晓敏：《〈可爱的中国〉传送之争面面观》，中共弋阳县委员会、弋阳县政府主编《方志敏印象集》，江西人民出版社1989年版，第246页。

⑤ 陈南苹：《我家密藏方志敏烈士遗稿》，《纵横》2009年第1期，第22页。

具有完整的证据链，因此被研究者采信。方志敏狱中信稿的传送主要有两次：第一次是1935年7月上旬，由程全昭带去上海，确定包括《我们临死以前的话》《在狱致全体同志书》以及给宋庆龄、鲁迅等人的信，过程是方志敏——高家骏（即“小职员某某义士”）——程全昭——胡子婴——胡愈之、毕云程——王世英——鲁迅、莫斯科共产国际东方部——巴黎《救国时报》吴玉章；第二次是1936年11月，由胡逸民带去上海，确定包括《可爱的中国》《清贫》《给党中央的信》《遗信》，过程是方志敏——胡逸民——胡子婴——章秋阳——宋庆龄——潘汉年——冯雪峰——谢澹如。

至此，方志敏狱中信稿的传送过程已经水落石出。方志敏生前与鲁迅没有交往，他喜欢鲁迅的作品、钦佩鲁迅的人格，于是请求鲁迅发动营救行动、传送文稿，这是可信的。然而，从“同志的信任”发展到“真挚的友谊”，显然是想象的。事实是方志敏在上海期间受到邵力子的大力帮助。① 鲁迅两次收到方志敏的信、阅后烧掉，也是可信的，鲁迅的侄子周晔披露了信的部分内容：“我已抱定牺牲的决心，估计已不久于人世。我把自己最后心血的结晶——这些稿件交给你，还有给党中央的最后一封信，请你一并转交给党中央。”“我并不认识你，相互从未通过信，但我信任你，确信你能够满足一个共产党人的最后的庄严的要求的。”② 鲁迅可能向冯雪峰谈及此事，而冯又从潘汉年处得到了《可爱的中国》，他把两件事记混了。吴奚如的回忆虽不正确，但他当时在中央特科工作，党组织曾派他秘密前往南昌，设法营救方志敏③；王世英也回忆，营救方志敏一事“因无法弄到快艇而未遂”④。事隔多年，且在白色恐怖下信稿传送又相当复杂，这些坚持斗争的地下党员们即使没有直接传送，也一定听闻过相关消息。再加之维护鲁迅先生的集体无意识，共同导致了冯雪峰、许广平、吴奚如、胡风、赵先等人的回忆错误。冯雪峰影响了许广平，许广平又影响了缪敏，缪敏又影响了程全昭与高家骏，即在20世纪50年代，两人的回忆都是只传送过信稿，而在70年代，两人都坚称传送过《可爱的中国》。这再次体现了“讲述话语的年代”影响了“话语讲述的年代”。第二次“方志敏热”其实是鲁迅研究的“副产品”，在20世纪50—70年代，回忆和叙述不断强化“同志的信任”

---

① 方志敏在求学时期经常阅读《国民日报》，《觉悟》副刊的主编是邵力子。1920年，方志敏致信邵力子，发表对小说《捉贼》的意见，得到邵力子的赏识。1922年7月，方志敏去上海从事革命活动，专门拜访了邵。邵大力支持方的工读活动，不仅介绍他在报社当校对、在上海大学旁听，还邀请他与自己的儿子同住，邵先后发表了方的《哭声》《呕血》《我的心》《同情心》等诗歌和小说《谋事》，方与邵曾讨论过《哭声》《谋事》的构思。参见邵黎黎《方志敏与邵力子》，中共弋阳县委员会、弋阳县政府主编《方志敏印象集》，江西人民出版社1989年版，第184页。

② 周晔：《鲁迅在上海》（节选），《青年一代》1979年第1期，第16页。

③ 参见江西省方志敏研究会编《方志敏年谱》，中央文献出版社2009年版，第351页。

④ 吴允中给上海鲁迅纪念馆信，转引自周国伟、史伯英《鲁迅与方志敏狱中文稿新探》，《鲁迅研究月刊》1988年第2期，第13页。

以及鲁迅在传送信稿尤其是《可爱的中国》的重要作用，目的是强化鲁迅的“革命家”身份，以政治性保证其经典性。而在80年代，研究重点转向信稿传送本身，鲁迅的作用下降了，而胡子婴的作用上升了；伴随着现代文学研究的历史化，鲁迅的身份也从“革命家”向“思想家”“文学家”转移，呈现出“去政治化”和“去传奇化”的历史叙述，所针对的正是20世纪50—70年代的“传奇化”革命历史叙述。然而，革命回忆录难以完全摆脱“传奇化”，如虽然没有新的证据，但是有些研究者依然对向影心“念念不忘”，原因是其亦极具传奇性以及“军统女特务”所隐含的阅读期待。① 然而党史研究者的共识是高家骏与向影心没有完成烈士的嘱托②，后来散见于华东地区的信稿可能就是两人遗失的，而《我从事革命斗争的略述》很可能与向有关。由此可见，“历史化”和“传奇化”始终是革命回忆录研究必须注意的一个问题。

① 向影心先后与胡逸民、戴笠、汉奸殷汝耕、陈立夫、毛人凤等人有“关系”。

② 方志敏曾通过胡逸民将一些信稿交给向影心，他牺牲前又将信稿分别交给胡逸民与高家骏。

根据地小学国语教科书的儿童观考察

——以陕甘宁边区《初小国语》为中心*

王　欢　韩惠欢①

摘　要：陕甘宁边区1946年出版发行的第四版小学国语教科书《初小国语》践行中国共产党在根据地的儿童教育理念和方针，秉持“以儿童为中心”的儿童观，在编撰课文时注意儿童心理、儿童游戏和儿童形象的凸显；在强调抗战教育和劳动教育的同时，围绕儿童的生活实际需求，构建出新的小学国语教科书内容体系；不断探索和优化课文的表达和编排方式，让教科书更加“儿童化”和“儿童文学化”，帮助边区儿童更有趣有效地学习知识。以《初小国语》为代表的根据地教科书是中国共产党的精神遗产，蕴含着红色教育的宝贵历史经验。

关键词：陕甘宁边区；小学国语教科书；《初小国语》；儿童观

教科书作为国家意志、民族文化、社会进步和科学发展的集中体现，是培养人、形塑人的最直接的手段，是传播和普及特定意识形态最重要的工具。② 1937年陕甘宁边区政府成立后，十分重视边区少年儿童的教育培养，边区教育厅多次组织人力编选修订教科书，分别于1938年、1942年、1944年和1946年出版发行了四版小学国语教科书，其中以第四版刘御编著的《初小国语》（全六册）课本流传最广、影响最大。

根据地的小学国语教科书，在编撰时有着非常明确的教育目标和教育内容，它是对中央苏区儿童教育思想的承续，体现的是中国共产党的教育理念和方针，党的宣传、抗日救亡以及农村的生产生活是教科书编撰的重点。可以说，这是一种高度政治化的教科书。但刘御的《初小国语》之所以能影响深远，在于他将政治、教育和儿童特点较好地

---

* 项目基金：国家社科基金项目“陕甘宁边区儿童文艺研究（1934—1949）”（批准号：22BZW141）。

① 作者简介：王欢（1983—　），女，陕西西安人，文学博士，重庆师范大学文学院副教授，主要研究方向为红色儿童文艺。韩惠欢（1993—　），女，陕西榆林人，陕西省神木中学教师。

② 参见石鸥编《陕甘宁边区初小国语：全6册》（上），广东教育出版社2016年版，第2页。

结合了起来。他没有把儿童完全当作开蒙或训诫的对象，而是站在儿童的立场，尊重了儿童的年龄特点和心理发展规律，循循善诱，循序渐进。他是心中有儿童的，或者说是以儿童为中心的，这就涉及了儿童观的问题。

儿童观是成年人如何理解儿童与如何对待儿童的观念与行动。有什么样的儿童观，就有什么样的儿童的社会地位、权利、生存与命运，也就有什么样的儿童文学的题材内容、艺术表达与语言形式。在一切儿童文学现象背后，有一双无形的手在掌控着儿童文学，这就是成年人的儿童观。而儿童观的背后，则联系着社会历史文化的变革与思想精神的脉动。① 教科书也是如此，编选教科书的成年人的儿童观，决定了这本教科书的面貌，是俯视儿童，还是平视儿童；是忽略儿童，还是理解儿童；是远离儿童，还是亲近儿童——儿童观是解读小学国语教科书的一把钥匙。本文从儿童观的角度入手，考察《初小国语》成为典范教科书的缘由，从而总结并学习战争年代中国共产党红色教育的历史经验和价值意义。

一、儿童本位——在教科书中“发现”儿童

儿童文学是成年人写给儿童的文学，教科书是成年人编撰给儿童的教育文本，两者都存在一个代际间的“隔”与“通”的关系。好的教科书一定同好的儿童文学一样，不是将儿童看作“缩小的成人”② 牵着鼻子走，而是将他视作独立的个体，了解他的喜好，尊重他的需求。以往的一些小学语文教科书，封面画的是儿童，课文里也多以儿童为主人公，但我们并没有从中“发现”儿童。因为课本里出现的多是平面的儿童、概念的儿童，很少有立体的、活生生的儿童，更不用说深入理解儿童的所思所想，了解儿童的所爱所需。陕甘宁边区《初小国语》的编著者刘御，是一位了解儿童、善于捕捉儿童特性的诗人和作家，他亲自创作和编选了多篇展现儿童思维、儿童心理、儿童想象和游戏精神的课文，十分符合儿童的接受心理和审美需求，让我们在教科书中“发现”了真儿童。

（一）儿童心理

刘御深谙儿童的心理和行为特点，《初小国语》第一册开篇的《姐姐妹妹》是这样写的：“好姐姐，好妹妹，不打架，不吵嘴。”而紧随其后的《哥哥弟弟》一篇却没有提及“吵嘴”，一旁的插图画的是弟弟满脸崇拜地跟着哥哥跑。女孩子的“小心思”多，在一起很容易生气和吵架，男孩子则更容易玩在一起，书中展现了兄弟姐妹相处的常态，十分写实。《大哥的刀》（第二册）写“我”拿不动大哥的刀和二哥的枪，爸爸妈妈答应等“我”长大后，给“我”买刀和枪，“那红缨子，要比大哥的还要好，比二哥的还要长”，

① 参见王泉根《民国儿童文学文论辑评》，希望出版社2015年版，第5、6页。

② 鲁迅：《我们现在怎样做父亲》，《鲁迅全集》第1卷，人民文学出版社2005年版，第140页。

生动刻画出小朋友“万事都要比过别人”的好胜心和对未来的美好期待。《抱蛋的孩子》（第四册）讲一个孩子看到家中的母鸡孵出小鸡，自己也蹲在鸡蛋上孵蛋，令人啼笑皆非，体现了儿童天真稚拙的想法和喜欢模仿的特点。《我催妈妈快回家》（第五册）则展现了小朋友细腻的心理感触和对熟悉环境的依恋。妈妈骑着驴儿带着“我”回外婆家小住，“我”跟着表弟表妹去上学，每天都在催促妈妈赶紧回家，因为“我”感觉自己的学校更温暖更热闹。

除了教育儿童，小学国语教科书还肩负着向边区广大农民群众普及科学文化知识的重任。因为孩子是封闭狭隘的家庭内部唯一能导入新观念新知识的窗口，课本中就安排了这样一篇课文《回家就当小先生》（第一册），巧妙利用了儿童崇拜先生的心理和喜欢模仿的天性，让孩子回家教父母，而“教”是对“学”最有效的复习和巩固，这个倡议可谓“一举三得”。又如《问月亮》（第一册）一文，想象月亮是星星的妈妈，太阳是星星的爸爸，并提出疑问：为什么妈妈总和孩子们在一起，爸爸却从不和孩子们在一起呢？既体现了儿童“万物有灵”的原始思维，也展现了儿童与现实相关的独特想象。

（二）儿童游戏

游戏是童年生命中最重要的活动，儿童对于游戏有一种天然的亲近感，在不同的生命阶段，他们会自然地选择与他们的年龄阶段相适应的游戏，并在游戏中获得情绪的宣泄与个性的释放。《初小国语》第一册中的课文《装》：“哥哥，你来装狗；妹妹，你来装羊；让我装个狼儿来拖羊。”这个标题就是理解儿童世界的精髓——“装”，即“假装”或“扮演”，是古今中外所有儿童乐此不疲并具有永恒吸引力的活动，是儿童游戏的最重要类型。《下课后》（第二册）讲边区孩子放学后喜欢玩传统的“老鹰捉小鸡”游戏。《打斑蝥》（第三册）讲孩子们一起去打虫子，开头就是“嘻嘻嘻 哈哈哈”，烘托出一番热闹景象。“有的提上烂鞋底，有的带上刺条把（扫帚，陕西方言）”，小孩子把打虫子看作极有乐趣的集体游戏，使用的都是乡村中常见的、打虫子最趁手的“工具”。大家“边走路，边看花，边唱歌，边说话”，非常符合儿童“三心二意”的行为特征。又如《霹雳拍》（第三册）：“霹雳拍，霹雳拍，霹雳拍拍打小麦，麦子打的多，白面蒸馍馍，麦子打的好，肉馅包水饺……”相当于现在孩子玩的“你拍一，我拍一”的游戏，节奏强，韵律足，渲染出欢乐的游戏氛围。

谜语，也称隐语，是一种产生并流传于民间的文字游戏，也是儿童游戏的一种。《初小国语》充分利用儿童好奇心强和喜爱游戏的特点，编写了不少贴近儿童生活的谜语，如第一册的《猜》：“高高山上一把线，千人万人数不见，猜不着，头上看。”（谜底：头发）第三册的《两个谜语》：“小小一个白儿郎，穿红穿绿又穿黄，跟上懒妇常睡觉，跟上勤妇忙又忙。”（谜底：针）“驼背小乖乖，木腿穿铁鞋，扶着他走路，吃穿就会来。”（谜底：犁）这些谜语形象生动，妙趣横生，能够让儿童在猜谜过程中获得快乐和“成就感”，同时也锻炼了他们的认知能力和思维能力。

（三）儿童形象

当下的小学语文课本，每一单元有不同主题，选编的都是古今中外名家名作，难度由浅入深，但其内容是不连贯的，也没有重复出现的熟悉人物形象串联其中，容易让儿童产生距离感，好像课本和自己的生活没有太大关系。延安时期，各根据地编写小学国语教科书时，由于时代、战争、地域等条件的限制，没有太多材料可供借鉴，“万丈高楼平地起”——需要什么课文都得“自己上”，这对编者的规划和创作能力是巨大的挑战。刘御编著的《初小国语》，大多数课文出自他的原创。《初小国语》中陆续出现的教师和学生群像，构成了一个完整的关系网，前后有延续性和发展性，形成了一个“场域”，让孩子亲切可感。比如课文里最早出现的李有娃，是个热爱劳动、勤劳能干的好学生；接着出现了二狗，不讲卫生，在路边捡烂香瓜吃，肚子疼得喊妈妈，还把鼻涕揩在袖子上，是班级里落后的典型。第二学期一开学，李有娃当选了班长，王长生落选了，“因为他爱发脾气，又不爱帮助别人，大家都不喜欢他”。随着课文篇目的深入，我们认识了王金发、李来成、桂英、巧巧、玉花、兰英、小宝……还认识了给孩子们教读书、教劳动、教做人的林先生，他在教室里煮着茶，教孩子们唱种棉花的口诀，教铜锈和铁锈的区别，教种谷子、糜子、豆子、棉花需要不同的肥料相搭配，如牛粪加羊粪，或者驴粪、猪粪加人粪。在第五册《探病》中，有娃生病得了霍乱，“我”和玉花作为代表去看望，“我”带着学校菜地种的青菠菜，她带着同学们的慰问信——展现了同窗之间的团结友爱，也使我们了解了当时边区的地域疾病。总之，课本里的儿童群像各有特点，组成了一个熟悉亲切的大家庭，如同就在身边，很容易让儿童产生代入感，按照课本中模范人物的言行去规范自己。

二、教育内容——用实用的知识武装儿童

一般教科书的主要内容是学科知识，但知识并非教科书内容的唯一来源，在不同的时代背景中，教科书的内容也在不断调整和演变。1943 年，董纯才在《解放日报》发表《儿童节随笔——边区小学急需改进的两件事》一文，针对当时小学教育出现的与农村实际生活之间存在脱节的现象发表看法。在他看来，传统教育中把教育看成是为官求名之道，而边区的儿童教育应该摈弃这种传统的教育思想，应该是一种建立在边区实际情况之上的新型的教育，应注重劳动素质的培养，传授给儿童适合家庭需要的劳动生产知识，通过教育儿童达到向民众宣传科学的生产知识的效果，以改善边区民众的生活，促进边区发展。① 董纯才在自己主编的 1942 年版、1944 年版小学国语教科书《初级新课本》中实践了自己的观点。其后，刘御编著的《初小国语》在整合上述观点的基础上，以儿童

① 参见董纯才《儿童节随笔——边区小学急需改进的两件事》，《解放日报》1943 年 4 月 4 日第 4 版。

的需求为中心，从儿童的生活实际出发，遴选出几类有助于边区儿童身心健康发展的内容，构成了新的小学国语教科书内容体系。

（一）劳动教育

马克思认为，劳动是人的最核心的本质。战争年代，边区经济贫困、生产落后，只有积极参加生产劳动，才能解决温饱问题，须动员一切能利用的力量，加入到生产中来。正是在这样的背景下，《初小国语》十分重视劳动教育，以团结儿童为边区整体的发展做贡献。刘御认为：劳动观点在教材中的运用不仅是为了培养未来社会的好公民和建设者，而且是中国共产党坚持的人民群众的立场在教育上的体现，这也是陕甘宁边区小学国语教科书与国统区教科书的区别所在。① “根据一九四六年出版的初小六本国语课本的统计，共二百四十三课，其中从各方面进行劳动教育的就有七十课，占总课数的百分之三十。”②

《初小国语》课本中的儿童都是劳动的好手，摘棉花、拾洋芋、除草、放牛、养猪、栽桑树、割榆树条、编筐、拾粪……样样在行。《两个好朋友》（第一册）是这样写的：“左手和右手，两个好朋友，不论吃和穿，动手样样有。”为孩子们树立了“劳动创造所有”“劳动无上光荣”的价值观。《大家动手》（第一册）写道：“我的手，会扫地，爸爸的手会种地，姐姐的手会洗衣，妈妈的手会缝衣。”一家人都辛勤劳动，文末一句转折“有手不动手，好比猪和狗”，用质朴、口语化的民间比喻，达到显著的批判效果。

《初小国语》进行劳动教育最常用的方式是树立榜样、正反对比。正面榜样有《小英雄》（第二册）里的李有娃，他拾棉花轻巧利索，还十分谦虚。还有《气死牛》（第三册）中的八路军战士郝树才，外号“气死牛”，意思是比牛都能干，被评为区劳动英雄，提起他人人竖起大拇指。反面教材则有人见人嫌的《二流子》（第二册）：“二流子，怕动弹；不劳动，不生产；人穿好，他穿烂；人家吃，他在看。”表明好吃懒做的下场，令孩子们厌恶鄙夷，从而热爱劳动。

（二）生命教育

良好的生活习惯与健康密切相关，战时的陕甘宁边区生活条件艰苦，医疗条件有限，老百姓的卫生意识堪忧，造成了不少幼小生命的陨落，令人惋惜。因而《初小国语》十分强调对儿童生活习惯的培养，如勤洗手、勤剪指甲、不能噙铅笔、不喝生水等。有的孩子头发上“虮子结成碎疙瘩”、袖子上“鼻涕结成干锅巴”（第四册《脏娃娃》），说明很多儿童的卫生状况极差，课本告诉他们捉虱子、挤虮子是没有用的，要用开水烫（第四册《消灭虱子》）；笔没有墨水了不能放在口中咬，会“笔坏口脏”；酸毛杏没熟不能

---

① 参见刘御《谈谈初小国语教科书中的劳动观点》，陕西师范大学教育研究所编《陕甘宁边区教育资料·小学教育部分（下）》，教育科学出版社 1981 年版，第 163 页。

② 辛安亭：《教材编写琐忆》，陕西人民出版社 1981 年版，第 22 页。

吃，吃了会肚子疼；天寒穿棉衣，防感冒（当时感冒也可能夺去孩子的生命）；号召种牛痘防天花……围绕边区儿童生活中的琐事，编者透过课本耳提面命，语重心长，事无巨细，像是一位心细如发的园丁，为保全祖国的花朵操碎了心。

陕甘宁边区属于西北缺水地区，清洁条件有限，小孩子会去水沟、水渠、水坝、河流里戏水、游泳和洗澡，由于缺乏保护措施，很多孩子被无情的水流吞没了性命。《大保的死》（第三册）插图画着被人救上岸躺在草地上死去的大保，一个鲜活的生命消失于眼前，这一幕震慑到了学童们，让他们时刻意识到在野外玩水的危险。

这些都是重要的生命教育，让孩子们明白：一个不懂得保护自己的人，是谈不上保护国家的。

（三）抗战教育

根据地的教育是为抗战服务的教育，教科书是联结“时代/革命”与“儿童”的载体，儿童接受革命教育的过程就是一部革命儿童成长记。徐特立曾给延安儿童保育院题词：“保证儿童身心平均发育”[①]，强调儿童教育要从身体和精神两方面着手，不仅要强身健体，锻炼儿童的体格，加强儿童军事训练，为抗战培养后备力量，也要重视对儿童思想道德和革命精神的培养。最初的小学国语教科书存在抗战题材篇目所占比重过大的问题，刘御修订后的《初小国语》中抗战的内容更加集中精练：在低年级宣传抗战知识，记述革命领袖，如第二册中的《东方红》《想起刘志丹》《高岗同志》，还有抗战动员如《学打仗》（第二册）：“拿上木刀和木枪，大家都来学打仗，你们装作日本兵，我们装作八路军，他们有的装汉奸，有的装作老百姓，八路军帮助老百姓，打走了汉奸和日本。”在潜移默化中对学童进行战争的预备训练，结合了抗战现实，让学生不怕打仗，向往沙场立功。随着年级升高，孩子们的识字和理解能力增强，则编选了较长的抗战故事《麻雀侦探》《巧计》《炸桥》等，展示了共产党军队的英勇事迹和所向无敌的豪迈气概，给民众以信心和鼓舞。

（四）科普教育

儿童与生俱来的好奇心和求知欲让他们对大自然和生活中的事物、现象充满兴趣和疑惑，脑袋里好像装着“十万个为什么”。《初小国语》十分重视科学普及工作，编选了多篇科普课文。如《小羊问河水》（第一册）中小羊和河水间的问答：“你从哪里来，你要流到哪里去?”“我从小沟流下来，我要流到大江大海里。”《水》（第三册）讲解了水遇冷成冰，遇热变成气，气又变成云，遇冷变成雨雪落下的过程。《人身各部争功劳》（第四册）用拟人的方法讲了嘴、眼、耳、手、脚、肠、胃、血管、肺等的不同功能以及它们之间的配合，得出“功劳是大家的”的结论。《青虫变蝴蝶》（第四册）解释从青虫到

---

① 转引自陕西省教育厅《陕西教育志》编纂办公室编《陕西教育志资料选编》（上），陕西人民出版社1987年版，第6页。

蝴蝶的变态发育过程，还讲明了不变的情况是怎么回事，比今天的儿童读物讲得更加全面和完整。

（五）辩证思维

《初小国语》具有独特的辩证思维、怀疑和批判精神，说理充分而有力，驳斥精准而雄辩，这也和编著者的个人风格有关。例如第一册的《山上有狼》："山上有草，山上有狼，羊儿要吃草，羊儿又怕狼。"这种两难的矛盾境地，既是对孩子思维上的训练，也预示着人生处处都有这样的困境。又如第四册的《公鸡蛋》讲的是皇帝荒唐，命宰相寻找公鸡蛋，12 岁的男孩说宰相在家生孩子，替爷爷解了围。课文用机智人物故事，拓展了孩子的想象和逆向思维。

在根据地，老百姓还留存着浓厚的封建迷信思想，也因为贫困拮据，有病不求医，求神拜佛请巫医。针对这些现象，《初小国语》都给予了坚决的揭露和抨击，如《你有什么用》（第二册）："纸神像啊，火来把你烧成灰；泥神像啊，水来把你化成泥……你们的本领在哪里？"说明神像自己都无法保佑自己，揭示了迷信的欺骗性。又如《巫神的娃娃死了》（第二册）摆事实讲道理，指出巫神"连自己的娃娃都保佑不住"，怎样保佑老百姓呢？让谎言在事实面前不攻自破。《阴阳好说空》（第四册）一问一答，驳斥非常有力："山中如有好风水，何不葬他老祖宗！""祖宗葬在风水地，为何自己还受穷！"赤裸裸揭破了巫神算命的骗局，最后用阴阳家常用的话术"人旺""财旺"来告诫孩子真理："想要人旺讲卫生，想要财旺勤劳动。"将重点回归到课本一直强调的"卫生"和"劳动"上，这样的逻辑是缜密和令人信服的。

（六）生活哲学

刘御非常擅长"一句话点题"，即文末最后一句将全文思想意旨升华，落在教育的关键点上。如"杏花落，桃花开，桃花落，李花开，花开花落结果果，要吃果果把树栽""种豆子，结豆荚，种瓜子，结大瓜，种上什么有什么"，孩子由此学会了最朴素的生活道理"一分耕耘，一分收获"，直观而又简洁。《蜗牛》（第四册）是这样形容蜗牛的："眼睛挂在角尖上""窑窑背在脊背上""肚皮代替大脚板""走路好像不动弹"，非常形象地抓住了蜗牛的四种特征。而小蜗牛面对"怪、丑、慢"的嘲讽一一给予反驳："眼睛高挂看四方""这是我的小营房""脚板大大才稳便"，结尾一句瞬间提升了诗歌的立意和高度——"不怕慢来只怕站"。小蜗牛虽慢，总好过许多人不思进取、停滞不前。《纺车歌》结尾一句点明了老百姓为啥纺线："家中不短零钱使""前线不冻当兵人"。原来老百姓并不是为了自己，而是为了战场上的战士有冬衣穿才辛苦纺线织布，体现了军民之间的真挚感情。

三、教育策略——用适切的方法教会儿童

好的教育家会用 100 种方法教孩子。《初小国语》的编撰完全从儿童的角度出发，不

断探索和优化课文的表达和编排方式，让教科书更加“儿童化”和“儿童文学化”，帮助边区儿童更有趣有效地学习知识。儿童化，即承认儿童的主体地位，在编写教科书时站在广大儿童的立场上，根据儿童不同年龄阶段的特征，编写符合他们认知发展水平的课文，内容浅显易懂、简洁明了、富有童趣，语言要形象生动、注重押韵等，符合儿童的审美需求。儿童文学化，主要指在小学国语教科书的编写中，注重将儿童文学作品引入教材中，用适合不同阶段儿童的方式对童谣、诗歌、寓言、故事等加以改编，体现了儿童化的课程观。小学国语教科书的儿童文学化有助于激发儿童的学习兴趣，涤荡儿童的心灵，锻炼儿童的观察能力、思维能力、语言表达能力和审美能力。

（一）擅用诗歌和韵文

刘御原本从事诗歌创作。他在1939年底向毛泽东写信请教“马克思主义指导下文艺创作的中国作风和中国气派”，得到毛泽东的回信，毛泽东肯定了刘御的儿童诗创作，并对民歌以及诗的押韵等发表了精辟的见解：“优秀的民歌，大抵是千百年来群众的集体创作，多中有些好的。诗歌以押韵为宜，无韵的诗歌，难于行运。抗战是大同，形式上风格上的差别是小异，凡小异而大同者均应兼容并包。”① 自此，刘御一直坚定践行毛泽东的指导，将“押韵”奉为儿童诗歌的金科玉律。他的许多童诗童谣具有具体的形象、精粹的语言、巧妙的结构，很多都选入了小学语文课本，极大地促进了我国儿童诗歌的发展。来看刘御的《秋收小调》（第四册）：

延水清清清透底，谷子糜子满山黄。
喜洋洋，忙又忙，忙割忙背忙打场，
妇女煮饭娃娃送，老汉补囤又扫仓。
谷满囤，糜满仓，丰衣足食有余粮，
边区生活过得美，耕三余一防灾荒。

该作描绘陕甘宁边区的秋收即景，以七言的形式、工整的押韵、活泼响亮的语言，展现出边区一派热闹、喜人的秋收景象。刘御还擅长将一些传统故事用韵文的方式重新讲出来，十分讲究节奏和韵律，读来朗朗上口，易读易记，更符合儿童的接受能力。如《龟兔赛跑》（第四册）：

乌龟说声好，赛跑就赛跑，下了决心向前爬，指定大树做目标。
跑到半路上，小兔暗想到：乌龟老早落后了，何妨让我睡一觉。

---

① 何峨：《教育家、儿童文学家刘御》，《临沧文艺》2003年冬季号。转引自董庆保《边区儿童文学的拓荒者——论延安时期刘御的儿童文学创作》，《楚雄师范学院学报》2011年第1期，第32页。

一觉睡醒来，时候已不早，等到小兔到树下，乌龟早已先跑到。

又如《孔融让梨》（第四册）：

瓜儿稀，梨下地，孔老汉买梨回家里。
娃娃们，都来吃，个个争着拣大梨。
小孔融，才四岁，拣了一个最小的。
孔老汉，就问他："为什不拣大的呢？"
哥哥们，比我大，他们应该吃大的。
孔老汉，听见了，心中实在很欢喜，
他便叫，娃娃们，大家都学小弟弟，
要争争着做好事，不要争着吃东西。

将老百姓家喻户晓、耳熟能详的故事重新用韵文的方式讲出来，故事的详略、细节的取舍、工整的"三三七"句式，以及要做到句句押韵，都是十分有难度的。《初小国语》中的大部分课文都是简洁明朗的韵文，这背后凝聚着创作者的苦心孤诣和斐然才情，令人无比敬佩。

（二）擅用情境与故事

《初小国语》有一个特点，或者说秉持一个理念：所有的知识、道理和行为准则都不能直接提要求或下命令，比如"不能喝生水""不能吃烂西瓜""不要出去耍水"等，而是任何一件小事都要通过编织一个情境展现出来，这充分考虑了儿童的接受能力和心理需求。比如《不喝生水》（第一册），将口和手拟人化，"口很渴，手拿生水给口喝"，口拒绝并解释了原因"生水里有小虫，喝了生水肚子痛"，直观生动地让儿童明白喝生水的后果。《脏手受屈》（第四册）也运用拟人手法，口和眼责怪脏手乱摸乱揉，害它们生病，脏手委屈地说："是脏娃娃逼我做的。"儿童读过以后很容易代入角色、感同身受，从而培养良好的生活习惯。又如《认票子》（第一册）即认识钞票的面值，现在是放在数学课中学习的，当时的小学国语课本内容比较全面，承载了较多的功能，覆盖了孩子在生活中遇到的方方面面，极具实用性。认钞票也要设置一个情境"村长来我家找我爸爸"，拿出三张钱，分别是伍拾元、壹佰元、贰佰元，那时候边区农民家里拿不出这么多钱，这样的大票子只有村长拿出才符合情理，说明编写者是非常尊重事实和极为审慎的，这和之前教材中出现的"妈妈让买盐，大儿子走到东边大海，小儿子走到西边盐湖"的编造情境，对比十分强烈。

《初小国语》在低年级主要是营造情境，在高年级则是运用故事情节，向儿童传达生活常识、思想品质等。因为儿童易被故事情节所吸引，在听故事的过程中就能做到有所反思、有所顿悟。《初小国语》中有《乌鸦喝水》《瞎子摸象》《狐狸和乌鸦》《蜜蜂和胡蜂》《鹬和蚌》等寓言故事，还有改编的历史故事、民间传说，如《勤学的岳飞》《孔融让梨》等。《团结就是力量》原为元嘉年间流传于民间的故事，刘御将这则故事稍作修改供初小学生学习阅读，在潜移默化中培养边区儿童团结协作的革命精神。

（三）插图精美

儿童的形象思维能力高于抽象思维能力，更乐于从直观的图画中接收和捕捉信息。在儿童读物中加入插图，可以更好地吸引读者，帮助他们欣赏和理解读物，增加趣味性，增强阅读效果，并提高其审美能力。《初小国语》全书图文结合，图是精美插图（由陈叔亮绘图），文是手写体书法，形象生动贴合，读来赏心悦目。如第一册开篇，相互依偎的大羊和小羊、矫健奔跑的羊、低头悠闲吃草的羊，动静结合，各具特色，线条饱满流畅，写实并极具观赏性。插图具有补充解释文字的作用，如“妹妹骑竹马，说要走延安”“弟弟骑竹马，要见毛主席”，随之配有延安标志性建筑和毛泽东头像，让小读者肃然起敬并心怀向往。又如《抬洋芋》（第二册）：“弟弟提，提不起，哥哥提，提不起，哥哥弟弟一起抬，才把洋芋抬回家。”插图描绘了哥哥弟弟用一根粗木棍穿过大竹筐的把手，把筐抬在肩上，通过插图可以感受到筐里的洋芋沉甸甸的，把木棍都压弯了，形象地阐释了“团结力量大”的道理。第三册的《萤火虫》是一首非常成熟的儿童诗，这一页文字的排版呈阶梯状，和周围图画配合，有大树、小鸟、青蛙、荷塘，萤火虫一闪一闪，极具动感和美感，勾勒出一幅静谧的夏夜图。随着小学生年龄的增长和理解接受能力的提高，课本中的插图慢慢减少，文字的数量增多、难度加大，这样的编排符合科学规律。

值得一提的还有课本中许多应用文都配有图示，比如收条、请假条、寻物启事、招领启事、书信等，与故事情境相呼应，让小读者一目了然，模仿着就能学会这些农村常用的应用文体的写法，彰显了编著者的匠心。

（四）地方文化浓厚

《初小国语》编选的课文内容和场景十分贴近陕甘宁边区老百姓的生活，种的是谷子糜子，养的是牛马羊驴，课文中的人物名字也相当接地气，具有地方特色，比如能干的有娃、不讲卫生的二狗、拾金不昧的杨拴拴等。课文中活用了一些陕北方言口语如“对着哩”“学生娃”“条把（扫帚）”“想把牲口吆开（赶走）”。陕北把大舅妈叫“大妗子”，二舅妈叫“二妗子”，骑着驴儿回到外婆家，大妗子、二妗子忙着擀细面、炸油糕。人们居住的是窑洞，连形容蜗牛都不是说背着房子，而是背着“窑窑”。孩子们玩的游戏《霹雳拍》（第三册）是这样念的：“要吃馍，就有馍，要吃饺，就有饺”。馍和饺，是北方的常见吃食，有饺子吃，代表了边区百姓生活富足、安居乐业。

地方文化浓厚容易让儿童产生熟悉感和亲近感，从而更容易接受课本中讲述的知识和传达的道理，体现出《初小国语》因地制宜的风格和强烈的时代感。

（五）编排科学、理念超前

《初小国语》的编排方式具有独创性，总是把孩子的需求放在第一位。

首先，《初小国语》按照一年四季和时令编排内容，什么时候春耕，什么时候秋收，什么时候摘棉花，什么时候吃西瓜，几乎都和孩子们的实际生活密切相关。第一册开学不久，便有一篇课文提醒大家："念书娃娃爱书本，不要揉破书本子。"此时正值课本开始损坏之初，有这样的课文提醒，孩子们便懂得爱惜课本，不会轻易损坏。又如第二册第一课，新开学，大家都在热烈交流假期里发生的新鲜事，"东村同学弟，西村同学哥，好久不见面，见面真快活，你问我来我问你，都问假期怎样过"这个场景让孩子们感到像照镜子一般欢喜亲切，自己与课本里的人物同频同步，拉近了与课本的距离，也就愿意向课本中的模范人物看齐。

其次，编著者善于总结教育经验，推陈出新。每篇课文下方设置了生字条，在一单元课文后设计了课后练习。"练习"部分最早出现于 1942 年董纯才编写的《初级新课本》中，而"说明"部分则最早出现于 1944 年《初级新课本》。《初小国语》吸取了二者的优点，在每册的开篇，作者都编写了《一点说明》和适用于每册课本的《教学参考》。前者用来阐述编写意图，后者则为教师的教学提供细致的指导。在 1946 年这个时间点，能够在语文教学中提出语文规律，在众多根据地出版的国语课本当中，陕甘宁可谓是首例。①

再次，课后阅读是"分级阅读"的雏形。编著者刘御在每个单元后的练习环节，又用学生已经学过的字词，编写了相关的可读性强的阅读材料（多为散文），进一步温习生字、巩固认知、加深理解，也能够弥补韵文"不便于儿童之摹仿与应用这一缺点"②。其实，这就是"分级阅读"的基础逻辑和基本方法，用极有限极简单的生字编写儿童读物，纯粹是"带着镣铐跳舞"，难度非常大，可见刘御编写教材所遵循的科学规律和超前理念，尤其是在那个儿童读物极其匮乏的年代，这种做法是具有开创性和重大价值的。

结　语

教科书是令少年儿童一生受用、毕生难忘的教育文本。"一代又一代的年轻人就是手捧着这小小的文本成长起来的，在一定意义上，有什么样的教科书，就有什么样的年轻人，也就有什么样的国家的未来。"③ 在特殊的战时背景和艰苦的生存环境中，中国共产党依然十分重视少年儿童的培养教育，根据地的教科书编写者们秉持较为先进的儿童观，孜孜不倦，殚精竭虑，一遍又一遍地编写、修订，为根据地儿童奉献出了优秀的小学国

---

① 参见魏伊萌《陕甘宁边区小学语文教材选文内容演变研究》，集美大学 2021 年硕士学位论文，第 56 页。

② 郭戈：《刘御对小学语文的贡献》，《小学语文》2021 年第 3 期，第 7 页。

③ 石鸥编：《陕甘宁边区初小国语：全 6 册》（上），广东教育出版社 2016 年版，第 2 页。

语教科书，充实着他们的头脑，滋养着他们的精神，真真是“捧着一颗心来，不带半根草去”，这种对儿童的赤诚之心、深沉之爱，令人景仰，令人感怀。“以儿童为中心”的儿童观为后来的小学国语教科书编写奠定了基础，新中国成立后人民教育出版社的小学语文组凝聚了叶圣陶、刘御、陈伯吹等一批高举“儿童本位”大旗，既有丰富的教科书编写经验，同时又进行儿童文学创作的先驱者们，为小学语文教育的发展和变革做出了巨大贡献。如今的小学语文教科书中超过80%的课文都属儿童文学领域，便是对这种优良传统的继承和发展。

根据地教科书是中国共产党的精神遗产，也是根据地文明总体的记录。① 根据地的小学国语教科书为新中国儿童的精神成长塑形提供了精神传统和育人经验，为培养革命后备力量、新中国的接班人做出了不可忽视的贡献，其中蕴涵着中国共产党红色教育的宝贵历史经验，在今天仍具有现实指导意义。

① 参见石鸥编《陕甘宁边区初小国语：全6册》(上)，广东教育出版社2016年版，第18页。

谢觉哉反贪思想及其现实启示*

董　明①

摘　要： 谢觉哉不但具有精深的党建思想理论水平，更有丰富的党政实践工作经验。针对党员干部的贪污问题，谢觉哉从贪污的产生成因和消解对策两个方面进行了重点论述。谢觉哉认为，环境之变为贪污提供物质场域，身份之变为贪污提供行为可能，思想堕落则必然导致贪污结果产生。要解决党员干部的贪污问题，必须坚持党员干部自身修养提升和党纪国法严明双措并举，一方面广大党员干部必须在思想上树立伟大崇高的奉献精神、理论上注重马列主义的学习教育、行动上继承艰苦奋斗的优良作风，另一方面党和国家在制度上必须加强党纪法规的严格制裁力度。谢觉哉的反贪思想不仅对新民主主义革命、社会主义革命和建设时期党的反贪工作有着重要的指导作用，在中国特色社会主义新时代也有着积极的启鉴意义。

关键词： 谢觉哉；反贪；成因；消解；现实启示

谢觉哉（1884—1971），字焕南，别号觉斋，湖南宁乡人，“延安五老”之一，无产阶级革命家、杰出的社会活动家，也是著名的法学家、思想家和教育家。学术界对谢觉哉的民主政治思想、防灾救灾思想、新闻报刊思想、法制思想、家风家教等关注较多，但是有关谢觉哉的反贪污腐败思想却鲜有论及。谢觉哉不但具有精深的党建思想理论水平，也有丰富的党政实践工作经验，针对不同时期党员干部中存在的贪污腐败现象和思想堕落问题多有批评和论述，曾先后撰写和发表过《怎样做个好的共产党员》（1939年）、《防止贪污与反对资本主义思想》（1940年）、《我们应该有的作风》（1942年）、《反省》（1942年）、《干部思想与工作》（1950年）、《动手术与打预防针》（1952年）等文章以及写下相关内容的日记，其中有关党员干部贪污问题，谢觉哉主要从贪污的产生成因

---

* 项目基金：南昌师范学院博士科研启动基金项目（批准号：NSBSJJ2022002）。

① 作者简介：董明（1977—　），男，安徽定远人，南昌师范学院马克思主义学院教授，博士，硕士生导师，主要研究方向为中共党史党建、思想政治教育。

和消解对策两个方面进行了重点论述。谢觉哉的反贪思想不仅在新民主主义革命时期、社会主义革命和建设时期对党员干部的思想教育起到了重要的警示作用，在中国特色社会主义新时代对推进党的自我革命和党风廉政建设也有着重要的启鉴作用。

一、谢觉哉论贪污之成因

中国共产党自成立之日起就对党员进行严格的监督和管理，其中对贪污腐败问题尤为重视。① 在1921年7月通过的《中国共产党第一个纲领》中就有“工人、农民、士兵和学生的地方组织中党员人数多时，可派他们到其他地区去工作，但是一定要受地方执行委员会的严格监督”② 的明确规定，其目的就是防止党员产生贪污腐败而危害群众利益行为的发生。1932年初，中国共产党第一次以运动的形式在中央苏区开展为期近三年的反贪斗争，惩治了一批贪污腐败分子。但是随着革命的不断胜利和中华人民共和国的成立，不少党员干部逐渐丧失了积极进取的拼搏精神和廉洁自律的道德品质，党内不同程度存在着贪污腐败行为，对中国革命和建设产生了严重的威胁。为了有效解决党内存在的贪污问题，谢觉哉从环境之变、身份之变和思想之变三个方面分析了党内贪污产生的主要原因。

（一）环境之变为贪污提供物质场域

人们主观行为的产生与客观环境的变化密不可分，诚如马克思、恩格斯在《共产党宣言》中所说，“人们的意识，随着人们的生活条件、人们的社会关系、人们的社会存在的改变而改变”③。在中国共产党的正确带领下，中国革命面貌焕然一新，取得了一系列的重大胜利，尤其是随着陕甘宁边区政权的巩固与壮大、抗日战争的胜利、解放战争的胜利以及中华人民共和国的成立，中国革命和建设所面临的客观环境发生了显著向好的变化，但是这些变化不但没有成为部分党员干部继续艰苦奋斗的动力，反而成为他们贪污腐败的温床。谢觉哉指出，环境的较大变化刺激了部分党员干部贪污问题的产生。

一是生活和工作条件的逐步改善诱发了部分党员干部的享受欲望。从乡村到城市、从山路到公路、从土窑洞到办公楼、从商品单一到琳琅满目，这是中国革命取得胜利之后带来的最显著的客观变化，我们理应接受，更是感到骄傲和自豪。然而这一系列客观

---

① 参见杨明娇、郑斌《中国共产党百年政德建设历程和经验研究》，《南昌师范学院学报》2023年第6期，第28—33页。

② 中共中央文献研究室中央档案馆编：《建党以来重要文献选编（1921—1949）》第1册，中央文献出版社2011年版，第2页。

③ 中共中央马克思、恩格斯、列宁、斯大林著作编译局编译：《马克思恩格斯选集》第1卷，人民出版社2012年版，第419—420页。

条件的变化却对不少党员干部心理产生了严重的冲击。谢觉哉指出，我党曾涌现过许多像孟子所说的“富贵不能淫，贫贱不能移，威武不能屈”的大丈夫，“建设了人类有史以来未曾有过的崇高道德”，“然而近来竟有‘心不坚’的共产党员，有的能经过奋斗、牺牲的关，却不能抵抗金钱、美女的关”①，原因是他们“从山中跑到城市，特别是较大的城市，看见花花绿绿的东西，心里慌了，这样要买，那样要吃……然而钱不够……于是乎借、揩油、用亏公家的钱”②。生活水平的提高与工作环境的改善不但没有激起部分党员干部积极进取、奋发向上的工作干劲，反而成为拖拽他们下水贪污的催化剂，着实令人惋惜和气愤。二是斗争环境的日益宽松麻痹了部分党员干部紧张的斗争精神。中国革命和建设取得的一系列伟大胜利使全国人民都处于极度兴奋与喜悦之中，一些党员干部也随之飘飘然，忘记了曾经经历过的腥风血雨，开始满足眼前所取得的成绩而停滞不前，一度紧绷的斗争神经开始松弛，甚至消失。谢觉哉说，一些党员干部在斗争严重的环境下能够英勇坚定、宁死不屈，“杀头、坐监、上电刑，灌辣椒水，平常得很”③，反而在斗争宽松的环境下却迷失自我、不知所措，“换一个环境，甚至环境并没有变更多少，他可以把前事顿忘”④，这主要是因为“和平环境下斗争少而懈怠生”“受感性支配而不受理性支配”⑤。实践也证明，中华人民共和国成立前后，许多党员干部就是因为缺乏忧患意识，不能做到居安思危，被“糖衣炮弹”击中，既危害了党、国家和人民的利益，也丧失了个人大好前程。

（二）身份之变为贪污提供行为可能

作为国家工作人员，因其职务身份权力的属性和特征，容易成为贪污的犯罪主体。1952 年 12 月，毛泽东在《实行增产节约，反对贪污、浪费和官僚主义》中指出：“一切从事国家工作、党务工作和人民团体工作的党员，利用职权实行贪污和实行浪费，都是严重的犯罪行为。”⑥《中华人民共和国刑法》第三百八十二条对贪污罪进行界定：国家工作人员利用职务上的便利，侵吞、窃取、骗取或者以其他手段非法占有公共财物的，是贪污罪。随着中国革命的胜利和中华人民共和国的成立，需要越来越多的人参与到国家经济建设进程中来，经过革命战争洗礼的战士、受党培育多年的党员、肩负重要领导责任的干部、对国家社会充满信心的群众等都成为国家建设和发展的重要力量，于是，许多党员干部在岗位职务上发生了变化，手中也掌握了国家和人民赋予的一定权力，“一

---

① 谢觉哉：《谢觉哉文集》，人民出版社 1989 年版，第 367 页。

② 谢觉哉：《谢觉哉文集》，人民出版社 1989 年版，第 367—368 页。

③ 谢觉哉：《谢觉哉文集》，人民出版社 1989 年版，第 367 页。

④ 谢觉哉：《谢觉哉文集》，人民出版社 1989 年版，第 369 页。

⑤ 谢觉哉：《谢觉哉文集》，人民出版社 1989 年版，第 369 页。

⑥ 毛泽东：《毛泽东文集》第 6 卷，人民出版社 1999 年版，第 208 页。

个被赋予权力的人，总是面临着滥用权力的诱惑、面临着逾越正义与道德界限的诱惑”①。面对如此诱惑，大部分党员干部能够不负组织的信任和重托而兢兢业业、继续向前，然而有一部分党员干部“政权在手事务繁多，放纵之处，在所不免”②，这种身份职务及权力上的变化为他们贪污行为的产生提供了客观可能。谢觉哉分析总结了党内几种容易犯贪污罪的人群，要求全党戒备。

一是追求奢侈生活的党员干部。谢觉哉指出，生活和工作环境改变后，一些党员干部逐渐丢弃了原有的艰苦奋斗的优良作风，开始追求生活上的享受，但是手中的工资津贴并不能满足其日益膨胀的生活消费，随之走上贪污的歧路，“于是乎小贪污以至于大贪污，于是乎发生敲诈行为，于是乎把颈脖挂到特务机关收买引诱的钩子上”③。二是农村出身条件不好的党员干部。谢觉哉指出，“农村穷苦人出身的，从来只看见过几个铜子，几块洋钱。忽然有成百成千的钱在自己的手里过，眼睛花了”④，于是就想占为己有，贪污随之产生。三是从事财政经济工作的党员干部。谢觉哉指出，这类人由于直接与金钱打交道，如果禁不起诱惑，非常容易误入犯罪道路，“与钱接近，多用了一点，在账上弥补”⑤，是为贪污。四是经营公家商店与合作社的党员干部。谢觉哉指出，这类人由于直接掌管经营活动，具有较大的自主权，容易假公肥私，赚钱是自己的，亏本是国家的。五是利用职权进行经济剥削的党员干部。谢觉哉指出，有些同志过去是雇农、贫农，革命成功之后转变为中农、富农甚至商人，“经济地位的改变影响到他们的思想与行动”⑥，于是有的只顾自己生产经营而怠慢工作，有的对封建剥削和资本主义剥削行为视而不见，有的还直接帮助剥削者进行剥削，而有的则直接违反群众利益使自己成为剥削者。六是急于解决个人婚姻问题的党员干部。谢觉哉指出，部分同志长期单身，革命成功后急于解决个人婚姻问题，对象的政治面貌、人生价值观如何没有仔细考察，甚至误入敌人圈套，陷入权色交易。谢觉哉指出，上述几类贪污人群在党内虽然不是很多，但“一件又一件与共产党党员资格绝不相容的事在共产党内发现，不能不使人惊奇而值得警惕”⑦。

（三）思想堕落必然导致贪污产生

无产阶级政党自从诞生起就非常注重先进性、纯洁性、革命性的锻造与锤炼，因而对党员思想品质就有着极高的要求。马克思、恩格斯曾强调，“每一个支部都应对接受的

---

① ［美］埃德加·博登海默著，邓正来译：《法理学：法律哲学与法律方法》，中国政法大学出版社1999年版，第362页。

② 谢觉哉：《谢觉哉文集》，人民出版社1989年版，第369页。

③ 谢觉哉：《谢觉哉文集》，人民出版社1989年版，第368页。

④ 谢觉哉：《谢觉哉文集》，人民出版社1989年版，第368页。

⑤ 谢觉哉：《谢觉哉文集》，人民出版社1989年版，第368页。

⑥ 谢觉哉：《谢觉哉文集》，人民出版社1989年版，第368页。

⑦ 谢觉哉：《谢觉哉文集》，人民出版社1989年版，第369页。

会员的品质纯洁负责”①。列宁指出，无产阶级政党纯洁性的保持不在于党员数量的增长而在于党员质量的提高，“宁要好梨一个，不要烂梨一筐”②。党员思想品质的高低直接影响无产阶级政党的发展与壮大、革命事业的成功与失败、国家的建设与繁荣，一旦党员思想滑坡、道德败坏，必将会给党和国家的革命和建设事业造成不可估量的损失。谢觉哉指出，革命成功后，部分党员干部之所以会出现贪污腐败行为，主要是由于其思想上发生了质的变化，由原先孟子所说的“大丈夫”变为“心不坚”的共产党员。

一是忘记了共产党人的初心使命。谢觉哉指出，革命胜利后，一些党员干部认为革命理想已经实现，革命目标已经达到，应该为自己过去的辛苦付出换取丰厚的回报，于是在物质上尽量满足自己、精神上尽量放松自己。对此，谢觉哉指出，中国革命虽然成功了，但是还有许多人民过着苦日子，我们的工作只是“万里长征才走完第一步”，接下来的任务还很艰巨，党员干部现在谈论享受还不是时候，而且我们入党时“就是为了革命准备牺牲一切，而不是准备如何享受，我们是争取人民享福，而不是为着自己享福”③。我们心中一旦没有人民，人民也必将会抛弃我们，因此，“不能把自己看得大——不过革命中一份子”④。二是丧失了艰苦奋斗的优良作风。革命胜利后，部分党员干部开始追求财富、讲究享乐，完全抛弃了我党长期形成和保持的艰苦奋斗的优良作风，谢觉哉批评指出，“共产党所以成为全国救星，成为全民族不可灭亡的中心力量，不是偶然的，是从空前的艰苦中锻炼出来的，在这样锻炼中染有成千上万党员与非党员英雄志士的血来的”⑤。忘记这一点，必然会在歧途上越走越远。三是增添了争权夺利的腐朽思想。革命胜利后，部分党员干部对待组织分配的工作产生了不满情绪，一方面认为工作不合适自己导致自己的才干没有得到充分发挥，从而消极怠工；另一方面认为自己资格老、贡献大，没有得到组织重用和提拔，因此产生报复和泄愤心理，思想上越来越消极，行动上越来越偏激，最终误入犯罪深渊。谢觉哉指出，“几十年中国革命演变过程中，很多人中途挤落了”⑥，因此，作为党员干部，一定要“不为一时利害所冲动、或为细小事故动气，以至于放弃或有碍于自己事业的前途”⑦。

从谢觉哉有关贪污产生主要原因分析来看，中国革命和建设过程中党内出现的贪污

---

① 中共中央马克思、恩格斯、列宁、斯大林著作编译局译：《马克思恩格斯全集》第 44 卷，人民出版社 1982 年版，第 577 页。

② ［苏］列宁著，中共中央马克思、恩格斯、列宁、斯大林著作编译局编译：《列宁全集》第 44 卷，人民出版社 2017 年第 2 版，第 304 页。

③ 谢觉哉：《谢觉哉文集》，人民出版社 1989 年版，第 710 页。

④ 谢觉哉：《谢觉哉日记》，人民出版社 1984 年版，第 466 页。

⑤ 谢觉哉：《谢觉哉文集》，人民出版社 1989 年版，第 370 页。

⑥ 谢觉哉：《谢觉哉日记》，人民出版社 1984 年版，第 465 页。

⑦ 谢觉哉：《谢觉哉文集》，人民出版社 1989 年版，第 328 页。

行为，是多种因素复合的结果，其中环境的变化、身份的改变和思想上的堕落是最为重要的三个因素，三者之间相互关联、相互作用，最终导致部分党员干部丧失了党性，背弃了入党誓词，掉进贪污犯罪的泥淖之中不能自拔。

二、谢觉哉论贪污之消解

共产主义的实现并不是一帆风顺的，是需要一代代共产党人的努力拼搏和辛苦付出才能得以实现的伟大理想。因此，任何危害共产主义事业的错误言行都是不允许的，必须加以摒弃和剔除，对待贪污同样不能姑息手软。从“应该使一切政府工作人员明白，贪污和浪费是极大的犯罪”① “在一切党政军机关中讲究节省，反对浪费，禁止贪污”② “反贪污、反浪费一事，实是全党一件大事……要彻底揭露一切大、中、小贪污事件”③等一系列党的重要文件内容中，可见我党对贪污问题坚决反对之态度和彻底肃清之决心。谢觉哉长期从事党政工作，针对党内存在的贪污问题也是痛心疾首，在分析贪污产生的多种原因之后，谢觉哉给出了具体消解之策。

（一）思想上树立崇高伟大的奉献精神

《共产党宣言》鲜明地指出：“共产党人不是同其他工人政党相对立的特殊政党。他们没有任何同整个无产阶级的利益不同的利益。”④ 周恩来在《宗教精神与共产主义》一文中表明：“以无产阶级利益为利益的共产党人充当先驱，乃政治经济过程中的必然趋势”⑤。因此，为无产阶级利益和共产主义事业奋斗是共产党人的光荣使命和艰巨任务，必须要有崇高伟大的无私奉献精神做支撑和指引。谢觉哉认为，共产党人一定要具有无私奉献精神，这是预防贪污的首要思想保障。

一是要摒弃特殊享受思想。谢觉哉指出，中国共产党是大公无私的革命政党，其斗争目的就是让千千万万的广大民众过上好日子，因此，共产党人不反对享受，“但反对在多数人没有改善生活时，少数人生活独好”，更“要认定共产党员不可能且不应有特殊享受”⑥，“如果有人希图享受，那末，最好不当共产党。一个人不做或不够做共产党员并

---

① 毛泽东：《毛泽东选集》第1卷，人民出版社1991年版，第134页。

② 毛泽东：《毛泽东选集》第3卷，人民出版社1991年版，第911页。

③ 毛泽东：《毛泽东文集》第6卷，人民出版社1999年版，第190页。

④ 中共中央马克思、恩格斯、列宁、斯大林著作编译局编译：《马克思恩格斯选集》第1卷，人民出版社2012年版，第413页。

⑤ 中共中央文献研究室中央档案馆编：《建党以来重要文献选编（1921—1949）》第1册，中央文献出版社2011年版，第174页。

⑥ 谢觉哉：《谢觉哉文集》，人民出版社1989年版，第369页。

不是什么罪恶”①。二是要坚持牺牲奉献精神。共产主义事业是伟大的，同样也是艰辛的，无数人为之抛头颅、洒热血，献出了宝贵的青春和生命。李大钊曾说：“流血的事，非所必要，然亦非所敢辞。要知道牺牲永是成功的代价。”② 如果共产党员没有这种牺牲奉献精神，那么共产主义的实现将遥遥无期。谢觉哉指出：“没有这种精神，不够为共产党员；没有足够的这种精神的党员，共产主义的革命不会成功。”③ 因此，作为共产党员就要树立崇高伟大的无私奉献精神，要认定“最危险、最困难的岗位，是共产党员站的；最瘠苦、最辛勤的生活，是共产党员过的”④，时刻准备着为党和人民牺牲一切。

（二）理论上注重马列主义的学习教育

李达在《马克思还原》中评说，“马克思社会主义是科学的”⑤，“马克思社会主义在理论上完成了的，在事实上也可以完成”⑥。作为被实践证明是正确的马克思列宁主义理论学说，对中国革命和建设起着科学的指导作用。因此，谢觉哉指出，要杜绝贪污问题的发生，加强党员干部的马列主义学习教育刻不容缓，“教育、学习，可以改变人生的一切。这是我们目前第一等任务”⑦。

一是要提高对马列主义的理论认识。谢觉哉指出，广大党员干部在革命战争中表现坚强、勇敢斗争，但是在和平环境下却思想堕落、贪污腐败，这与他们对马列主义的认识不足有较大关系。谢觉哉指出，党的许多决议，“有些非党人士已经了解，而我们的党员却不大了解”，这与“部分党员质量过低”⑧ 有关。因此，要提高广大党员干部“对党的革命的认识，即马列主义的认识”⑨，通过对马列主义的理论学习，让他们明白无产阶级思想与非无产阶级思想、共产主义思想与资本主义思想、革命思想与反革命思想的分歧点，从理论上更加坚定共产主义理想。谢觉哉在马列主义思想学习和理解上已有很高造诣，但依然勤学不辍，在其 60 岁时还写下“不羡松乔寿，重研马列篇”⑩ 的诗句，足

---

① 谢觉哉：《谢觉哉文集》，人民出版社 1989 年版，第 369 页。

② 中共中央文献研究室中央档案馆编：《建党以来重要文献选编（1921—1949）》第 1 册，中央文献出版社 2011 年版，第 59 页。

③ 谢觉哉：《谢觉哉文集》，人民出版社 1989 年版，第 369 页。

④ 谢觉哉：《谢觉哉文集》，人民出版社 1989 年版，第 369 页。

⑤ 中共中央文献研究室中央档案馆编：《建党以来重要文献选编（1921—1949）》第 1 册，中央文献出版社 2011 年版，第 502 页。

⑥ 中共中央文献研究室中央档案馆编：《建党以来重要文献选编（1921—1949）》第 1 册，中央文献出版社 2011 年版，第 509 页。

⑦ 谢觉哉：《谢觉哉文集》，人民出版社 1989 年版，第 371 页。

⑧ 谢觉哉：《谢觉哉日记》，人民出版社 1984 年版，第 347 页。

⑨ 谢觉哉：《谢觉哉文集》，人民出版社 1989 年版，第 371 页。

⑩ 谢觉哉：《谢觉哉日记》，人民出版社 1984 年版，第 458 页。

见其对马列主义理论的学习热情和高度重视。二是要结合工作实际进行学习。谢觉哉指出，一些党员干部在谈及马列主义道理时，都略知一二，但在实际工作中却容易犯错误，这是与具体工作结合不紧密相脱节有关。因此，谢觉哉要求党员干部结合自身工作岗位职责来学习马列主义理论知识，“学了，思想有进步了，应表现在行动上——切身的事物与工作的行动上，否则不算学到了东西”①。如对从事经济工作和合作社的同志，要使他们明白经济建设是为广大群众利益，而合作社主要是抵制私人资本，训练群众集体生活，为过渡到社会主义提供桥梁作用，如此，部分党员干部才知道自己的行为已与革命理想目标背道而驰，对其贪污行为的及时停止有着重要的警醒作用。

（三）行动上继承艰苦奋斗的优良作风

艰苦奋斗是我党一贯保持的优良作风，也是我党保持先进性、纯洁性、革命性的重要经验。谢觉哉指出，“党在中国革命特别艰苦的”，如果没有艰苦奋斗的精神，很难完成“两重任务——民主革命与社会革命”②。因此，面对党内存在的贪污现象，谢觉哉也特别强调了继承艰苦奋斗优良作风的重要性。

一是要客观认识当前生活待遇好转实际。谢觉哉指出，我们的革命已经取得了巨大的成功，大家的生活待遇较之以前已经有了明显改善和提高，“我们今天固然还很困难，但是比以前已优裕得多”“这样生活，除苏联外，全世界没有地方可找，那你还有什么不满足?”因此，“要认识我们的生活与待遇已经很好”，如果再有什么过分要求，那就是脱离实际，“从来只有杀死的革命者，没有饿死的革命者”③。二是不要忘记传统的艰苦奋斗优良作风。谢绝哉指出：“中国民族是英勇吃苦耐劳的，共产党是最优秀的子孙。”④正是我党始终保持着这样的优良作风，才使得我党能够战胜一个又一个困难，取得一个又一个伟大胜利。因此，谢觉哉强调，“有饭吃不要忘记没有饭吃的时候”“不要忘记传统的艰苦作风”，要把共产党人这种艰苦奋斗的优良作风和可歌可泣的革命故事代代传承下去，“教育新党员，提醒老党员，使大家的苟且放纵之念不敢发生”⑤。三是要学习党的领袖吃苦耐劳模范。谢觉哉指出：“没有全党的吃苦耐劳，不能领导民众，没有领袖的吃苦耐劳，不能领导全党。”⑥ 毛泽东、朱德、周恩来等党的领导人在革命和建设时期无不带头吃苦，他们为我们树立了吃苦耐劳的光荣典范。如果有人说革命了一辈子，应该给予干部优待政策，“拿干部政策来在本身生活上讲价钱，那就差得太远”⑦。我们必须

---

① 谢觉哉：《谢觉哉日记》，人民出版社1984年版，第469—470页。

② 谢觉哉：《谢觉哉日记》，人民出版社1984年版，第289页。

③ 谢觉哉：《谢觉哉文集》，人民出版社1989年版，第370—371页。

④ 谢觉哉：《谢觉哉日记》，人民出版社1984年版，第289页。

⑤ 谢觉哉：《谢觉哉文集》，人民出版社1989年版，第370页。

⑥ 谢觉哉：《谢觉哉文集》，人民出版社1989年版，第370页。

⑦ 谢觉哉：《谢觉哉文集》，人民出版社1989年版，第370页。

坚决反对做这样的领导干部。四是要坚决反对官僚主义。谢觉哉指出："官僚主义是培育贪污浪费的温床。官僚主义者本身，也常容易卷入到贪污浪费的坑里去。"① 毛泽东也指出，官僚主义作风"是贪污和浪费现象所以存在和发展的根本原因"②。同样道理，官僚主义思想与行为是与艰苦奋斗优良作风水火不容的，必须坚决反对。

（四）制度上加强党纪法规的严格制裁

无产阶级政党非常注重党的组织纪律建设和法律法规的遵守。马克思曾说："我们现在必须绝对保持党的纪律，否则将一事无成。"③ 毛泽东说："加强纪律性，革命无不胜。"④ 在1922年7月通过的《关于共产党的组织章程决议案》中也有"凡一个革命的党，若是缺少严密的有纪律的组织与训练，那就只有革命的愿望便不能够有力量去做革命的运动"⑤ 的重点强调。在治理党员腐败问题上，谢觉哉坚决主张党纪法规的严惩作用，指出："贪污，不仅党不允许，法律也必予制裁。"⑥

一是要用党纪约束党员干部的贪污行为。党员一旦违纪，必须加以惩戒。纵观百年党史，不乏曾经为党做出过重要贡献的老党员、老干部因为违纪违规而受到严重处罚，甚至开除出党。谢觉哉强调，"特别是党员贪污不能姑息"⑦，要让他们"坦白、悔过、退赃、以至受某种处分等。使他们重新恢复健康"⑧。二是要用法律进行严厉制裁。法律是维护国家利益的重要保障，党员干部贪污已是违反国家法律，应该予以制裁，"撤的撤、关的关、以至于应杀的杀"⑨，从而维护党和国家以及人民的根本利益。谢觉哉指出，广大党员干部务必明晓贪污"是与共产党员资格不能并存的"。

由上，谢觉哉从党员干部思想境界提升、理论学习加强、行动实践持续和国家法律制度保障等四个方面对党内出现的贪污腐败问题提出了具体的消解对策，对党员干部的贪污思想和行为起到了重要的警示和预防作用。对于贪污腐败问题，"只要我党一注意，必能在极端时期纠正过来"⑩。

---

① 谢觉哉：《谢觉哉文集》，人民出版社1989年版，第803页。

② 毛泽东：《毛泽东文集》第6卷，人民出版社1999年版，第209页。

③ 中共中央马克思、恩格斯、列宁、斯大林著作编译局译：《马克思恩格斯全集》第29卷，人民出版社1972年版，第413页。

④ 毛泽东：《毛泽东文集》第5卷，人民出版社1996年版，第194页。

⑤ 中共中央文献研究室中央档案馆编：《建党以来重要文献选编（1921—1949）》第1册，中央文献出版社2011年版，第162页。

⑥ 谢觉哉：《谢觉哉文集》，人民出版社1989年版，第371页。

⑦ 谢觉哉：《谢觉哉文集》，人民出版社1989年版，第371页。

⑧ 谢觉哉：《谢觉哉文集》，人民出版社1989年版，第803页。

⑨ 谢觉哉：《谢觉哉文集》，人民出版社1989年版，第803页。

⑩ 谢觉哉：《谢觉哉文集》，人民出版社1989年版，第372页。

三、谢觉哉反贪思想之启示

谢觉哉一生向党，终生不渝，为党、国家和人民做出了杰出的贡献，他用自己的言行践行了一个优秀共产党员和杰出领导干部对党的无限忠诚和对共产主义事业的伟大抱负。谢觉哉在新民主主义革命时期、社会主义革命和建设时期针对党内贪污现象主要产生原因的分析以及提出的消解对策，不但在中国革命和建设中起到了重要的警示预防作用，为党的反贪工作提供了重要的思想指导，在全面建设社会主义现代化国家新征程中也有着重要的启鉴作用。

（一）要根治腐败，必须掌握马列主义理论真谛，坚定共产主义远大理想

谢觉哉指出，“共产党员不是平常的人，他担负着领导全民族以至全人类的解放任务”①。因而，“离开人的解放这一价值诉求来谈论马克思主义，不可能把握马克思主义的真谛”②。部分党员干部之所以贪污，是因为他们对马列主义理论真谛缺乏正确认知，不了解共产主义的伟大目标是实现人的解放，因此要加强马列主义理论学习教育。“实现共产主义是由一个一个阶段性目标逐步达成的历史过程”③，这一过程伟大而又艰辛，大力发展生产力、消灭资本主义生产关系、消除“异化劳动”等历史任务的完成都具有长期性特征，因此，广大党员干部一定要认认真真读原著、学原文、悟原理，只有读懂悟透马克思主义理论内涵，才能汲取真理无穷力量，化为干事创业动力，为中华民族千秋伟业和人类和平与发展崇高事业奋斗终生。

（二）要根治腐败，必须牢记共产党人初心使命，坚持人民群众利益至上

谢觉哉指出，部分党员干部因为特殊享受思想作祟，把个人利益置于人民利益之上，忘记中国共产党的宗旨和目标，最终走上贪污腐败的犯罪道路，因而提出党员干部要摒弃享乐思想，坚持无私奉献精神。习近平总书记在党的十九大报告中指出：“中国共产党人的初心和使命，就是为中国人民谋幸福，为中华民族谋复兴。这个初心和使命是激励中国共产党人不断前进的根本动力。”④ 中国共产党取得一个接一个的伟大胜利，始终得到人民拥护和爱戴的根本原因，就是中国共产党始终坚持全心全意为人民服务的这个根本宗旨，忘记这个根本宗旨，就会离人民群众越来越远，最后必然遭到人民群众的抛弃。因此，我们只有牢固树立以人民为中心的工作导向，坚持人民至上、紧紧依靠人民、不断造福人民、牢牢植根人民，才能够披荆斩棘、乘风破浪、一往无前。

---

① 谢觉哉：《谢觉哉文集》，人民出版社1989年版，第559页。

② 边立新：《人的解放：马克思主义的真谛》，《科学社会主义》2013年第4期，第35页。

③ 习近平：《习近平著作选读》第2卷，人民出版社2023年版，第162页。

④ 习近平：《习近平著作选读》第2卷，人民出版社2023年版，第1页。

（三）要根治腐败，必须加强党风廉洁文化教育，赓续艰苦奋斗优良作风

谢觉哉指出，部分党员干部在困难时期能够做到顽强刻苦，不怕流血牺牲，反而在和平环境下容易被腐败击倒，是因为党性修养不够，缺乏长期艰苦奋斗的宝贵精神，因而提出党员干部要注重廉洁自律，传承艰苦奋斗优良作风。党的二十大报告强调要“加强新时代廉洁文化建设，教育引导广大党员、干部增强不想腐的自觉，清清白白做人、干干净净做事”①。中国特色社会主义新时代，我们面对着复杂的国际国内局势，肩负着中华民族伟大复兴的光荣使命，广大党员干部必须夯实清正廉洁思想根基、涵育廉洁奉公文化情怀、培养廉洁自律道德操守、弘扬崇廉拒腐社会风尚，把廉洁意识植入血脉灵魂，把艰苦奋斗落实到工作生活，让共产党人的政治本色青春永葆，让我们党的光荣传统世代永继。

（四）要根治腐败，必须积极推进全面从严治党，努力深化党的自我革命

谢觉哉指出，党员干部一旦贪污，绝不能手软姑息，党纪务必要严、法规务必要硬，否则将腐蚀党的细胞，毁灭党的身体。党的十八大以来，我党深入推进全面从严治党，勇于进行自我革命，开展了史无前例的反腐败斗争，取得了显著的成就。但是，还有部分党员干部不收敛、不收手，继续损害人民群众的利益、破坏党的形象、阻碍中国特色社会主义事业的发展。“腐败是危害党的生命力和战斗力的最大毒瘤，反腐败是最彻底的自我革命。只要存在腐败问题产生的土壤和条件，反腐败斗争就一刻不能停，必须永远吹冲锋号。”② 为打赢反腐败这场攻坚战持久战，我们必须坚持全面从严治党，在党中央集中统一领导下长期坚持毫不放松，理论与实践有效联动，敢于直面问题、勇于修正错误，充分发挥党的政治建设的统领作用、思想建设的基础作用、作风建设的加强作用、制度建设的保障作用，确保党的自我革命深入推进、有效开展，从而达到引领社会革命的重要要求。

---

① 习近平：《习近平著作选读》第1卷，人民出版社2023年版，第57页。

② 习近平：《习近平著作选读》第1卷，人民出版社2023年版，第56页。

论毛泽东思想对唐山抗震精神形成的重要作用

杨立元　杨　扬[①]

摘　要：毛泽东思想是唐山抗震精神形成的精神动源和唐山人民抗震救灾的行为动力。唐山抗震精神是毛泽东思想的直接体现和中华民族精神的重要体现，其中包含着为人民服务、勇于奋斗、患难与共等精神因质，它们对个体进步和人们相互团结都有所裨益。这种抗震精神传承至今，鼓舞着我们建设美好家园，激励着我们团结奋进。在今天城市发展和社会进步中，这些积极力量值得继续提倡，需要不断发扬。

关键词：毛泽东思想；唐山抗震精神；继承和发扬

多年来，唐山抗震精神一直被誉为唐山精神的精髓，因为它准确、精辟地概括出了唐山人民在抗震救灾、重建家园中的英勇无畏、勇往直前的进取精神和相濡以沫、患难与共的人文精神。正是在这种精神的鼓舞和激励下，英雄的唐山凤凰涅槃、浴火重生、华丽转身，成为我国第一个荣获联合国“人居荣誉奖”的城市。震后 40 多年来，在唐山抗震精神的鼓舞下，唐山人民正在为把唐山建设成为靓丽、繁华、宜居、和谐的现代化强市而不懈努力。

那么，唐山抗震精神是怎样形成的呢？在唐山大地震过去 40 多年的今天研究这个问题是有很重要的意义的。应该说，唐山抗震精神的形成既有历史的也有现实的原因。它是在深厚的历史文化底蕴和时代的文化积淀中凝合而成的。其中，红色文化资源起到了重要的滋养和培育作用，如李大钊的“担当精神”“红船精神”等，尤其是毛泽东思想起到了至关重要的作用。我们知道，毛泽东思想是在长期革命斗争和社会主义建设过程中形成的，是我们党在长期的革命斗争和社会主义建设实践中形成的最宝贵的财富，在唐山抗震救灾中也同样起着重大指导和启示作用，成为唐山人民抗震救灾、重建家园的思想指南和行为准则。时至今日，回望 40 多年前的唐山大地震，我们可以肯定地说，如果

---

① 作者简介：杨立元（1956—　），唐山师范学院文学院二级教授，中国红色文化研究会理事，主要研究方向为红色文化。杨扬（1985—），唐山师范学院外国语学院讲师，主要研究方向为当代文学。

没有毛泽东思想的指导，绝不会形成唐山抗震精神，也不可能取得抗震救灾的伟大胜利。

一、毛泽东思想是唐山抗震精神形成的精神动源

一个政党、一个民族、一个国家，如果没有自己的精神支柱，就等于没有灵魂，就会失去凝聚力和生命力。毛泽东思想是中华民族的精神支柱，也是唐山人民抗震救灾的精神支柱。唐山抗震救灾正是在毛泽东思想指引下取得了抗震救灾和重建家园的辉煌成就。毛泽东思想是马克思列宁主义的基本原理同中国革命的具体实践相结合的产物，是中国共产党人集体智慧的结晶，它指导中国共产党带领人民取得了新民主主义革命的胜利，实现了中国历史上最伟大、最深刻的社会变革。新中国成立以后，毛泽东思想得到广泛传播，深入人心，成为全党和全国人民的人生信条和行为准则。尤其是在 20 世纪 60 年代以后，到处掀起了学习毛泽东思想的热潮，“老三篇”（《为人民服务》《纪念白求恩》《愚公移山》）等文章成为学习的经典。《纪念白求恩》中“毫不利己、专门利人”的精神品质，《为人民服务》中“全心全意为人民服务”的根本宗旨，《愚公移山》中在困难面前“下定决心，不怕牺牲，排除万难，去争取胜利”的理想信念，都深深影响和教育了人民群众，根植于人民的心中。毛泽东的这些经典话语也成为唐山人民前进的不懈动力和人生价值的永恒坐标，在抗震救灾中得以充分体现，并由此而形成了“公而忘私、患难与共、百折不挠、勇往直前”的抗震精神。可以说，唐山抗震精神是白求恩“毫不利己、专门利人”精神、张思德“全心全意为人民服务”精神和愚公“下定决心，不怕牺牲，排除万难，去争取胜利”精神的合成，抑或说是对这三种精神的继承和发扬。

如何看待这种现象？小说《唐山大地震》的作者王家惠这样说：那时“毛泽东思想成为人们立身行事的准则，不容否认，它给当时的中国人带来巨大的信仰的力量，尤其是在大地震这种突发性的巨大灾变面前，这种坚定的信仰给人们以巨大的精神力量。可以说，唐山人之所以能够在人类历史上罕见的大地震中创造了抗震的奇迹，创造了生命的奇迹，毛泽东思想的普及，对于毛泽东思想的普遍信仰，是一个带有决定性的因素”①。确实，那时毛泽东思想深入人心，“读毛主席的书，听毛主席的话，按毛主席的指示办事”成为人们的共同心声。那时有一首歌这样唱道：“毛主席的书我最爱读，千遍那个万遍哟下功夫，深刻的道理我细心领会，只觉得心里热乎乎”，这真实地反映了那个时期全国人民学习毛泽东著作的情况。有的研究者写道：在“上世纪 60 年代，有一首《毛主席的书我最爱读》的歌曲风靡全国。尽管多少带有全民运动的色彩，但自觉自愿刻

---

① 王家惠：《信仰的力量——简论毛泽东思想在唐山抗震救灾中的作用》，王素女主编《唐山大地震往事》丛书上卷之四，新华出版社 2017 年版，第 126 页。

苦攻读的人比比皆是”①。可以说，这段话真实地表达了那个时代人民群众的普遍情绪。

当然，这里还有一个不容忽视的原因，那就是毛主席与唐山人民的深厚感情，以及唐山人民对毛主席无限热爱和崇拜的感情。唐山是中国共产党主要创始人之一李大钊的故乡，毛主席曾经动情地说过，李大钊是他真正的老师。毛主席曾在《中国社会各阶级分析》中赞誉开滦矿工和唐山铁路工人“特别能战斗”的精神。唐山解放后，毛主席亲笔为《唐山劳动日报》创刊题写报名。1952年，遵化农民王国藩和村里最穷的23户农民联合起来，艰苦创业、发展生产，靠三条驴腿办起了“穷棒子社”，被毛主席誉为“我们整个国家的形象”，说他们“在全国起了率先作用”，并为这个社的经验写下著名的按语。1954年4月22日，毛主席到唐山启新水泥厂视察，听取汇报，使这个厂在全国率先实现公私合营。60年代，遵化沙石峪人民在毛主席《愚公移山》这篇文章的鼓舞下，发扬愚公移山的精神，开山填沟，劈石造田，创造了“万里千担一亩田，青石板上创高产”的人间奇迹，毛主席对此十分关注和关心。在1966年和1967年，周恩来总理曾两度亲临沙石峪视察，他称沙石峪人是“当代活愚公”，“要让愚公精神代代传”。1976年7月28日唐山大地震发生以后，毛主席得知这次地震中心在唐山而且损失惨重时，痛心地流下泪水。并在地震当日，他指示派救援人员火速赶往唐山，将大批救灾物资从全国各地运往唐山。毛主席在唐山大地震第3天，看到关于唐山地震情况的报告后，立即将时任国务院总理的华国锋叫到他的床前，语气深沉地对他说：“尽快去唐山，代表我慰问灾区的人民，安置好灾民的生活”，并指派他出任中央慰问总团团长。8月4日，华国锋受毛主席的重托，率领中央慰问团赶赴唐山，与日前到达唐山的陈永贵副总理率领的中央慰问团唐山分团一起代表毛主席和党中央看望唐山人民，传递毛主席的慰问和关怀之情。后来，“中共中央《关于唐山丰南一带抗震救灾的通报》（中发［1976］13号文件）起草后，送毛泽东审阅。8月18日，毛泽东再次圈阅，这是毛泽东生前圈阅的最后一份中共中央文件”②。毛主席对唐山人民无比惦记，唐山人民也同样惦念毛主席。大地震发生以后，刚刚从废墟中挣脱出来的人们，眼望北京，祈祷毛主席平安无事，当接到党中央的慰问电和空投物资时，激动不已，失声痛哭，高声呼喊：“毛主席万岁！”有些人挥动《毛主席语录》，齐声高喊：“下定决心，不怕牺牲，排除万难，去争取胜利！”笔者之一作为唐山大地震的经历者和抗震救灾的参加者，多次目睹唐山灾区人民对毛主席的无比敬仰、无比信任的感激之情。当时许多被埋在废墟中的人被抢救出来以后，喊出来的第一句话就是“毛主席万岁！”这种情况数不胜数，如家住南厂工房的胡凤喜一家4口人被南厂工房派出所民警奋力抢救脱险后，眼泪夺眶而出，喊出了当时最能容纳所有激动与兴奋的

---

① 胡新民：《毛泽东著作影响了多少人》，《党史博采》2014年第12期，第20页。

② 李金明：《唐山大地震后毛泽东最后圈阅的文件》，http://views.ce.cn/fun/llbk/201007/19/t20100719_21628745_3.shtml，（2010-07-19）［2023-12-10］。

口号——“毛主席万岁!”① 当被埋在废墟中8天8夜的开滦工人王树斌被解放军救出来以后，十分激动，举起右臂用尽最后一点儿力气喊道：“毛主席万岁！共产党万岁!”站在周边废墟上的人们也群情激昂，挥着手臂高喊：“毛主席万岁！共产党万岁!”② 在毛主席逝世以后，唐山人民悲痛欲绝。当时正在深山中为抗震救灾、重建家园开采沙石料的丰南县800民工和行政人员（笔者为其中之一），当听到从广播里传来毛主席逝世的消息后，大家失声痛哭，有的痛不欲生、不能自持。因为这些来自丰南重灾区的民工大部分失去亲人，有的甚至是全家仅剩自己一人，在家里无法生活而来大山里躲避地震后的家乡惨景和家中惨痛的。有毛主席在他们就有主心骨，就有活下去的勇气和信心。如今毛主席逝世了，他们认为天塌了，没有活路了，有的人不吃不喝、精神恍惚。他们自发地买来烧纸祭奠和对着毛主席画像集体悼念。毛主席逝世以后，唐山的各个事业单位和每个村庄都设立毛主席灵堂，每天上午集体祭拜。全村人走到毛主席遗像前都哭泣不已，有的甚至拍地喊天、号啕大哭。有的老农民每逢走到毛主席像前，便昏死过去。据说每次祭拜都是如此，所以家里人不让他去，但他非去不可。不这样，无法表达对毛主席恩情的感激。

我们知道，任何情感都不是自然而发的，也不是头脑中固有的，而是从社会实践中来的。唐山人民对毛主席的感情是由衷的、发自肺腑的。对中国人民来说，毛主席的恩情比天高比海深，他是人民大救星，因此唐山人民才有对毛主席这样感天动地的感情，毛泽东思想才能够这样深入人心，成为唐山人民抗震救灾的精神动力。

二、毛泽东思想是唐山人民抗震救灾的行为动力

由于唐山大地震发生时，毛泽东思想空前深入人心，所以在抗震救灾中处处显示出毛泽东思想的巨大影响和伟力。可以说，毛泽东思想是抗震救灾的灵魂，人们的言行以毛泽东思想为指针，众志成城，相濡以沫，不畏艰难，勇往直前，夺取了抗震救灾、重建家园的胜利。习近平同志曾指出，唐山抗震救灾和新唐山建设之所以能够在条件相当艰苦的情况下取得显著成效，很重要的一点就是在大灾大难面前，党的各级组织和广大党员、干部始终同人民群众同呼吸、共命运、心连心，吃苦在前，冲锋在前，成为人民群众的主心骨。党的力量来自人民。只要党把人民凝聚起来，紧紧依靠人民，我们就能

① 曾文有：《人民警察 心系人民》，王素女主编《唐山大地震往事》丛书下卷之一，新华出版社2018年版，第127页。

② 杨立元、宋雨泽：《抗争八昼夜 感恩四十年——访在大地震创造生命奇迹的王树斌》，王素女主编《唐山大地震往事》丛书上卷之一，新华出版社2017年版，第251页。

经受住前进道路上的各种严峻考验，战胜各种困难和挑战。① 在抗震救灾中，广大党员干部充分体现出“全心全意为人民服务”“一刻也不脱离群众”“一切从人民的利益出发”② 的精神风貌。从当时唐山地区、唐山市到区县的各级领导干部，不计其数的人都挺身而出承担了自己的责任，从而撑住了唐山这片将要倾斜塌落的天。时任唐家庄矿总工程师的李成栋正值夜班，在大地震发生后，他被震波甩到屋顶，此时他看见整个矿区已成为一片废墟。他立刻想到这天是高产日，有 1000 多名工人干部在井底干活儿，得想办法救他们上井。他与赶到矿内的驻矿军代表李明智、矿革委会常委王凤义和岳福云立刻商讨如何解救因停电停风滞留在井下的工友。经过 5 个小时的抢险救人，分布在井田面积 22.41 平方公里的 1000 多名井下工人安全回到地面。紧接着，李成栋又同矿领导班子共同安排妥当震后矿里应做的事情。此时大家都催他回家看看家人。这时他才找了根木棍，拄着往家走，但是他的家已经被摧毁了。他到处寻找，终于在一个石头夹缝中看到了妻子搂着儿子被砸压在窗台的出口处，女儿和大儿媳也都震亡了。他强忍着死伤 4 位亲人的巨大悲痛回到矿上，立即投入到抗震救灾、重建矿山的繁忙工作之中。③ 唐山市郊区后于家店大队党支部书记王廷新，在地震中负了重伤。他脱险后首先想到的是村里的下乡知识青年，于是忍着剧痛一连救出十几名知青，自己却因伤势过重而牺牲了。丰南县东三村党支部书记刘金城，全家 8 口人都被压在倒塌的房子里。他从乱砖碎瓦中钻出来，不顾自己的家人，首先组织党员、民兵抢救他人，刘金城却失去了 3 位亲人。④ 不仅党员干部如此，就是普通党员也是把群众的利益放在第一位，置自身利益于不顾去抢救他人，如唐山市城建局的技术员、共产党员王金生从废墟中挣脱出来便积极组织大家扒人扒尸。后来他赶回家中，父亲对他说：“家里没事，你是党员，应当先到单位报到!”于是他直奔单位，是第一个赶到局里的人。此时机关也夷为平地，死伤无数，他和活下来的同志们开始了抗震救灾工作。⑤ 再如汉沽农场八队的赤脚医生、共产党员董洁慧三根肋骨骨折，她硬是忍着剧痛，抢救、护理了 200 多名伤员。

共产党员在抗震救灾中是先锋队，冲锋在前，牺牲自己，保护人民群众的生命和国家财产，在抗震救灾初始阶段生活处于困境甚至濒临绝境的时候，发挥共产党员的先锋

---

① 参见《习近平在河北唐山市考察》，https://www.xuexi.cn/124792ed4b881910576d163456062e63/e43e220633a65f9b6d8b53712cba9caa.html，(2016-07-28)［2023-12-10］。

② 毛泽东：《论联合政府》，《毛泽东选集》第 3 卷，人民出版社 1991 年版，第 1094—1095 页、第 1096 页。

③ 参见克奇《李成栋第一时间留在矿山》，王素女主编《唐山大地震往事》丛书下卷之一，新华出版社 2018 年版，第 14—18 页。

④ 参见孟翔聚《唐山，凤凰山下崛起的新城——谨将此文献给唐山大地震四十周年》，王素女主编《唐山大地震往事》丛书上卷之一，新华出版社 2017 年版，第 6 页。

⑤ 参见王立新《从悲壮走向瑰丽——新唐山四十年环境建设回眸》，王素女主编《唐山大地震往事》丛书上卷之一，新华出版社 2017 年版，第 55 页。

模范带头作用，把困难留给自己，把群众的利益放在第一位。“关心党和群众比关心个人为重，关心他人比关心自己为重”①，表现出了“大公无私，积极努力，克己奉公，埋头苦干的精神”②。大地震发生后，丰南县四王庄村是极震区，全村 1240 口人，震后连重伤的人算在内仅仅剩下 430 人。此时，“每个党员都有家人被埋在废墟下面，每个活下来的人都等着他们去拿主意，可是每个党员都被安排了任务”，给幸免于难的村民做安抚工作，带领有行动能力的村民在废墟中扒人。他们把找到的食物、衣物、被单先分给老人和孩子，又用木头、席子、塑料、苫布等材料搭起了一个又一个的小棚子，让群众先住进去，把群众安置好，却“把自己的亲人放在次要位置”，“只有公，没有私”。这就是“能够战胜大灾的根本”③。

同样，这种为人民的利益而牺牲个人利益的牺牲精神也表现在各行各业的人民群众中。如唐山齿轮厂的医生边淑敏，在地震发生时，她正值夜班（夜班就一名大夫值班），许多受伤的夜班职工被送到临时搭起的医疗点里，她一个人包扎、上药、发药、诊断病情，忙得不可开交。家中的丈夫和女儿此时还不知是死是活。等她把工作忙完回到家时，女儿已经遇难，丈夫奄奄一息。她强忍着亲人离去的悲痛，始终战斗在救死扶伤的第一线；天热、口渴，她顾不上喝一口水；受伤的工友包扎伤口没有绷带，她脱下身穿的白大褂撕成条儿进行包扎。由于她无私无畏的救助，许多受伤的工友避免了感染，脱离了危险。这位可敬的白衣战士也光荣地出席了在北京召开的唐山抗震救灾英模表彰大会，受到了中央领导的接见，还被批准火线入党。④

唐山抗震精神不仅表现在广大党员干部和人民群众身上，也同样体现在文艺工作者身上。在大地震中，唐山文艺团体的员工伤亡很重，很难开展工作。为了驳斥西方媒体宣称“唐山已从地球上消失”的荒谬之言，展示唐山人民抗震救灾的伟大精神，在 8 月下旬，唐山市领导决定，要克服各种困难，重组文艺队伍，如期赴秋季广交会演出。于是新组建的唐山皮影团人员有的身上带着伤，有的手中还拄着棍、挎着臂，带着伤病和失去亲人的痛苦立即集中排练，完成这项特殊时期的特殊任务。“他们把痛苦留给自己，把生命献给事业，这不就是唐山抗震精神的生动写照吗?”到 9 月底，他们的每个节目都是精排细练，超过了原来的预想，还加排了《唐山人民缅怀伟大领袖和导师毛主席》。10 月 9 日演出队赴广州演出，当深夜走下火车时，广东省和广州市的文艺大军在出站口列队迎接，其热烈的场面让演出队人人热泪盈眶。此后，广州军区许世友司令员、广东省

---

① 毛泽东：《反对自由主义》，《毛泽东选集》第 2 卷，人民出版社 1991 年版，第 361 页。

② 毛泽东：《中国共产党在民族战争中的地位》，《毛泽东选集》第 2 卷，人民出版社 1991 年版，第 522 页。

③ 李宗生：《抗震精神永不倒》，袁宁主编《四十年 四十人》，现代教育出版社 2016 年版，第 79—80 页。

④ 参见姜志彬《那年 那情 那爱》，王素女主编《唐山大地震往事》丛书下卷之一，新华出版社 2018 年版，第 95 页。

委书记韦国清书记特地到演出地看望大家。[①] 就是这样，在惨绝人寰的大劫难面前，英雄的唐山人民用毛泽东思想坚强自己、激励自己，坚忍不拔、坚强不屈、奋勇拼搏、勇往直前，他们在抗震救灾、重建家园的斗争中，面对死亡超越死亡、面对灾难战胜灾难；他们互助互救、以沫相濡，先人后己、舍己为人，升华了生存的价值和生命的意义；他们坚强自己、健全自身、完善自我，形成了坚韧不拔的图强意识、相互关爱的人性力量和乐观豁达的人生态度，克服了难以想象的悲怆与艰难，在全国人民的救援下，迅速恢复生产、重建家园，“谱成一章风雨同舟、生死与共、先人后己、公而忘私之共产主义壮曲悲歌”[②]，铸就了“公而忘私、患难与共、百折不挠、勇往直前”的抗震精神。唐山抗震精神弘扬了唐山人民锐意进取、积极向上的精神品质和生命意志，彰显和深化了人类的美好天性和人文情怀，将唐山人的生存经验和人生哲学置放到一个崭新的精神层面，把唐山人永恒的奋争和无私的大爱精神托举到人类生命意义的高度。在废墟上崛起的新唐山不仅是一种物质的存在，也是一种精神的象征；这种精神不仅是民族精神的具象化，也是人类抗灾精神的实践化；她不仅属于唐山，而且属于全人类。

三、毛泽东思想何以成为抗震救灾的精神力量

唐山大地震已经 40 多年了，无论是在抗震救灾、重建家园的艰难岁月，还是在走入新时代、建设新唐山的今天，毛泽东思想始终指引唐山人民前进方向。无论社会怎样变化，时代如何变迁，各种思想怎样影响，唐山人民对毛主席的情感依然是那样炙热和真挚，毛泽东思想光芒依然是那么耀眼夺目。究其原因，一是毛主席一生都在为老百姓谋幸福，永远把人民放在心间，对中国人民的恩情比天高、比海深；二是毛泽东思想代表了人民群众的根本利益，这应该是毛泽东思想经久不衰的根本原因。习近平总书记在党的二十大报告中指出：“江山就是人民，人民就是江山。中国共产党领导人民打江山、守江山，守的是人民的心。治国有常，利民为本。为民造福是立党为公、执政为民的本质要求。必须坚持在发展中保障和改善民生，鼓励共同奋斗创造美好生活，不断实现人民对美好生活的向往。”[③] 这也是毛泽东思想的精髓所在。

我们通常把毛泽东思想称为“马克思列宁主义的基本原理同中国革命的具体实践相结合的产物”，“这就决定了它的先进性和民族性。唯其先进，它才会成为主导思想，指

① 参见韩溪《历史是不应该忘记的——唐山大地震中难以忘却的几件事》，王素女主编《唐山大地震往事》丛书上卷之一，新华出版社 2017 年版，第 175—178 页。

② 《唐山抗震纪念碑碑文》，《经济参考报》2016 年 7 月 27 日第 5 版。

③ 习近平：《高举中国特色社会主义伟大旗帜 为全面建设社会主义现代化国家而团结奋斗——在中国共产党第二十次全国代表大会上的报告》，《人民日报》2022 年 10 月 26 日第 4 版。

引中国人民走出封建社会的牢笼。唯其民族，它才会在中国扎根。我们应该承认，毛泽东思想的高度普及与国家政权的强制推行和意识形态的全面导引有一定关联，但是从根本上说，毛泽东思想是中国人民长期革命斗争实践经验的高度总结，是对于中国传统思想的一次革命性的重新整合，对它的信仰是中国人民在长期革命实践中的自觉选择，这已经为无数历史事实所证明，毫无疑义"①。那么，唐山抗震精神是如何在毛泽东思想指引下而形成的呢?

其一，毫不利己、专门利人精神，全心全意为人民服务是唐山抗震精神的核心理念。毛主席一生都秉持为人民服务的理念思想，把自己作为中国人民的忠诚勤务员。毛主席"全心全意为人民服务"思想的形成一是源于马克思主义思想。马克思、恩格斯指出："过去的一切运动都是少数人的，或者为少数人谋利益的运动。无产阶级的运动是绝大多数人的，为绝大多数人谋利益的独立的运动。"② 列宁在《党的组织与党的出版物》中谈到为谁服务的问题时，提出了"为千千万万劳动人民"③ 服务的要求。"全心全意为人民服务"是以人民为中心的马克思主义政党的根本价值追求，也是其存在和发展的根本条件。中国共产党作为马克思主义政党，始终坚持以人民为中心，坚持全心全意为人民服务的根本宗旨。毛主席说："共产党是为民族、为人民谋利益的政党，它本身决无私利可图。它应该受人民的监督，而决不应该违背人民的意旨。它的党员应该站在民众之中，而决不应该站在民众之上"④，"共产党人的一切言论行动，必须以合乎最广大人民群众的最大利益，为最广大人民群众所拥护为最高标准"⑤。毛主席毕生的革命实践，就是为中国人民谋幸福、为中华民族谋复兴，这也是中国共产党人的神圣使命和历史责任。把人民的利益放在第一位，无条件服从人民群众的利益，这既是工作方法、工作要求，也是一切工作的出发点和归宿点。二是源于中国传统文化。毛主席饱读诗书，深受中国传统文化的影响。中国儒家追求大同思想，古代儒家经典《礼记·礼运》提出了"大道之行也，天下为公"的社会理想，这对毛主席理想社会愿景的构建起到了深刻的影响。毛主席推崇"乐以天下，忧以天下""公而忘私、国而忘家""先天下之忧而忧，后天下之乐而乐"等中华民族精神的核心思想，但毛主席在继承的过程中扬弃了封建文化的糟粕，对传统道德中的民本主义和仁爱精神进行了提升和超越，使之成为毛泽东思想的一个重

---

① 王家惠：《信仰的力量——简论毛泽东思想在唐山抗震救灾中的作用》，王素女主编《唐山大地震往事》丛书上卷之四，新华出版社 2017 年版，第 134—135 页。

② 《共产党宣言》，中共中央马克思、恩格斯、列宁、斯大林著作编译局编译《马克思恩格斯选集》第 1 卷，人民出版社 2012 年版，第 411 页。

③ ［苏］列宁：《党的组织与党的出版物》，中共中央马克思、恩格斯、列宁、斯大林著作编译局编《列宁选集》第 1 卷，人民出版社 1995 年版，第 666 页。

④ 毛泽东：《在陕甘宁边区参议会的演说》，《毛泽东选集》第 3 卷，人民出版社 1991 年版，第 809 页。

⑤ 毛泽东：《论联合政府》，《毛泽东选集》第 3 卷，人民出版社 1991 年版，第 1096 页。

要部分。这样，毛主席把马克思主义与中国传统文化紧密融合，汲取传统文化的优秀基因与马克思主义理论融会贯通、相互契合，把为人民服务的思想提升到一个全新的高度，也代表了一种崭新的伦理道德体系。

“毫不利己，专门利人”是毛主席为人民服务思想的最高准则和价值取向。毛主席一贯把人民群众当作主人，把自己当作人民的公仆，并要求广大党员干部“完全彻底的为人民利益而工作”，做无产阶级和人民大众的“牛”，要具有大公无私、毫不利己、专门利人、全心全意为人民服务的精神，力争做“一个高尚的人，一个纯粹的人，一个有道德的人，一个脱离了低级趣味的人，一个有益于人民的人”①。在抗震救灾、重建家园的工作中，英雄的唐山人民牢记毛主席的教导，舍小家顾大家，为人民利益牺牲个人利益。在震后最危险的时刻，幸存者从废墟中爬出来，就奋不顾身地去抢救被埋压者；被救者一脱险，就立即投入救助他人的行列。英勇无畏的人民解放军、救死扶伤的医务工作者、来自祖国四面八方的救援队伍，齐心协力向灾难抗争，争分夺秒与死神赛跑。许多人累倒在救灾现场，有的甚至献出了宝贵的生命……他们共同谱写了一曲曲风雨同舟、舍己为人、相互关爱、大公无私的动人壮歌。

其二，“下定决心，不怕牺牲，排除万难，去争取胜利”的革命英雄主义是唐山抗震精神的魂魄。毛泽东思想是中国人民社会主义革命和建设的精神支柱。在长期的革命斗争中，正是靠着毛泽东思想中大无畏的革命英雄主义精神，我们的党才得以伟大，我们的国家才得以壮大，我们的军队才得以强大。毛主席在《愚公移山》中所提出的“下定决心，不怕牺牲，排除万难，去争取胜利”② 的思想，成为中国人民为实现既定目标和远大理想而矢志不渝、坚韧不拔意志的源泉，也成为唐山人民抗震救灾、重建家园的精神力量，他们以“百折不挠、勇往直前”的进取精神投入抗震救灾和灾后恢复重建，发扬“为有牺牲多壮志，敢教日月换新天”的精神，表现出战胜一切困难的革命英雄主义气概，取得了抗震救灾的伟大胜利。在震后10天，采出了第一车“抗震煤”；震后20天，造出了第一台机车；震后28天，炼出了第一炉钢；震后一年，开滦煤矿全面恢复生产；震后两年，各项经济技术指标基本达到震前水平。英雄的唐山人民用“十年建设恢复，十年经济振兴，十年快速发展，十年展翅腾飞”的发展历程，书写了一部震惊世界的英雄传奇。习近平总书记在抗震救灾40周年之际来唐山视察时满怀深情地说：“这次来唐山，主要是看一看这座英雄的城市，看一看这里英雄的人民。”③ 他高度赞誉唐山抗震精神是中华民族精神的重要体现。唐山是英雄的城市，唐山人民是英雄的人民。

---

① 毛泽东：《纪念白求恩》，《毛泽东选集》第2卷，人民出版社1991年版，第660页。

② 毛泽东：《愚公移山》，《毛泽东选集》第3卷，人民出版社1991年版，第1101页。

③ 杜尚泽、徐运平：《“弘扬抗震精神，为中国梦注入强大精神力量”》，《人民日报》2016年7月30日第2版。

在唐山的抗震救灾、重建家园的斗争中，毛泽东思想成为唐山人民的巨大精神力量。英雄的唐山人民怀着对毛泽东思想的信仰，创造了无数难以置信的人间奇迹，使得唐山从满目疮痍中凤凰涅槃、浴火重生，从废墟到重建，从快速发展到科学发展，创造了世界地震史、城市发展史上的奇迹。在进入新时代的今天，英雄的唐山人民正在大力弘扬抗震精神，按照习近平总书记提出的“三个努力建成”目标，努力把唐山发展得更好、建设得更美，使这座英雄城市再攀高峰、再创辉煌。

·书评·

还《李自成》应有的文学史地位

——《〈李自成〉再经典化与姚雪垠研究新收获》[①] 编选说明

阎浩岗[②]

《〈李自成〉再经典化与姚雪垠研究新收获》内收66位作者2000年以来公开发表的关于《李自成》和姚雪垠其他作品的论文以及新发现相关史料的考辨梳理文章。它是各位作者共同努力的成果。在20世纪七八十年代之交，国内已出版过多种《李自成》研究论文集；2013年，中国青年出版社还出版过一本名为《文学马拉松：〈李自成〉出版五十年研究文选》的论文集。现在编辑出版这样一套论文集，与新世纪《李自成》及姚雪垠研究的现状有关。简单说，它是在经历了三十多年的《李自成》“去经典化”、姚雪垠文学史地位评价走低之后，部分学者在新世纪对《李自成》开启“再经典化”进程的情况下出现的。它是这一过程的结晶，也是相关领域研究者以后的借鉴。

20世纪七八十年代之交的几种《李自成》研究论文集，标志着《李自成》的初次经典化。自1988年以后，文学批评界的前沿学者对《李自成》及其作者极尽贬低乃至讽刺挖苦，1999年之后的中国当代文学史书写要么让《李自成》彻底消失，要么让它作为“历史局限性”的标本，对它予以“病理剖析”。在这样的大背景下，大学中国语言文学专业的本科生和硕士生、博士生们基本不去读这部超长篇幅的作品，甚至有人不知道它的存在。于是，《李自成》仅活在社会上当年老读者的记忆中和少量当下读者的阅读中，以及少数专业研究者的课题中。即使是专治中国现当代文学的专家学者，全部读完五卷十二册《李自成》的人，在全国也寥寥无几。许多人对《李自成》的印象，限于其第一、二卷。有的甚至不知全书早已于1999年出齐。

不论如何评价，《李自成》毕竟不是凡庸之作，它毕竟还活着：六十年过去了，出版

---

① 阎浩岗主编：《〈李自成〉再经典化与姚雪垠研究新收获》（上下册），河北大学出版社2023年10月出版。

② 作者简介：阎浩岗（1963—　），男，河北吴桥人，河北大学红色文学与文化研究中心主任，教授，博士生导师，主要研究方向为中国现当代文学。

社还在出版发行各种新的版本，不论发行量大小，毕竟还有读者愿意读，或愿意收藏；虽然人数不多，毕竟还有学者愿意倾注心血来研究。它不再像七八十年代那样家喻户晓、读者争相购买阅读。但这是正常现象。我们想一下：如今自行购买阅读《三国演义》《水浒传》或《战争与和平》《尤利西斯》的读者又有多少呢?《平凡的世界》《白鹿原》现在看是畅销而长销，但是，六十年后谁敢肯定情况还能如此呢？作品年六十而不死，就有望得到永生了！任何一部作品，要想在文学史上占有一席之地，都必须经过姚雪垠先生所谓“死后马拉松”的考验。我们不能仅仅根据这三十多年“去经典化”的状况，就断言《李自成》是昙花一现、过眼云烟。请看：《李自成》“再经典化”不是已悄然启动了么？虽然并不算大张旗鼓、轰轰烈烈。我们编选这套论文集的宗旨，就是要推动《李自成》的再经典化，引起学界对姚雪垠研究的关注。

与以前各种论文集相比，这套书有下面七个特点。

第一，它所收论文都是2000年以后公开发表的。论文能在正式学术期刊或国家级大报发表，说明它达到了一定的学术水准，具有学理性。有多篇文章是发表在本学科最高刊物《文学评论》或权威刊物《中国现代文学研究丛刊》《文艺争鸣》《新文学史料》或其他C刊上的。为了准备这些论文，作者们搜集和阅读了大量资料，凭的是多年的学术积累。有的千里迢迢，专门去查阅了历史档案。这里面没有即兴之作、应景之作。

第二，论文的作者基本都是目前正从事中国现当代文学研究的专业工作者。专业工作者的学术论文，不同于业余读者的心得体会，或亲朋好友的情感记忆。它所论述的每个问题，都是在特定的学术背景下提出的，不会重复老生常谈。

第三，这套论文集正文中的文章，不同于《李自成》初次经典化时的热情洋溢的歌颂，也不同于“去经典化”时期的情绪化贬低，它们基本都是学理化的研究、客观辩证的分析。虽然我们对新世纪以后的相关成果尽量收齐，但个别明显非学理的文章我们没有收入。

第四，论文集的作者涵盖了各个年龄段。从“30后”到“90后”都有。作者各有其代表性。我们每篇文章都标注了作者出生年。最大的周勃先生94岁，最小的魏瑞27岁。

第五，研究角度、研究方法多样。上册是“《李自成》再经典化”，专论《李自成》；下册是“姚雪垠研究新收获”，所收主要是对姚雪垠生平与思想及《李自成》之外作品的研究成果。有的以宏观理论分析取胜，有的则以新史料发掘和整理见长。宏观理论分析方面的代表性成果，是上册董之林老师的《观念与小说：关于姚雪垠的五卷本〈李自成〉》，下册李丹梦教授的《最后的“史官”：姚雪垠论》；新史料发掘和整理方面的代表性成果，则是吴永平、姚海天、许建辉、刘涛等几位作者的文章。

第六，基本以发表先后顺序排序。这样做，是为显示《李自成》被“再经典化”的过程，也为显示学术本身发展的脉络。任何一项新成果都是在已有研究基础上取得的，专业研究者需要讲清自己的选题和研究与已有研究成果的关系。这样排列，每项成果写作和发表时的学术背景能一目了然。文章没有讲清的，本书编者也以“编者注”予以说明。有些论题比较集中，例如关于姚雪垠与胡风的关系、姚雪垠与刘再复的论争，本书便集中排列，但同一论题中仍以发表时间先后排序。这样，文章之间的对话性明确，方便读者阅读后自己分辨是非曲直。

第七，附录了“读者声音”，作为专家学者研究的参照。文学作品的接受研究中，最难把握的是普通读者的接受研究，因为除了报刊“读者来信”之类栏目，读者声音很难被后世听到。由于《李自成》曾非常普及，其普通读者、接受者人数众多。本书所选，具有各种职业、各种社会地位和各个年龄段的代表性，例如上卷所选，傅建华先生为“50后”干部，田永清先生是“40后”将军，聂晶晶同学是“80后”在读博士生（也是高校教师），曹灿先生是“30后”表演艺术家、在《李自成》传播中起过特殊作用的人物。他们的文章，将给后世研究者提供真实可信的阅读感受与阅读史记录。

毋庸讳言，在如今的高校中，在各大学文学院的教材中和课堂上，《李自成》并未被普遍地“再经典化”。除了严家炎、张炯和王庆生先生主编的教材，其他各种文学史教科书大都仍未肯定它的“经典”地位。据笔者观察，“50后”“60后”和“70后”年龄段的中国当代文学研究者，大多根据新时期以来的“启蒙现代性”价值观批评《李自成》，具体说是批评《李自成》的前两卷，甚至是批评学界印象中的“80年代姚雪垠”。“50—70后”学者是当下占据大学文学院讲台教师的主力，是学术权力话语的持有者，“80后”“90后”“00后”的青年学子是他们的学生辈。老师的观点和引导深深影响着学生的阅读。笔者编辑出版这样一套论文集，心目中的读者和对话者就是这些高校文学院师生，想让不太了解具体情况的人了解一下，让他们知道，还有这些学者在研究《李自成》和姚雪垠；让他们明白，将研究具体深入下去，还会有这些新的视野、新的界面、新的认识。《李自成》不简单，姚雪垠不简单！

另外，还希望大家思考：对于小说特别是长篇小说来说，人物性格塑造还重要不重要？结构问题是否是关键问题之一？是不是如果不用时空错置的“意识流”就意味着结构上没有创新？现实主义是不是过时了？历史唯物主义是不是真的过时了？笔者个人认为，现实主义没有过时，历史唯物主义仍然是我们宏观地把握历史的有效方法之一；对于现实主义小说来说，人物性格塑造是成败关键；对于长篇小说来说，结构和语言都是小说美学中头等重要的问题！

在上述这些方面，《李自成》所取得的成就是无可取代、不能否认的。

中国的小说史与西方有所不同，“历史”在其中一直扮演着与“人物”同样重要的角色。中国小说的源头之一是《左传》和《史记》，它们本身既是历史学专业的经典，也是文学专业的经典。《三国演义》是中国古代长篇历史小说的奠基之作，《李自成》则是中国现当代长篇历史小说的奠基之作。衡量它们的标准，除了人性、人物描写，还有历史全景与发展脉络的宏观把握与历史细节的真实再现。在这些方面，姚雪垠所做的贡献早已为文学界、史学界和美学界的权威茅盾、吴晗、朱光潜等充分肯定、高度评价。今天的研究者不能认为这些前辈学者都是被“时代局限”，一时“看走了眼”。

最后说明一下，本论文集的文章发表时间跨越二十多年，中国当代文学研究的学术规范经历了从不规范到逐步规范化的过程。本书在编辑过程中，发现较早发表的文章特别是一些地方性期刊在引文和注释方面存在问题颇多。本论文集在材料和观点方面严格尊重文章的历史原貌，一字不改；除了极个别文章，一句不删。但是，对于引文注释的错误之处，逐一校勘，以为读者提供准确的知识信息。大家可以在“本书编者注”里看到编者这方面的部分工作。还有一些明显的知识错误或文字错误，编者直接为之改正了。读者对照期刊发表时的原文即可发现。

马克思主义文学理论中国化的历史宏论
——读季水河等《马克思主义文学理论与20世纪中国文学理论的变迁》*

李志雄　黄　鑫①

摘　要：《马克思主义文学理论与20世纪中国文学理论的变迁》是一部关于马克思主义文学理论对20世纪中国文学理论产生重要影响的学术宏论，也是关于马克思主义文学理论中国化的历史宏论。作为学术史的理论专著，它从历史处境、早期形态、体系建构、空间拓展等事实层面进行了翔实论述，探究了马克思主义文学理论中国化的历史轨迹和未来趋向。作为影响史的学术专论，它从现实主义、意识形态、民族形式和文学批评等理论范畴进行了精辟论述，探索了马克思主义文学理论中国化的内在联系和必然要求。就向世界学术界展现中国特色马克思主义文学理论这一时代使命而言，从历史总结到理论构建，都是不可多得的佳作。著者以四十多年来专注于马克思主义文学理论研究所形成的学术功力，在近半个世纪的教学生涯中所形成的教育魅力，在学术团队组织方面的领导能力，带动和影响了中国学界的一批学者对马克思主义文学理论的研究。从成果和学者双方情况来说，该著都可以成为对中国特色马克思主义文学理论进行国际传播的合适对象，然则目前学界、出版界和发行界对此类工作开展不足。由此从译介方式、出版发行和长远效应三个方面，以该成果为例，力图阐释中国特色马克思主义文学理论如何成为提升国家文化软实力的可用之材。

关键词： 马克思主义文学理论中国化；国际传播；季水河

季水河先生等所著《马克思主义文学理论与20世纪中国文学理论的变迁》于2020年9月由中国社会科学出版社出版，共计35万字，全书共有十章，依次探究了马克思主

＊ 项目基金：湖南省教育厅科学研究项目重点项目“布洛赫‘前仿真美学’研究”（批准号：21A0085）。

① 作者简介：李志雄（1966—　），男，湖南湘潭人，文学博士，教授，湘潭大学文学与新闻学院博士生导师，主要研究方向为马克思主义文艺和宗教理论。黄鑫（1988—　），女，湖北建始人，文学博士，湖南工程学院外国语学院讲师，主要研究方向为英美文学和马克思主义文艺理论。

义文学理论传播与20世纪中国早期马克思主义文学理论形态、马克思主义文学理论与20世纪中国文学理论体现的建构、马克思主义文学理论与20世纪中国文学理论体现空间的拓展、马克思主义现实主义文论与20世纪中国文学理论中的现实主义范畴、马克思主义文艺意识形态论与20世纪中国文学理论中的意识形态范畴、马克思主义民族文化论与20世纪中国文学理论中的民族形式范畴、马克思主义文学批评与20世纪中国文学理论中的文学批评范畴、马克思主义文学理论范畴在中国当代的开放扩展、马克思主义艺术生产论的现实价值与中国当今的艺术生产以及马克思主义文学批评精神对中国当下的指导意义这十项重大问题。

该书由全国马列文艺论著研究会会长、中国社会科学院资深研究员党圣元先生作序。诚如党先生对该著的评价："既有历史的深度，又有现实的广度，从而使书中所阐述的和讨论的内容，所提出的颇有建设性意义的学术见解，对于我们当下总结与反思20世纪以来、新中国以来、新时期以来、新世纪以来中国现当代文学理论研究学术史和学科发展史非常有益，尤其是对当下中国文学理论研究的深化和学科建设的路径，具有积极的推动作用。"① 我们在拜读、领会和摘抄该著的基础上，确实体会到该著所具有的学术影响力；在关注、联系和着手马克思主义文学理论研究时，切实感受到它对中国学术研究的多重推动作用。其中，关于马克思主义文学理论中国化的重要主题的阐述是该著的一大突出贡献，该著是关于该主题的一部历史宏论。早在1938年中国共产党六届六中全会上，毛泽东就提出："共产党员是国际主义的马克思主义者，但是马克思主义必须和我国的具体特点相结合并通过一定的民族形式才能实现。……因此，使马克思主义在中国具体化，使之在每一表现中带着必须有的中国的特性，……为中国老百姓所喜闻乐见的中国作风和中国气派。"② 文学是中国老百姓所喜闻乐见的艺术类别，文学理论也是中国民众所能理解的艺术总结。马克思主义文学理论是舶来品，更要关注如何联系和融合中国作风和中国气派，使之为中国民众所理解和所喜欢，实质上就是马克思主义文学理论中国化的问题。然则，八十多年过去了，关于马克思主义文学理论中国化的历史轨迹和经验结果等，之前并未得到充分展现和有效总结，季先生的著作可以说是对此一学术问题的不断完善和继续发掘。例如，就马克思主义艺术生产理论的问题，他在前一著作中早就提出过"结合中国当代文艺实践建构中国化的马克思主义艺术生产理论"③ 的学术要求。因而，关于在过去的20世纪里马克思主义文学理论怎样地中国化，以及现在的21

① 季水河等：《马克思主义文学理论与20世纪中国文学理论的变迁》，中国社会科学出版社2020年版，序第3—4页。

② 毛泽东：《毛泽东选集》第2卷，人民出版社1991年版，第534页。

③ 季水河：《回顾与前瞻——论新中国马克思主义文艺理论研究及其未来走向》，中国社会科学出版社2009年版，第214页。

世纪里马克思主义文学理论应如何中国化的重要论题，是新著的理论贡献和学术收获，特论如下。

一、马克思主义文学理论中国化的历史研究

理论的有效性要靠实践来检验，文学理论的生命力要靠文学活动来维护。马克思主义文学理论，作为国外传入的人文社会科学，并逐步在中国发展成为起主导作用的文学理论，实质上就是一条中国化的历史之路。当这条路越走越宽，就有可能具有从中国之路发展为世界之路的普遍意义。恩格斯在《论原始基督教的历史》中曾总结基督教何以能发展成为西方文明的宗教，尽管它发源于地理上的东方。“所有后来的东西，都是西方，希腊罗马附加进去的。只有通过一神论的犹太宗教的媒介作用，后来的希腊庸俗哲学的文明的一神论才能够取得那种唯一使它能吸引群众的宗教形式。但是找到了这样一种媒介以后，它也只有在希腊罗马世界里，借助于希腊罗马世界所能达到的思想成果而继续发展并且与之相融合，才能成为世界宗教。”① 类此，马克思主义文学理论若要成为世界文学的理论，必然要能在跨语言、跨国别、跨民族和跨文化的处境中传播和发展。误解的事实日益被澄清，发展趋势也日益明朗，马克思主义文学理论中国化之路理当要有一个较为全面的历史梳理和较为系统的研究，季水河先生等所著《马克思主义文学理论与20世纪中国文学理论的变迁》（以下简称“季著”），确实是承担了这一历史使命并胜利完成了此一艰巨任务。

历史是最好的教科书，不懂历史就不懂过去和现在，不研究历史更不可能预知未来。马克思主义文学理论何以能在中国生根发芽？这个看似简单、似乎必然的问题，若不懂20世纪中国社会史，不研究20世纪中国文学史，则是不能回答这个问题的。季著在对文化传承、民族矛盾和社会现实分析研究的基础上，给予了我们科学的解答：“马克思主义文学理论与中国文化精神的契合性，……马克思主义文学理论与中国民族主义的关联性，……马克思主义文学理论与中国现实需要的一致性。”② 应当说，这个解答是非常精辟和到位的，从思维的角度来说，它体现了逻辑的严密性和连贯性；从内容的角度来说，它涉及文化、政治和社会的多方面，较为全面地把握了研究对象；从思想的角度来说，它具有理论的高度，从历史脉络到现实处境，从精神力量到实践斗争，深刻剖析了20世纪早期马克思主义文学理论在中国的接受基础。一方面，它驳斥了历史虚无主义贬低和

---

① ［德］恩格斯著，中共中央马克思、恩格斯、列宁、斯大林著作编译局编译《马克思恩格斯选集》第4卷，人民出版社2012年版，第353—354页。

② 季水河等：《马克思主义文学理论与20世纪中国文学理论的变迁》，中国社会科学出版社2020年版，第16—20页。

损害马克思主义文学理论的错误观点；另一方面，它也纠正了形而上学唯物主义把马克思主义文学理论政治化的片面观点。马克思曾言："人的思维是否具有客观的［gegenständliche］真理性，这不是一个理论的问题，而是一个实践的问题。人应该在实践中证明自己思维的真理性，即自己思维的现实性和力量，自己思维的此岸性。"① 我们认为季著的观点具有真理性，具有思维的现实性和力量，达到思维的此岸性，关键在于，它是研究历史、依据事实、扎根生活所得出的结论。迄今为止，这一理论总结是最令人信服的答案之一。

在回答了不容易回答的"简单"问题之后，接下来就要能归纳出20世纪中国早期马克思主义文学理论形态。这也是一个看似容易、实则复杂、难以归纳的问题。对此，季著首先明确划定"早期"的时间区域，即"20世纪伊始至30年代初期，是马克思主义文学理论中国化的早期阶段"②。其次，梳理和研究了此一时间区域内具有哪些马克思主义文学的基本论题，即"文学与生活的关系""文学与政治的关系""文学的阶级性""文学的服务对象""文学的内容与形式""文学的继承与发展"③ 六大论题。再次，在探究了六大论题的基础上，归纳出20世纪中国早期马克思主义文学理论形态，即呈现出"思想的浅泛性""认识的模糊性""态度的情绪性"④。事实上，此处的归纳是很不容易的，困难在于从丰富的文学理论个例中寻找出具有普遍性的特征。单就文学理论家、批评家、作家而言，就涉及陈独秀、李大钊、恽代英、萧楚女、沈雁冰、沈泽民、邓中夏、瞿秋白、鲁迅等一大批人，没有钻研大量翔实的文学史料是不能支撑此项研究的，而季著作为文学理论著作，在此方面做到了史料丰富、史论结合、确凿可证。此外，季著在总结方面也体现出著者高超的概括能力。而概括能力的高低不仅是逻辑思维能力的表现，更受世界观的制约。正如恩格斯所论："历史人物的动机背后并且构成历史的真正的最后动力的动力，那么问题涉及的，与其说是个别人物，即使是非常杰出的人物的动机，不如说是使广大群众、使整个民族，并且在每一个民族中间又是使整个阶级行动起来的动机；而且不是短暂的爆发和转瞬即逝的火光，而是长久的、引起重大历史变迁的行动。"⑤ 显

---

① ［德］马克思著，中共中央马克思、恩格斯、列宁、斯大林著作编译局编译《马克思恩格斯选集》第1卷，人民出版社2012年版，第134页。

② 季水河等：《马克思主义文学理论与20世纪中国文学理论的变迁》，中国社会科学出版社2020年版，第33页。

③ 季水河等：《马克思主义文学理论与20世纪中国文学理论的变迁》，中国社会科学出版社2020年版，第34—45页。

④ 季水河等：《马克思主义文学理论与20世纪中国文学理论的变迁》，中国社会科学出版社2020年版，第45—53页。

⑤ ［德］恩格斯著，中共中央马克思、恩格斯、列宁、斯大林著作编译局编译《马克思恩格斯选集》第4卷，人民出版社2012年版，第255—256页。

然，季著中高超的概括是受唯物史观所指导的，依据具体情况，从而能从个别归纳出一般。这对我们的启示也是双重的：其一是文学理论研究不能没有文学案例研究的支撑，所谓纯理论研究，实质上是唯心史观在作祟。其二是指导文学理论研究的唯物史观，在方法论上是辩证法，机械的、直观的、形而上学的方法是不可取的。

在把握了早期理论形态后，下一个任务是探究理论体系建构，时间推进到20世纪30年代中期到40年代末。季著从揭示关系和进程入手，认为马克思主义文学理论“为中国文学理论体系建构提供了直接的理论成果；在中国现代文学理论体系建构方面，经历了从范畴体系的形成到基本框架确立再到理论体系建构的发展历程，初步建构了完整的中国现代文学理论体系”①，而范畴体系包括了“文学本质范畴体系”“文学创作范畴体系”“文学作品范畴体系”② 三个部分。当然，这些范畴体系的形成都是受马克思主义文学理论的指导和影响的，其中对周扬、胡风和冯雪峰等的理论观点的引用和探究非常翔实，具有说服力。接着，季著指出：“20世纪中国文学理论体系框架的确立，以毛泽东1942年《在延安文艺座谈会上的讲话》为标志。……毛泽东的文学思想，也可以分为本质论、创作论、构成论、接受论四个方面。这四个方面，也是中国现代文学理论的基本构成框架。”③ 此处，季著区分了思想体系和理论体系，由此解决了一个争议问题，使读者能够理解到，“毛泽东文艺思想，不是一个完整的文艺理论体系，但是一个有着内在统一性和逻辑性的文艺思想体系”④。此种划分逻辑严明，此处论述翔实确凿，对不同观点的不恰当也予以分析和论述，澄清了学术疑问。再后，季著指出：“中国现代文学理论体系的形成，以蔡仪1943年出版的《新艺术论》为标志。……除外部形式结构和内在逻辑联系都具备了理论体系的要求外，其最大的特点是研究方法和理论观点的创新。”⑤ 之后季著分析了以蔡仪的《新艺术论》所建构的中国现代文学理论体系对20世纪中后期中国文学理论研究的影响：“从总体上看是积极影响超过消极影响，同时，积极影响还主要表现在对

---

① 季水河等：《马克思主义文学理论与20世纪中国文学理论的变迁》，中国社会科学出版社2020年版，第64页。

② 季水河等：《马克思主义文学理论与20世纪中国文学理论的变迁》，中国社会科学出版社2020年版，第65—74页。

③ 季水河等：《马克思主义文学理论与20世纪中国文学理论的变迁》，中国社会科学出版社2020年版，第75—77页。

④ 季水河等：《马克思主义文学理论与20世纪中国文学理论的变迁》，中国社会科学出版社2020年版，第75页。

⑤ 季水河等：《马克思主义文学理论与20世纪中国文学理论的变迁》，中国社会科学出版社2020年版，第81—83页。

整个学术界，消极影响更多地表现在蔡仪本身的学术发展上”①。可以说，此处的论述，既有中国马克思主义文学理论史和20世纪中国文学理论史的学养保障，还有马克思主义宏观理论支撑，是一种具体总体。诚如马克思所论：“具体总体作为思想总体、作为思想具体，事实上是思维的、理解的产物；但是绝不是处于直观和表象之外或驾于其上而思维的、自我产生着的概念的产物，而是把直观和表象加工成概念这一过程的产物。”② 从范畴体系，到基本框架，再到理论体系，是一个具体的文学理论史的过程，若没有宏观把握和整体领悟，是难以探究马克思主义文学理论与20世纪中国文学理论体系的建构。

马克思主义文学理论与20世纪中国文学理论也如同是一个有机生命，其发展并不是匀速机械式的，而是有着迅速成长期，如同一个人的青年时期。承此生命历史逻辑，季著探讨了马克思主义文学理论与20世纪中国文学理论空间的拓展，即“20世纪70年代末期到21世纪初期”③。关于此一时期的迅速发展，季著从研究方法与方法变革、人学思想与主体性、审美观与审美转向三个方面展开论述，每一方面的前者指马克思主义文学理论，后者指中国文学理论。所梳理出的四类研究方法，即“系统科学方法”“模糊数学方法”“心理学方法”“比较方法”④，既是对那个时期马克思主义文学理论与中国文学理论研究方法的总结，也对今天的文学理论研究具有借鉴作用。所引用或列举的杨春时、刘再复、金开诚、藤守尧、钱锺书、乐黛云、曹顺庆以及著者本人等的著作或论文，都具有重要的文献参考意义。关于马克思主义人学思想的探究涵盖了“人性”“异化”“人道主义”⑤ 三大主题，每一部分被总结出来，层次清楚，证据翔实，展现了这些主题的学术史，足可为今天的研究者借鉴。关于主体性理论，季著先精心总结了刘再复的主要观点，然后详细梳理了学界对刘再复主体性理论的肯定性评价和否定性批评，最后从三个层面探究了马克思主义人学思想与文学主体论，此种总—分—总的逻辑结构，正与反同时呈现的客观立场，以及点与面相结合的合理布局，堪称学术著作的典范。关于审美转向，季著归结出“哲学反映论向审美反映论的过渡”“社会意识形态论向审美意识形态

---

① 季水河等：《马克思主义文学理论与20世纪中国文学理论的变迁》，中国社会科学出版社2020年版，第87页。

② ［德］马克思著，中共中央马克思、恩格斯、列宁、斯大林著作编译局编译《马克思恩格斯选集》第2卷，人民出版社2012年版，第701页。

③ 季水河等：《马克思主义文学理论与20世纪中国文学理论的变迁》，中国社会科学出版社2020年版，第89页。

④ 季水河等：《马克思主义文学理论与20世纪中国文学理论的变迁》，中国社会科学出版社2020年版，第91—96页。

⑤ 季水河等：《马克思主义文学理论与20世纪中国文学理论的变迁》，中国社会科学出版社2020年版，第102—108页。

论的转型”[1] 两条发展轨迹。显然，著者本人就是这场空间拓展的见证者、成长者和推进者，才能如此清晰地展现这一学术发展史，才能有把握地预见学术发展的未来，尽管现在的社会环境和学术主题都发生了变化，但一种执着的学术精神长存。正如马克思所指出：“环境的改变和人的活动或自我改变的一致，只能被看做是并合理地理解为革命的实践。”[2] 学术实践自是对学者本身的考验，其中也有一些人改旗易帜或中途退出，坚守如该著者，难能可贵。就此学术问题的广度和深度而言，坚守者探清了马克思主义文学理论中国化的历史研究，接下来才能展开其影响研究。

二、马克思主义文学理论中国化的影响研究

马克思主义文学理论中国化的历史研究，主要从纵向上考察；而关于它的影响研究，则主要从横向上考察，关注某一时期它的拓展变化。季著认为，在马克思主义现实主义传入之前，中国文学理论界对现实主义的表述是比较模糊的和不规范的，即用“写实主义代替现实主义”“自然主义混同现实主义”“新写实主义等于现实主义”[3]。而造成这种状况的原因是，当时中国文学理论界受到了一些影响，即“欧洲现实主义文学”“法国自然主义文学思想”“日俄杂糅的新写实主义”[4]。当这些旧影响受到马克思主义现实主义的冲击，当马克思主义文学理论中的典型人物、典型环境、世界观与创作方法、倾向性与艺术性的统一等范畴被接受后，马克思主义现实主义文学理论的中国之旅却是从失误中走向胜利，时代事情有“30—40年代：‘典型’与‘类型’问题的激烈交锋”“50—60年代：典型理论争鸣的横向拓展”“80—90年代：现实主义讨论的返本开新”[5]。从中应该吸取的教训有“断章取义”“将学术批评转向了政治批判”“偏离了历史唯物主义的原则”[6] 等。通过季著的翔实论述，我们领会到，马克思主义文学理论中国化，其道路是

---

① 季水河等：《马克思主义文学理论与20世纪中国文学理论的变迁》，中国社会科学出版社2020年版，第121—130页。

② ［德］马克思著，中共中央马克思、恩格斯、列宁、斯大林著作编译局编译《马克思恩格斯选集》第1卷，人民出版社2012年版，第134页。

③ 季水河等：《马克思主义文学理论与20世纪中国文学理论的变迁》，中国社会科学出版社2020年版，第132—137页。

④ 季水河等：《马克思主义文学理论与20世纪中国文学理论的变迁》，中国社会科学出版社2020年版，第134—143页。

⑤ 季水河等：《马克思主义文学理论与20世纪中国文学理论的变迁》，中国社会科学出版社2020年版，第155—161页。

⑥ 季水河等：《马克思主义文学理论与20世纪中国文学理论的变迁》，中国社会科学出版社2020年版，第158—159页。

曲折的，政治是一个重要影响因素，政治上的过激会有害于中国化马克思主义文学理论的形成。这正如马克思当年警告拉萨尔的，关于拉氏的历史悲剧《济金根》，如果他能充分利用现实主义创作手法，将艺术性与倾向性有机统一起来，“这样，你就得更加莎士比亚化，而我认为，你的最大缺点就是席勒式地把个人变成时代精神的单纯的传声筒”。把文学简单地当作政治的传声筒，这是马克思主义文学理论中国化问题上应克服的失误。

尽管不能把文学简单地当作政治的传声筒，但文学与政治、哲学、宗教和艺术等有着密切的联系，由此不能绕开的话题是马克思主义文艺意识形态论。在时间节点上，季著以 80 年代为节分，80 年代以前的涉及 20—30 年代马克思主义文艺意识形态的传播与影响，1942 年毛泽东《在延安文艺座谈会上的讲话》的重要影响，50—70 年代受苏联影响及“文革”期间极左影响的文艺意识形态论。而详细论述的是 80 年代以降的马克思主义文艺意识形态论。其中最丰富的内容是关于文艺的意识形态属性之争和文艺“审美意识形态”之争，季著从学术史和文艺批评史的角度展开论述，是对此时期学术之争的真实写照和科学评价。关于属性之争，季著认为“突破了政治化的文艺意识形态论”①；关于审美意识形态之争，则建议要克服“经院学风与理论‘空转’的不及物性，认真面对活生生的现实，切实担当起马克思主义理论的批判职能，运用马克思主义文艺意识形态理论解释与改造文化生活与世界”②。其实，马克思在 1859 年所写的《〈政治经济学批判〉序言》中对文艺（他称之为“艺术”）基本形态的界定是很清楚的，“那些法律的、政治的、宗教的、艺术的或哲学的，简言之，意识形态的形式”③。即在他看来，文艺如同法律、政治、宗教或哲学，其基本形态是意识形态的形式。查其德文的原文是“ideologischen Formen”④（意识形态的形式），其英文的翻译是“ideological forms”⑤（意识形态的形式）。因为马克思在这里是从社会结构的角度来考察文艺的，因而文艺理论工作者都应能辩证地理解到文艺既有审美属性，也有社会属性。纠结于“审美意识形态”这一术语，实则没有什么理论创新的学术意义。若掩盖在“审美意识形态”学术真理之争下面的是学术霸权或课题利益之争，则应为马克思主义文学理论所抛弃。

马克思主义文学理论中国化，文艺民族形式论是一个绕不开的话题。季著认为：“以

---

① 季水河等：《马克思主义文学理论与 20 世纪中国文学理论的变迁》，中国社会科学出版社 2020 年版，第 182 页。

② 季水河等：《马克思主义文学理论与 20 世纪中国文学理论的变迁》，中国社会科学出版社 2020 年版，第 203 页。

③ ［德］马克思著，中共中央马克思、恩格斯、列宁、斯大林著作编译局编译《马克思恩格斯选集》第 2 卷，人民出版社 2012 年版，第 2 页。

④ Karl Marx：*Karl Marx Friedrich Engels Werke*（Band 13），Dietz Verlag 1961，s. 9.

⑤ Karl Marx：*The Marx-Engels Reader*（Second Edition），Robert C. Tucker（ed.），W. W. Norton & Company，Inc. 1978，p. 5.

毛泽东为代表的中国共产党人提出、强调文艺‘民族形式’范畴，关涉马克思主义普遍化与中国化、救亡和启蒙、现代性和民族化、精英化和大众化……对包括文学理论在内的整个 20 世纪中国的思想、文化、政治都产生了深远影响。”① 自然，这些深远影响大多是积极的，如“推动马克思主义中国化”“延续与推进文艺大众化思路”“打击民族主义文艺运动等反动思潮”“吸取新启蒙运动的精髓”②。但同时也应注意其消极影响，如存在“认识盲区与移植政治术语的思想局限”③，对文学的审美性和自立性认识不足，以政治学术语代替文学术语。此处的论述以文学事实为依据，史论结合，是对马克思主义文学理论中国化重要节点的科学阐释和有力论证。对于这些前期历史的影响，我们要结合当今时代文学处境，加以合理利用，才能顺利完成马克思主义文学理论中国化之使命。也如马克思和恩格斯所论：“前期历史的‘使命’‘目的’‘萌芽’‘观念’等词所表示的东西，终究不过是从后期历史中得出的抽象，不过是从前期历史对后期历史发生的积极影响中得出的抽象。”④ 这就要求我们以唯物史观为指导，坚持以辩证的眼光来看待文学的发展。就文学理论而言，要把马克思主义文学理论与中国文学的实践相结合，以中国文学的具体实践来不断检验和拓新马克思主义文学理论，这是马克思主义文学理论中国化应有和必有的课题。

关于文学批评范畴，季著指出，它“是马克思主义文学理论推动 20 世纪中国文学理论变迁的重要节点和突出领域，在历史纵向发展和横向关联交叉的坐标体系中占据重要位置”⑤。此重要位置是由马克思主义文学批评对 20 世纪中国文学批评实践的影响作用所决定的，即“范式转型与方法自觉” “价值引领与政策指导”⑥ 方面的积极作用。同时，著者也关注了其“模式局限与使用失误”⑦ 的消极作用。如忽视审美的文学反映论

---

① 季水河等：《马克思主义文学理论与 20 世纪中国文学理论的变迁》，中国社会科学出版社 2020 年版，第 238 页。

② 季水河等：《马克思主义文学理论与 20 世纪中国文学理论的变迁》，中国社会科学出版社 2020 年版，第 219—230 页。

③ 季水河等：《马克思主义文学理论与 20 世纪中国文学理论的变迁》，中国社会科学出版社 2020 年版，第 244 页。

④ [德] 马克思、恩格斯著，中共中央马克思、恩格斯、列宁、斯大林著作编译局编译《马克思恩格斯选集》第 1 卷，人民出版社 2012 年版，第 168 页。

⑤ 季水河等：《马克思主义文学理论与 20 世纪中国文学理论的变迁》，中国社会科学出版社 2020 年版，第 246 页。

⑥ 季水河等：《马克思主义文学理论与 20 世纪中国文学理论的变迁》，中国社会科学出版社 2020 年版，第 280—285 页。

⑦ 季水河等：《马克思主义文学理论与 20 世纪中国文学理论的变迁》，中国社会科学出版社 2020 年版，第 285—288 页。

与文学批评的政治化，这样的局限和失误，当是马克思主义文学理论中国化过程中应吸取的历史经验。历史经验的积累，在于能从文学活动中逐步掌握其运动规律，从阐释学的角度来说，实质上也是关于文学批评的历史过程。基此，季著探究了中国马克思主义文学批评范畴的生成，梳理出“马克思主义的译介传播与文学批评转型”“马列原理与中国文艺实践的深度融合”“百花齐放与阶级斗争扩大化”“理论繁荣和‘主导共生’模式的确定”① 的百年发展历程，文学批评的历史唯物主义精神得到充分体现。正如恩格斯所论：“同那种以天真的革命精神简单地抛弃以往的全部历史的做法相反，现代唯物主义把历史看做人类的发展过程，而它的任务就在于发现这个过程的运动规律。”② 确实，中国马克思主义文学批评范畴的生成，见证了马克思主义文学理论中国化过程中的关键变化，促进了中国特色马克思主义文学理论形成。

三、中国特色马克思主义文学理论的国际传播问题

长期以来，在人文和社会科学领域，中国的一些优秀学术成果不为国外学界所知，一些杰出的专家不能在国际舞台上亮相，特别是一些有中国特色的研究成果不能产生国际影响力，此种学术实力与经济实力的不相匹配，将严重影响中华民族伟大复兴理想的实现，具体来说就要解决中国特色的人文社会成果的国际传播问题：其一是不愿意传播的问题，其二是不善于传播的问题。尽管不愿意传播的原因有多种，但在其中，一种过时的模式还在禁锢着一些学界和出版界，即“西学东渐”压倒“中学外传”的模式，尽管导致这种模式有着深刻的社会和历史的原因，也还包含了近代以来中华民族受外来侵略的屈辱体验，但思想的独立和自由，从来都是为中华民族所赞美，事实上“中国的月亮和外国的一样圆”，我们要切实地重视有中国特色的学术成果。就季著来说，它发掘了中国特色马克思主义文学理论，对马克思主义文学理论中国化论题做出了历史分析和现实探究，展现了该理论应用于中国文学实践而彰显出的民族风格、人民立场和审美倾向等，以历史唯物主义和辩证唯物主义为指导，揭示了 20 世纪中国文学理论的发展规律，建构了马克思主义文学理论具体化、处境化和实践化的成功经验，对于 21 世纪马克思主义文学理论创新发展，对于在国际学术舞台上开展马克思主义文学思想的交流、对话和批评等，都是值得国际传播的优选文本。实事求是地说，在当今国际学术舞台上，马克思主义的传播仍然被资本主义意识形态所重重阻碍，自然地，马克思主义文学理论被西

① 季水河等：《马克思主义文学理论与 20 世纪中国文学理论的变迁》，中国社会科学出版社 2020 年版，第 257—280 页。

② ［德］恩格斯著，中共中央马克思、恩格斯、列宁、斯大林著作编译局编译《马克思恩格斯选集》第 3 卷，人民出版社 2012 年版，第 795 页。

方传统的人文学科划入边缘领域，使其传播外围化而影响力减小；再进而中国特色马克思主义文学理论，因其被译介的严重不足，加之西方霸权主义的学术干扰，更是难以在以英文、德文和法文为主导的国际人文学界占有一席之地。如此艰难的国际学术处境，实则昭示着我们传播中国特色马克思主义文学理论大有用武之地，所以我们要敢于进行国际传播。

此外，该著作者也是值得国际传播的优秀中国学者，是中国特色马克思主义文学理论的主要贡献者之一。季水河先生在近半个世纪的教学和科研生涯中，产生了系统性和有影响性的丰硕成果。他四十多年来投身于马克思主义文学理论研究，仅就此方面而言，就有《回顾与前瞻——论新中国马克思主义文艺理论研究及其未来走向》和《马克思主义文学理论与 20 世纪中国文学理论的变迁》出版，以及随后即将出版的《马克思主义文论与中西文论的互释》，此三部力作是我国文学理论界的标志性成果，也是中国马克思主义文学理论的代表性杰作，由此，季先生堪称当代中国重要的马克思主义文学理论家。进而在学术传授和团队领导方面，他也带动和影响了中国学术界的一批学者对马克思主义文学理论的研究。特别是以湘潭大学为基地的一批湖南学者，纷纷投入马克思主义文学理论的研究领域中，此著中部分章节的撰写者刘中望教授、罗如春教授及季念博士，他们的学术合作便是季先生学术影响力的见证，因而学界也称季先生为马克思主义文学理论研究的“湘军”首领，此等荣誉，实至名归。

承上，既然我们有着优秀的著作和杰出的学者，就要探究如何善于对中国特色马克思主义文学理论进行国际传播的问题。可贵的是，该著的详细目录都被翻译成英文，之前的著作也是如此。这看似无关紧要之举，实则在当今世界学术交流中具有不可小觑的沟通和传播作用。就中国特色马克思主义文学理论专题而言，一方面有利于国外学界了解当今中国的马克思主义文学理论研究之现状，为中外学术交流，特别是马克思主义文学理论这样相对冷僻的专业提供更多交流的渠道。另一方面，也便于将中国化的马克思主义文学理论成果向海外传播，让外国读者和研究人员更容易理解中国成果，让中国学者在世界学界发出更响亮的声音，这既是中国学者应有的行动自觉，也是中国学术崛起的时代使命。当然，因为马克思主义文学理论创始者们的母语是德语，若能将详细目录翻译成德文，并附上翻译成英文和德文的本书核心观点和作者简介，则是锦上添花。

我们不但要善于锦上添花，还要善于极目远眺，要考虑到中国特色马克思主义文艺理论如何具有长久而深远的学术影响力。从国际学术传播的角度来说，要克服“酒香不怕巷子深”的本土思维定式，中国学者特别是研究马克思主义文学理论的学者，要敢于把自己的成果部分地或全面地翻译成外文向国际学术界介绍。中国的出版单位，特别是以出版中国人文社会科学成果为主的国家级出版单位，在相当程度上成为反映中国文化成就的窗口单位，在出版时是否可以考虑更多的国际传播因素？而中国特色马克思主义文学理论，以其学理性、特色性和文化性，既然是中外融合，当然就颇适合于国际传播。

就此而言，马克思主义与中华传统文化是本具融合性。“马克思主义解放全人类的革命精神与中华传统中的民本性精华的有机融合”①，以其学理通融、特色鲜明和文化深厚，中国的发行单位在针对中国特色马克思主义文学理论学术成果的发行上，是否考虑国外读者和来华留学生的消费群体？我们着眼于中国特色马克思主义文学理论的国际传播，目的即是增强国家文化软实力。三十多年前，美国著名的国际政治学家约瑟夫·奈率先创建了“软实力”的理论范畴，其巧妙目的就是要从文化、意识形态和国际交流等方面来巩固美国的霸权地位，“合作性和自由选择性的行为力量——使他人追求你所要的——软实力的资源——文化吸引力，意识形态和国际机构”②，这些表明有远见的美国学者已经意识到文化积淀、思想引导和国际传播对构建一个国家和民族的整体实力的重要意义。如何有效地进行国际传播，是学界、出版界和发行界的共同责任。正如习近平总书记所总结的：“加快国际传播能力建设，向世界讲好中国故事、中国共产党故事，传播好中国声音，促进人类文明交流互鉴，国家文化软实力、中华文化影响力明显提升。”③ 在这其中，中国共产党故事与中国特色马克思主义文学理论在事实上相关，而中国故事与其在文学上相关，中国声音则与其在审美上相关，此三种相关，说明季著是国际传播的合适对象和可用材料。

结　语

马克思主义文学理论中国化的问题，是文学理论史上的一个复杂问题，它涉及马克思主义文学理论与20世纪中国文学理论之间主导实践和交融互生等关系的建构历程，无论是对马克思主义文学理论的守正创新，还是对20世纪中国文学理论的发掘拓新，都具有重要的学术和现实的意义。无疑，季著为我们提供了一个值得学习的范本，它从历史研究和影响研究的双重视角，直观而具体地向我们展现了这一过程。当然，就理论提升而言，因其针对的两大研究对象分别源自于19世纪和20世纪，距离今天的时间太近，从文学理论的时间维度中确实难以总结出超越于当今时代的理论见解，由此促使我们提出一种学术思考，是否可以从文学理论的空间维度中来考察它的影响力，即中国特色马克思主义文学理论的国际传播问题。由此认为，在空间维度能引发影响力的中国特色马克思主义文学理论，应该也能在时间维度上保持此种影响力，因为时间和空间是不可分的。

---

① 刘业超、谢起章、刘春茂：《毛泽东为人民服务观对传统民本思想的革命性扬弃》，《湘潭大学学报（哲学社会科学版）》2021年第3期，第16页。

② Joseph S. Nye, Jr.: *Bound to Lead: The Changing Nature of American Power*, Basic Books 1991, p. 188.

③ 《中共中央关于党的百年奋斗重大成就和历史经验的决议》，人民出版社2021年版，第46页。

茅盾研究的新突破

——评连正《茅盾小说在日本的译介与研究》

王雪荣　陈黎明[①]

新世纪以来，中国现代文学研究持续在深度与广度上全面推进，在此语境下，如何在中国现代文学研究——尤其是诸如“鲁郭茅巴老曹”等积淀深厚的重点作家的研究中开拓出新意，可以说是当下学界普遍关注的焦点。依循常规，与其他人文学科类似，中国现代文学研究的生长点也大体在两个方面展开，其一是挖掘新材料，通过新材料的梳理与考辨来获得对作家作品以及文学史现象的新认识；其二是借助新理论或者新视角来重新观照中国现代文学，并从中发掘出被遮蔽的思想或审美特质，提出新的观点。在上述两条路径中，大多数研究者热衷于借助新理论和新视角的方法来开辟新意，而将创新点建基于翔实新史料的研究相对较少。如何发掘新史料并借助新史料来突破或者推进已有的现代文学研究，并提出自己的新观点，连正的新著《茅盾小说在日本的译介与研究》（中国社会科学出版社，2023 年 3 月版）为我们提供了一个可资借鉴的范例。

“茅盾小说在日本的译介与研究”这一论题的特殊性决定了其研究的所有观点和结论应当建立在准确可靠的史料基础之上。由于此论题的研究在国内外已经有一些成果，这就要求研究者如果要想寻求突破的话，就必须搜寻到新的材料。显然，该著作者知道新材料对于其论题的意义与价值，为此，他利用自己曾经留学日本的学业经历和语言优势，多次前往日本进行与论题相关史料的搜集。功夫不负有心人，据书中介绍，作者先后在日本国立国会图书馆、东京各大高校图书馆及二手书市场寻觅到了大量一手资料，正是这些资料支撑起了其后作者关于茅盾小说在日本接受的研究。从该著的内容来看，其最大亮点也来自于大量新史料的增补与呈现，而借助这些材料的新发现和新观点则大力推进了“茅盾研究在国外”这一宏大课题的研究进程。

综观《茅盾小说在日本的译介与研究》的内容，该研究具有一定的新意和明显的学

---

① 作者简介：王雪荣（1975—　），女，江苏徐州人，河北大学图书馆馆员。陈黎明（1973—　），男，河南信阳人，博士，河北大学文学院教授。

术个性，这主要体现在以下几个方面。

第一，新史料与新观点的相互激发。早在 20 世纪 80 年代，中日学界就已经展开了茅盾小说在日本传播史料的整理与研究，并取得了一定实绩，这其中，代表性的研究成果有国内学者李岫主编的《茅盾研究在国外》，日本学者下村作次郎和古谷久美子等著、顾忠国翻译的《日本茅盾研究参考资料目录》，等等。这些已有研究重要的价值之一就是在文献整理的基础上，罗列了 1932—1984 年间日本茅盾研究的文献目录。然而，由于资料的有限，上述为数不多的研究成果也难免存在明显的疏漏、误译之处，尤为突出的是 1985 年至今的茅盾小说在日本传播的研究情况迄今尚未被翻译整理。该著作者明显洞察到了既有研究的问题所在，为此在材料的搜集上下足了功夫，最终获得了大量一手日本资料。从该著呈现出来的史料来看，这些一手资料不仅在国内茅盾研究界中实属罕见，也弥补了茅盾小说在日本传播史料不完整的缺憾。有了这些新材料的支撑，该著在前人研究的基础上进行了查漏补缺，梳理并厘清了 1932—2013 年间茅盾小说在日本的研究文献目录，它们涉及日文文献共计 149 篇，茅盾小说日译本及摘译文本共计 42 部，与茅盾研究相关的日文著作 18 部，《茅盾研究会会报》共计 8 期，等等。除了上述文献资料的增补之外，该著还通过《附录》（包含《日本茅盾主要研究文献》《日本茅盾研究会概况及〈茅盾研究会会报〉目录一览》以及《茅盾小说日文译本一览表》三部分）和参考文献的形式，为我们详细呈示了原日文论文的文献清单，这是迄今为止最全面、最系统的茅盾小说在日本译介与研究的日文文献目录，具有不容忽视的史料价值。尤其是《附录》所提供的文献资料，不仅为我们进一步研究茅盾作品在日本传播与接受提供了宏观的文献查找线索，也为如何推进中国现代作家小说在日本传播的研究提供了借鉴。值得一提的是，该著还插入了大量茅盾小说日译单行本各版本的封面、版权页、插图的书影、报刊评论及文本摘译扫描图片等，以图文并茂的形式为读者了解茅盾小说在日本的传播情况提供了更加具有直观性的参考。由于有了这些新的史料，作者对茅盾小说在日本的译介与研究历史所展开的考证、梳理与整合就显得游刃有余，最终成为一部迄今为止最为完整的日本茅盾小说译介研究史论稿。当然，该著在处理这些新获得的材料时也彰显出了学术的严谨性，它并非简单地堆砌罗列史料，而是在中日史料的对比中呈现日本茅盾研究文献的独特价值。

新的材料通常会带来新的发现，并由此生成新的观点。例如，该著作者在对竹内好《茅盾论》的重新解读中，就关于《子夜》是否为“恶文”的问题提出了自己新的观点，认为：“竹内好对茅盾及作品的评价并非是彻底性地否定与批判，他在文中对茅盾的文艺思想及创作风格给予了非常客观的肯定性评价”，“竹内好在《中国文学月报》中以反语的方式批评茅盾及《子夜》是意图告诫那些一味追求古典的、墨守成规、因循守旧的文学研究者们：在如何处理本民族传统文学与西方文学相结合问题上，茅盾为 1930 年代日本文坛提供了范式和借鉴，其影响和价值是不容忽视与贬低的”（见该著第 70—76 页）。

再如，作者在考证的基础上，发现茅盾小说《虹》中“梅女士”在日本之再现的接受过程中，与武田泰淳的短篇小说《圣女侠女》构成了互文性的关系。这些新观点，都是基于作者对所搜罗的新材料的重新考辨或重读。

第二，对史料的细致考证与深入辨析。对于研究者而言，新材料的获取只是研究的起点，如何处理这些材料并从中提炼出有价值的观点和历史信息才是研究的旨归。该著涉及大量史料信息，从该著材料的考证与辨析情况来看，作者在史料处理方面显示出了较强的学术研究功力。首先，作者通过梳理研读各时期日本茅盾研究文献，以国内茅盾研究为参照，分析了茅盾在日本传播接受背后所反映出的文学文化背景，借助“他山之石”阐释发掘出了茅盾文学作品的新价值。其次，作者在大量文献中还提炼出了日本研究者新颖的研究方法和独特的研究视角，呈示了中日两国学者在茅盾小说研究方面所存在的对话与争鸣，进而论述了被置于东方文化视域中“茅盾现象”的理论特质及价值。在该著出版之前，由于缺乏完整的日本文献史料支撑，学界对于茅盾主要小说作品在日本传播情况一直未有系统性的研究成果，而且除《子夜》《蚀》这些主要作品之外，茅盾其他小说作品在日本译介的研究一直未见突破性进展，这也导致中日学界关于“茅盾小说在日本的译介与研究”的研究存在很大的片面性乃至肤浅空白之处。基于这一研究现状，该著通过对大量一手日本茅盾研究资料的考证、梳理和述论，整合了茅盾小说在日本各时期的译介与研究情况，解析了茅盾小说对日本作家创作产生的影响，论述了各部作品之间的互文性关系。例如，在该著第二章第一节《昭和前期（1926—1945）日本对〈蚀〉的翻译和研究》中，作者通过一手日文资料的梳理，考证了小田岳夫在 1935 年摘译发表的《幻灭》，并对 1936 年首部日本茅盾中长篇小说日译本《忧愁的中国：大过渡期》的问世与译介评价及发行数量也进行了细致考证与梳理以及对单行本出版前后日本学界评论研究进行了述评。再如，该著第五章第一节《中日现代文学交流史的一座桥梁：〈水藻行〉翻译与发表史实考辨及其评价》中，作者通过对中日两方面相关史料的搜集整理，依据事理逻辑予以分析，最终得出了“《水藻行》的译者为山上正义”这一比较明确的判断，不仅修正了前人在这方面研究中存在的谬误，而且进一步论证了《水藻行》这部不突出时代性、阶级性而侧重表现伦理纠葛、发掘人性复杂性的作品在日本文化体系中所释放的特殊文学与美学价值。作者这一观点为我们重新认知《水藻行》的价值提供了较为新颖的切入点。检索发现，上述关于《水藻行》译者为“山上正义”考证辨析的内容已经由作者与阎浩岗教授合作以题为《茅盾〈水藻行〉翻译与发表史实考辨》的论文在《新文学史料》（2022 年第 2 期）上刊登发表，该文得到了华东师范大学陈子善、南京大学丁帆等多位专家的转发评论，这从一个侧面充分说明了该著所具有的较高史料及理论价值。

第三，研究方法的独特性。该著不仅具有明显的史料优势，而且在具体研究中也运用了与对象较为契合的研究方法。首先，该著在研究茅盾小说在日本的译介时，采用微观视角与宏观视角相结合方法。从微观视角而言，作者对茅盾代表性小说作品日译本的生成、译者评价、翻译动机及译本版本流变等问题展开考证梳理，对各个时期日本学者的研究展开述论评析，解析茅盾小说对日本作家创作的影响，阐释茅盾小说在异国文化体系中所绽放的特殊文学文化价值和历史意义。从宏观视角来说，作者以日本历史年号划分方法，即昭和前期、昭和中期、昭和后期和平成时期为分界点，对日本茅盾小说研究的历史脉络与各时期特点做出宏观梳理和简要回顾与总结，并按发表时间顺序翻译整理目前掌握的所有日本茅盾研究文献，整合为一部完整的日本茅盾小说译介与研究史。其次，作者在该著中以“研究史述论”的研究方法对茅盾小说在日本的译介与研究做出全面宏观性的概述，以我国茅盾研究史为参照，解析阐述了各时期日本学者的研究特色，分析了茅盾小说在日本传播接受背后所反映出的文学与文化背景，同时也评析日本茅盾研究存在的不足。同时，作者以单部作品为单位，对茅盾的重要小说作品译介时间、出版发行量、译者翻译动机及译者的评论展开整理与述评，发掘整理茅盾与日本文化人士交流史、日本茅盾研究会等相关史料，论述茅盾小说在各个历史时期所表现出的不同接受特点及其背后所隐含的历史文化背景。该著以同时期国内茅盾研究为背景，论述中日茅盾研究中存在的对话与争鸣，真正达到“论从史出”之研究目的。再次，该著还以英语世界国家及俄罗斯等“外国茅盾研究”为视野，阐述论证日本研究者在茅盾小说研究领域中所体现出的特点与价值，进而更加深入地论证茅盾小说在日本文学文化体系中所释放出的文学价值、历史价值和美学价值。作者通过比较文学的“影响研究”方法分析了《虹》《腐蚀》对武田泰淳短篇小说《圣女侠女》及堀田善卫中篇小说《齿轮》的创作所产生的影响，这充分说明茅盾小说在日本文坛中所产生的巨大反响。将《虹》《腐蚀》与日本现代文学作品放在一起展开比较研究体现了作者宽广的研究视野和敏锐的学术眼光，也使我们注意到在茅盾作品与日本文学关系的研究问题上还尚存广阔的空间及可发掘的文献史料。

第四，与研究专长相契合的学术创新性。从该著的介绍中可知，作者曾在日本留学多年，具有扎实的外语基础和广泛的在日人脉关系，从事这一论题的研究具有明显的语言优势，同时他在中国现代文学的研究方面也有一定的学术积累，二者的结合为其学术创新提供了很好的基础。众所周知，当我们谈及中国现代作家作品在日本的译介与传播这一问题时，多数人脑海中最先想到的是鲁迅、郭沫若、郁达夫、周作人等留日派作家，而作为具有西欧风格的现实主义作家茅盾及其作品与日本之间的关系的研究却往往被我国学界所忽视，这是导致“茅盾研究在国外”这一课题的研究基本处于 20 世纪 80 年代水平的重要原因之一。作者在阅读了大量的一手史料文献的基础上，围绕“中国现代作家作品在日本的传播”展开了深入的探究，同时结合自身的外语优势，最终将茅盾作为研究对象，这是富有挑战性和创新性的，实践也证明该著为茅盾在国外接受的研究打开了一个新思路。

茅盾是一位经历了旧民主主义革命、新民主主义革命和社会主义革命时代的伟大作家，他的小说以史诗般的宏伟构思反映了辛亥革命后近代历史发展的全部过程，既是展现中国共产党革命斗争伟大胜利的时代艺术画卷，亦是一部中国共产党领导下的无产阶级革命精神史和现代中国形象史。在日本学界，对于茅盾的研究其实还承载着他们对近现代中国理解的思想资源和理论的意义。研究对象的特殊性也赋予该著另外一重意义，它不仅符合我国21世纪“中国文化走出去”的国家战略精神，同时也有助于我国茅盾研究者们借助日本这座“他山之石”进一步对文化巨匠茅盾给予国际视野的文化推介，为我国的茅盾研究、红色文学与文化研究、海外汉学研究提供一些新的启发和线索。

编后记

本辑栏目设置在与第一辑基本一致前提下，根据稿件实际内容而有所调整，主要是将原先的“红色文艺研究”分解为“左翼文艺研究”“解放区文艺研究”“新中国红色文艺研究”三个栏目。20世纪30年代的左翼文艺，通过中国左翼作家联盟等组织，受到中国共产党的领导，或直接影响，可以视为广义“红色文艺”的组成部分。但由于当时特殊的历史条件，党领导文艺的方式与对具体作家、艺术家的影响方式，又与后来的解放区文艺和新中国文艺不同。鲁迅和茅盾是左翼文坛领袖，他们当时却属于党外人士。许祖华和陈思广两位国内知名学者的论文研究对象分别为鲁迅和茅盾，其切入角度和研究方法各有特点。与上辑一位作者同名同姓的高洁，则以海外对中国左翼文艺的传播为研究对象。

左翼文艺理论和新中国文艺理论均深受苏联文论影响。“马克思主义文艺理论研究”所收李逸津教授的文章总体梳理和具体分析了这种影响。王奎博士提出延安文艺思想是延安时期文艺界各类文艺思想磨合之后达成的共识，并阐述了强调这种共识性的意义。

“红色新闻传播研究”所收四篇论文，体现出河北大学与陕西师范大学新闻传播学合作共建的成果。许加彪教授和田建平教授作为各自学校该学科的学术带头人，分别以延安和晋察冀红色新闻传播为研究对象，不约而同地注意到图像在传播中的独特作用和特有规律。目前研究晋察冀戏剧的成果已有不少，韩春秒副研究员的论文从媒介域视角出发，对晋察冀边区乡村戏剧这一媒介手段进行深入考察，揭示出晋察冀边区媒介域成功转换的主要经验。杨一帆的论文则以《晋察冀日报》中的妇女形象为关注焦点，研究晋察冀边区的妇女解放问题。她们均有自己的新发现。

史料搜集和整理是当下文学研究的重要生长点。“解放区文艺研究”栏目所收四篇论文，前三篇均为此类成果。张占杰教授长期致力于孙犁研究，他在本期所发论文认为，孙犁佚文《〈铁的子弟兵〉读后》是田间叙事诗《铁的子弟兵》最早的评论。冯超、白若凡两位青年学者均以陕甘宁文艺文献史料为对象，从各自角度提出自己的新见解。秦祎的研究对象是“工农兵写作”，她在本期所发论文不直接论工农兵写作，而将其追根溯源，追溯到“普及教育”观念的原点，指出：“工农兵写作”作为“文艺大众化”运动的具体历史衍生物，其实质是一场综合文字扫盲、思想教育与多样化文艺形式运用的系统化的“文学教育”运动。

提到“新中国红色文艺”，一般人想到的是“三红一创，青山保林”。其实，“红色文艺”概念的基本内涵是“中国共产党领导的、体现马克思主义世界观和历史观的文艺”。以此观之，姚雪垠的《李自成》与王林的小说均属此类。青年学子李亚菲在导师指导下所写论文，分析的正是作家“观念”所起主导作用；聂晶晶分析王林的“自我改造”，着眼点也在于其“观念”。路遥是新时期作家，但其代表作《平凡的世界》也明显承传了“十七年”文学的红色血脉，李夏茹的论文论证的就是这种承传，同时又指出了路遥作品的现代化表征。

本辑将上辑的“红色宣传与教育研究”栏目更名为“红色文化传承与教育研究”，意在突出“传承”的精神实质。方志敏、谢觉哉都是著名革命家。原帅和贺紫钰的论文选取一个特殊的点，即方志敏狱中回忆录与当代革命历史“传奇化”的关系，使人感到别开生面。董明博士研究谢觉哉的反贪思想，意在给今天的反贪提供历史借鉴。杨立元教授等地处唐山，作为历史当事人，论证了毛泽东思想在当年抗震救灾中的精神作用，可为一家之言，帮助后世研究者了解特定的历史语境。王欢、韩惠欢的论文研究对象是陕甘宁边区小学国语教科书，重点考察的则是其儿童观。本刊也欢迎对其他革命根据地以及土地革命战争时期各苏区初等教育研究的文章。

本辑新增书评栏目，评论最新出版的红色文化研究方面著作。